U0599136

北辙南辕

陈枰 著

作家出版社

壹

　　伦敦一家婚纱屋里，戴小雨正在试穿婚纱，白色绣花婚纱的长摆在镜头前缓缓落下，露出她身穿婚纱苗条的背影。她的好友沈佩虹铺好婚纱裙摆直起腰，看着镜子里的戴小雨小声说："这件真配你，可是也太贵了！"戴小雨笃定地说："我值！"沈佩虹问："他向你求婚了？"戴小雨有点不自信了："总有那一天，我试试还不行？"沈佩虹笑了："谁敢说不行？"

　　沈佩虹说着，把珍珠花冠戴在戴小雨的头上。这时，放在椅子上的女包里传来电话铃声，戴小雨掏出手机接听。电话里的人说，彭湃突然晕厥，已失去自主呼吸，正在医院抢救。

　　戴小雨变颜变色，脱了婚纱撒腿就往外跑，不小心带倒了试衣镜，嘭的一声，镜子碎了一地。

　　手术室里，摆着整齐的手术器械和排列整齐的药品，医生、护士有条不紊地做着准备；手术室外，戴小雨一动不动地坐着，脑袋低垂，双手抱膝，如同石像一般。

　　墙上大屏幕里正在进行脑部手术，大量的鲜血涌来，监视器上血压在下降……

　　一阵急促奔跑的脚步声由远而近，戴小雨听见惊恐地抬起头。只见一位英国女护士抱着血浆袋，风一样冲进手术室里。戴小雨立刻起身，跟着护士往里面跑，然而手术室的门"咚"的一声在她面前紧紧地关上。戴小雨的双手按在门上，由于用力，手指关节都泛白了。

　　手术室里，气氛紧张而凝重。医生说："抽吸，冲洗。上麻醉药，立即插管推进。"这时，监视器里彭湃的血压和心率缓步上升。医生冷静地说："明胶海绵。"助手汇报："室性早搏。"医生说："开放三路静脉输液。"助手说："弥散性血管内凝血。"

监视器屏幕上心率和血压成了一条直线，医生用除颤仪电击患者。

似乎有心灵感应，手术室外戴小雨的身体哆嗦了一下，她站起来，眼睛里满是恐惧。手术室的大门依旧关得死死的。

抢救紧张进行着，监视器屏幕上的两条直线出现了波动。助手说："室颤依然在。"医生说："再次电击。"

监视器屏幕上的心率和血压逐渐恢复……

窗外，已是夜色沉沉。手术室的大门终于打开，护士推着彭湃出来，他脑袋上缠着绷带，身上插满了管子。戴小雨扑过去用英语问："他怎么样？"医生回答："手术难度大，中途心脏停跳一次。"戴小雨听了吓得一口气差点没上来。医生说："造成他休克的脑部肿瘤，总算彻底清除干净了，还要做切片，判断良性还是恶性。"戴小雨紧张地点点头，什么话都说不出。医生接着说："他的麻药劲还没过，48小时后才能度过危险期。"

彭湃被送进 ICU 病房，他一直双眼紧闭处于昏迷当中。戴小雨站在病房外面忧心忡忡地看着彭湃。见医生从病房里面出来，戴小雨问："他什么时候能醒过来？"医生回答："可能四五天，也有可能时间更长一些。"

戴小雨心情沉重地回到彭湃的家里，黑灯瞎火地呆坐在书房的沙发上。她产生了幻觉，忽然发现空荡荡的写字台前出现了彭湃的背影，他低着脑袋坐在那里工作。彭湃似乎感受到她的目光，扭过头来微微一笑说："困了回房间去睡，那么躺着脖子不舒服。"戴小雨蜷在沙发上闭着眼睛说："懒得动。"彭湃站起身，伸了个懒腰，走到沙发跟前，转过身弯下腰说："来，我背你。"

戴小雨懒洋洋地坐起来，刚要往彭湃的背上趴。手机铃突然响了，她心中一惊，急忙伸手开灯，眼前空无一人。

手机铃声持续地响着，戴小雨从提包里拿出来彭湃的手机。上面显示有两个未接电话，都是律师事务所打来的，可是手机因锁屏打不开。

经过两天的急救，彭湃已度过危险期转入普通病房。他躺在病床上昏睡，输液架上的药瓶里滴滴答答往下滴着液体。戴小雨黑着两个眼圈坐在病床前，凝视着彭湃发呆。律师事务所又打来电话，一则短信引起了戴小雨的强烈好奇，"遗嘱公证扫描件已经发到信箱，收到后请回复"。

戴小雨拿着熟睡中彭湃的左手，用五根手指挨个试探指纹开锁。试到小指时，手机解锁了。她用彭湃的手机打开了他的信箱，在众多的信件中找到了标着遗嘱公证的文件，页数很多。她想了一下，转发到自己的信箱里，并替彭湃做了回复。

这时，旁边传来彭湃的呻吟声。戴小雨抬起头，惊喜地发现彭湃醒过来了……

戴小雨温柔地给彭湃用湿毛巾擦脸擦手，耐心地一勺勺给他喂稀粥，扶着他在走廊里练习走路。彭湃走得歪歪斜斜的，不小心就会撞在墙上，戴小雨不厌其烦地纠正他的步伐。

在戴小雨的悉心照料下，彭湃恢复得很快，他感慨地说："丧失记忆前的最后一个画面，是我一下变得很小，摔进一个深不见底的黑洞里。"戴小雨问："其间发生了什么，你一点都不知道？"彭湃摇摇头："不知道。"戴小雨说："你差一点回不来。"彭湃不以为意地说："这不是回来了吗？"

这时，医生拿着化验单走进病房说："化验结果出来了。"彭湃和戴小雨有些紧张地看着他，病房里的气氛很凝重。医生把化验结果递给戴小雨，彭湃问："什么性质？"医生微笑着说："良性。"

戴小雨一阵狂喜扑过去，死死地搂住了彭湃，眼泪泉水一样涌出来，彭湃笑着轻轻地拍了拍她的后背。

彭湃是个工作狂，身体刚痊愈便急着上班。清晨，他拎着公文包走出公寓大门，回头往自家卧室窗户看，只见戴小雨穿着睡衣，站在窗前向他挥挥手。

彭湃挥手示意，上车离开。

戴小雨回到床上躺下，准备睡个回笼觉。手机叮咚一声响，一条英文短信进来：校庆邀请函已经发到你的信箱，收到请回复。

戴小雨坐起来，打开笔记本电脑，进入自己的邮箱，里面有很多没打开的邮件。回复了邀请函后，她开始删除垃圾邮件。

为了提神，戴小雨倒了一杯咖啡，打开了那份"遗嘱"。她边喝咖啡边仔细阅读那份遗嘱，先是眉头蹙起，继而表情由惊愕转为愤怒。

戴小雨再也坐不住了，她换了衣服，走出公寓，失魂落魄地在伦敦街头闲逛，她的身影看上去落寞孤单。

彭湃像往常一样拎着公文包下班，进屋便大声说："小雨，我回来了。"见没有人应答，他换鞋后径直走进卧室。

戴小雨躺在床上，两眼空洞地看着屋顶。彭湃在床边坐下语气温和地问："怎么了？哪不舒服？"戴小雨的目光移过来盯在他的脸上，像是不认识他。彭湃握住她的一只手说："手好凉，冷吗？"戴小雨还是不说话，彭湃很是纳闷，问她怎么了，她漠然地将目光移开。

彭湃和颜悦色地说道："医生说，这种脑瘤手术，成活率只有百分之三十。我命大活下来了，咱俩应该高兴，是不是？"

戴小雨目光重新落在彭湃的脸上，他握住她的手说："这几天你萎靡不振的，肯定是累坏了。"

戴小雨没说话，彭湃攥紧她的手，感激地说："里里外外都是你一个人忙，我该好好补偿你。"戴小雨却说："你女儿和她妈妈，没给你打过电话？"彭湃诧异地问："怎么想起来问这个？"戴小雨说："我想知道。"彭湃感觉情况不妙，说："她们不知道我生病。"戴小雨咄咄逼人地问："为什么不告诉她们？"彭湃硬着头皮解释："她们母女在国内，八千多公里的距离，知道了又不能来，那不是空添烦恼吗？"

戴小雨猛地抽开彭湃的手，起身走出卧室。彭湃看着她的后背，不知道自己哪句话说错了。

彭湃像没事人一样，依旧飞来飞去、忙忙碌碌。这天，他拖着行李箱回家，才发现戴小雨已人去屋空，打电话提示手机关机。洗澡时，彭湃发现浴室化妆镜前，戴小雨的化妆品全都不见了，他的心不由得往下沉。

彭湃着急忙慌地拉开衣橱，里面空荡荡，戴小雨的衣服全都不在了；打开鞋柜，女鞋全部消失；拉开抽屉，戴小雨的护照不在里面。

彭湃惊出了一身的冷汗，急忙再次拨手机号码，语音提示，对方手机关机，请稍后再拨。

北京是一座硬朗的城市，入秋后渐显柔美的一面，苍翠重叠，花团锦簇，冷暖色调交织，尽情地撒着娇。

繁华的街道上，一辆出租车在车流中行驶。戴小雨目不转睛地看着窗外，路边雄伟的天安门城楼一掠而过。司机从后视镜里看着戴小雨问："第一次来北京？"戴小雨淡淡地说："我在这里生活过十年。"

出租车在一个小公园门前停下，戴小雨推开车门，在司机的帮助下从后备厢拿出行李。老年人比年轻人更热爱生活、珍惜生命，公园里练太极拳的、跳广场舞的、拉京胡唱京剧的，各自成方队互不干扰。

吕正独自一人，拎着一支硕大的毛笔，蘸着清水在地上练习写大字，矮个子老头牵着狗站在一边，他的目光随着吕正的笔头一撇一捺地游走着，北国风光，千里冰封……矮个老头按捺不住，还是唱出了诗词的下句：万里雪飘……

吕正回头冲他一笑："方寸之地，藏龙卧虎啊。"

"红橙黄绿青蓝紫，东西南北中发白。"矮个老头打着哈哈牵狗朝歌声嘹亮的地方去了。

树荫下几十个中老年男女，每个人手捧一本乐谱；指挥是个瘦高个，舞起双臂，如同竹子随风摇曳。在他的指挥棒下，几个声部把一首《鸿雁》唱得余音绕梁、荡气回肠。满头银发的白静慧站在 C 位唱高音部，显得格外醒目。

白静慧退休前是广播电台的音乐编辑，她是那种少有的越老越好看的女人。七十多岁了，身上依旧弥漫着那种被叫作韵味的东西。老太太皮肤白皙，没有什么皱纹，一头浓密的银发自然卷曲着。

"奶奶！"清脆的叫声，穿过歌声的缝隙飘进来。

奶奶级别的人，全都朝声音发出的方向看过去。戴小雨站在一块大石头上冲着白静慧笑着挥手。白静慧怔了一下，脸上立刻绽开了由衷的笑容。

白静慧生有一儿一女,儿子戴厚江大学毕业后,跟着同班女友朱敏,到杭州安家落户去了。戴小雨四岁的时候,被父亲送到北京,她在白静慧的身边长到十四岁时被接回杭州。最后一次来北京看奶奶,已经是很多年前的事了。

女儿戴澄澄研究生毕业,跟着鲍启东去深圳闯天下。外孙女鲍雪,生在北京,因为是外地户口,不能在北京参加高考,高中时回到深圳父母的身边。她咬牙切齿地发誓说,我一定要凭着自己的实力考回到北京来!2017年鲍雪在中央戏剧学院毕业,留在北京工作和生活。

为了给孙女接风洗尘,白静慧自然要大展厨艺,砂锅鸡是她的拿手菜。砂锅鸡气血双补,要小火慢炖。于是,白静慧和孙女戴小雨、外孙女鲍雪坐在客厅的沙发上喝茶、吃点心、聊大天。

戴小雨和鲍雪这一对表姐妹,没有一点相似之处,戴小雨身材高挑,天生自然卷的头发乌黑浓密,五官雕塑般地立体细腻,从额头到下巴,结构完美,三百六十度无死角。

鲍雪比戴小雨矮了一截,长胳膊长腿,浅棕色的鹅蛋脸,鼻梁笔直,鼻翼精巧。一双丹凤眼睫毛很长,笑起来轮廓分明的嘴巴,张得能看见嗓子眼,嘚瑟得厉害。她说,我妈赏给我一口好牙,不亮出来威风一下,那才是白瞎材料了。此女子乐观豁达,喜欢自黑。因为酒量好,混迹各种酒场,喜欢从一个圈子跳到另一个圈子,对各种聚会,表现出相当大的热情。用她的话说这叫打散生活的痛点。

白静慧做了一桌饭菜,都是戴小雨和鲍雪从小爱吃的。白静慧不停地往戴小雨的碗里夹菜。鲍雪争宠耍赖,白静慧夹一块排骨放到她的碗里。

"她多少年没来家里吃我做的饭了?"

戴小雨有些心酸,她说:"每个人的大脑中,都有一段童年的味觉记忆,我的味觉记忆是奶奶做的菜。"

"想吃什么跟我说,我给你做。"白静慧从心里往外高兴。

鲍雪啃着排骨问:"人家都说小时候好看,大了就不好看了,姐,你怎么越长越好看?"

"谁像你,越长越回陷。"戴小雨打击起鲍雪一点不留情。

"姐，我是第二眼美女。"

"导演看中的都是第一眼美女。"

"从小我就被你打击，早已是百毒不侵之身了。"

"真是本性难改啊，这不，好话没说两句，你俩又杠上了。"

白静慧嘴角挂着笑，空巢老人取暖，靠的是隔辈人搅和出来的热气。

鲍雪喊冤："姥姥，我是被她欺负大的。"

戴小雨一针比一针扎得狠："谁让你没出息？上学的时候，数学学到繁分就死机了。看看你现在演的都是什么角色呀？连个中近景都没混上，我在电脑上定格才能认出来是你。二十五了，还一直在大群演里混着，哎，你到底是怎么想的？"

"我这个人认定了方向，不但有前进的勇气，还有浑身上下使用不完的力量。因为我坚信，是金子总会发光的！"鲍雪仰着脑袋，细长的脖子挺得笔直。

戴小雨嘴角挂着嘲讽的笑容："我坚信，是金子早晚会花光的。你还是趁着年轻赶紧改行吧。"

"姐，你比我大四岁，来，谈谈你的成长业绩。"鲍雪一句话堵了她的后路。

"是啊，小雨，你毕业四五年了，总不能一份工作也没干过吧？"白静慧的眼睛里满是关切。

戴小雨垂下眼帘，好一会儿才说："弄了个咖啡屋，经营不下去关了。"

"什么原因？"白静慧问。

"唉，生意这种事，不是谁想做，就能做成的。"

"那当然，开店挣钱，不是起早就是贪黑。你那么护觉，哪干得了这个？"鲍雪揭短。

戴小雨认怂，她说："确实是，我起不了早，也熬不了夜。"

"姐，我特佩服你，从小到大，始终如一地坚守着好吃懒做的优秀品德。"

戴小雨冲着鲍雪瞪起眼睛："别蹬着鼻子上脸啊。"

"这么漂亮的脸，我可下不去脚踩。"

白静慧用筷子使劲敲了几下桌子，姐妹俩谁也不说话了。

"你俩从小就这样，见面就掐。姐姐处处拔尖，妹妹招猫逗狗。小雨的嘴，跟不上小雪的话，气急了就上手打。小雪上蹿下跳像个猴子。她属于撂爪就忘那一伙的。那儿气还没消呢，这儿已经追在屁股后面，姐姐、姐姐地叫起来。"

"啥时候的事？我怎么不记得？"鲍雪问。

戴小雨说："你的脑袋就是个大漏勺。"

鲍雪总结："漏下去的肯定都是没用的。"

"小雨，你是怎么打算的？"白静慧问得认真。

戴小雨说："我回国就是想找份工作干。"

白静慧赞许地点点头："离家这么多年，该回杭州去陪陪父母了。"

"奶奶，我想留在北京。"戴小雨说了她的想法。

鲍雪高兴地在戴小雨的肩膀上拍了一掌："姐，这下，咱俩又可以像小时候一样，吃吃喝喝喜洋洋了。"

"愿望是好的，你想怎么个留法？"白静慧刨根问底。

戴小雨踌躇了一下，还是开口了："我想先在您这里住一段时间，找到工作和合适的房子立刻搬出去，您看行不行？"

白静慧沉思片刻语气果断地说："找到合适的工作不容易，找到合适的房子没那么难。你可以先住在我这里，期限一个月。"

鲍雪看看白静慧又看看戴小雨，她想说什么又咽了回去。

戴小雨犹豫了一下说："好吧。"

白静慧觉得她的语气有问题，问："你在英国那边到底过得怎么样？"

戴小雨勉强回答："还行。"

白静慧盯着她的眼睛："怎么个还行法？"

戴小雨不想回答，避开她的眼神，找了个话题岔开了。

司梦睡过头了，手机闹铃声都没能把她喊醒。她手忙脚乱地拢起头发，用一根一次性的筷子别住束在头顶，开始做早饭。丈夫要吃馄饨，儿子要吃三明治，女儿要吃牛奶泡果蔬麦片，谁的要求她都不能拒绝，只能委屈自己了。

早饭摆上餐桌，她拽一双儿女起床洗漱。七点四十分准时出门，送女儿上幼儿园，送儿子去小学。

送完一双儿女，司梦把车停在超市的门口，长长地舒了口气。她在超市的食品区挑挑拣拣地选了满满一车的东西。对面的镜子里映出她缺少光泽的瓜子脸，由于睡眠不足，眼睛周围的皮肤发暗，像打了棕色的眼影。司梦讨厌自己这副鬼样子，皱着眉头把目光从镜子上移开。

这时，尤姗姗推着购物车走过来。此女身材高挑，长发披肩，身着一件名牌风衣，脚下穿着一双高档软皮靴。她看了一眼收银台前排着的长队，队伍里面几乎全是上了年纪的人。她跟马上要结账的司梦商量："我有急事，就这两样东西，能不能让我先结了？"

司梦瞥了她一眼说："你跟我说没用，后面排着一队人呢。"

"我插在你前面，你没意见就行。"

"我有意见。"

"多大个事儿？至于这么不开面？"

"嘿，你这人，一句话就把我弄成没理的那一个了。我问你，加塞为什么要加在我前面？"

"第一，你是年轻人，好说话；第二，你不用上班，早一会儿、晚一会儿不要紧。"

"你怎么知道我不用上班？"

"哪个有工作的人，能在上班时间跑出来，买这么一大堆厨房里用的东西？"

尤姗姗的话戳到司梦的痛处，她的脸憋得通红。

"真的，我十点钟有个会，你帮我这个忙好吗？"尤姗姗脸上挂着笑容跟她商量。

"对不起，我没义务帮你。"司梦绷着脸。

"妇女就是妇女，离开了自己家那一亩三分地，都不知道怎么跟环境和谐相处。"尤姗姗叹了一口气。

"哎，你是不是女人？"

"女人跟女人差别大了去了，你这样的肯定不愁吃穿。我这样的必须挣钱养活自己。"

"情商、智商双卡双低，咱俩不在一个频道上，我不跟你对话。"

尤姗姗趁机把物品放在收银台上："两分钟的事，争什么智商和情商的高低？服务员，给我两个大购物袋。"

司梦深吸一口气，克制着膨胀的恶劣情绪，把脸扭向别处不看她。

收银员给尤姗姗扫描结账，后面排队的人不干了："你怎么让她加塞？我们都在你后面排着呢。"司梦说："我没让她加塞。"

"你没让，她怎么就加了？"排队的人不依不饶。

司梦恼火，口气不由得硬起来："挡不住她脸皮厚、脑袋硬啊，你们有冲我发牢骚的工夫，还不如过来，把她扔到收银台外面去！"

"哎，你这个人到底讲不讲理啊？"

尤姗姗息事宁人："行啦，行啦，没看见这位大姐黑着眼圈、满脸倦容？这副样子证明她活得很辛苦。你们就别再雪上加霜了，都有点同情心好不好？"

司梦被整蒙了，尤姗姗拍拍她的肩膀："谢谢啊！"说完，她提着购物袋走了。

司梦一肚子的气，她把东西放在结账处。收银员一件一件地扫码说："二百二十块钱。"司梦拿出来手机，打开超市赠送的电子购物券说："这里有五十块。"

收银员用眼角扫了一眼她的手机说："满三百块钱才能用。"司梦说，她还要买米和油，肯定能凑够三百。收银员让司梦买了东西去二楼一起结账，大概是她的冷漠态度惹怒了司梦，她一肚子火气终于找到了出口，夹枪带棒地狠狠挖苦了收银员一顿。

司梦气呼呼把购物车里的东西一件一件放在汽车的后备厢里，发现购物车里多了一个陌生的女士手包。打开看里面有现金，汽车钥匙，银行卡包，一串家门钥匙。司梦返回超市问那个收银员这是谁的包，她抹搭着眼皮用"不知道"三个字把司梦打发了。另一名收银员提醒说："你到服务总台去看看，那有失物招领。"

司梦跑到服务总台，看到尤姗姗在那里，指手画脚地跟工作人员说着什么。司梦意识到这个手包可能是她的，她转身走了两步又停住了脚。心中默念：做人要大度，做人要大度。

司梦走过去问尤姗姗手包里有什么，她说有现金、银行卡、门钥匙、汽车钥匙。核对无误，司梦把手包扔给尤姗姗说："你的手包掉到我的购物车里了。"说完，转身离开。尤姗姗愣了一下，立刻追了上去要请司梦喝咖啡。司梦冷冷地说，她没空。尤姗姗嘻嘻笑着说："时间就像女人的事业线，挤挤总会有的。走吧，走吧！"

尤姗姗不由分说，拽着司梦的购物车往咖啡屋走。她态度坚决，且力大无比，司梦挣扎不过，只得随她去了。

尤姗姗要了咖啡，要了甜点，司梦坐在沙发上伸直了有些酸胀的腿。尤姗姗说："多亏是你捡了我的手包，要不然我的麻烦大了。"司梦斜了她一眼："我要知道是你的手包，才不跑回来还给你。"

"气话。看相貌，你就不是个有坏心眼的人。一旦做了违心的事，你肯定会把自己折磨得奄奄一息。"

"你是算命的？"

"连这点眉眼高低都看不出来，怎么领着鱼鳖虾蟹们养家糊口？"

"听这口气，你还是个领导？"

尤姗姗拇指和食指张开，在嘴边比画了个笑容："看这儿！没挂相吗？"司梦问她："你加塞儿为什么单挑我？"尤姗姗说："因为你长了一张好说话的脸。"

司梦看了一眼手表："哎，你不是十点有个会吗？这都十点半了。"

尤姗姗立刻发微信："一句话的事儿，我马上改到下午开。说真的，今天要是找不回来这个手包，我就惨了。手机落在车上，没有车钥匙，我开不开车门。没有门钥匙，我回不了家。身上一分钱没有，就算能跟别人借电话打，可我连一个电话号码也想不起来，就凭你解救我于危难，我也得好好请你吃一顿大餐。"

"萍水相逢，一杯咖啡足矣，饭就免了。"

"听你说话，不像家庭妇女。"

"货真价实，假一赔十，本妇女家里，还有一堆鸡毛和蒜皮，等着我打扫呢。对不起，我得走了。"

司梦起身要走，尤姗姗一把拉住她："别急，拣两件鸡毛蒜皮，说给我听听。"

"洗衣机坏了，下水道堵了。说给你听管什么用，你能帮我解决啊？"

这种事对于尤姗姗是小菜一碟，她大包大揽地说，两个小时内解决问题，司梦将信将疑。来到司梦家，尤姗姗掏出手机拨打电话。不一会儿，两个工人就到了，一个修洗衣机，一个掏下水管道。修理工从司梦家洗衣机的出水口里掏出十几个钢镚儿，有几枚上面的字已经被磨得看不清楚了。

尤姗姗说："人家的洗衣机洗衣服，你的洗衣机洗钱。"

"小点声，'洗钱'这个词太敏感。"

尤姗姗听了呵呵直笑。司梦问，修理费多少钱？尤姗姗说，走她公司账户记账。见尤姗姗要走，司梦说，赶上饭点了，留下吃饭吧。

司梦轻车熟路地做牛肉面，尤姗姗站在门口，两手抱在胸前，看着她忙活。

司梦手脚麻利地将热气腾腾的牛肉面端上餐桌，坐在对面看着尤姗姗吃。尤姗姗边吃面边摇头感慨："好吃，太好吃了。哎，我可跟你说好了，以后我要经常来你这里蹭饭。"

司梦大大咧咧说，添一双筷子的事，不怕你蹭。她问尤姗姗开什么公司，这么悠闲。尤姗姗说，科技公司，一部分业务是云储存、云服务。司梦笑了："现在什么都是云，云养花、云撸猫、云配偶。"尤姗姗笑着问："妇女，你还知道云配偶？"司梦掷地有声地说："妇女也要与时俱进。"

司梦有一间书房，大约十平方米，三面墙的书架上摆满了书。"摆设？还是真看啊？"尤姗姗问。司梦说："有看过一遍的，也有看过两三遍的。"

"你哪个学校毕业的？"

"北师大文学系，毕业后应聘在一家文学研究所工作。我以为，我有写作才华，肯定能写出来一本不俗的小说。没想到一结婚，立刻怀孕生孩子。我老公说，既然生了，就连着生两个，一起拉扯大好了。累，也就累这么几年。三年以后我又生了女儿圆圆，再也没有精力想工作的事情，心不甘情不愿地当上一个围着灶台转、老公转和孩子转的'三围女人'。"

司梦问尤姗姗，哪个大学毕业的。尤姗姗说，她是首都经贸大学肄业。大学一年级，她一头撞进爱情里，意外怀孕。只能放弃学业，结婚生娃。她说得风轻云淡，听不出来什么遗憾。

得知尤姗姗的儿子已十二岁，司梦大吃一惊。"生孩子的时候我才十九岁，一下子被老婆和妈的双重责任压垮了，不知道怎么样才能把孩子拉扯大。心情无比灰暗，医生说，抑郁症主要表现为自伤，躁郁症主要表现为他伤，我是连抑郁带躁郁，那阶段我连门都不敢出。"尤姗姗说得很轻松，像说别人的事。

司梦看着她，不知道该说什么才好。

"孩子两岁的时候，我提出离婚。前夫为了阻止我，用尽了手段，最后强行留下孩子，姐们儿，我可是净身出户呢。"

"对一个女人这样做，他太过了。"司梦鸣不平。

尤姗姗一脸无所谓："就这样，也没挡住我前进的脚步。走出家门，我开始创业。从零开始做起，当时我心里只有一个目标，跟史达明，也就是我前夫，比比看谁牛×？想和做中间的差距，真不是一句话。一路走过来受的罪，我说都懒得说了。十年过去了，现在我有车有房，名下有两个公司，重庆和三亚都有我的房产。以后你带孩子出去玩，可以住我家。"

"有机会好好聊聊！把成功的经验给我传授传授。"司梦从心里往外崇拜这个事业有成的女人。

尤姗姗看了一下手机上的时间说："想聊就做好饭菜约我，现在我得回公司开会去了。"

戴小雨入住奶奶家，白静慧比往常忙碌了许多，鲍雪时不时地过来溜溜缝，减少这祖孙俩之间的摩擦。白静慧在厨房里择菜，她择得细致，豆芽的头和尾一根一根地掐掉，只留下白嫩嫩的身子。

鲍雪拎着一袋水果来了,她从袋子里掏出来百香果说:"姥姥,这个用蜂蜜冲水,特别好喝。"

"我做了个你爱吃的红烧肉,烧一个茄子,再做个素炒豆芽就吃饭。"白静慧站起身往厨房走。

鲍雪跟了过去:"我姐呢?"白静慧朝客房里努努嘴:"当卧佛呢。"

"这个点还不起来?"

"半夜不睡,早上不起,中午十二点,我把饭菜端上桌,她才爬起来。吃完饭,碗往水池里一泡。"白静慧压低声音发着牢骚。

"您就当没看见,让她自己洗。"

"等着她洗?水池里能长出海藻来。"

戴小雨堪称睡神,睡着了像座蜡像,鲍雪进屋用手捅她:"嘿,嘿!"戴小雨睁开眼睛,看见是鲍雪,立刻拉起被子蒙住脑袋。

鲍雪一把掀开被子,拉住她的胳膊使劲往起拽,说:"姥姥屋里屋外地忙活,你也真睡得着?""老太太觉少,早上五点半就起来了。我这个岁数不行,护觉。"戴小雨边挣扎着边甩她的手。

"那也别在她跟前挺尸。赶紧租房,搬出去。"鲍雪硬是把她拽了起来。"像点样的一室一厅,月租金四五千块钱,我连工作都没有,哪有那笔开支?"戴小雨瘫坐在床上,懒洋洋地打了个哈欠。

"你不能把你的困难,转嫁到老太太身上啊。"

戴小雨白了鲍雪一眼:"我姓戴,是她亲孙女。吃住在戴家,理所应当。""我妈还姓戴呢,论血缘比你还亲一层。"鲍雪寸土不让。

戴小雨还给鲍雪一个白眼,鲍雪问:"翻什么白眼?你跟你爸断了父女情分,你爸跟他妈断了母子情分,你给我讲讲,这个理所应当的'理'在哪里?"

"你明摆着是没占上便宜眼红了。"

"我讲公平,不讲便宜。"

"我哪不公平了?"

鲍雪把椅子上堆着的衣物拿起来扔到床上,一屁股坐在椅子上。

"我毕业留在北京。我妈要我住过来,陪着姥姥。舅舅跟我妈大闹了一场。说戴家的便宜，不能让外姓人都占了。我爸为了我，把鲍家的祖屋，从租户那里赔了违约金要回来。这样，才平息了你爸的愤怒。"

"他愤怒，跟我有什么关系？"戴小雨不以为意。

"你不是姓戴吗？"

"咽不下这口气，你可以回来住呀。"

"你的自私自利，是出厂时默认的，我跟你不是一个型号，没你这么贪！"

"你再说一遍？"

"哪里有可悲的利己主义，哪里就会有悲壮的舍己救人。我再说一遍，你还能把我掐死啊？"鲍雪提高了嗓门。戴小雨跳下床追着打她。鲍雪上蹿下跳，躲得很利索，俩人追打到客厅。

白静慧一声怒喝："闲饥难忍是不是？拿碗筷吃饭！"姐妹俩立刻放弃追逐，乖乖地进了厨房。饭菜上桌，祖孙三人围着饭桌吃饭。

鲍雪心大，忘了跟戴小雨吵架的事，提醒她说："姐，这个菜里有蘑菇，你小心点儿。"戴小雨说："我不过敏了。"鲍雪好奇地问："什么时候发现的？"

"刚到英国的时候，我跟同宿舍的人，合伙点了个比萨，快吃完了才发现里面有蘑菇。后悔已经来不及了，我把药放在床头，准备发作了吃。等得睡过去也没发作。从那天开始，我对蘑菇生冷不忌了。"

鲍雪说："我小时候最烦吃豆子。"

"可不是，豆粥，豆包，豆浆，小豆冰棍，一概不进嘴。"白静慧说。

"上了大学突然喜欢上了豆制品，株连九族，连窦这个姓都招我待见。"

"能不能不夸张？"戴小雨问。

"能啊，条件是什么？"

"你想要什么？"

鲍雪要求吃海底捞。戴小雨说："我暂居在此，好歹算个客，你长居北京，怎么说也是主人，应该你请我。"

"说的是这么个理，你想吃什么？"

"当然是越贵越好了。"

白静慧面露不悦："我这一桌子菜，还堵不住你俩的嘴？"鲍雪说："姥姥，晚上您掐她一顿伙食，我找个饭局堵住她的嘴。"

司梦总觉得时间不够用，在电脑上写着写着就写进去了。无意间她抬头看了一下桌上的表，惊得跳起来，抓起车钥匙就往外跑。

北京的街道以长安街为中心，一圈一圈一直圈到五环外，环环暴堵。司梦被堵在二环上，喇叭声此起彼伏，司梦的车夹在车流中，一点一点地往前挪着。赶到幼儿园门口时，接孩子的家长们已经陆续往外走了。年轻的妈妈们，衣着光鲜，脸上化着淡妆，穿着一身家居服的司梦夹在她们当中，显得灰头土脸的。圆圆仰着脸看看别的小朋友的妈妈，再看看自己的妈妈。她站住脚大声说："班上小朋友的妈妈里面，数我的妈妈最漂亮！"

妈妈们立刻扭过头往这里看，司梦心中立刻涌出自豪感。圆圆朗诵般大声说："我的妈妈，头发乱乱的，脸蛋黄黄的。"司梦拉着圆圆逃也似的跑了。

接了女儿还要接儿子，司梦开车回到家，安排好儿子写作业，就忙着烧汤做饭。圆圆手里玩着玩具，嘴里哼哼呀呀地唱着歌。

"告诉妈妈，你长大了想做什么？"

"给妈妈洗脸洗脚，哄妈妈睡觉，开车送妈妈上托儿所。"圆圆回答得很干脆。司梦夸道："你真是妈妈贴心的小棉袄。"

"妈妈你是不是一心想要一个女儿？"

"是啊。"

"老天爷听到你的愿望，在你的肚子里面浇了点水，就长出来两个奶和一个女儿？"

司梦大笑。

圆圆趁机说："妈妈，我能养一条小狗吗？"司梦摇摇头："不能。"圆圆问："为什么？"司梦解释说："妈妈忙你们俩，都忙不过来，哪有时间遛狗捡狗屎？"

大壮抬起头看着司梦语气很真诚："我帮你。"司梦说："怎么是帮我，又不是我要养的。"圆圆说："这个任务交给爸爸，省得他不干活，总是挨妈妈的批评。"

"你们觉得妈妈批评得对不对？"司梦问。大壮说："我才七岁，不要老让我回答你们大人才能答对的问题。"司梦惊讶地看着自己的儿子，感觉他就是一个小大人。

傍晚时分，司梦把汤锅放在餐桌中间，招呼孩子们过来吃饭。丈夫杜世均打来电话说，晚上有应酬，不回来吃饭了。司梦克制着情绪，嘱咐他别多喝酒。话筒里的杜世均说，知道了，就挂了电话。

司梦坐在饭桌旁边看着一双儿女吃饭。大壮问："妈妈你怎么不吃。"司梦无精打采地说："妈妈没胃口。"圆圆说："妈妈做的饭最好吃。""就是，比我们学校的午餐好吃多了。"大壮举双手赞同。

圆圆朗诵般地大声说："我的妈妈手很巧，就是腿有点粗。"

司梦扑哧一声笑了。

上了酒桌，酒肯定是少喝不了的。杜世均听到隔壁的包厢里传出来的笑声有些耳熟，他立刻起身说："葛总在隔壁包厢，我过去敬一杯酒。"

葛总是一个矮个圆脸的胖子，看见杜世均端着酒杯进来，立刻做出一副讨饶的苦相，说："你这人简直是千里眼加顺风耳，白天刚躲过你们所里的人，晚上你就掘地三尺把我挖出来了。"

"惊扰大驾，我自罚一杯。"杜世均一口把杯里的酒干了，"合作的事咱们不能酒桌上谈，为今天晚上的这缘分我再干一杯。"

"喝酒看人品，你这人实诚，这杯我陪你喝。"葛总被他说高兴了。

杜世均立刻给葛总倒了一杯酒，俩人碰杯一饮而尽。

"明天上午我在办公室等你，后续的事，咱们在那里聊。"葛总说。

杜世均说："好，好。隔壁还有一桌，我得过去招呼一下。明天晚上赏个光我请你。"葛总点点头："忙你的。"

杜世均出去了，坐在葛总身边的戴小雨，很有眼色地给他的杯里斟满酒。"你哪个学校毕业的？"葛总问。"研究生在英国读的，刚刚回国。"戴小雨答道。

"不错，有志青年，想从事什么行业？"

"没想好呢。"

鲍雪说："姐，你加葛总个微信，他人脉广，能耐大了去了。"

戴小雨立刻掏出来手机扫葛总微信，顺手把身边柴勇的微信也扫了。柴勇问："你们是姐妹俩？"鲍雪说："我妈妈是她的姑姑。"

"绝代双骄啊。"

"我姐在国外待了几年，人已经闭塞了。我带她出来见识一下，国内朝气蓬勃、日新月异的朋友圈。"

尤姗姗风风火火地进来说："对不住！对不住！公司有事耽搁了！"

葛总说："少废话，自罚三杯吧。"

"三杯少了点吧？酒窖里藏了二十年的茅台，我起步也得六杯。"尤姗姗说着从手提袋里拿出来一瓶茅台酒放在桌子上，"启开！"

服务生过来启开瓶盖，尤姗姗倒了一杯一饮而尽，她一脸的陶醉样。葛总立刻抢过茅台酒瓶放在自己面前："声称请客，把我们晾在这里一个多小时才露脸，你还好意思喝茅台？"

"哥，我这个人你知道，一贯认罚。"尤姗姗扫了一眼桌子上的菜，"冯希，这就是你点的菜？"

坐在鲍雪旁边的冯希，三十岁左右，高鼻梁宽额头，身材丰满，气质温和，说起话来语速很慢："有荤有素的，怎么了？"

"我请客，怎么点出你的风格来了？每盘菜都彰显出一个字'抠'。服务员，把菜单给我。"

服务员把菜单递给尤姗姗，她专门拣贵的往桌上补菜。坐在冯希另一边的张总跟冯希套近乎："裙子的款式很配你，如果在裙摆上来一笔泼墨写意的睡莲，就更完美了。"

"张总喜欢国画啊？"

"六岁学画，童子功。"

"你的画是不是也论尺卖？"冯希问。

"泼墨写意，是激情到达顶点，喷薄而出之作，不会再画出一样的第二张，所以我一般不卖。你喜欢表吗？我还收藏世界名表。"

"我不懂表。"冯希说。

张总立刻掏出来笔，拉过来冯希的手说："我给你画一只昂贵的浪琴表。"

冯希不喜欢被他拉手，又不好意思拒绝，窘得满脸通红。鲍雪立刻起身挤到他们中间，举起自己的白色帆布挎包说："大师，来！给我画个爱马仕。我一定当绝世孤品供起来。"

张总见到有主动上门的，立刻放了冯希。他说："求我的画，是有代价的。"鲍雪说："怕的是无价。"张总上下打量她："人不大，气焰挺嚣张。"鲍雪说："本人身高一米六四，气焰三米二八。"

尤姗姗的注意力被鲍雪吸引过来了。

贰

　　张总满脸是笑："酒量如何？""咱在职场上不如别人，喝酒这事还能输吗？"鲍雪信心满满地说。尤姗姗饶有兴致地看着她。张总说："我喝两个，你喝一个。"鲍雪必须当仁不让："我从不以小欺人，你一个我一个。"

　　戴小雨拿自己面前的量酒杯，给鲍雪的酒杯倒满酒。冯希拿张总面前的量酒杯，给他倒满酒。鲍雪跟张总碰杯一饮而尽，戴小雨殷勤地给张总布菜。鲍雪跟张总连干三杯，唬得他借着接电话的机会躲出去了。

　　鲍雪搂住戴小雨的脖子小声问："姐，你什么时候把酒换成水的？"

　　"你这么傻的人都能看见，那还不露馅了？"

　　鲍雪说："傻瓜的定义是，把自己不能理解的事物转变成一个大笑话的人。你觉得我是那个人吗？"

　　冯希说："不是，绝对不是，我觉得你特别可爱。谢谢你刚才帮我。"

　　"我叫鲍雪，我姐叫戴小雨。"

　　柴勇凑过来跟戴小雨聊天，两人聊得很投机，嫌饭桌上吵，起身去沙发处坐下细聊。尤姗姗举着酒杯过来，一屁股坐在鲍雪身边，她说："我喜欢你！"

　　鲍雪询问的目光看向冯希，冯希忙说："她叫尤姗姗，我俩是老乡，这顿饭是她请的。"鲍雪立刻跟尤姗姗握手寒暄："你好，你好，我叫鲍雪。"尤姗姗说："吃什么，喝什么，随便点，我有这里的卡。""这家伙给女人花钱，完全是一副男大款的架势。不过，她对我可没这么大方。"冯希说。

"你这人脑子笨，还爱算细账，这几年真是白跟男博士睡了。"

冯希气得叫起来："尤姗姗，你再胡说八道，我跟你绝交。"

鲍雪说："听口音，你俩都不是北方人。"

尤姗姗说："湖北荆州。"

"刘备大意失荆州。"鲍雪操起了京剧韵白。

尤姗姗手机响，她起身出去接电话。

冯希跟鲍雪聊天："我男朋友博士毕业留在北京工作，我是跟着他来的北京。"鲍雪感叹道："博士要读书二十二年，屁股能把板凳磨穿。敬佩，着实令人敬佩！哎，你俩怎么认识的？"

"我俩是初中同学，他高考进省城，读了大学本科。我学习不好，读的职高。他大学毕业后又读了研究生。省城离我们小镇 80 里地，我每个月都会坐火车去学校看他。后来他考上博士生进了北京，毕业后留在北京工作。一千多公里的路程，我怕会影响他跟我的感情。去年，我辞了工作，来到北京陪着他。我家亲戚去非洲打工挣钱，我就住在他家给他看房子。做兼职做代购，挣钱养活自己。"

"为了爱情，抛家舍业，离乡背井，不觉得有点凄凉吗？"

"在家乡小镇，不紧不慢地结婚，不紧不慢地生孩子，然后不紧不慢地等死。对于我来说，这才是真正的凄凉。"

"你俩同居了？"

冯希摇摇头说："过来姐们儿告诉我，不能随便同居。一旦同居，男人立刻没了新鲜感，特别容易见异思迁。我不能让这样的事情发生。现在他住单位宿舍，周末把脏衣服拿到我这里洗，我给他做点好吃的，让他解解馋。在一座城市彼此能看得见，他心安，我也心安。"

鲍雪问，不打算结婚吗？冯希说，总得攒够房子的首付，男友才敢跟她提结婚吧。得知他们好了十年，鲍雪惊叹说，哇！这该是多么坚韧的爱情啊！冯希淡淡地说，坚韧谈不上，稳定没问题。

冯希问鲍雪有男朋友吗，她笑嘻嘻说，肯定有过啦。她在情感上失落时的补救措施，就是参加各种饭局，从一个圈子跳到另一个圈子。人的一辈子，就是生活圈子不停解构建构的过程，最后归零。所有的圈子都变成了花圈。

"怎么突然从爱情转到殡仪馆去了，听着好瘆得慌。"

"习惯了就好了，死是我们每个人的必然归宿。"

"你做什么工作？"

"演员，影视和话剧都干。"

"你演过哪个电视剧？没准我看过。"

"我没长出流量明星的脸，所以一直出演四五号配角，不定格根本看不清楚我。"

冯希说鲍雪太低调了，鲍雪开玩笑说，低调，再低调，是最牛×的炫耀。冯希很喜欢鲍雪的性格，说等她演戏时，一定去捧场。鲍雪说，她一点都不忿儿搭戏的一些主角，他们的表演油腻得可以直接逼退中国的四大油田。冯希听得哈哈大笑。

坐在沙发上的柴勇，全神贯注地给戴小雨讲他的发家史。

"销售原是一个金字塔，下面最大的一坨是基础，说白了就是炮灰。炮灰遇见困难会躲，最终因为业绩等原因，干不下去撤了。给剩下的人屯留下一些客户。开弓没有回头箭，剩下的人越往上层走，越吃底下炮灰的利。这样一层一层，最终成功的是金字塔的塔尖。咬牙坚持的过程中会遇到各种压力，社会压力，经济压力，人的压力。"

戴小雨一脸虔诚地认真听着。

"后来我开了自己的公司。第一单生意，是我去东北签下来的。数九天，掌管大权的人，让我在他家楼下，足足站了十七个小时，才同意跟我见面。当时我舌头硬得话都说不利索了。那一单，我挣了两千多万。在北京和上海各买了几套楼房。"

戴小雨从心里往外羡慕他了。

柴勇总结说："经过挫折受过苦，不是成功的全部。懂得了钱的重要，才能守得住财。明白吗？"戴小雨叹了口气："明白有什么用？我又没钱可守。"

柴勇说，没钱就去挣啊。戴小雨问，怎么挣？柴勇点化说，条条大路通罗马，眼前就有一个现成的机会。戴小雨请他说明白一点。柴勇说，跟他出来吃饭就能把钱挣了。见戴小雨一脸懵懂，柴勇说：

"有偿地占用你的时间，我跟人谈事，你在旁边给我捧个场，按小时付劳务怎么样？"戴小雨问："怎么个付法？""你说了算。"柴勇豪爽地说。

司梦洗完澡，对着镜子审视自己，镜子里的女人上身穿着一件T恤，下面穿着一条宽大的跑裤，头发乱蓬蓬的没有个型。她对自己的样子很不满意。抓起头发三把两把绾成髻，用簪子插牢。

杜世均满身酒气进家门，大壮立刻跑过去，把拖鞋放在杜世均的脚边。"你妈呢？"杜世均问。

"在洗澡。"

司梦从卫生间出来问："又喝了？"杜世均边换鞋边说："不喝躲得过去吗？儿子，作业写完了吗？"大壮说："算术写完了，作文不会写。"杜世均说："让你妈辅导你。"司梦不高兴了："你倒会使唤人。"杜世均不以为然地说："你是文科生，码字是你的强项嘛。"司梦顶撞说："你的强项是喝酒。"

杜世均听出了司梦话里的情绪，抱怨说："你以为我愿意喝啊？"司梦哼了一声："谁逼你喝了？"杜世均大声答道："工作和生活啊。"司梦撇撇嘴："好大的口气。"

"我不去应酬，有油水的活儿就找不到我的事务所，挣不来钱，你们能活得这么滋润？"

司梦把脑袋伸到老公的面前："睁大眼睛好好看看，我哪里滋润了？"杜世均看了她一眼问："换发型了？"司梦生气地说："两年前我就这个发型。"

杜世均摇摇晃晃走到沙发前，身子一歪瘫软在那里。他叹了口气说："这一天忙的，连喝水的工夫都没有。"司梦倒了一杯水给杜世均，她问大壮："作文题目是什么？"

大壮说："《我的爸爸》。"

"这还不好写？你写，我的爸爸叫杜世均，白天他去上班，我去上学，晚上他下班回来，酒气熏天，昏昏欲睡。我不知道他怎么看我，我也不知道该怎么看他。"

"哎！哎！有这么指导孩子的吗？"杜世均叫起来。"你来指导。"司梦说。

杜世均说："我指导就我指导。"

杜世均上手指导大壮写作业，几分钟后房间里的气氛就变了。他咆哮道："'杜世均'三个字是这么写的吗？怎么多出来这么多笔画？给我擦掉了重写十遍。"大壮瞄了一眼他脖上绷起来的青筋，把目光转向别处。

"你都二年级了，zhi chi shi 还分不清楚？你的学是怎么上的？啊？"

大壮低着脑袋不吱声。司梦进屋，弯腰把扔在地上的玩具捡起来放进筐里。她的眼神跟大壮的眼神碰到一起，儿子可怜巴巴的样子叫她心疼。司梦走过去拿起作文本，看了一遍大壮在爸爸指导下写的作文。

"这是你指导下写的？"她问。

"怎么了？"

"干巴巴的像财务报表。"

"我不行你来。"杜世均立刻罢工了，顺势在沙发上躺下。

圆圆走过来，靠在爸爸身边说："我要是会写字，一定比哥哥写得好，不让爸爸生气。""那是！我女儿最爱学习了。"杜世均摸摸圆圆的脑袋。

司梦笑着说："圆圆没去幼儿园的时候，天天盼着去幼儿园。真到了上幼儿园那天，天还没亮，她就睡不着了，背着新书包，在地上走来走去的。去幼儿园上课的时候睡着了，是被老师摇醒的。"

"晚上又哭又闹，第二天早上发现尿床了。"

圆圆伸手去捂杜世均的嘴："好，好，爸爸不说。"

"妈妈，妹妹昨天又发洪水了。"大壮告状。

圆圆辩解道："不是，是出汗弄湿的。"

司梦和杜世均全笑了。

圆圆生气了："你们再嘲笑我，我就说你们，难道你们小时候就没尿过床吗？"

杜世均立刻站在女儿的一边，他说："我女儿批评得对！我们不能因为长大了，就好了伤疤忘了疼。"

卫生间里洗衣机在轰隆隆地转着，司梦靠在盥洗台前在笔记本电脑写着：孩子要怎么养，择校要怎么想，鸡汤该怎么熬，婚姻该不该痒？

大壮跑进来拉着她的手往外拽她："妈妈，你过来。"

躺在沙发上酣睡的杜世均，头发被绑了一根小辫，脸上涂着口红，打着眼影，一看就是孩子的手艺。司梦忍着笑督促着一双儿女回卧室睡觉。

圆圆不困，缠着妈妈闹。司梦把灯关上了说："睡觉！"她把女儿按在枕头上。

圆圆一只手揪着司梦的一只耳朵说："两只耳朵竖起来。"又摸着司梦的嘴说，"三瓣嘴要张开，想吃萝卜和白菜。"

司梦把圆圆拉到自己怀里躺下，压低声音说："快睡吧，十点了。""你给我讲故事，我就睡。"圆圆提要求。

司梦压低声音讲了起来："有一只白猫，它有两个哥哥，哥哥们和它一样全是白色的。猫妈妈偏爱小白猫，因为它实在是太小了。吃奶的时候争抢不过哥哥们，吃食的时候，也经常被哥哥们摁在地上。这个时候妈妈会及时站出来，伸出爪子左右开弓扇两个哥哥耳光。在妈妈的呵护下，小白猫跌跌撞撞地学会了跑。"圆圆睁着眼睛认真地听着。"夏天的一个下午，小白猫睡醒了，懒洋洋地从树丛里钻出来。看到地上有很大一洼水，水面像镜子一样平静。它蹲在水洼旁边，看着倒映在水面上的乌云慌乱地奔跑着。一滴水珠从天而落砸在水面上溅起涟漪，接着很多的水珠砸下来，水洼噼噼啪啪地响起来，很快水洼就扩大了。一声闷雷砸在小白猫的头顶上，吓得它魂飞魄散。它往前跑，前面是水，往后退后面也是水。小白猫大声叫：喵！喵！"

圆圆终于睡着了。司梦去客厅，把杜世均叫醒，拉起来去洗澡。"昨天刚洗过，今天就免了吧。"杜世均要赖。

"一身的酒味污染环境，必须给我洗干净了。"

司梦把杜世均拖进浴室里，从外面关上了门。听见里面传来水声，她才离开。

司梦坐在书房里写东西，她很快写进去了。杜世均穿着浴衣，用毛巾擦着湿漉漉的头发站在门口。"十二点了，你还不睡啊？"他问。"好不容易清静了，我再写一会儿。"司梦眼睛盯着电脑屏幕。

"这澡洗得把困劲洗没了。"杜世均在她旁边的沙发上坐下。司梦想起来什么，她说："星期四大壮他们班开家长会，这回你去吧。"

"周四我开会，脱不开身。"

"大壮已经二年级了，你就没在学校露过一回脸。只见妈，不见爹，咱们家是典型的丧偶式育儿。"

"这话多难听！"杜世均叫起来。

"你也知道难听啊？刚才你又全方位展现了一下，你的杜氏诈尸式的教育手段。"

"你那点文采全用在我身上了。"

司梦放缓了语气："咱们还是请个保姆吧，这样能把我腾出来，我可以把我的文采用在挣钱上，也能减轻咱们家的负担。"

"我给你算一笔账。请全天候保姆的花销，跟你出去上班挣的工资相抵消。你那才是白忙活一场。"

"你开着会计事务所，竟然好意思跟你老婆算这么精细的账，说穿了，还不是因为我不挣钱吗？"

"说穿了，真不是钱的事。"

"那是什么事？"

杜世均说："家里有个外人掺和进来，我会觉得这不是我的家了。现在我一回家，可以穿大裤衩子满屋走，保姆进了家我能这么穿吗？现在的保姆只要有机会，就在外面聚在一起，雇主家的事，新鲜的不新鲜的，什么不往外说？这跟我敞着户门睡觉有什么区别？"

"你这是因噎废食。"

"再说了，保姆有妈妈对孩子尽心尽力吗？你没看见网上对保姆的负面评价？咱们不能拿孩子去冒险，万一有个三长两短的，孩子遭受的心理创伤，会跟随他们一辈子的。"

杜世均的话捅在司梦的软肋上。他说："辅导孩子作业，咱们还得费心找家教。再努力找也不见得比你合适吧？"

司梦不吭声了。杜世均得势不饶人，让司梦说话。司梦冷着脸说："人微言轻，我还有什么可说的？"

"你的话一句一句扔出来，哪回不砸得我鼻青脸肿？人微言轻这词你真用不上。赶紧睡觉吧。"

司梦赌气说："我不困，你睡去吧。"

"你不能天天让我自己睡吧？走吧，走吧。"

杜世均硬拉司梦进了卧室。两人宽衣解带，躺进被子里。

"看见你儿子试卷上老师的评语了吗？"司梦问。杜世均说："没有。"

"有一道题，大壮不会解，他在试卷上写了六个字，不会我也不抄。老师评语，有骨气！"

杜世均不禁哈哈大笑。

"你说，现在小学生的数学作业，怎么那么奇葩？网上有一道题是这样的，一条船上有 13 头牛，6 只羊，请问船长多少岁？"

杜世均一怔："这叫什么题？"

"你给解一解。"

杜世均翻身趴在床上，手托腮帮，翻着眼睛，想解题方法。

"学历越高，解题越慢，因为想得太多。

"这道题，根本就没有答案。"杜世均说。

"我就差点被带进沟里去。"

司梦转身关了身边的床头灯："睡吧。"杜世均叹了一口气。

"你叹什么气？"

"一道小学生的试题，生生把一对同床夫妻，变成了同窗兄弟。"

司梦转过身看着他说："才发现啊，你我早已经脱离了床笫之欢，升华成佛系夫妻了。"

杜世均问："这又是什么词儿？"

"你我抽到了上上签，夫妻关系上升到灵魂的巅峰。曾经的干柴烈火早已化为灰烬。哎，给你个选择，你当干柴还是当烈火？"

杜世均："我的血肉之躯已经被耗干，成了名副其实的干柴。你肝火旺盛，星星之火可以燎原。这不明摆着吗？我是干柴，你是烈火。"

司梦说："干柴遇烈火必然有结果。现在咱俩的关系是这样的，烈火身子还没碰床，干柴已经散架，先梦游仙境去了。烈火只能自行熄灭，苦等天亮。"

"你在抱怨我不尽丈夫的责任？"

"这可是你自己说的。"

杜世均一把扯过来司梦，把她压在身子低下。司梦假意抵抗，两人刚要亲热。门开了，圆圆睡眼惺忪地进来。两人吃了一惊，急忙闪身离开。圆圆爬上床，躺在爸爸妈妈中间。

司梦问："怎么醒了？""梦见妈妈把我扔在公园里，不要我了。"圆圆抽抽搭搭地哭。司梦赶紧把她搂进怀里："妈妈在这呢，妈妈怎么可能不要你呢？"

"你就知道跟爸爸好，你白生我了？"圆圆哽咽道。

司梦笑着。杜世均无可奈何地叹了一口气转过身去，他很快睡着了。

司梦搂着圆圆，她闭着眼睛，在心里数着那群数不清楚的羊：一只，两只……

郊区的天空晴朗得像假景片一样，山间树木层层叠叠，淡黄、金黄、赭石鲜红、褐紫自如地变换着颜色。鲍雪戴着头盔，骑着赛车，跟冯希和几个年轻人在公路上飞奔。

鲍雪激情爆棚，她双手撒把，用高亢嘹亮的话剧腔高声喊道："我那麦田色的青春！我那猛于炮火的青春啊！"

年轻人立刻扯着嗓门跟着一通乱喊。"风水轮流转！""有输必有赢！""我们雄心勃勃！""我们虚怀若谷！""酸啊！爽啊！实实在在地酸爽啊！""生死看淡，不服就干！"喊声在山峦中引起阵阵回响。盘山道上坡路，鲍雪蹬车的速度慢下来。身背高档相机的刘梁周从后面赶上来，几下就超过了鲍雪。鲍雪不服输，在后面使劲追赶，刚追上又被落下。鲍雪死命追上去，跟刘梁周并驾齐驱。

鲍雪手指蓝天说："看，大雁！"刘梁周抬头看："哪有大雁？"鲍雪气喘吁吁地说："它们一会儿排成 S 形，一会儿排成 Z 形。"

"什么意思？"

鲍雪说:"S是傻的缩写,Z是子的缩写。"

她两手松开车把,学着大雁飞翔的动作,嘴里大声叫道:"看啊,有个傻子落在我后面了!"说罢她紧蹬几下,把刘梁周甩在后面。

骑士们聚在乡村饭店的饭桌旁,大家在群里相互发自己拍的照片。刘梁周拍的鲍雪,角度刁钻,鲍雪看自己,觉得很陌生。

"你怎么把鲍雪拍这么怪,简直不像她了。"冯希打抱不平。刘梁周说:"每个人都有她自己看不到的一面,所以人要学着正视自己。"

冯希被噎住,鲍雪立刻塞一个烤串在她手里。

"吃烤好的肉,别啃那根秃棍子。"

冯希吃着烤串,嘴里嘟囔了一句:"他就是一颗别籽瓜。""什么意思?"鲍雪问。冯希说:"瓜里面结出来的籽,跟养它的那颗瓜别着劲。"鲍雪一副恍然大悟的表情:"哦。""多谢夸奖。"刘梁周喝着啤酒说。

冯希说:"我在批评你,怎么就成夸奖了?""不入流俗独树一帜,褒的成分高。"刘梁周答道。鲍雪说:"那是,换个角度看问题,分分钟能解救自己。哎,你不是北京人吧?""不是,祖籍江西。"刘梁周说。

"跟我们老家挨着。"

"你是安徽人?"刘梁周问。

冯希说:"不是,湖北。你是独生子吗?"

"我还有个哥哥。"刘梁周说。

知道了刘梁周的哥哥在上海,冯希感叹说:"一个北京一个上海,你们哥俩都生活在一线城市。"刘梁周说:"我是北漂混在北京,我哥是博士留在上海。地位悬殊,差距大了去了。"鲍雪插话道:"你跟你哥哥之间的差距,肯定不是你爸妈强行拉开的。"

刘梁周看着鲍雪没有说话,鲍雪接着说:"两种可能,一是你的智商没有你哥高;二是你努力的程度比你哥差。"

"这两样你都说对了。"

"那你就只剩下破罐子破摔了。"

刘梁周不满地问:"我招你了吗?""没有啊。"鲍雪一脸纯真地学着他的口吻,"每个人都有他自己看不到的一面,所以人要学着正视自己。"

众人全笑了。刘梁周笑着摇摇头："你嘴够损的。"鲍雪龇牙一笑："胎里带的，没办法。"刘梁周挖苦说："你这么说话，不怕遭报应?""不怕，老天爷是我舅舅。"鲍雪回答得很认真。

席间又是一片哄笑声。

鲍雪说："男人寿命短，全因为放不下身段。败了就败了，非要弄出个英雄的造型。从里到外拧巴着，不折寿才怪。"

刘梁周好奇地问鲍雪，她的男朋友是什么样的人。鲍雪问，他问哪一个? 刘梁周反问，你有几个男朋友? 鲍雪语气幽幽地说，心里有座坟，里面住着许多人。

众人一阵爆笑，觉得这女孩儿太幽默了。

刘梁周笑着冲鲍雪伸出手去说："你性格不错，认识一下，我叫刘梁周。"

回到城里，鲍雪挣扎到白静慧家，一头扎在姥姥舒适的沙发上哼哼唧唧："累死我了。""扛麻袋去了?"白静慧问。鲍雪有气无力地说："骑自行车郊游，然后爬长城。"白静慧不以为然地说："我五十多岁的时候，还能骑车到香山去取山泉水，来回小四十里地。"

"您那时有我姥爷的爱情滋润着，我能跟您比吗?"

"谁挡着你谈恋爱了?"

"太累人了，吹一个，回来得躺着歇一个礼拜。"

"你妈跟你爸谈恋爱可没像你这么折腾。"

鲍雪翻了个身坐起来："姥姥，您给我煮碗面吧，吃饱了我立刻下套子套男朋友去。"

白静慧手脚利落地煮面，鲍雪打开冰箱拿出饮料喝，她问："我姐呢?"白静慧说："说是有事出去了。你看她没个工作，也不张罗回杭州看看父母。这习性随根，心冷。"

"我舅舅这个人……"

白静慧立刻截住她的话头："别跟我提他!"

白静慧跟儿子戴厚江积怨已久，根源在"利益"这两个字上。戴望溪宠儿子。戴厚江得陇望蜀，跟父亲提什么要求，戴望溪都一口答应下来。

提到儿子，白静慧就气不顺。

"不是我拦着，这个家早就被他送光了。当年你妈回北京生你，一年产假休完，要回深圳上班。我心疼你们母女，让她把你留在北京，我和你姥爷一起帮忙照看。你舅舅觉得你妈占了天大的便宜。立刻把小雨送到北京来上托儿所。我反对，你姥爷说，咱们一碗水应该端平，身边有孙女和外孙女，咱们老两口的退休生活也不寂寞。我觉得这话也没错，依了他。"

鲍雪说："我跟我姐都是您带大的。"

"别人养儿防老，我生养他是造孽。幸亏我还有你妈，要不，这一辈子算过瞎了。"

"我妈跟我舅舅是两类人。"

"你跟你姐也不一样啊。她太看重利益，在感情上患得患失。你太拿钱不当事，有一个花俩。在感情上，你也总是吃亏的那一个。水土、温度、营养都一样，结的果却北辙南辕。还是那句话，随根。"

"您这算不算戴着有色眼镜看人？"

"七十四年练就的火眼金睛，我能看错人？你姐这个人冷起来，能穿一身冰铠甲；你呀，热起来敢火烧连营。"

"姥姥，您说话总是这么到位。"鲍雪哈哈笑。"到位管啥用？风一吹就散了。人生不过三餐四季，没谁能拗过命去，想怎么活，就怎么活吧。"白静慧叹了一口气。

"我妈的性格怎么不随您呢？"鲍雪问。白静慧说："窝窝囊囊的像你姥爷。""我妈可不窝囊，她是嘴懒，不愿意说。我舅舅善于表达像您。"鲍雪为母亲辩解。"又跟我提他。"白静慧瞪起了眼睛。

"姥姥您生起气来，嗓音洪亮，中气十足。根本不像七十多岁的人。"

"你姥姥，好歹也是师范学院声乐系毕业的，那几年的粥不能白喝了。"

"为什么光喝粥？减肥吗？"

"减什么肥？我上大学的时候，正赶上三年自然灾害，粮票都留给你姥爷了。粥不要粮票，所以我多数时间喝粥。"

"用三年的粮票，换来我姥爷一辈子俯首帖耳，还是您有谋略，算计得长远。"

"他要是真俯首帖耳，我也不会过得这么闹心。"

"您不是闹心，是贪心。我姥爷跟您过这一辈子，您说行的事，他连'不'这个字的拼音字母，都不敢往外冒。"

"嘴上不说，挡不住伸手往外送啊。"

当年老房子拆迁，政府给了一笔款，戴厚江为此事特意从杭州回来。他做通了父亲的思想工作，又来跟母亲谈。他说，你们都是快七十岁的人了，不要再买什么房子，到杭州来，用这笔钱买个大房子。两代人可以一起住。

戴望溪积极响应："杭州空气好，不像北京这么干燥。这笔拆迁款在那里买个大点的房子应该够了。"

父子俩的提议被白静慧一口拒绝了。戴厚江问："为什么？""老树挪窝伤根。"白静慧说。

晚上老两口躺在床上，谁也睡不着。戴望溪说，儿子也是一片孝心。

"狗屁孝心，明摆着是在算计这笔钱。你这人是万年油滑不倒翁。遇到儿子的事，立刻智商归零，愚蠢到家。我不能老了老了，混得连个窝都没有了。"

白静慧转了个身，脊梁对着戴望溪。戴望溪低声劝她："咱们花钱买的房子，当然还是咱们的家。"白静慧翻身坐起来："一个屋檐下住着两家人，你说谁当这个家？我还是朱敏？""当然是你了。"戴望溪和稀泥。

"我看你是舒坦的日子过够了，想过一下鸡飞狗跳的生活，赶紧去，我不拦着也不奉陪。"

"你这人，好好的，怎么说翻就翻呢？"

白静慧翻身问他："哪好了？怎么好了？"

戴望溪翻了个身，脊梁对着白静慧，他叹了一口气说："你这么说话，儿子听了该多伤心？""你要是答应他，就彻底伤了我的心。"

白静慧的口气很强硬。

白静慧自作主张，用这笔拆迁款，买了一处二手房，戴厚江为这事很生母亲的气。时隔不久，他又生出新的想法，怂恿父亲去探母亲的口风。

戴望溪跟白静慧商量："厚江要送小雨出国读书，连吃带住一年得十几万呢，不是个小数目。"白静慧说："他有钱送就送去。"

"他刚贷款买了房，哪还有钱？"

"我们也没有这笔钱。"

"咱们不是有三十万理财的钱吗？取出来，一年十万，正好够付到孙女考大学。"

"老戴，我跟你说，咱们只担负儿女接受教育的责任，厚江大学本科毕业，澄澄研究生毕业，咱俩已经完成了自己的任务。他们的儿女应该他们自己承担责任。你别狗揽八泡屎，什么事都往自己的筐里捡。他有他的高标准，我有我的严要求。你愿意牺牲，自己牺牲去，别拉着我陪葬。这笔钱你想都别想。"

白静慧恼了，砰的一声摔门出去了。

白静慧和儿子最终闹翻是在戴望溪的灵堂上，房间里处处弥漫着老伴的气息，人已经驾鹤西去。白静慧看着他的遗像，心中的苦弥漫到嘴角。

戴澄澄倒了一杯菊花茶给母亲："喝一口吧，您嘴唇都裂了。"白静慧喝了一口把茶杯放下。"妈，后面的事情您想过没有？"戴厚江问。"活一天算一天，有什么可想的？"白静慧回答得无精打采。

"您伺候我爸这么多年，现在，我爸走了，您跟我去杭州。那里空气好，没事到西湖边上转一转。精神马上会好起来。"

"我走了，这个家怎么办？"白静慧问。

"北京现在房价这么火爆，您把房子卖了，揣着钱到我那儿，我给您养老送终。"

听到"卖房"两个字，白静慧立刻警惕起来。戴澄澄不同意卖房，她说，这房子里有爸爸生活过的痕迹，坚决不能卖。她要白静慧跟她去深圳，什么时候愿意回来看看，还有个家在这儿。

白静慧说："我哪儿也不去，你们想看我，就回来看一眼。我有小雨和小雪陪着不寂寞。"

戴厚江的脸色沉下来，闷头坐在沙发上不说话。

白静慧说："我不是傻子，你把你的话下面的那层意思，痛快说出来吧。"

戴厚江犹豫片刻一咬牙还是说了："我谈成了一笔很好的买卖，需要启动资金四百万，跟银行贷款，要有物品做抵押。我杭州的房子没有北京的房子值钱，妈，您就帮我个忙，用这房子做个抵押。"

白静慧炸了："我就知道，你没憋着好主意。你爸尸骨未寒，你就打房子的主意。你想把我往哪赶？我上辈子造了什么孽，怎么生出你这么个玩意儿？"戴厚江不以为然地说："抵押又不是卖，您急什么？"白静慧质问："生意赔了呢？"

戴厚江不满地说："您怎么咒我？"

"我是给你提个醒。你这人，眼里没有别人，只有自己那点既得利益。你爸在世的时候，退休前的存款，退休后的房产，哪一样你没伸手要过？"

"哪一样您给了？"

"我欠你的？戴厚江，我给你把话撂在这儿，只要我两只眼睛还睁着，这个家就我说了算。"

"您只要求子女，不要求自己，一辈子随情随性，我没见过比您还自私的妈！"戴厚江气急败坏了。

"我把身上的肉，一片一片地割下来喂你，就是尽心尽责的妈了？"

"妈，您说什么呀！"戴澄澄急了。

白静慧两眼射出寒光，盯在戴厚江的脸上："我是让你饿肚子了，还是断了让你受教育的前程？"戴厚江问："人这一辈子，莫非只有吃饱饭和读上书这两件事吗？"白静慧说："就凭你这股贪得无厌的劲头，家里就是有座矿，也禁不住你一锹一锹地挖。乌鸦还知道反哺，你也是当了父亲的人，就这么给小雨做榜样？"

"我接您去养老，是不是报答您？"戴厚江问。白静慧一针见血："用我卖房子的钱养我的老？你亏心不亏心？"戴厚江急了："别人的妈处处替子女着想，我就没见过您这样的。"

"谁好，你奔谁去，我看谁愿意收你这个只进不出的人做儿子。"

"老太太，现在您能走能撂，说话硬气。信不信早晚有一天您会上门求我？"

白静慧冷笑："求你？我身上的二百零六块骨头，没有一块是软的。戴厚江，咱俩母子一回，我生你养你一场，在你眼里竟然变成了罪过。好！好！好！从今往后，咱俩划清界限。你没我这个妈，我也没你这个儿子！"

戴厚江一句不让："没问题，我举双手赞成。从今往后，您走您的阳关道，我走我的独木桥。小雨我带走，您既然没有我这个儿子，那小雨也没您这个奶奶。"

不管戴小雨多么不愿意离开北京，还是被父亲硬性带回了杭州。

说到这里，白静慧叹了一口气："我跟你舅舅整整十年没有来往。你说，做父母的把孩子辛辛苦苦地拉扯大，换来的就是一场又一场的辜负吗？"

"您跟我舅舅之间的矛盾，有一部分原因在我姥爷。舅舅要什么，我姥爷就答应给什么。知道不管他答应了什么，到您这里肯定会被拒。这是我姥爷的策略。"

白静慧用鼻子哼了一声："他这一辈子，净扮演不得罪人的角儿了。"

"如果我舅舅有难，现在求到您这里，您帮不帮他？"

"不帮！"白静慧回答得非常干脆。

"姥姥，我舅舅的脾气太像您了，您等着他服软，他等着您召唤，你们娘俩硬顶硬地杠上了。"

"召唤他？乾坤倒转！是我生的他，还是他养的我？"

"您又拿辈分压人。"

"不是我压着，你能消消停停地在这房子里坐着？"

白静慧把煮好的面条端上餐桌。鲍雪一口下肚赞不绝口："姥姥做饭就是好吃。"

"你姥姥光做饭好吃？她没有别的优点？"

鲍雪抬头看了一眼白静慧："您吧，长得不如我姥爷，才华也不如我姥爷，钱也没我姥爷挣得多，凭什么您说话总占上风呢？"

"他比我大那两岁，不是白长的吧？"

"其实您就是嘴硬，您对我姥爷的好，我手脚并用都数不过来。从我小时候记事起，我姥爷就经常生病住院，您送饭陪床，帮他擦洗身体，我妈和我舅舅来了，您也不让他们插手。"

"他们请假回来那么几天，供一饥不能解百饱，我也明白了，上辈子我欠你姥爷的，这辈子是来还债。周瑜打黄盖，一个愿打一个愿挨，有啥可抱怨的？"

"姥爷去世，遗体告别您没去，骨灰安放您也没去。"

"活着对得起，比啥都强。"

"您就不怕别人说闲话？"

"靠听闲话过日子，不被淹死，也被齁死了。"

鲍雪冲白静慧伸出大拇指："您是我的偶像！我姥爷可不像您，他耳根子软，总想委屈自己求个太平。"

白静慧说："往上数个千百年，哪个太平盛世，是靠委曲求全建立起来的？""姥姥您说的话，连标点符号都值钱。难怪我姥爷整天黏着您，他守的是财。"

马屁拍在了穴位上，白静慧脸上露出笑容。

"财？劈柴吧！那年，我去哈尔滨串亲戚，刚走三天，他就摸上门去了，被我兄弟媳妇一通笑话。"

"我姥爷一离开您，就六神无主。牙疼，找您；腿疼，找您；脑袋疼，也找您。"

"他不找我，找谁？闺女远在深圳，儿子是住在西湖边上的混蛋，你姥爷只能靠我了。临去世的头一天晚上，他对我说，你是好人，就是脾气不好。你对我的好，这辈子我还不了了，下辈子做牛做马偿还。"

鲍雪一本正经地说："姥姥，以后您留点神，如果看到一头牛，或者一匹马，眼泪汪汪地看着您，没准那就是我姥爷。"

白静慧笑出了眼泪，抬手给了鲍雪一巴掌。

叁

　　鲍雪生活很散漫，只对两件事认真。一是角色，二是对身材的管理。她要求很严格，每天必须慢跑五公里。哪怕拍戏到半夜，她也会跑着回宾馆，完成指标。运动过后，全身都是汗，别提多舒坦了。这天早上，她跑完步，想起来几天没有戴小雨的信儿了，立刻掏出来手机拨通了她的电话，问她在忙什么。

　　戴小雨说："跟朋友一起吃饭。"

　　"你刚到北京，哪来那么多朋友？"

　　"朋友圈套朋友圈，认识个把人还不容易？"

　　"你不是不爱跟陌生人一起吃饭吗？"

　　"我得挣钱，这是有偿服务。"

　　听戴小雨这样说，鲍雪立刻警惕起来："姐，这你可得说清楚。"

　　"老板们谈事，需要气氛融洽，邀请局外人作陪。我挣的是劳务费。一次一结账，拿到报酬立刻回家，额外的事情一概拒绝。"

　　"你这不是花瓶嘛！"

　　"没错，我就是花瓶，只是不往别人家桌子上摆罢了。"

　　一个电话进来冲断了她们之间的通话，电话是一起拍过戏的制片主任打来的。

　　他说，一个演员父亲突然去世，来不了了。跟她有对手戏的男演员一天二十万，时间不能拖，临时换将，他立刻想到了鲍雪。他问："看在哥们的分上，来救一下场好吗？"鲍雪爽快地答应了。

　　剧组的拍摄地点在南京，鲍雪一出机场就犯了粗心大意的毛病。出口有很多人举着牌子接机，鲍雪看到一个光头男人，两手高举着一张白纸，离得有些远，纸上有两个字，前面的字笔画很多，后面的字确定是雪字。她笑着冲那个男人招了一下手。男人收起了那张纸，低着头在鲍雪前面走，这时他接到一个电话，站住脚接电话，回过头看了鲍雪一眼问："你是翟雪吗？"

"不是，我叫鲍雪。"

男人立刻转身往接站口跑，鲍雪明白他接错了人，立刻靠边溜了。前来接鲍雪的是化妆师良玉，看见她鲍雪立刻扑过去。

"良哥！我亲爱的良哥！我差一点跟着不认识的男人走了。"

"哎，你的小脑袋瓜到底是怎么长的？"良玉划拉了一下鲍雪的脑袋。

"我不知道接机的是你啊。"

"制片部门人手调不开，我被临时抓差派来。"

良玉是个四十岁的女人，因为身材高大，性格爽快，业内人士都叫她良哥。

鲍雪问："这个替补是你向制片推荐的吧？"

"他知道你的实力，我也没多费口舌。"

鲍雪冲她挑起大拇指："良哥仗义。"

"一声哥，不能白叫。"

一进化妆室，良哥就忙着给鲍雪梳发髻，拢鬓角，插簪环。擦胭脂抹粉，一通捯饬后，鲍雪看着镜子里的小媳妇说："良哥，咱俩合作了四次，这是你第一次给我造型，过去都是你的手下管我的妆。"

"依你的潜力，演一号二号没问题。"良玉说。

化妆柜的一角露出来一个东西，鲍雪拿过来爱不释手："良哥，借我玩两天呗。"良哥大方地说："拿去。"

鲍雪一分钟都没耽搁，连口水都没喝，就进了片场，导演第一次跟她合作，对她有几分忧虑。他说："走一下戏吧。"

执行导演给演员走调度。鲍雪聪明一点就透。执行导演对坐在高台上的摄影比了个 OK 的手势。鲍雪抬头看，高台上把着摄影机的竟然是刘梁周。鲍雪高兴地冲他咧嘴笑。刘梁周也认出来她，嘴角一扯，还了她一个微笑。

摄影机降下来。刘梁周在镜头里面看光看景别。鲍雪在镜头的玻璃面上看到自己，她盯着镜头整理头发。刘梁周不动声色地跟镜头里的鲍雪对视着。鲍雪太熟悉这套程序了，她突然对镜头做了一个鬼脸。

刘梁周忍着笑走到灯光师旁边，对他小声说："把这里打到5.6。"又跟候场的化妆助理小声说："给她弄弄头发。"

导演问："可以了吗？""导演，如果你对这个画面没有特殊要求，我建议从这个角度拍，效果会很不一样。"刘梁周说。

导演采纳了。执行导演喊："预备，开机！"

鲍雪扮演的是明朝民女秦氏，她跟杂货店店主赵福有一番对话。赵福问："你说人死容易，还是活着容易？"

秦氏一愣，看着赵福没有说话。赵福说："死，就难受那么一下子，挺一会儿就一了百了。活着比死难多了，风风雨雨几十年，要真本事，真耐力。如果你认定自己是苦命之人，就咬牙熬吧。不为自己，为孩子也要熬下去，太白才八岁，没了娘他怎么往下活？"

听到"太白"两个字，秦氏扑通一声给赵福跪下了。她说："出阁前我严守闺训，嫁人后也未辱没过门风。"赵福吓了一跳伸手搀她："有话起来说。"

秦氏两手扶地，脑袋咚咚地往地上死命地磕："菩萨，你是唯一能度我的菩萨。"赵福吓得松开了手："别！别！你这是干什么？"

秦氏的眼泪泉水一样地流："救我！只有你能救我！你带我走吧，我跟你去乡下。别说是当妾，就是给你当牛做马我也心甘情愿。"

赵福不像菩萨，他像个罪人，直戳戳地立在秦氏面前。秦氏知道他在犹豫，她说："做不成牛马，我长成你门前的一棵树，拴车系狗，给你乘荫纳凉。"

赵福垂着眼皮好一会儿才说："车有车道，卒有卒道，各自有命，强求不得。不如意事常八九，可与人言无二三。乡下的老婆含辛茹苦给我敬着老、养着小，我不能凭一时兴起，毁了自己的日子。"

秦氏手撑着地站起来，趔趄了两步站稳了。她整理了一下衣裙，迈步出画。

执行导演喊："停！"导演喊："过！"制片主任夸鲍雪："良哥说你是鲍一条，名不虚传，果然一条就过了。"

工收得早，刘梁周在酒店里张罗吃火锅，良玉把食材一样一样摆在桌子上，问都叫谁，刘梁周说，谁也不叫，有口福的人进来，就添双筷子。

鲍雪给良玉打电话，请她晚上出去吃饭喝酒。良玉说，刘梁周在房间里弄了火锅，305房间，要她过去。鲍雪问："他叫我了吗？"良玉说："没有。""上杆子不是买卖，不去！"鲍雪一口拒绝了。

鲍雪在房间里洗完澡，用吹风机吹头发，看着镜子里面自己披头散发的形象，她嘴角露出了一丝坏笑。

刘梁周、良哥、制片主任和摄影助理们，聚在房间里，吵吵嚷嚷地喝酒吃火锅。有人敲门，刘梁周大声问："谁呀？"

门外的人不吱声，继续敲门。刘梁周起身去开门，他刚把门开到三分之一处，一张丑陋的黑猩猩脸立刻凑过来，几乎跟他鼻尖对鼻尖。刘梁周吓得一声噀叫，转身三级跳，蹦到床上。黑猩猩脸身披白色长袍，长发凌乱地堆在脑袋顶上，它疾步进屋。房间里的人，猝不及防全部往后撤了一下身子。黑猩猩脸一个急转身，白袍被带起的风扬起，摆了个很有气势的造型，扭头走了，随手"砰"的一声摔上了门。房间里静场片刻，刘梁周醒过神来，他气急败坏地大声喊："谁啊！"

房间里的几个男人同时大喊："我靠！""这他妈的到底是谁啊！"

鲍雪的床上扔着白床单和黑猩猩面具，她笑得在床上打滚。良玉推门进来，老鹰抓小鸡一样把鲍雪拎起来。鲍雪嬉皮笑脸地问："你怎么知道是我？"良玉说："不认识你，还不认识这个面具？走，你跟我赔礼道歉去！"

到了305房间，鲍雪仪态万方地给在座的各位男士行屈膝礼道歉。她娇滴滴地说："奴家一时莽撞，望各位好汉原谅则个，小女子愿以酒赔罪。"

"没看出来，你原来是拍恐怖片的好材料啊。"制片主任说。鲍雪立刻顺竿爬："有这样的角色，一定记着我。"

"记着，我这辈子都忘不了。"

"我招你惹你了？"刘梁周问。鲍雪说："忘了告诉你了，欠儿登是我的小名。"制片主任做和事老："你俩喝一个。"

鲍雪主动拿起酒杯倒满了酒，一饮而尽，她把空酒杯翻给刘梁周看。刘梁周也拿起酒杯一饮而尽。房间里的气氛立刻热闹起来，鲍雪主动跟房间里的每一个人碰杯喝酒。

良玉一手拿酒杯，一手搂着鲍雪说："鲍雪特别好相处，不像别的女演员，整天事儿妈似的为难别人。"鲍雪说："我这个人说好听点心大，说难听点就是活得比较糙。我不挑别人的礼，是因为挑的时候你得放回放，回忆他哪得罪我了。自己累不说，别人跟你相处起来也难。"

"你刚才演的那一出算什么？"刘梁周问。鲍雪说："算现世报，当天的问题，当天解决掉。"

"你一句话就过了？"

"不过怎么着？"

"再喝一个。"刘梁周说。"他这是要往倒了放你。"良玉提醒鲍雪。"放倒我？那是太阳喝醉了，掉地上摔散黄了。"鲍雪一口喝干了杯中酒，亮空酒杯给刘梁周看，刘梁周也干了杯中酒。

笑闹声一浪高过一浪。桌子上多了二十几个空啤酒瓶子，几个空白酒瓶子。

制片主任问："昨天半夜两点，你们谁给我打电话了？""里面有没有磨刀的声音？"刘梁周问。制片主任说："有人一声一声地学公鸡打鸣。""听说你现在正在搞科研，想把白天的太阳借到晚上用，有这事吗？"副导演说。制片主任呵呵笑："我他妈的借个太阳挂上，让你们这帮王八蛋，白天晚上都给我干活。"

房间里的人立刻端着酒杯围攻他。

刘梁周喝多了，大着舌头对鲍雪说："你这人情商太低。"鲍雪说："解释一下，什么是情商？"

"情商，就是一个人控制调整自己的情绪，认知他人的情绪，并做出相应调节的一种能力。"

鲍雪说："没关系我逆商高啊，面对挫折和逆境，我能极快调整做出反击。"

刘梁周跟她碰杯，两人都一口干了。刘梁周开始跟鲍雪掏心窝子："小时候我妈把我管得特别严。我童年的理想是长大当个混混。不被家长摆布，我说什么，就是什么。"鲍雪说："那混混的规格太低，你得当皇帝。"

"在我生活的空间里，我就是皇帝。"刘梁周说。

鲍雪慢慢品着杯里的酒，她说："我去故宫，逛了一圈，得出来一个结论，打死我，我都不会去当那个狗屁皇妃。圈在一个阴森森的屋子里，睡着硬得能硌死人的红木床，天天浓妆艳抹，等着皇帝翻牌子翻到自己名下。这是人过的日子吗？"

众人大笑。

刘梁周喝多了，思维进入了死胡同，一句话周而复始地说。磨叨得鲍雪心烦，她一拍桌子："喂！扁桃体，怎么老是你发炎？"

刘梁周磕磕巴巴："那，那你说。"

"等我喝二了，再反驳你这么二的理论。"

"你还能喝多少？"

"喝到你享年三十二岁。"

刘梁周醉了，趴在桌子上睡了过去，鲍雪围着他拍照。她把手机里刘梁周的醉态照片发到朋友圈里，冯希把刘梁周的照片做成表情包，重新发回到群里。鲍雪笑得不亦乐乎。

鲍雪累并快乐着，戴小雨也没闲着。这段日子，她跟柴勇出入酒场，柴勇没有食言，让她轻轻松松挣到了五万块钱。晚上还有一局，戴小雨穿戴整齐，拎着小包从客房里出来。坐在沙发上看电视的白静慧问："你去哪儿？"

"跟人约好了，出去谈事。"

"什么事非得晚上谈。"

"奶奶，我又不是小孩儿，自己有分寸。"戴小雨脚步未停走了出去。

白静慧进了戴小雨住的房间，拉开衣橱，里面挂着好多高档衣服和名牌包。白静慧心里"咯噔"一下，沉着脸关上橱柜，她拿定了主意。

这天，司梦和尤姗姗领着大壮和圆圆进蛋糕店，两个孩子为吃哪种糕点争执不休。尤姗姗替他们做了决定，吃冰淇淋蛋糕。大壮和圆圆吵要喝可乐，尤姗姗觉得小孩子可乐喝多了不好，可她还是自作主张买了三杯可乐。可乐端上桌子，圆圆立刻拿了一杯，大壮也拿了一杯。司梦看看两个孩子，又看看桌子上剩下的那一杯可乐。圆圆立刻把自己面前的那杯可乐，推到桌子中间说："你们喝吧，我不喝。"

"我们圆圆真懂事。"司梦夸她。

圆圆噘着嘴说："渴死我得了！"

尤姗姗大笑。司梦要了一个空杯，她把一杯可乐分成两杯，放在儿女面前。

司梦问尤姗姗："今天怎么这么闲？"

"哪有个闲？我这是忙里偷闲。"尤姗姗掏出来手机让她看她的步行记录，"还不到一天，就走了两万步。一会儿还得去医院看看我儿子他爷爷。"

聊了一会儿，司梦说尤姗姗看上去和接触起来不一样，爽气，有什么说什么，看似粗糙实质善良的性格，在女人中很少见。尤姗姗笑起来说，到底是读书人，能透过现象看本质，难怪她愿意跟司梦扯棉花。

司梦感叹说："自从当了家庭主妇以后，我几乎没有什么社交，全部心思都放在老公孩子和电脑写作上，生活里几乎没有朋友。还别说，跟你聊天，我的眼界和心胸也开阔了不少。"

尤姗姗哈哈笑道："咱俩这是启动了互拍马屁的模式吗？"

鲍雪出来办事，在路边打车，一辆车在她身旁停下，刘梁周从驾驶室里探出来脑袋："稀罕哪，你去哪儿？"鲍雪说："回家。"刘梁周要去东三环，鲍雪正好搭顺风车，两人相约晚上喝酒。

鲍雪进了家里的卫生间，发现满地都是水，马桶坏了。她立刻打电话，约人过来修马桶。她哪里知道，那边表姐和外婆之间已起了纷争。

戴小雨昼伏夜出，加上橱柜里多起来的奢侈品，叫白静慧的神经绷紧了。老太太翻来覆去睡不踏实，准备跟孙女好好谈一谈。墙上的挂钟已经指向中午十二点，白静慧等不了了，进屋叫醒了戴小雨。戴小雨穿着一身睡衣，跟着奶奶懒洋洋走进客厅。她半闭着眼睛问："奶奶，什么事啊？"

"你坐下，我有话要问你。"

戴小雨打了个哈欠，在沙发上坐下。

"你衣橱里的高档衣服和名牌包是哪来的？"

戴小雨一怔："奶奶，您怎么随便动我的东西？"

"来历不明的东西进了我家，我必须弄清楚。"

戴小雨的脸沉下来，她垂下眼睛不说话。

"你隔三岔五晚上出去，二半夜才回来，带回一身的酒气。到底干什么去了？"白静慧冷着脸问。戴小雨说："这是我的私事。"

白静慧深吸一口气，让自己平静下来，她说："我跟你爸积怨很深，多少年没有来往。现在你住在我这儿，如果出点什么问题，依他的那个性格，你知道会怎么样。不求你孝敬我，总不该给我找麻烦吧？"

戴小雨说："一起合作的朋友送的。"白静慧追问："合作什么？"戴小雨回答："陪他们谈生意。"白静慧脸色严峻起来，她问："在什么场合谈？"

"饭桌上。"

"你吃他的饭，他还付你酬金？"

"这种事一点都不稀罕。"

白静慧强压怒火："你不缺胳膊不缺腿，就不能找个正经职业做？"

"搂草打兔子，不算个职业。"戴小雨一脸的无所谓。

白静慧说："没钱的时候，把勤舍出去，钱就来了，这叫天道酬勤。"

"可惜，我没钱，还长了一身懒肉。"

"你能不能好好跟我说话？"

"您就是偏心眼。鲍雪做什么，在您眼里都是对的。"

"你说说她哪儿不对了？"

戴小雨眼睛转到一边，不说话了。

白静慧语气放缓了说："四岁的时候，你父母把你送到我这里来。在我身边，从幼儿园待到初中毕业。你爷爷去世，你爸因为房产的问题，跟我彻底闹翻，硬把你弄回到杭州去。我在你身上费过心，费过力。你是怎么报答我的？出国以后连一个电话都没打给过我，你的心像块冰坨子，你莫非是嚼冰块长大的？"

"您跟我爸有矛盾，别把我扯进来。"

"好，单说你。你父母在你身上花了大笔的钱，不是为了你有一个好的未来？"

"过一天算一天，想那么远有什么用？"

"你别在我这儿做一天和尚，撞一天钟。我担不起这责任。咱们还是按照先前说好的，按照我给你的期限找房子。你妹妹为了避嫌，都没有住在我这里，你也一样，我这叫一碗水端平。"

戴小雨说："鲍家在北京有房子，她当然可以不住您这里了。"

"你姑父硬把长期租给别人的房子收回来了，让小雪住。一年少收入二十几万，就为了让你爸别跟我闹腾。"

"姑父还是有家底，我跟鲍雪没法比。"

"三十天，多一天我也不给。"白静慧的语气很强硬。

"别人家的奶奶，恨不能把孙子孙女都揽在身边，您怎么能这样对我？"

"别人家的奶奶有个好儿子，我有吗？你说你这个样子，对外没有工作，对内不会打理生活，将来怎么嫁人？"

戴小雨听到"嫁人"这两个字，立刻歇斯底里大发作，她吼道："我为什么非得嫁人？不嫁人我就没活路了吗？"

白静慧在戴小雨的身上看到了儿子的影子，她怒发冲冠，起身回到卧室，"砰"的一声摔上了门。

戴小雨明白，奶奶家她是住不下去了。

马桶修好了，修理工张口要两千四百元钱。鲍雪以为听错了，马桶才四千多块钱，修理费竟然要两千四百块。她不愿当冤大头，可修理工不肯让步，两人呛呛起来。

刘梁周忙完手里的事，过来接鲍雪，在院门口就听见了他们的争吵。他推门进去问："两千四百块是怎么来的？"修理工说："这种智能马桶很难修，我修了两个钟头，我要的修理费很合理。"

刘梁周见多识广，让修理工把换下来的零件给他看，他还要看新换上去的零件的包装盒，拿不出来就投诉。刘梁周接着问鲍雪，哪找的这个人？鲍雪说，网上中介，她有中介公司的电话。

修理工见遇上硬碴儿，语气软下来说，他也是夹缝里求生存。鲍雪生气地说，他生存就从别人身上往下片肉？刘梁周冷着脸，进卫生间转了一圈，出来说，你根本就没换件，最多给二百。修理工急了，说中介扣完，他一分不剩了。

刘梁周一口咬定，四百元。修理工断然拒绝。鲍雪说，她家有视频，把修理工挂到网上，让网友评评理。一番争执后，修理工气哼哼拿着四百元走了。

刘梁周四处看，你家真有监控？鲍雪笑着摇头。刘梁周说，租的房，干吗不让房东来处理这些事情？鲍雪告诉他，这是她爷爷奶奶的房。话音未落，"砰"的一声闷响，水管爆裂了，强大的水压瞬间把卫生间变成了水帘洞。

鲍雪慌了手脚，问怎么办。"快关总阀呀！"刘梁周喊。鲍雪尖叫着问，总阀在哪儿？刘梁周吼起来："你蠢到家了，这是你家！"

鲍雪找不到总阀，刘梁周四处摸。两人浑身上下全都湿透了，成了落汤鸡，手忙脚乱中总算把总阀关上了。

鲍雪生气地骂刘梁周："你冲我喊什么？不对，不是喊，是嚎。刚才你那一嗓子，是地道的野狼嚎叫！"刘梁周说："野狼见你，都懒得下口，怕影响后代智商。"鲍雪抓起洗手液的瓶子朝他砸过去。"哎，你还敢打人？"刘梁周叫着伸手抓鲍雪，鲍雪猴子一样蹿进了客厅，刘梁周紧追而至。戴小雨拖着行李箱进来，看见这个场面不由一恺。鲍雪做出一副要死的样子喊道："姐，救命啊！"

戴小雨抡起手里的挎包，狠狠地砸在刘梁周的头上。刘梁周被砸蒙了，一屁股坐在沙发上。戴小雨蹿上去，薅住他的头发，骑在他身上挥拳就打。刘梁周勉强睁开眼睛。戴小雨美丽的脸庞映入他的眼帘。他立刻像被使了定身法一动不动，由着她的拳头往身上揞。鲍雪笑出了眼泪，她把戴小雨从刘梁周的身上拖下来。

戴小雨满脸怒气盯着刘梁周："你敢再动我妹妹一下，我就杀了你！"刘梁周像被拍了花，步履蹒跚地走出门去，鲍雪捂着肚子笑得在沙发上打滚。

戴小雨坐在沙发上，用脚丫子踹她："狗东西，我踢死你！"鲍雪坐起来，擦着笑出来的眼泪说："哎哟，哎哟，你这人不识逗，手还欠。"戴小雨叫道："我不知道他是你男朋友。"鲍雪笑喘着说："跟你说了，他不是我男朋友。"

"那干吗往家领？"

"依着你的意思，只有男朋友才能领进家门？"

"那当然！"

刘梁周不知道自己是怎么出来的，坐在车里精神恍惚地发动了汽车，挡位还在停车的挡他就踩油门。汽车发出歇斯底里般的怒吼声。刘梁周使劲晃了一下脑袋，让自己清醒过来。他忘了来这里的初衷，也忘了将要去哪里。稀里糊涂地把汽车开上了三环，围着三环绕了两圈。油箱报警，刘梁周把车停在加油站，他努力回想揍自己的那个女孩子的模样，却怎么也想不起来了。触摸那女孩打过自己的地方，哪里也不疼，一切都跟梦一样。

戴小雨告诉鲍雪，说她跟奶奶闹翻了，鲍雪问她为什么，她说："我懒得说。"

鲍雪说："必须说！"

戴小雨情绪低落地说："我一个姥姥不疼、舅舅不爱，没亲情、没爱情、没友情的三无游民，有什么可说的？"鲍雪正色说："找矛盾重点说。"

"她知道我靠陪老板吃饭挣劳务费，跟我翻脸了。"

"白静慧同学，跟她老人家的姓一样，掺不得灰，更别说黑了。姐，你这事做得出格了。"

戴小雨理直气壮地说："我也付出劳动了，按劳取酬。"鲍雪提醒说："你倒一杯酒，夹一筷子菜，就那么值钱？告诉你，老猎手下套子，狠的在后面等你呢。"戴小雨问："你让不让我住？"鲍雪不答，转移话题说："哎，姥姥哪句话，让你炸的蹦子？"

"她说我心冷，那我肯定是随她了。"

"姐，你已经二十九岁了，别说奶奶，就是父母也没有抚养你的义务了。"

戴小雨给了她一个白眼："你到底让不让我住？"鲍雪态度很坚决："不让。"戴小雨叫起来："鲍雪，你的良心被狗吃了？你戴的第一个文胸是我给你的，你抹的第一只口红是我给你的，你穿的第一双高跟鞋也是我的。"

鲍雪受不了她翻小账，叫道："停！停！"戴小雨不依不饶接茬说："在学校男同学欺负你，是谁把他鼻子打出血的？是你姐我！你这个忘恩负义的白眼狼！"

鲍雪求饶："行！行！祖宗，我让你住。"

得胜的戴小雨把自己的衣服一件一件挂在衣橱里。鲍雪跟在她屁股后面讲条件："咱们说好了，一个月以后，自己出去租房子。若不接受这个条件，我立刻给舅舅打电话，让他接你回杭州。"

戴小雨哼哼哈哈地应付着她。"姥姥不过是说了'嫁人'两个字，你立刻崩溃，这是碰了你哪根神经了？"鲍雪问。

戴小雨皱着眉说："别跟我提这事。"鲍雪说："好，那你说，你为什么跟父母闹翻。"戴小雨说："你烦不烦？"鲍雪威胁说："你不告诉我，我立刻把你的行李扔出去。"

戴小雨妥协了，她一屁股坐在沙发上说："你知道，我从小过惯了要什么有什么的日子。去英国读书，经济条件有限，日子过得清苦。毕业前，我认识了彭湃，他在英国经商，比我大十二岁，他的前妻和孩子都在国内，他对我很好，能满足我所有的需要，我就跟他好了。"

　　鲍雪吃了一惊："比你大十二岁？离过婚？还有孩子？姐，你疯了？"戴小雨说："这也是我爸妈的原话，他们给我下了最后通牒，命令我毕业后立刻回国，我没听他们的。于是他俩气疯了，断了给我的经济援助，逼我在彭湃和他俩之间作选择。我选了彭湃，留在了英国。就因为这个，他们跟我断绝了关系。"

　　"你既然选择了他，为什么又回国了呢？"

　　戴小雨沉默了片刻说："分手了。"

　　鲍雪哦了一声，戴小雨果断起身："困了，睡觉！"鲍雪追过去喊："姐，姐！"

　　戴小雨砰的一声关上了门，这晚她失眠了，在伦敦经历过的一切，像电影镜头一样在眼前闪过去，那份神秘的遗嘱葬送了她和彭湃的爱情。那天，当她把打印出来的遗嘱摔在彭湃面前，彭湃脑袋里嗡的一声，知道坏事了。

　　戴小雨说："你做死亡率有 70% 的手术，你前妻不来，你女儿也没来，是我从头到尾守着你。你就这样对我的？遗嘱中，90% 的遗产留给你女儿，10% 的遗产留给你前妻，连一个字都没提我。为了跟你在一起，我断绝了跟亲朋好友的来往，断绝了跟父母的关系，没想到竟然混了这样一个结局。"

　　"小雨，你要什么我没给你？名牌包、名牌鞋、名牌化妆品，哪一样我没满足你？你说要开咖啡馆，我出钱帮你盘了一家店。结果怎么样？你早上起不来床，晚上熬不了夜，不到半年就把店做黄了。"

　　"这就是你这么对待我的理由？"戴小雨问。

　　彭湃不说话了。

　　"彭湃，如果我能活到九十岁，将近三分之一的日子已经用完了。我要好好想一想，把一辈子搭在你身上到底值不值。"

　　彭湃急了："你怎么能说这样的话？你变了。"

　　"变得太晚了。我一直在想，我到底算你什么人？我一直被你排斥在你的生活之外，你虽然离婚了，可是你还在维护着你的家庭关系。提你孩子的时候，从来不叫她的名字，只说，我的小孩儿。你是怕我知道她的名字以后，会回国去他们学校找她亮相吗？"

"我习惯这么说。"彭湃解释。

"是跟我在一起以后，才养成的习惯吧？我在你眼里始终是个外人，是你用四年时间养成的一个习惯。"

彭湃立刻急了："你看你！"戴小雨冷笑："你前妻受累，你看不了；你女儿受苦，你受不了。你根本就没把我算进你要承担的责任之内。我对你是百分之百地投入，可你竟然这样对待我。你说，我究竟错在哪里了？"彭湃说："你没错，是我的错。"

"知错必改，你放心，我会找一份完全属于我个人的感情，他爱我一个人，我也只爱他一个人。不用时间太长，三五年就行。"戴小雨的话说得扎人。彭湃说："我有一种感觉，就是你已经有了。如果真有了，告诉我一声，我帮你参谋参谋。"戴小雨勃然大怒："我最恨你这一点，你这是扮演圣人，还是扮演君子？"

彭湃一脸无辜："我确实是这样想的，别说你，就是对孩子她妈，我也是这样做。"

"什么别说是我，我知道你前妻在你心目中永远是第一位的，既然这样你就回去跪求她，别来招惹我。你这种吃着碗里惦记着锅里的男人，在这个世界上越少越好。"

"你这话说得够恶毒。"

"你放心，以后这种恶毒的东西会越来越多。"

彭湃认真起来："小雨，咱们俩大风大浪都过来了……"

"那些大风大浪，是以我的牺牲为代价的。"

"我知道你在抱怨什么，登记结婚这件事，我们可以慢慢解决。"

戴小雨冷笑："别又把这一套搬出来对付我，你永远也不会为我考虑的。我已经看清楚了，这个世界上，没有谁能救我。缺了我，你的生活还是完整的，可我不行，我必须要为自己做出改变。"

彭湃当着戴小雨的面，把那份遗嘱打印件撕了。连着几天，戴小雨没有一点跟他缓和的意思。彭湃竭尽所能讨好她，他把一双新款的名牌鞋、一个限量版的名牌包，放在戴小雨的面前。戴小雨不为所动。隔了几日，彭湃把四万欧元放在戴小雨面前。戴小雨眼睛盯着钱一声不响。

彭湃态度诚恳地说:"我知道遗嘱一事,对你伤害很大。这笔钱你拿着,算我给你的精神补偿。"

戴小雨还是不理他。晚上,戴小雨睡不着,起身坐在桌旁,两眼盯着那摞钱。早上彭湃起来,拎着旅行箱,从书房里出来。看戴小雨脸朝里睡在沙发上。桌子上的那一摞钱不在了,知道战事得到缓解,彭湃松了一口气。在飞机上,他给戴小雨发了条短信说,亲爱的,我出差去曼彻斯特,回来我会再次向你赔罪的。戴小雨没有回复他。

戴小雨不辞而别后,彭湃疯了一样四处找她。他给戴小雨上学期间的室友沈佩虹打电话。沈佩虹还记得他,说:"你来过我们宿舍,还请我们吃过饭。"彭湃问:"最近你见过戴小雨吗?"沈佩虹说:"上个月我们还一起逛过街呢。"彭湃又问:"这两天,她给你打过电话吗?"

"没有啊,怎么了?"

"跟我使小性子,走了。看了购票信息,知道她去了北京,是否从北京转机去了杭州,我就不知道。她换了手机号码,我找不到她。"

沈佩虹意识到事情有些严重,忙问:"因为什么?"彭湃沉默了片刻说:"嗨,鸡毛蒜皮的小事。"沈佩虹答应联系国内的朋友,一旦看见戴小雨,立刻通知彭湃。

彭湃犹豫再三,还是拿起电话拨了号码。他把电话打到了杭州戴厚江家,戴厚江睡眼惺忪地从卧室里出来接电话:"喂!"话筒里没人说话。戴厚江看了一眼电话机,屏幕上没有来电显示。

戴厚江立刻清醒了:"是小雨吗?"

彭湃拿着手机没有说话。戴厚江问:"小雨,你在哪儿?还在英国吗?"

彭湃明白戴小雨并没有回家,他把电话挂了。

戴厚江回到床上躺下,朱敏迷迷糊糊地问:"大半夜的谁的电话?"戴厚江说:"光喘气不说话,估计是小雨。"朱敏一骨碌坐了起来:"你说什么了?"

"我什么都没来得及说,她就把电话挂了。"

朱敏叹了口气重新躺下："我十月怀胎，经历了剖腹产，生出来这么个冤家。"戴厚江伸手拍拍她的肩膀："睡吧，睡吧。"

李响吃完饭，看冯希洗茶泡茶，他一杯一杯美美地喝着："这个茶的味道真不错。"冯希说："这是马头岩肉桂茶，别人给的。"李响说："到北京以后，你生活和工作的圈子都扩大了，我已经圈不住你了。"

冯希说："你不来我这儿的时候，我才出去，只要你说想来这里吃饭，我立刻把所有的约都推了。""口气好大，还所有的约，都是什么人约你？"李响的语调中透着酸。冯希抬起头看着他问："你问的是哪一天？"李响说，三天前。冯希想了想，那天是星期四，她和尤姗姗他们一伙人聚会。

李响问了很多，问得很细，还故意挑衅说，她是不是看上尤姗姗公司里的销售部门经理了。冯希赌气说："你让我看上，我就看上吧。"

李响气得涨红了脸，用拳头狠狠擂了一下墙。"你打它做什么？"冯希语调温和地问。"看上了，你怎么不去找他？"李响醋劲十足。冯希淡淡地说："你看电影的时候，夸里面女演员漂亮，我逼着你去找过她？"

"我倒是想找，人家也得让我找呀。"

"一样的道理嘛，我夸他，不代表他想要我呀。"

李响质问："你还真想嫁给他？"冯希反问道："你想过娶我吗？"李响气得浑身发抖，冯希伸手摸他的额头说："又没发烧，怎么会发抖？"

李响摔开她的手起身出去了，冯希没动地方，端起茶杯慢慢地品茶。

尤姗姗打来电话说："妇女，出来！我在你家小区门口。"冯希问："干啥？"

尤姗姗说："跟我收房子去。"

冯希发现尤姗姗换车了，宝马换成了奔驰SUV。冯希坐在副驾上，这摸摸那看看，问道："你怎么老换车啊？"尤姗姗说："这还用问，喜新厌旧呗。哎，刚才我在小区门口看见李响了。叫他，他都没理。怎么了？吵架了？"冯希说："我没跟他吵。""肯定是被你的软拳头打得气喘不匀了。"尤姗姗说。

"他就跟女人来大姨妈似的，隔一段时间就要闹一场。"

"天天看你这张脸，听你说不咸不甜的话，他不主动掀点小波澜，日子过得能寡淡出鸟来。"

尤姗姗来到商铺，用钥匙打开了大门，这间商铺楼上楼下两层，大约四五百平方米。尤姗姗说："银行拍卖的抵押物，被我抢到手了。""越有钱，越来钱。"冯希满眼艳羡。

"钱到手，不能让它在银行里躺着，得让它变成房子，人在里面躺着。"

"你要把它变成住宅？"

"你脑容量太小，想象不出来'气势恢弘'这四个字有怎样的气场。"

"哎，你帮我炒的股票怎么样了？"

"翻了两番。"

冯希大喜："我要请你吃饭。"

"必须的！我一个人对着四台电脑，炒着几千万的股票，吃的是方便面。这亏欠得让剥削我的人给补回来。"

"说吧，你想吃什么？"

尤姗姗没回答，她仔细打量着店铺，自言自语道："用它干什么好呢？"

冯希说："开个洗脚房。"尤姗姗眉头紧蹙："什么？"冯希立即改口："开美容美体中心。"尤姗姗嗤之以鼻。

冯希又说："要不用它开个饭店？"尤姗姗点点头："这个主意倒不错。有个自己的饭店，咱们聚会吃饭，不管聊多晚，都不会被撵出去换地方再聊，可谁来管理？"

冯希说她爸妈开过饭店，她知道怎么管理。尤姗姗不想一个人干，她想找人合股，一股最少三十万。冯希两眼放光说，算她一股。尤姗姗嘲笑她一个妇女掌握不了经济大权。冯希不高兴了，她扳着指头算了半天，开网店挣了十万，她再借点钱，把股票抛了，能凑够三十万。

肆

　　白静慧每天去公园都能看见吕正练书法，一来二去的她忍不住点评了："有力雄劲、收放有度。"吕正问："你是练太极拳那一伙的吗？"白静慧说："东南角练合唱的，想参加吗？"吕正脑袋摇得像拨浪鼓一样："我五音不全。"

　　"唱歌调整呼吸，锻炼肺活量，对身体非常好。"白静慧话音未落，人已经走远了。吕正扭头看了一眼她灵巧的背影，转身写了两笔，再回头看，白静慧的身影已经消失在树荫当中。

　　鲍雪身穿运动服，满头大汗地跑过来，站在白静慧唱歌的地方活动腿脚。合唱散了，白静慧走过来冲外孙女笑："臭东西，又来敲我的竹杠啊？"鲍雪嬉皮笑脸："今天我点，包子，炒肝。"

　　祖孙俩在饭店里吃早餐，鲍雪说："姥姥，我听不见您的声音啊。"

　　"合唱讲究整体合一。"

　　"埋没您一副好嗓子了。"

　　"你姐怎么样？"

　　"她还沉睡在英伦半岛的时间里，安全又可靠。"

　　"安全不安全的，你替我好好看着点她，不要让她在下坡路上滑得太远，免得陷入泥潭里，拔不出脚来。"

　　"这么不放心她，干吗还逼她走？"

　　"有个词，叫置之死地而后生。"

　　"我在您那儿住的时候，比我姐好不到哪儿去，您不是也忍了吗？"

　　"你跟她可不一样，你知道心疼人，她跟她爸一样，心冷，眼里没别人。你舅舅就是被你姥爷惯成那副德行的，我不想让她变成她爹那样。"

"其实我姐也有很多优点，她聪明学习好，从小就知道护着我，让我少受了不少欺负。"

"你们这茬人赶上了计划生育，没有一奶同胞的兄弟姐妹，她护你，你帮她，血脉相连应该的。"

白静慧叹了一口气说："处理好家事，要比社会事难度大多了，外面可以大开大合，家里真得细火慢炖。"

"我姐小时候，没在父母身边长大，跟父母的感情比较淡薄。性格上有缺陷，也不全怪她。"

"你也没在父母身边长大，你怎么不像她？"

"我爸妈节假日必来北京看我，我寒暑假也都回去，跟他们在一起。我舅舅和舅妈什么时候来北京看过我姐？一来准是为了搜刮民财。"

尤姗姗去见客户，回来的路上遇到一起车祸，肇事车辆剐倒了一个骑自行车的学生后逃之夭夭。尤姗姗跳下车跑到那个中学生身边说："你不要动弹，把你的手机给我。"

尤姗姗在电话里告诉男孩的父亲，他的孩子在霄云桥路口被车撞了，还不知道伤哪儿了，希望家长马上过来。

男孩的父亲急匆匆地赶来时，尤姗姗已经陪着孩子，在路口站了半个小时了。尤姗姗要父亲赶紧带孩子去医院做检查，有问题立刻报警，交警会调监控寻找肇事车辆。男孩的父亲对尤姗姗感谢再三。

尤姗姗说："为人父母，谁遇见这样的事都会伸手帮忙。不用谢！真的不用谢！"

这件事让尤姗姗莫名其妙地心慌，她决定去看自己的儿子。

前夫史达明父母的家在一片老别墅区，尤姗姗刚进门就听见婆婆在大声喊："老史！老史！"

老史斜靠在沙发上，不能动也不能说话。老爷子中风了。尤姗姗叫来急救车把老史送去医院抢救，她把一肚子的气撒给史达明。

"史达明，你爸中风住院了，赶紧过来，换奶奶回去，英杰下学回家，家里没人不行。"

史达明在会议室外面压低了声音说："我开会呢。"

"扯淡的会永远开不完，别说我没提醒你，老爷子还处在危险期。真有个三长两短，你可别后悔。"

"你替我陪一会儿，散会我立刻去医院。"史达明央求道。

"你这人既不会当儿子，也不会当爹，更别说当丈夫了。真是白瞎了你的性别。"尤姗姗挂断了电话，去缴费处把住院的费用交了。

回到病房，尤姗姗安顿惊慌失措的婆婆说："奶奶，我给你叫辆车，你赶紧回去吧，英杰下学，看家里没人该慌了。"

"这里怎么办？"婆婆问。

"这里有我，你放心吧。"

史达明赶到医院，看到一个憨厚的中年男人陪在父亲床前。

尤姗姗在电话里说："那是我给爷爷雇的看护，奶奶岁数大了，禁不住事，你勤回家看看，那是你的爹妈，不是我的。"

尤姗姗跟儿子通话的时候，语气温顺得像只猫："儿子，吃饭了吗？"英杰手里举着手机，眼睛看着桌子上的 iPad，答得漫不经心："嗯。""这个学期学习怎么样？"尤姗姗问得小心翼翼。"还行。"英杰扭头叫道："奶奶，您跟我妈说吧。"尤姗姗在心里骂自己："看看你混的，儿子都跟你没话。"

白静慧来鲍雪家，鲍雪看见奶奶手里的鱼和鸡，立刻眉开眼笑："姥姥，您亲自下厨来了？"白静慧佯装生气，用鼻子哼了一声："你知道我这个级别的厨师，一个小时多少工钱吗？"

"您这个级别，谈钱太俗，要谈亲情。"

白静慧进屋，看见无比凌乱的房间，立刻手扶住墙，闭了一会儿眼睛。

"姥姥，您的表演太夸张了。"

"看看你俩把屋子祸害的，说它是猪圈，猪都不愿意。你姐呢？"白静慧一脸嫌弃。

"睡着呢。"

"这都十一点了。"

白静慧拎着菜进了厨房，手脚麻利地剁鸡剖鱼。鲍雪跟在姥姥屁股后面一波一波地献着殷勤。白静慧问鲍雪："你姐天天什么时候醒？"

"下午两点以后睁眼是常事。我姐睡着了还特别吓人，睡姿固定，呼吸微弱，好几次我都以为她死了。"

白静慧手里拿着抹布擦拭灶台旁边的瓷砖说："眼看三十岁了，还舍得这么睡，去叫她起来。"

床上的戴小雨，被子裹着身体，脸朝上躺着，她睡得像放倒的雕像。鲍雪站在床旁边，不错眼珠地看着她。戴小雨感觉到床边有人，努力睁开眼睛。鲍雪立刻毕恭毕敬地给她深鞠三躬，戴小雨吓得一骨碌坐起来。

鲍雪满脸悲戚地唱起《葬花吟》："尔今死去侬收葬，未卜侬身何日丧？侬今葬花人笑痴，他年葬侬知是谁？"

戴小雨跳下床揍她，鲍雪蹿出门，戴小雨追到客厅。戴小雨看见正在收拾饭桌的白静慧，立刻尴尬地站住。白静慧斜了孙女一眼，像她们之间什么事情都没发生过一样。她说："洗脸，吃饭。"

祖孙三人围着餐桌吃饭。"鸡汤真鲜，里面都放什么调料了？"鲍雪问。白静慧说："葱姜料酒。""太好喝了，这两天点餐，点得我都恶心了。"戴小雨一口接一口地喝着。

"是不是有点咸？"白静慧问。戴小雨说："不咸，正好。""奶奶做的鸡汤，天下第一。"鲍雪拍马屁。白静慧叹了口气："你俩一个二十九，一个二十五，连顿像样的饭都做不出来。怎么成家立业？"

"姥姥，时代不同了，做一手好饭，不是女人的硬指标了。"

"把你的时代标准，说给我听听。"白静慧说。

"不是我说的，是网上归纳的。网上说，新世纪女性应该是，上得了厅堂，下得了厨房；写得了代码，查得出异常；杀得了木马，翻得了围墙；开得起豪车，买得起新房；斗得过领导，打得过流氓。"

白静慧哈哈笑。鲍雪说："这么一比较，我样样不及格啊。""那是因为你笨，没有脑子。"戴小雨补刀。"没脑子也比没有灵魂强。要说你是行尸走肉，僵尸都觉得它被贬低了。"鲍雪寸土不让。

白静慧用筷子敲桌子："别磕打牙，好好吃饭。"

戴小雨告状："她总随便穿我的衣服。"

"你随便翻我的东西，我就随便穿你的衣服。"

"你俩有一个利索的，也算对得起我，这可好，一只猪碰上另一只猪。我就纳闷了，你们是我一手带大的，怎么就这么邋遢？"

鲍雪说："就因为您眼里太有活了，才培养出我这样的睁眼瞎。"

白静慧举起筷子佯装要打她，比画了一下又放下了，叹了一口气："将来结婚生孩子可怎么办？"鲍雪说："我连男朋友都没有。"戴小雨说："我不结婚，更不会要小孩。"

白静慧一怔："这叫什么话？"戴小雨说："我爸妈生了我，不问我愿意不愿意，就把我扔在北京。等我习惯了北京的生活，他们又生拉硬拽地把我弄回去，我不是他们的女儿，是他们使性子的筹码。"

白静慧看着她，眼神柔和起来。

鲍雪说："你出国留学，舅舅舅妈可是花了不少钱。""钱能等于亲情吗？"戴小雨问。

"姐，你竟然能问出这样的问题，一觉醒来，精神升华了？"

戴小雨说："我在北京读书的时候，我爸妈很少来看我。出国后也很少给我打电话。我给他们打电话，也不知道该说什么。我现在是没有亲情、没有爱情、没有友情的三无女人。"

白静慧说："这点随你爸，伸惯手了，觉得谁都对不起他。"鲍雪说："你睡着我家的床，啥活不用干，一分钱费用不用掏，还批判我没有亲情？"戴小雨说："我说的是我爸妈。他俩眼里只有钱，没有人。"

白静慧说："别揪着长辈不放，说说你自己的毛病。""我怎么了？"戴小雨问。

鲍雪说："你？奸懒馋滑！"戴小雨反唇相讥："你，蠢笨呆傻。"白静慧说："上下联都有了，我补个横批，殊途同归。"

鲍雪和戴小雨哈哈笑。

白静慧叹了口气："你们姐俩，真的谁都不像我。"

"您内心多强大啊，您只要坚持什么，世界都会为您让路。"

白静慧被鲍雪夸得美滋滋的："这话我爱听。"

戴小雨说："您真一点也不像七十多岁的人。"

鲍雪夸姥姥："您是被锁在老年人身体里的年轻人。"

"一对马屁精！"白静慧笑着起身去了厨房。

戴小雨问鲍雪："我身体里锁着什么？"

鲍雪说："锁着个会计，遇事用经济脑瓜安排取舍。在感情上处于被动，不喜欢追求轰轰烈烈的爱情。爱我和我爱，选择爱我。权衡利弊，一旦马失前蹄，吃的就是大亏。"

"狗嘴里吐不出象牙。"

"对你来说，被窝之外都是远方。你整天躺在床上，床都被你压急眼了。你不出门，是怕被谁喜欢上吗？"

"被人喜欢，在我这里从来不是难事。难的是，对方给我一个看得见的将来。"

"等待已经让你灯枯油尽了，姐，你有一颗早衰的心脏，二十九岁就进入了夕阳红行列，而且是通红通红的那一组。"

戴小雨笑着骂道："你给我滚远点。"鲍雪说："我给你当妹妹靠的是毅力。"

"有多远滚多远。"

"不要飞扬跋扈，往底下走，姐，我教你渗透式表演。"

戴小雨举起筷子作势要敲她的脑袋。鲍雪作揖求饶，立刻换了话题："姐，姐，你的生财之道，维系得怎么样了？"

戴小雨叹了一口气："供一饥，不供百饱。花钱雇我吃饭的人，经常会别有用心，看着没有往下发展的可能性，也就不再联系我了。不联系就不联系，我正好在家里睡美容觉养颜。俗话说……"

鲍雪立刻打断她的话："姐，俗话就是用来坑人的。你有那么好的学历，还是应聘个正经工作吧。"

"朝九晚五？下班回家还要熬夜看资料？这种日子我可受不了。"

"我算知道了，你最中意的职业就是当花瓶，最好烧制成卧佛型的。"

"你知道这个世界上，有多少人因为睡不着觉抓狂？"

白静慧端着蒸饺进来，鲍雪欢呼起来："我最爱吃姥姥做的虾肉蒸饺了。"

杜世均下班进家，圆圆跑去给爸爸拿拖鞋。杜世均摸摸女儿的脑袋："妈妈呢？"圆圆说："在厨房做饭。"

杜世均走进厨房，抽了几下鼻子："好香啊。""今天怎么按时回家了？"司梦关了放在灶台上的电脑。"写什么呢？"杜世均问。

"网站要的稿子，期限眼看就到了。你去检查一下，大壮的作业写完没有？"

杜世均答应着去了，他拧着眉毛，一手拿着书本，另一只手拿着一支笔，像对待下属一样，在大壮的作业本上指指点点。大壮卡在一道数学题上，怎么都算不出正确结果。

杜世均急了："你怎么这么笨？我给一块石头，掰开了揉碎了讲这么多，它都能写出答案了。"

大壮说渴了，想喝水。

"一碰到难题，你就找各种借口，不是喝水就是撒尿。"杜世均生气。

司梦实在听不下去了，她对大壮说："做数学累了，回屋歇一会儿，吃完饭，改做语文，换换脑子。"

杜世均余怒未消，他问司梦："知道远交近攻什么意思吧？"

"怎么了？"

"辅导大壮写作业，离远点，还能跟他交流，离近了，想不揍他都难。"

"哎，你能不能把你的诈尸式的教育风格改一改？"

"你来，你来。"杜世均立刻撂耙子了。

"你以为父亲就是一个名称？我跟你说，大壮是你亲生骨肉，不是我从网上下载的，也不是信用卡积分换的。"

"你矫情不矫情？"

"你扛着一儿一女，一天三餐，两次接送。给我矫情一下看看？"

"女人带孩子天经地义，从有人类那一天，女人的 DNA 就携带了这一项功能，你姥姥行，你妈行，你为什么不行？"

司梦被杜世均噎得直翻白眼。

李响跟冯希在持续的冷战中，没了去处的李响，无聊地躺在办公室的沙发上发呆。他扳着手指头数，冯希该给他打电话了。手机如约而至地响了，电话锲而不舍地连响三次。李响才懒洋洋地接了电话。

冯希一句不提两人生气的事，她说："我做了火锅，你过来吧。""不去。"李响拒绝得很干脆。

"牛肉是我手切的，拌了好些调料。虾滑也是我自己做的，你不过来，这些东西吃不完，该浪费了。"

李响咽下口水，板着脸口气很硬："我有事，过不去。你叫别人来吃吧。""那好吧。"冯希的语气很温柔。

她挂了电话，李响被撂在半空中，上不去下不来百爪挠心。

房间里弥漫着浓烈的香气，鲜辣的红汤在火锅里翻滚，台面上摆着切好的肉和洗干净的蔬菜。冯希把各种小料调好，舀到小碗里。开始涮肉吃。她细嚼慢咽，吃得很仔细很认真。

不出冯希的意料，李响来了，他表情严肃地说："我的一份材料落在这了，我要用。""哦，自己找吧。"冯希说。

李响闷头翻找材料，他用眼角扫了一下，火锅旁边，冯希坐在那里，慢条斯理地吃着，她的对面摆着一副碗筷。

"鸭血已经煮好，现在就可以吃了。"冯希说。

李响走过去坐了下来，冯希把锅里煮好的肉，捞到他的碗里。李响起身打开冰箱，拿出来一瓶啤酒。"要不要煮红薯？"冯希问。李响说："待会儿煮。弄这么多，万一我不来呢？"

"要是到现在，我还摸不透你的脾气，那咱俩这十年的恋爱，真是白谈了。"

"你的意思，我已经被你攥在手心里了？"

"我离开父母，辞了工作，跟你来到这里，为的就是让你把我攥在手心里。"

"话听着好听，实际不是这样。"

"怎么不是这样？你性格强势，说一不二。你决定的事情必须按照你的意思办。我什么时候反抗过？"

"你这个人看似随和，其实骨子里特别轴。你表面上答应了我的要求，在事情的具体办理过程中，你会一点一点地改变方向。最终的结局，肯定是按照你的意愿完成的。"

"是吗？"

"从要我到北京读博士，到绝对不可以同居，哪件事最后不是依了你？"

冯希笑了，她主动跟李响碰杯："这倒是实情。"

李响吃得非常饱，舒舒服服地躺在沙发上，看体育台的竞技节目。冯希在一旁把给他洗晒好的衣服，一件一件地熨烫平整。她去厨房给李响泡了一杯茶出来，发现他窝在沙发上睡着了。

冯希推醒了他说："你快回去睡。"李响哼唧着耍赖："你就让我在这睡一晚上吧。"冯希态度坚决地说："我跟父母做了保证，不结婚，我跟你不会住在一起。"

"你已经三十岁了，是成年人。"李响叫苦。"正因为三十岁了，我才要更加珍惜自己。"冯希说完，两手推着李响的后背把他送出了门。

孩子们睡了，杜世均坐在沙发上喝茶。司梦干完了家务活，走过来在他身边坐下。杜世均倒了一杯茶给她，司梦说："不喝，我怕失眠。"杜世均说："茶和咖啡对我都没有副作用，喝多少都能睡着。"司梦叹了口气："十二属相里如果有骆驼，那我肯定是属骆驼的，耐饥耐渴负重奔波。"杜世均问："你不会暗指我是那根稻草吧？"

司梦靠在沙发上，眼睛盯着屋顶说："人生是个巨大的荒漠，哪里没有骆驼？压死一头换一头呗。"

"这个茬我真不能接。"

"这一天忙得脚打后脑勺，你说，咱们当初为什么要孩子？"

"传宗接代，养儿防老呗。"

"指望他俩给你养老？做你个黄粱美梦吧。"

"你说为什么？"杜世均问。

"当妈是女人的天性，我生他们，首先满足的是我的心理需求，随后搭上了我的所有感情和力气，在伴随他们成长的过程中，我付出了我所能付出的一切。"

杜世均一声不响地听着。

"我不求孩子完美，不用他们替我争脸，不用他们为我传宗接代，更不用帮我养老。"

杜世均问，这话是对着媒体说，还是对着我说？全是套话。司梦说，她真是这样想的。杜世均不理解，既然如此，每天她还对着大壮河东狮吼什么？

司梦检讨说："我是不应该对他吼，我也知道应该换个方式去爱他！这样的话，我每天要对着镜子默念二十遍。""管用吗？"杜世均问。

"不管用。老师把我叫去训话的时候，我只有一个念头，我想把大壮拎过来，重新塞回肚子里去。"

杜世均"啊哈"了一声，司梦问他啥意思。杜世均说："面对现实吧，婚姻就是一条船，孩子是用来压船舱的。"司梦感叹道："船搁浅了。"杜世均说："总会涨潮的。"

司梦叹了一口气："传说结婚后流的眼泪，是结婚前脑袋里进的水，我脑袋里进的这点儿水掀不起波澜。"杜世均问："后悔了？"司梦反问："你不后悔？"

"一儿一女，一房一车，一个自己选的老婆，日子一天一天往前走，我为什么要后悔？"

"当初追求我的那个杜世均，嘘寒问暖，知冷知热，特别接地气，生日啦，情人节啦，见面纪念日啦，从来没忘记过。九年的婚姻生活，使你不断升华，你已经脱离肉眼凡胎，上升到一个可望而不可即的精神高度，你坐在云端，看着家中的世俗老婆，手拿扫帚，扫着一地的鸡毛。"司梦冷笑。

杜世均哈哈大笑。

"网上把你这种类型的丈夫，冠名为云配偶。就是以远程交互模式存在的虚拟化配偶，平时储存在云端，常见问题是，无法同步，基本见不着，更指望不上。"

"你这才是骂人不带脏字！"杜世均说。

"尽管云配偶占用了庞大的云盘大数据，但该记的一些事情一概记不住，比如家长会、交电费、煤气费、缴学费、打疫苗。这些事都是我一笔一画写在记事本上。"

"还有呢？"

"云配偶遇到麻烦会自动跟服务器切断连接，一走了之。在环境严酷指数增加的时候，比如碰见孩子期中考试、期末考试、上补习班、老师约谈，云配偶可能由于各种干扰信号，导致数据丢失，消失得无影无踪。如果说女人是水做的，那男人就是水蒸气做的。"

杜世均提醒她："牢骚太盛，防肠断。"

司梦说："不用防，我的肠子已经断了好几截了。"

"我管着一个事务所十几号人，你管着一个家两个孩子，你说，咱俩谁更操心？"杜世均问。

司梦说："职员不听话，你可以开除。我能把孩子开除了吗？"

杜世均讪笑："孩子的问题在大人。"

"你这话就是踩着祥云拎着拂尘说的。我今年三十四岁了，都说三十五岁一过，日子就像刮风一样地横扫过来。鸡零狗碎的家务事，把我缠得蓬头垢面，万念俱灰。每天操持三餐家务，线上线下，为云配偶和熊孩子，海陆空环绕立体式服务。我倒成了有问题的人了。"

杜世均说："我知道你很辛苦，没有应酬的时候，我也都按时回家帮你呀。"

"帮我？那不是你应该做的吗？"

"我是男人，做事没你心细。"

两人难得进行了深入探讨，杜世均感叹："你比我聪明，尤其是在讲歪理的时候。上个周末，咱俩因为大壮的补习问题争辩。你一句紧跟一句，把我逼得头皮发紧，眼珠子往外冒。好像中风的人憋了一肚子的话，因为嘴不听使唤，不知道该怎么表达出来。没得到结果，还忘了吵架的初衷。"

司梦强忍着才没让自己笑出来，她说："这个家给孩子洗澡的是我，辅导孩子功课的是我，带孩子看病的是我，就算我生病了，也得拖着发烧的身子给孩子做饭。"

"你生病了，可以跟我说呀。"

司梦学着杜世均的口气："有病去医院，我又不是大夫。"

"我什么时候说过这样的话？"

"我吃海鲜过敏，上吐下泻那一次。"

"我不是开会回不来吗？"

"知道什么叫仰人鼻息吗？我就是在仰人鼻息。我两手空空，只能靠讲道理活着。"

"这话说得就不讲理了，我的工资卡在你手里，你想怎么花就怎么花，怎么就两手空空了？"

"这么说，我还算幸福喽？"

"人真的不能身在福中不知福。"

"我读了十六年的书，每个阶段都是学校里的尖子生，上了婚姻这条船，最终沦为家庭主妇，你竟然觉得这是福？"

杜世均及时控制住了自己的情绪："我不能跟着你的话往泥坑里走，你跟我说，幸福应该是什么？"

司梦说："幸福里面有一个硬核，怎么吃进去，就得怎么吐出来。"

杜世均眨巴着眼睛没有说话。

"我混成这副德行，总得痛恨点什么吧？你是孩子们的爸，我不能痛恨你，我只能痛恨我的人生。"

杜世均打了个哈欠："困了。"

他上床睡了，司梦在书房里写文章，她在笔记本电脑上写道：九年的婚姻生活碾压碎了我的梦想，他总是心不在焉，我总是口不对心，他习惯了我对他的好，并把这种好当作理所应当，他不知道人都是需要被爱被关心的。没有任何一个人，可以无限度地宠着、爱着、包容着另外一个人。

洗衣机提示完成洗衣程序，司梦把洗好的衣服晾在晾衣架上，上床打开床头灯看书。杜世均翻了个身，用被子捂住了脑袋。司梦关了灯，她没有睡意，眼睛亮亮地盯着窗外。窗外有汽车开过去，窗帘上一道光扫过，声音远去了。司梦开始在心里数羊：一只羊，两只羊，三只羊……是山羊还是绵羊？咦，那只黑羊哪去了？看见它了。那只小羊，跳出围栏冲到草原上去了，我被它自由自在的生活迷住了。

早晨，司梦两只手拉着大壮的两条胳膊摇晃，直到把他晃醒。圆圆有起床气，睁开眼睛，看整个世界都不对。

"我不要穿这件衣服。"圆圆嘴�’嘟得能拴个瓶子。司梦给她换了一件。圆圆说："我要那件粉色带点点的。"司梦说："那件衣服昨天晚上洗了，还没干呢。"

圆圆固执地说："我就要穿那件。"司梦压着心里的火，跟她商量："听妈妈的话，今天就穿这件衣服，星期天妈妈带你跟哥哥去看电影，看《哪吒传奇》。"

圆圆这才从床上下来。司梦带她洗脸刷牙梳头，把他们要吃的早餐一样一样地端上桌。吃饭的时候，大壮看 iPad，杜世均看手机，圆圆边吃边玩手里的乐高小人。

司梦恼了："杜世均，你能不能起个带头作用？"杜世均立刻把手机扔在一边，顺便把儿子手里的 iPad 也抢过来，放在一边。

司梦说："圆圆，你别磨蹭，一会儿该迟到了。"圆圆吃了两口饭，抬头看着杜世均说："爸爸，我们张老师病了。"

"还有李老师呢。"

"李老师也病了，班上的小朋友们都病了。"

杜世均吃了一惊："都病了，我们还去干什么？不去了！"司梦说："你怎么那么容易上当？她就等你这句话呢。"杜世均恍然，伸手摸了一下圆圆的脑袋："小丫头，心眼真多。"

大壮想起来什么，从书包里拿出一张回执单说："妈妈，这个周末学校组织我们去郊游，你要是同意给我签个字。"司梦说："让你爸签。"

大壮把那张纸放到杜世均面前，杜世均掏出来签字笔，龙飞凤舞地签上自己的名字。大壮仔细叠好，放进书包里。

司梦问："那几道错题改过来没有？"大壮说："改过来了。"

"叫你爸爸再检查一下。"

大壮不情愿地掏出来算术本，杜世均翻开作业本查阅，他念道："文字算式游戏：（）拿（）稳（＋）－（）上（）下＝（）位（）体。这叫什么题？"

"老师说，这叫文字算式游戏。"

"我一时真的反应不过来。"

司梦说："你以为辅导小学生作业容易啊？"

杜世均看题念："（十）拿（九）稳－（七）上（八）下＝（三）位（一）体，对应的算式为：109－78＝31。我儿子行啊！"

司梦说："我给他掰开揉碎讲了半个小时，讲得我口干舌燥，以后这种事你接着。""好，我接着。"杜世均息事宁人。

"大壮、圆圆拿书包穿鞋，咱们该走了。"

圆圆耍赖："我星期一才去呢，今天是星期二。"

"星期一到星期五都得去。"司梦说。

圆圆立刻把食指放在嘴边嘘了一声。

"你不去幼儿园，就没有办法领你去天安门看升国旗。去动物园人家也会问，小朋友你去幼儿园了吗？去了？好，进去。没去？回去吧。"

圆圆一下趴在沙发上，她问："妈妈，我是从哪生出来的？"

"妈妈肚子里。"

"我想回去睡觉。"

司梦把她从沙发上拉起来，她又跑回去趴在沙发上。司梦穿上外套，看都不看她一眼走到门口。

"妈妈你去哪儿？"

"你不去幼儿园，总得有人去，妈妈去了。"

圆圆爬起来，看着她如释重负地点头。

司梦说："你送妈妈去吧。""外面太热了，让爸爸送你吧！"圆圆说。

杜世均差点笑出来。

"妈妈走了就不回来了，你想不想妈妈？"

圆圆眼泪汪汪："想。"司梦说："托儿所的鹦鹉说，我也想圆圆。"圆圆说："我给它喂过瓜子，它喜欢我。""它只看到妈妈，没看到圆圆会伤心的。"司梦说。

圆圆知道躲不过去了，走到门口换鞋。她说："我以后上幼儿园不哭了，一哭腿都热了，可难受呢。"大壮说："那是尿裤子了吧？"

"妈妈，哥哥骂我。"

司梦命令道："大壮，你赶紧的，就你磨蹭。"圆圆说："我不穿这双鞋。"

司梦给她拿她要的那双鞋，帮她穿在脚上。司梦带着两个孩子一出门，杜世均立刻拿起手机，边吃饭边刷里面的新闻。

司梦领着圆圆把大壮送到学校门口，看着儿子进了校门，又拉着圆圆的手把她送到幼儿园门口。圆圆看着妈妈咧着嘴，司梦把手指竖在嘴边嘘了一声，圆圆的眼泪没掉下来，她和司梦招手说："妈妈再见。"

圆圆跟着孩子们一起进了屋。司梦不放心，扒着门缝看。圆圆一进门就变成了另一个小孩，她大步走到自己的座位上坐下，然后又站起来，她从对面小朋友面前的盘子里，抄起一块饼干大口吃起来。

司梦暗自偷笑："戏精上身啊。"

地铁里人头攒动，多数为年轻人，他们神色凝重，步履匆匆。冯希快速追赶刚刚停稳的地铁。她用尽全身力气挤了上去，车门在她身后勉强关上了。地铁徐徐开动。过了换乘点，冯希才找到一个位置坐下来。她拿出手机给鲍雪打电话。说尤姗姗要她马上到××路爱咖啡来，有要事跟她商量。

高峰时期，路上很堵，鲍雪赶到爱咖啡时，冯希和尤姗姗已经喝了两轮咖啡，简餐也点好上了桌。鲍雪一点不客气，拣了块自己喜欢的比萨吃起来。尤姗姗喝着果汁，端详着坐在对面的两个女人，问道："你们俩完全不是同一个物种，怎么可能成为朋友？""我跟你也不是一个物种。"冯希说。

"对，对，杂交过的水稻，产量多，颗粒饱满。"尤姗姗笑了。鲍雪问她："你把我从城东头叫到城西头，有什么重要的事，非得通过冯希转达一下？"

"我没有你的电话，再说了，搞实体这种大事，怎么能在电话里说？我呢，准备投资开家饭店，想邀请你入一股。"

鲍雪以为自己耳朵出了毛病："你再说一遍，大点声，一个字一个字地说。"

尤姗姗问鲍雪："你做演员年薪多少？"鲍雪说："我挣的这点钱，用不上这么厚重的词吧？工资和话剧的演出费，全加起来也就二十来万吧。拍电视剧的收入不稳定，不能算在内。"尤姗姗说："这点钱，还不如去炒股呢。"

鲍雪说："两回事，当演员是我从小喜欢的职业，上了台，即使一个没有台词的小角色，都叫我特别兴奋。""没台词，在台上待着干啥？"尤姗姗问。

"女主角就一个，红花还得绿叶衬，绿叶都算大角色，我还演过小草呢。"

"你长这么好看，怎么能趴在地上当草呢？听我的，入股吧，做个有资产背景的人。"

鲍雪说："第一我没钱，第二我没有商业头脑，第三我连自己都管理不了，怎么管理别人。大姐，你还是别拉着我蹚这个浑水了。"尤姗姗一掌拍在桌子上说："我借你三十万做投资。"

冯希惊讶地睁大了眼睛。

鲍雪说："我不借钱当老大。""屁崩的俩钱，还想当老大？无利息、无限期偿还怎么样？"尤姗姗说得很豪气。鲍雪问："你为啥非要把我拉进来？"尤姗姗说："我喜欢你，是稀有物种间的本能感应。再说了，股东里，总得有一张让我看见喜欢的脸吧？"

鲍雪指着冯希问："有她还不够吗？"尤姗姗摇头："她呀，她就是个妇女。""你不是妇女？"冯希翻了她一眼。尤姗姗说："我是有一颗少女心的成熟女人。"

冯希鄙视说："你那少女心，酸得像青梅成了精。鲍雪，我跟你说，她没事就爱在朋友圈里发酸诗。什么，我约白桦远行，它却忘了曾经的许诺……"

"有个朋友在评论区，给我发了三朵小红花。我问，三朵玫瑰什么意思？他回答了三个字，放过诗。"尤姗姗咯咯笑。

鲍雪哈哈笑。

"冯希只要在朋友圈里洒鸡汤，我立刻在下面留言说，我妈带我来到这个世界，是为了啃鸡腿，不是为了喝鸡汤。"尤姗姗说。鲍雪笑出了眼泪，掏出手机来说："必须加你的微信，来，我扫你。"尤姗姗的肩膀立刻端起来了："你入股，我就让你从头到脚把我扫一遍。"鲍雪说："你给我三天的时间，让我想一想。"

"很多机会就这样稍纵即逝了。多大个事？入吧，入吧。不要利息、不限期偿还的贷款，还不用你出力，这样的好机会，不要白不要。"尤姗姗劝道。

冯希问："哎，尤姗姗，你甩出这样的大手笔，总得有个因为所以吧？"

尤姗姗说："喜欢这种事，根本用不着逻辑分析，股东我必须看对眼，否则无法跟你们拧成一股绳。我跟她王八瞅绿豆对眼！还有一个股东指标，鲍雪，你再找一个你看对眼的人，最好是女的。"

鲍雪问："为啥不要男的？"

尤姗姗说："男人挣钱的机会有的是，我得给女人留个机会。"

伍

　　自从见到戴小雨后，刘梁周像被拍了花，心心念念地想着她，越使劲越想不起来她的模样。作为摄影师，在他镜头前划过的美女不计其数。他从来没如此上心过，就算跟其中的一两个有过联系，很快就味同嚼蜡过眼云烟了。他问过自己，莫不是因为那顿痛打烙下了印记？他回答不了自己。

　　戴小雨完全把他忘了，睡到中午时分，醒了懒得吃饭，窝在床上在电脑上追剧，电脑下方提示邮箱里有彭湃发来的新邮件。是彭湃发来的：小雨，给你打电话，你的手机停机，给你在 Titter 上留言，你也不回，只能给你发电子邮件了。你回国已经两个月了，惦记你，我寝食不安。我知道应该给你时间让你冷静一下。遗嘱一事，是我做错了，我不为自己找任何借口，在生死面前，我本能地做了让你伤心的事情。好在我还活着，遗嘱就算公证了，也完全可以重新再立，你可以提出你的想法，咱俩共同商量。

　　戴小雨删了这个邮件。

　　刘梁周按响了门铃，听着里面拖拖沓沓的脚步声走近，门开了，站在门口的竟然是用一顿老拳让他魂牵梦绕的那个女神。

　　刘梁周的心脏停跳了一拍，这一拍，让他脑袋缺氧了，他张了张嘴，没有说出话来。戴小雨用询问的目光看着他。

　　刘梁周磕磕巴巴地说："鲍……鲍雪在吗？""我妹妹不在家。有事找她吗？"戴小雨问。刘梁周说："上次约了请她吃饭，因为家里跑水没吃成。"戴小雨黑白分明的大眼睛盯在他的脸上。刘梁周像爬山即将要登顶似的，挣扎着往下说："要不这样，反正你也得吃饭，一起去吧，到了饭店，我用手机给她发个位置。你看行吗？""我去不合适吧？"戴小雨问。"都是朋友，有什么不合适的？"刘梁周的一口气终于喘上来，周身松快得简直要跳起来。

"那我洗个脸。"

"好，我等你。"

半个小时以后，化着淡妆、一身素白的戴小雨走出来，她美得像一朵睡莲飘在刘梁周身边。姓刘的小子晕头转向，两条腿简直走不成一条直线了。

戴小雨给鲍雪发信息说，那个叫刘梁周的请吃饭，你过来吧，我给你发位置。

"我有事过不去，你替我吃，拣贵的点，吃死他！"鲍雪回过微信，然后问尤姗姗："你是怎么走到今天的？"

"你是说事业？"

"嗯。"

"它是我酝酿已久的复仇。"

鲍雪兴致盎然："肯定充满了戏剧性，讲给我听听。"

尤姗姗说："你入股，我一定添枝加叶地讲给你听。"

鲍雪的手机在桌子上振动，姥姥要求跟她视频。

鲍雪走到一边，接通视频电话。妈妈戴澄澄和姥姥白静慧的笑脸出现在手机里。

鲍雪高兴得大叫："妈，您到北京来了？您等着，我立刻回去。"

刘梁周目不转睛地看着戴小雨点餐，她点得很熟练。觉察到对面的男人在看她，戴小雨抬眼问："我点的这几个菜，是不是太贵了？"

"没事，尽管往顶级上点。"

戴小雨微笑了："咬着牙说的吧？"

"吃饭又不是买房，用不着咬牙。"

"你什么星座？"

"金牛座。"

"我也是，我5月10日，你呢？"戴小雨说。

"不会这么巧吧？咱俩一天的生日。"刘梁周大喜。

戴小雨吃惊："真的吗？"

刘梁周问："你属什么？"

"属蛇。"

刘梁周大惊："咱俩同年同月同日生。"

"真的吗？"

刘梁周掏出身份证给她看，戴小雨立刻有一种找到同类的感觉，话也多了起来。"你跟鲍雪没有一点像的地方。"刘梁周说。

"是吗？"

"跟她在一起，我老想不起来她是个女人。"

戴小雨笑："从小她就像个假小子，碰到真刀真枪立刻怂了，每次惹事都是我去帮她摆平。"刘梁周说："这个我信。"戴小雨笑眯眯地看了他一眼："误伤了你，这顿饭本该我请。"刘梁周说："我从来不让女人为我花钱。"戴小雨给他点赞："这个习惯好。"

戴澄澄喝着茶环顾四周，墙上挂着父亲戴望溪打太极拳、母亲坐在一边看他的照片。戴澄澄放下茶杯走过去看，说道："您跟我爸真的很般配。"

"般配什么？我娘家吃早饭，四个小碟压桌。你爸家粥锅见底，被勺子挠得咔咔响。"

戴澄澄哈哈笑，她问："那你怎么会看上我爸？"

"用你们年轻人的话说，长得帅，还有才。"

"时间过得真快，一眨眼，我爸去世十多年了。"

白静慧叹了一口气："人死如灯灭，气化春风肉化泥。你们觉得一眨眼，我觉得日子不好熬。你爸的后事办完，我这一身的劲都泄光了，架子散了。你们走了以后，我在床上整整躺了两天。"

"我前脚离开，您后脚也买了一张火车票走了，一走两年音讯皆无。"

"你哥为了你爸留下的钱和房产，彻底跟我闹翻，我走出去想图个清净。"

"妈，您怎么就不能给我打个电话，报个平安？您的心怎么就这么硬？"

"我被你爸爸缠磨一辈子，不想再被你们纠缠，我想好好过一下自己想过的日子。"

"妈，您这么说，我很伤心，我跟我哥不一样。"

"你孝顺，妈知道。你怕我睹物思人，特意请了年假陪我。"

"我爸遗体告别您没去，骨灰安葬您也没去。清明节和忌日您也不去墓地看看，所以才给我哥落下话柄，您就真的不怕别人说您吗？"

"这个问题，小雪也问过我。我一出生，你姥姥姥爷宠我，嫁给你爸，他也没让我受过委屈。我就这个性格，一辈子只想活给自己看。为什么要去看别人的脸？别人跟我有什么关系？他们上下嘴唇一碰，编排完别人，回家过自己的日子去了。留下你在这里生闷气。我才不让那些扯老婆舌的闲人得逞呢。再说了，这世界上有多少张脸，你看得过来吗？"

"我说小雪怎么这么不服管，原来随您。她眼看二十五岁了，还整天跑龙套，连个像样的男朋友都没有。"

"皇上不急，太监急。她有她的命，你有你的命，回去跟启东把你俩的日子过好，比什么都强。"

"我挺好的。"

白静慧点点头："小雪她爸，对老婆孩子那是一百个好。会工作还会生活，里里外外都是一把好手。不像你爸，回到家往沙发上一坐，仰颏等着我把饭喂到他嘴里。""我爸就是被您惯的。"戴澄澄笑说。

"你奶奶把他交到我手里就这样，怎么是我惯的？这一辈子我对得起他，你爸率领他的科研组搞了十几个专利，能耐吧？"

"我爸是创造型人才。"

白静慧嘴一撇："我就没见过生活能力那么差的人。找眼镜，能找到碗橱里去。他年轻的时候就胃不好，在吃饭这件事上，我是小心上加小心。那次我们老同学聚会，我把饺子包好了，放在盖帘上。还给他留了个字条，叫他回来自己煮。他嫌麻烦，吃了冰箱里的剩饭，吃剩饭也行，你倒是用微波炉热一下呀，他就那么凉着吃了。结果胃病犯了，一连半个月，吃不下去东西。你以为他遭罪？我比他还遭罪。半夜一趟一趟起来，给他拿药揉胃。疼得厉害了，还得带他去医院看急诊。"

"您对我爸没的说，所以他这辈子离不开您。"

白静慧说："还是那句话，他活着的时候，我对得起。他走了，我得接着往下过。哭天抢地，能把他招回来陪我呀？我天天哭丧着脸，让你们担心不说，自己活得也没质量。"

"妈，您跟我一起去深圳吧，您在我身边我踏实心安。等我退休了，咱们再一起回北京来。"

"你踏实心安，我不踏实心也不安。到你们家，我能按我的生活方式来吗？不能。因为那是你们的家，你们不高兴，我也不高兴。"

戴澄澄说："您可以按照您的生活方式来。"

"你是我生的，为了你妈，你可以委屈自己。凭什么让鲍启东跟着你受委屈？"

"哎呀，妈，您想得太多了。"

白静慧板起脸："说不去，就不去！"戴澄澄软磨硬泡："妈，您已经七十四岁了，一个人生活，我真的不放心。"

"怎么就一个人？不是还有小雪吗？"

"她一天到晚四处跑，连个影子都抓不着。"

"放心吧，早晚有一天我会去的。"

"什么时候？"

"去的时候会告诉你。"

鲍雪推门进屋，看见母亲，立刻扑上去来个熊抱："妈妈！妈妈！"戴澄澄喊："腰！我的腰！"

白静慧抬手照着鲍雪的屁股给了一巴掌："猴崽子，你妈也是五十岁的人了，哪禁得住你这一百来斤往身上挂？"鲍雪嬉皮笑脸地搂住戴澄澄的脖子："澄澄姐，我启东兄挺好吧？"白静慧扬手做出要揍她的样子："没大没小。"

戴澄澄笑眯眯的。

"我们同学，特羡慕我跟父母的关系，还跟我商量换妈呢。"

白静慧说："一块钱小葱，捎上两毛钱香菜，问问他们，要不要捎上你姥姥？"

"我才不给呢。"

白静慧说："吃豆腐的人安于清贫，做豆腐的人也懂得顺其自然。"

"不吃豆腐也不做豆腐，叫上我姐，晚上我请大家吃饭。"

白静慧说："看见没？就这样，挣一个花俩。"戴澄澄说："就在姥姥这儿吃，我给你们做粤菜。"

吃晚饭的时候，戴小雨来了。晚饭后戴澄澄和白静慧娘儿俩出去散步了，鲍雪跟戴小雨在厨房里洗碗。提起刘梁周请客的事，鲍雪问戴小雨对刘梁周的印象怎么样，戴小雨想了一下摇摇头说，没印象。

鲍雪说："刘梁周是艺术男和理工男的结合体。逻辑思维好，爱推理，喜欢一切带新科技含量的东西，摄制组他的房间里有新款蓝牙音响，功能齐全的手机自拍杆，和各种型号的相机。"

戴小雨打了个哈欠，摘下橡胶手套说："吃多了就容易犯困，我去沙发上躺一会儿。"鲍雪说："你躺，我也躺，挨骂咱俩一起挨。"戴小雨皱着眉头，又把手套戴上："就这么点活儿，你还攀着我。"鲍雪说："你以为一声姐，是白叫的？"

收拾干净厨房，鲍雪和戴小雨姐妹俩回到家。她俩洗完澡，脑袋上包着毛巾，坐在沙发上聊天。

鲍雪问："姐，你有四万欧元？"

"嗯，怎么了？"

"尤姗姗要融资，开一家饭馆，她拉我入股。"

"你入了？"

"嗯。"

"开饭店，哪有炒股挣钱？"戴小雨表示不理解。

鲍雪说："炒股哪有开饭店热闹？日子就该热火朝天地过，就像你这样？清心寡欲的脸，提前进入夕阳红的心，你觉得你活得有意思吗？"

"没意思还能死去啊？"

"你应该往有意思上活呀。"

"怎么才是有意思？"戴小雨问。

"舅舅不是老跟你算经济账吗？你就挣一回大钱，给他亮亮你的本事。"鲍雪说。

"我没长那经济脑瓜。"

"你能考上985、211，还能出国读研究生，证明脑子比我好使多了。"

"两回事。"

"不是两回事，是一个字，懒。"

"对，我就是懒，开饭店是勤行，要的就是勤快。这个我绝对做不到。"

"世界这么大，姐，你就下床去看看吧！"

"看什么？我不相信，你们一帮女人能经营好饭店。我不能让我的钱打水漂。这笔钱，可是我用五年的青春换来的。"

鲍雪说："那就更不能放在银行里，看着它一天一天地贬值。"

"别打我那笔钱的主意。"

"钱是你没出世的儿子，还是你未谋面的丈夫？这四万欧元是你的毕生追求吗？"

"你还别激我，钱是经济基础，没有钱，我拿什么姿势去谈恋爱？没有爱，就别想找丈夫生儿子！"戴小雨的语气非常冷静。

鲍雪被她的理论弄得张口结舌，沉默了片刻她说："要不这样吧，你把钱借给我。"戴小雨一口拒绝了，鲍雪说："我给的利息绝对比银行高。"

戴小雨不理她，仔仔细细地往手上擦抹护手霜。鲍雪压低声音："15%怎么样？"戴小雨停住手，在心里算着这笔账。

"你不借，我就找银行贷款，利息不会比这高。"

戴小雨问："你借多少？"

"三十万人民币，一年期，连本带利，你聪明，肯定比我算得清楚。"

"还不了怎么办？"

"卖房子还你。"

尤姗姗说到做到且雷厉风行，装修工人们很快进场了。尤姗姗说："咱们得给饭店起个名字，我好去注册。"冯希说："股东都是女的，叫女人汇怎么样？"

尤姗姗嗤之以鼻："不知道的，还以为是月子中心。鲍雪，你觉得叫什么好？"

"开饭店，跟我做表演艺术家的理想，相差甚远。可以说是北辙南辕。"鲍雪两眼一亮，扭头看着尤姗姗说，"饭店名叫北辙南辕如何？浅层意思，南北大菜通吃；深层意思，女人要走的感情之路，跟最后到达的目标，总是截然相反。"

冯希反对："不好，不吉利。"尤姗姗说："比福禄满堂春满园强，禁得住琢磨，就它了。"冯希嘀咕："听着好怪。"鲍雪说："怪，人们才能记住。"

"你们把身份证给我，注册资金，打在指定账户上。"尤姗姗说。"速度要快，我姐的身份证是我偷出来的。"鲍雪叮嘱道。

几天后营业执照下来了，鲍雪把营业执照拿给戴小雨看。戴小雨发现股东中竟然有自己的名字，上面清清楚楚地写着投资30万，占10%的股份。

戴小雨大惊失色，得知鲍雪拿她的钱替她入了股，戴小雨气得跺脚，她问："你征求过我的意见吗？"

"征求过，你不同意啊。"

"我不同意，你还替我入？"

"这是一次绝好的当家做主的机会。别人削尖脑袋都挤不进来，我给你走了后门，才赢得了这个指标。"

"我不要这个机会，你赶紧给我退了，把钱还我。"戴小雨气急败坏。

"如果饭店挣钱了，股份就是你的；如果赔钱了，算我的。一年后我连本带利，把钱还给你。你的股份我也接了，行吧？"

戴小雨一脸怒气瞪着她。鲍雪说："姐，咱俩从小一块长大的，我什么时候说话不算数过？"

"这事太大，不同以往。"

"你怎么那么想不开？还是那句话，我有房子押在这，你吃不了亏。"

"你凭什么为我做主？"戴小雨问。"因为你自己不愿意做主。"鲍雪说。

戴小雨骂她："你在钱的问题上，蠢得能把地砸出一个坑来。"鲍雪嬉皮笑脸："坑多没劲，要砸就砸出口井来，井边立个牌子，上面写着'吃水不忘砸井人'。"

戴小雨被她气乐了。

"姐，这件事，我真的是为你好。"

"我最烦这句话，什么叫为我好？你知道我心中的好，是什么样子？"

"不劳而获呗。"

"不劳而获，也是本事。既然没有退路，那你带我去见尤姗姗，我得看看这事靠不靠谱。"

尤姗姗、冯希、戴小雨、鲍雪四个股东，坐在一起开会。戴小雨问尤姗姗："你出店铺就占70%的股份？"尤姗姗说："这个地段的店铺，我是说500平方米以上的，月租最少也要12万，一年下来就是144万。另外我还出装修费，你说我应不应该占70%的股份。"戴小雨说："那你是应该占这么多股份。"

尤姗姗说："我不靠开这个饭店挣钱，我图的是跟朋友吃饭聚会方便。"戴小雨说："我可不这么想，既然投钱了，就要靠它安身立命。"冯希说："我要靠它养家糊口。""你呢？"尤姗姗问鲍雪。鲍雪说："我做了最坏的打算，如果赔了，权当体验生活的成本。"

尤姗姗说："退路都想好了？看来店真不能让你插手管。""本来就说好的，只投钱，不参与管理。"鲍雪说。尤姗姗问戴小雨："你呢？"

"我不懂经营，所以也不参与管理。但是我会监督管理部门，看看我投资的钱，是怎么花出去的。"

尤姗姗说："欢迎监督，冯希，既然你主动请缨，北辙南辕的管理工作，全部由你负责。遇到难解决的事情，上报给我，咱们开股东会议解决。"

晚上没睡好，练完歌白静慧觉得有点累，不想回去做饭，她进了一家面馆，要了一份炒河粉。看见那个练字的吕正也在这里吃饭，她立刻端着自己的饭菜过来，坐在他的旁边，问："你也在这儿吃？"吕正说："我一个星期，差不多在这里吃三天。"

白静慧摇摇头说，一顿两顿还可以，总在外面吃，胃受得了吗？吕正说，习惯了。白静慧又问，老伴不喜欢做饭？吕正说，老伴去世五年了。白静慧告诉老吕，她老伴去世十多年了。

"哦。岁数越大，日子过得越快。"吕正感叹。白静慧说："可不是？一进七十这个数字，早上起来，眨巴眨巴眼睛，天就黑了。像有人拿鞭子赶似的。"

吕正点点头："过去，死是个词，现在死是个事儿。"

"年轻人不惧怕生死。活到咱们这个岁数，看待死，就像坐火车早晚要到的终点一样，没什么接受不了的。"

"一年比一年容易接受。有时候我会想，我去世的老伴，会不会惦记我在这边的生活？"

白静慧摇头："不会，走了的人，两眼一闭，原谅了我们犯过的所有的错误。"

"对，对，我今年七十二岁，你肯定比我岁数小。"吕正笑说。白静慧说，她七十四啦。吕正说白静慧看上去不到七十。

"退休前干街道工作的吧？可真会顺情说好话。"

"我退休前是医学院附属医院儿科主任。现在还会定期给医学院的学生讲讲课。"

"我一听'医院'两个字，两个手心里都是汗。我老伴去世前的那一个月，我整天在医院守着，白天黑夜连轴转，几乎就没回过家。"白静慧说。吕正问："什么病去世的？"

"肺炎、心肌炎、胸腔积液，导致心衰肾衰。"

吕正说："我老伴得的是恶性程度非常高的肝癌，想尽办法救治了一年，她还是走了。"

"想走的，你使尽了全身力气也留不住。"

吕正叹了口气："谁说不是？"

"我走的那一天，最好嘎巴溜脆，千万别拖累儿女跟着我受罪。"白静慧说。

"上岁数的人都这么想，一点罪都不遭，那得积多大的德啊！"

两人聊得很开心，吕正知道白静慧退休前在电台做音乐编辑，说："难怪你中气那么足。"白静慧说："人是靠心劲活着的。心劲有多大，精神头就有多大。心劲泄了，神仙都救不了。"

她问吕正，除了写字，还有什么业余爱好？吕正说，看看书，下下棋，家里存着订了二十多年的报纸，闲来无事翻着看看，回顾历史，也很有意思。

白静慧说，她每周在自己家打两次麻将，剩下的时间练练琴，自由活动。她问吕正："会不会打麻将？"吕正摇摇头说："不会，我可以学。"白静慧邀请他说："那你来吧，玩麻将练手练脑，可以预防老年痴呆。"

吕正认真，他真的应约去了，白静慧像对待老熟人一样招呼他。麻将桌上，有两个中老年妇女和一个六十多岁的男人。白静慧给吕正倒了一杯茶，摆了把椅子在自己旁边。吕正认真仔细地看着白静慧算牌出牌。

麻友们知道吕正退休前是儿科主任，立刻有人问孙子老起湿疹的事。吕正说，饮食因素，感染因素，药物因素，总之很多因素会造成湿疹。有人又问，自己的小孙女为什么三天两头感冒？吕正说，有可能吃伤食了，回去看看，孩子的食指侧面的那根青筋，如果是鼓出来的，就用针挑一下，挤出来的血，如果是黑紫色的，就再挤，直到挤成鲜红的血为止。

于是吕大夫成了麻将桌上最受欢迎的人。打麻将的人散了，吕正留下来，他打量四周说："你家真利索，没有什么没用的东西。"

"我给自己定了一条规矩，一年之内用不上的东西，两年之内不穿的衣服，我就拿去送给需要的人。听说过断、舍、离吧？"

吕正摇摇头。白静慧说："断就是不买、不收取不需要的东西；

舍就是处理掉堆放在家里没用的东西；离是舍弃对物质的迷恋，让自己处于宽敞舒适、自由自在的空间。我首先做到的是舍，不当守着没用垃圾的老太太。"

"听你说话，心里头真敞亮。"吕正发自内心地赞赏她。

"你平时不太跟人聊天吧？"

"我老伴不善言谈，她走了，我更是连个说话的人都没了。"

"孩子们在北京吗？"白静慧问。

"两个儿子各自成家立业，一个在城南，一个在城北。逢年过节来看看我，平时有事打电话。"

白静慧说："没事多出来走走，人上了年纪，不能闷在家里，要多跟外面接触，否则老得快。"

吕正说："你这个人爽快，活得明白，你要是不嫌烦，没事我就来找你喝茶聊天。""不嫌烦，来吧。"白静慧说。

尤姗姗见了五个设计师，五次均一拍两散。尤姗姗说："他们觉得这群女人，既想要上档次的装修，又不愿意多花钱，意见还不统一，这活儿太难干。""你到底想花多少钱装修？"戴小雨问。

"当然是越少越好了。哎，你不是有个学室内设计的朋友吗？找到他没有？"

戴小雨说："他给我回话了，说手里有活儿。"

"有活儿也不耽误接咱们这个活儿啊。"尤姗姗说。

"他讲职业操守，必须是完成一个活儿后，才进行下一个，不像其他设计师那样，能干不能干都先占上，收了钱再说。"

"这人倒提起我的兴趣来了，你怎么认识他的？"

戴小雨说："他是我在国外读书时候，我室友的男朋友。毕业后他回国发展，女朋友留在英国。"

"两人吹了吧？"

"你真不善良。"

"这是阅历告诉我的结果，约他，我必须见他一面。"

尤姗姗能拥有两家公司，自有她成功的道理。这女人太能干了，跑消防、卫生、税务这些手续都是她一手办成的。冯希一口一个尤姗姗就着下饭，戴小雨心里很是鄙夷，她问冯希崇拜尤姗姗的理由是什么。

冯希说："我俩是老乡。"

"搞传销的最先上当的就是亲属和老乡。"

"你这个人太多疑，我了解她就像了解我自己。"

"你了解你自己吗？"

"当然了解了，尤姗姗是我身边最值得信任的人。"

"你最好用事实说话。"

"我投资这个饭店的钱，有一大部分是她帮我炒股挣的。她的直觉特别好，在我的印象中，她就没做过赔本生意。"

"这是你个人的感觉，不客观。"

冯希说："她现在是用利润炒股，赔赚都是赚。你行吗？"戴小雨说："我不行，但我不认为炒股会有常胜将军。""那是你认为，也不客观。"冯希说。

冯希和戴小雨彼此不喜欢对方，尤姗姗及时发现了苗头，立刻召集全体股东吃饭。谭鸭血火锅的上面，罩着的大红条幅上写着"开鸿运"三个大字。火锅点着的时候，全体服务员一起喊："开鸿运喽！"

鲍雪被吓起了一身鸡皮疙瘩，她说："这套把戏，搞得像有人结婚似的。"尤姗姗立刻转脸问冯希："你嫁人的红包我还给得出去吗？"

冯希被捅了肺管子，板着脸不理她。鲍雪见状，忙把涮好的肉夹到冯希碗里。

尤姗姗说："我给你把话说透了吧，其实你也不是特别想结婚。""谁说的，我等那一天已经等十年了。"冯希说。尤姗姗说："等，还有一种解释，就是不行动。结婚这种事，根本用不着等十年，一个男的和一个女的，俩人如果愿意，分分钟就能办完的事。事实证明，你们是在等，但并不是等结婚，而是在等一个新的开始，你俩只是习惯在一起等而已。"

鲍雪打抱不平："跟她说点好听的，你会死吗？"尤姗姗说："我不会死。我是怕她再听好听的会愚蠢致死。""她跟我说话，从来都是一个字戳出一个血洞。"冯希说。

"那是因为你这个人太笨，不骂痛你，你能站在十字路口，看着红绿灯睡着了。"

戴小雨和鲍雪全都笑了。

尤姗姗说："李响跟你的感情，刚开始还算是爱情，延续十年以后变成了习惯。他对你，不冷不热，不咸不淡。在我眼里，你不是他的女朋友，是他不要钱的保姆。你把他的衣食住行照顾得妥妥帖帖。那小子心里明白，换了别的女人，这种赔本的买卖谁都不干。"冯希气得涨红了脸："你胡说八道！"尤姗姗一脸鄙夷："你可怜的智商，真是牢固又稳定，十二级龙卷风都拔不出病根来！"冯希啪的一声把筷子摔在桌子上喊："尤姗姗，我受够你了！"

"嗯，那怎么着？"

"我跟你断交。"

"别想赖账啊，把这顿饭的账结了，再甩袖子走人。"

戴小雨看看尤姗姗，又看看冯希。冯希定格两秒钟，拿起筷子重新吃起来了。

鲍雪松了一口气叫道："服务员，再给我们上一份鸭血。"尤姗姗问戴小雨："你觉得我刚才分析得对不对？"戴小雨说："我不了解情况，没有发言权。"尤姗姗问鲍雪："你觉得呢？"鲍雪说："我觉得你有一个很奇特的本领，能用最快的速度，把感情关系变成市场关系。"尤姗姗好奇："怎么看出来的？"

"你点菜的时候，把菜价全念出来了。"

尤姗姗一拍桌子："我说我怎么跟男人约会总失利呢，这确实是个坏毛病。一旦把菜价说出口，真的有可能，把男女暧昧的社会关系，转化到严酷的市场关系上来。"鲍雪说："我理解，你并不想用金钱买感情，是谈生意的惯性而已。"冯希说："不用美化她，她就是个王八蛋！"尤姗姗嬉皮笑脸："我早出壳了，已经不是蛋了。"

饭吃完了，思想也没统一，活儿不等人，还得让戴小雨继续联络那个设计师朋友。

尤姗姗朋友众多，其中一个朋友在郊区租了一个大棚种草莓，一点农药都没用，个大甜美品质极其优良。草莓熟了他送了两箱给尤姗姗，尤姗姗立刻抱了一箱给大壮和圆圆，司梦埋怨她老送东西，叫一双儿女过来谢谢阿姨。

司梦给尤姗姗研磨了一杯咖啡，两人坐下聊天。尤姗姗看了一眼茶几上打开着的电脑，问："你这是摆样子安慰自己吧？"

"谁说的？我这是见缝插针。"

"孩子回来，你有空写吗？"

"大人孩子睡着了，我能有点儿整块的时间。"

"天天如此？"

司梦点点头。

"老公天天搂着枕头睡，他没意见？"尤姗姗问。

司梦说："没听说吗？一个成熟稳定的家庭，夫妻标配，是一个坐怀不乱的男人和一个毫无色心的女人。"

尤姗姗哈哈大笑。

"都说七年之痒，我俩结婚九年了，一时兴起拉个手，都觉得是自己的左手在撩拨自己的右手。"

尤姗姗说："我当了一回妈，却像从来没结过婚。听着你说夫妻俩的事，都觉得新鲜，你们这种感觉是从什么时候开始的？"

"从你上厕所不关门，他很从容地进来，对着镜子刮胡子开始，你们的感情就升华了。"

"你们不爱了吗？"

"大家都这么熟了，说这些干吗？伤感情。"司梦正色道。

尤姗姗的眼泪笑出来了。

司梦说："我从激情澎湃的小媳妇，进化成冷漠的中年妇女，一半归功于孩子，一半归功于丈夫。你也有孩子，当妈的对孩子面面俱到的操心，我不用细说。进入婚姻状态的丈夫，很快蜕变成了一个名称。一周七天，他五天在班上，因为业务的关系，几乎每个晚上有应酬。就算周六周日在家，他的心思也不在家里。没有微信的时候，他窝在沙发上看影碟，先看了全套的《Discovery》，从火山爆发到大猩猩的成长；然后开始看战争纪录片，从第一次世界大战，一直看到利比亚战争。再看欧美各国的枪战大片，我儿子说，我爸马上就看到星际穿越去了。有了智能手机以后，他天天刷微信、打游戏，更没有工夫跟我进行情感层面的交流了。"

装修设计师俞颂阳，应戴小雨之约，准点把SUV开到北辙南辕的门口停下，戴小雨立刻迎上去，俞颂阳开车门下来。此人中等身材，结实匀称，走起路，脚下如同安了弹簧般地有弹性。他五官轮廓清晰，小麦色的肌肤，看上去非常健康。

戴小雨和他礼节性地拥抱后，问他手边的活儿是否做完了，俞颂阳告诉她即将收尾。戴小雨把俞颂阳引见给尤姗姗，俞颂阳深邃的双眸和整齐洁白的牙齿，给她留下了良好的印象。俞颂阳楼上楼下，仔细观察铺面的结构和面积。尤姗姗两手抱在胸前，不远不近跟着他。俞颂阳说，他刚完成了一个餐厅主题秀，建议她去看看，如果能接受他的创作理念，大家再往下谈。

尤姗姗当下就跟着他去了那家餐厅，尤姗姗细细浏览着，每一个细节都不放过。俞颂阳一项一项地介绍着，他说："我这个卡式炉是日本原装的，别的饭店的都比这个厚。卡式炉原来是红色的，为了跟环境相呼应，我重新给它们喷了颜色。我选的碗是金属釉，茶杯是霁蓝，过去皇帝用的。"

尤姗姗问："你还负责这些？"

"整体包装，每个细节，都经过我的手。你觉得怎么样？"

"既然问到我的感觉。说明你还是在意市场的反馈。我见多了自信心爆棚、什么都想尝试的人，我以前曾经也是。所以，我不会为你的原始的自信热血沸腾。"

"黑马时常会以嘲讽市场普遍规律的方式异军突起。"

"概率很低。"

"一句话，你会不会选择来这里吃饭？"

"私人应酬，我可能会来这里。如果是公司间的应酬，我一定会去别处。从我的消费心理，来推测其他食客的心理，这应该就是普遍的消费心理。"

俞颂阳看着她没说话。

尤姗姗问："你准备吸引什么样的消费群体？你对这类人群的真正需求了解多少？"

俞颂阳依旧不说话。

"如果我在三里屯酒吧，看到这个主题秀，我会拍手叫好。在这儿，我觉得不太合适。"

俞颂阳说："还是看业绩说话吧，今天的酒水销量已经超过了以往。"

尤姗姗说："短时间的盈利，说明不了什么。生意人的终极目标，应该是市场占有率，是销售量，是利润率。你统计一下每桌消费数字和对墙面照片关注度的对比，看看究竟是什么样的人在关心这个主题秀，是低消费的个人客户，还是高消费的公司客户？"

"我不这么想。"

"你怎么想？"

"人啊，太依赖经验和熟悉，越了如指掌，越会时刻准备着。我觉得陌生可能是更有安全感的东西。因为陌生意味着偶然性，意味着流动和变化。人只有突破自己，才可能有更多的空间和自由。"

尤姗姗说："任性是艺术家的品性，放到生意人的身上就是缺陷。不过我还是挺欣赏你的一往无前，拿个设计方案给我看吧。"

几天后，俞颂阳把设计方案给尤姗姗看，尤姗姗很满意。俞颂阳拿出来报价表给尤姗姗看。尤姗姗看报价表，眉头越皱越紧。她把报价表放在桌子上说："你报的价太高了！"俞颂阳一项一项指给她看："这些都是市场价，我没有一项虚报。"

尤姗姗说："给我两天的时间，我开会跟股东们商量商量。"

俞颂阳的合作伙伴顾杰，很关注北辙南辕的进展。俞颂阳告诉他说："那个尤老板是个典型的生意人，她抻着我们，就是希望由她来掌握谈判的节奏。"

顾杰说："我看，这个活儿还是放了吧。"

俞颂阳问他为什么，顾杰说："第一，本身没有什么油水可赚；第二，跟女人谈判费时费力不说，还特别难缠。一个女人就够难对付的，几个女人搅在一起，那就是一桶糨糊。我比你大几岁，社会经验比你丰富。记住，不到万不得已，千万不要惹有钱有闲还有朋友的女人。"

尤姗姗还在为俞颂阳的价位踌躇不决，戴小雨告诉她说，俞颂阳那边你就别考虑了，人家给我回话说，北辙南辕的活儿，他们公司放弃了。

尤姗姗问："谈一个崩一个，你们说，是谁的问题？"冯希和戴小雨异口同声："你！"尤姗姗说："一个回合就结束战斗？生意没有这么谈的。甲乙双方的事情，乙方扬言放弃，甲方这里还没答应呢。"

陆

俞颂阳挑灯夜战画图做设计，远在英国的前女友沈佩虹要求跟他视频。俞颂阳问："怎么有闲心跟我聊天了？"

"你以为我闲饥难忍啊？咱们谈过的合作项目你考虑得怎么样了？"

"这么大的事，你不觉得面谈才显诚意吗？"

"你能过来吗？"沈佩虹问。"过不去。"俞颂阳回答得很利索。沈佩虹说："那我抽空过去。"俞颂阳一点也不拖泥带水："好，那我挂了。"沈佩虹叫起来："别呀！"

俞颂阳问沈佩虹还有什么事，她却问起他圣诞节打算怎么过。俞颂阳杂事、烦心事太多，哪有心思过什么圣诞节。沈佩虹揶揄着问，那个号称把山扛起来也不喊沉的人，杂事儿在他眼里轻如鸿毛的人，跑到哪里去了？

这时，有个男人在镜头外跟沈佩虹说英语。俞颂阳问："新男友吧？"沈佩虹立刻拉那人进镜头说："皮特。"俞颂阳用英语跟他打招呼，外籍青年很热情地回应他。

沈佩虹说："他听不懂中文，有什么话可以随便说。"

"你俩的关系处得怎么样？"

"我敏感，他大条，彼此互补，比跟你在一起舒服多了。"

"这话我听着从里往外舒坦。"

"还单着呢？"

"牧民放羊，还讲究放一年，养一年草场呢。"

"你最好连设计工作都不用做，躺在草地上晒着太阳养膘。"

"那是最理想的生活。"

"国内的活儿多不多？"

"油水大的活儿不多，最近有个活儿找我，我推了，今天又找上来了。哎，你还记得跟你过去住一个公寓的那个女孩吧？"

"戴小雨？"

"对，就是她，她给我拉来的活儿。"

"我正找她呢，你把她的联系方式给我。这活儿你接吗？"

"好。我的合作伙伴明确告诉我，一群女人的活儿难赚钱，公司不想接这单活儿。"

沈佩虹说："他说得没错，一群女人的钱是难赚。谁见过三个以上的女人一起逛街，购物圆满获得成功的案例？你要是真的把这活儿干下来，你就是设计师中的翘楚，以后男女通吃，什么人的活儿你都敢干了。"

"我对这个店铺的设计，其实还挺有想法的，就是跟女人打交道我有点犯怵。"

"只要不是谈恋爱，对你来说，什么关系都好处。"

"别一句话就把我说死了。"

"我建议你，只要有赚头，还是把这活儿接了。你要相信我的直觉。"

俞颂阳答应再考虑考虑。

北辙南辕最终采纳了俞颂阳的设计方案，装修如火如荼地开展起来。尤姗姗和俞颂阳不停地磨合不停地争执。尤姗姗算的是成本，俞颂阳要的是整体感觉。

尤姗姗说："你要的东西是要用钱堆的。"俞颂阳说："你找我的时候就应该准备好了花钱，否则没必要找我。"

"得，得，得，我不跟你说这个，你找我到底想说什么？"

"四个股东，我见着了三个，你们一人一个想法，想法一天一变，而且都想装修中加进自己的想法，都想说了算。这活儿叫我怎么干？"

"我不是叫你听我的吗？"

"问题是你经常放弃了不该放弃的，固执地坚持了不该坚持的。"

"我接受你的批评。"

俞颂阳说："我的合作伙伴，不同意我们公司接手这个活儿。我现在是用我个人的时间在给你们干。如果你们再七嘴八舌，横挑鼻子竖挑眼，我也不伺候了。"

尤姗姗叫道："别呀！"俞颂阳说："那从今天开始，咱们约法三章。"尤姗姗点点头："你说。"俞颂阳提了三条："第一，建设性的意见，想好了再说；第二，决定后的事情，超过十二小时以后，不能再更改；第三，是否采纳，我有最终决定权。"

尤姗姗想了想："补充一条，合同外超支部分你自行解决。"俞颂阳冲她伸出手去："成交！"

北辙南辕的装修顺利完工，三个股东对装修好的饭店统统给予五星级好评。尤姗姗把尾款打到俞颂阳的账户上时，俞颂阳感叹："一天都不拖欠尾款的甲方，你是第一个。"尤姗姗说："以后你到饭店里吃饭，我给你打七折。"

俞颂阳觉得北辙南辕的股东有意思，互踩，互骂，互相支撑，互相欣赏，见不得离不开，挺复杂的交往关系。

戴小雨问他："男人不一样吗？"俞颂阳说："男人的友谊，多半会功利一些，女人的友谊多半会精神一些。"

戴小雨告诉他，尤姗姗特别欣赏他，说他做事认真，希望以后能再合作。

俞颂阳说："这是客气话。"

"我们老板以尖刻出名，'客气'这两个字，她很少用。"

俞颂阳问戴小雨，为什么跟彭湃分手。她反问他为什么跟沈佩虹分手。俞颂阳摇摇头说，这个问题，他俩都不用回答了。

梧桐树是栽好了，怎样才能引来金凤凰呢？尤姗姗脑子里一直琢磨着为餐厅请个好大厨。这天，尤姗姗参加了一个高规格的宴会，她跟几个老板模样的人站在吧台前喝着饮料谈生意。她的目光很快被开放式厨房里的厨师吸引了。

厨师赵赫男三十岁年纪，身穿黑色T恤，头部紧裹小碎花巾，黑色皮围裙直达脚面，看上去又酷又帅。他用雪白的抹巾抹干净灶台，把一条洗好晾干的大鱼放在案板上。赵赫男打开黑皮工具包，里面插满了各种型号的刀具。他从里面抽出来一把剔骨刀，动作麻利地开始剔鱼，整条鱼骨瞬间被完整地剔除。鱼肉片在他的刀功下，一片一片像纸片一样薄。众人齐声赞叹。赵赫男开始切豆腐。

关总在一边给尤姗姗做介绍："这个菜极其考验刀功，一块豆腐横切80刀纵切80刀，都不能断，沉入开水中形成6400根细豆腐丝，名为绣球豆腐。"尤姗姗问："你有他的联系方式吗？"关老板说："约他得在网上的平台约，有他的电话也没有用，他不私下接活。"

尤姗姗回去就给冯希下了命令："你找赵赫男订餐，让他到你家去做饭。"冯希问："为什么？"尤姗姗说："这个人，形象气质都配得上咱们的门面。可是他不想给任何一家饭店打工，私下里也不接活儿。你想方设法把他给我弄到北辙南辕来。"

冯希看着她发愣。尤姗姗说："钱的事你不用担心，所有的费用我给你实报实销。"

"我要是把他挖到北辙南辕来，你给我什么好处？"

"成了再不骂你是猪。"

"已经被你骂猪很多年了，你跟猪说说，怎么样才能挣大钱？"

"你把他挖来，叫我对猪弹琴我都愿意。"

司梦的车被堵在水泄不通的十字路口，她看了一下表，九点半。司梦打方向盘右拐，进了小胡同。十点三十分，她准点进了北五环的一座大楼里。

影视公司的项目总经理问她，网名为啥叫跨界斜杠蜗牛女？司梦笑说，胡乱起的。总经理夸司梦公众号上的随笔和故事内容新颖，文笔别具一格。

寒暄了几句，切入正题。总经理说，这次叫她来，是因为她帮着改的网剧通过了审查，她可以领第一笔钱了，现在需要办一些手续。司梦心里一喜，两眼顿时亮了。总经理接着说，这个网剧已经投入拍摄准备，公司希望她能做一个原创剧本，最好是现实主义题材，大家都觉得她有这个实力。

出了公司的门，司梦立刻兴奋地给尤姗姗打电话，嚷着要出血，请她吃大餐。尤姗姗说司梦拖家带口的，省省吧，去她家吃碗葱油面就行了。

司梦一回家就忙活起来，很快就在桌子上摆了四菜一汤，尤姗姗有滋有味地吃着。司梦得意地说，她的公众号一个月的时间涨粉儿十五万，账户里增加了两万块钱，都是粉丝打赏的。她打开笔记本电脑，让尤姗姗看网友留言。

网友榕树叶子留言说：你写的深度好文，深到足以淹死我这颗骚动的心。网友二狗他妈留言：我跟你一样，病了，一个人扛，烦了一个人藏，疼了一个人挡。

尤姗姗不以为然地说，费了牛劲才挣了这些钱，还不如她炒股一天挣的多。司梦吃了一惊，要把稿费给尤姗姗，让她帮着炒股。尤姗姗说，她在帮好几个朋友炒股，也不多她一个。司梦说，她只有五万元本金。尤姗姗豪爽地说："我给你添十万，挣了把本钱还给我就是。"司梦问："赔了呢？"

"我把你的本钱还给你，多大点事？"

"你活出了一个女人应该有的样子。"

"啥是女人应该有的样子？你大学毕业，当了家庭妇女。我大学肄业，手里现在有两家公司。你说说看，你算成功人士，还是我算成功人士？"

司梦说："当然是你了。"

"在父母跟前，我女儿没当好，婚姻存续期间，老婆和妈当得都不称职。你说我跟'成功人士'这个词沾边吗？"

司梦张了张嘴，没有回答出来。

司梦心情好，带着一双儿女去书店，把他们喜欢的书统统买了回来。回到家她在厨房里和面剁馅包饺子，蓝牙音响连着手机，放出悦耳动听的歌曲，司梦小声跟着哼唱着。圆圆跟大壮在厨房的门口探头往里张望，司梦看见自己的一双儿女，脸上绽开了笑容。

"来，妈妈给你们包小耗子。"

两个孩子立刻跑过来，嚷着要包饺子。他俩举着洗过的手让妈妈检查，司梦一人发给他们一小块面团。母子三人有说有笑，家庭气氛相当和谐。

杜世均今天没有应酬，按时回到家。看到餐桌上摆着精致的菜肴，一瓶红酒，还有一瓶可乐。他以为忘了谁的生日，或者是什么节日，连忙打开手机里的记事本看。今天的记录栏是空白。

司梦把饺子端上餐桌，一家人围坐在一起吃饭。圆圆和大壮兴高采烈地吃他们自己包的奇形怪状的面团。司梦给杜世均斟上红酒，她和颜悦色的样子，让杜世均受到了感染。他笑嘻嘻地问，今天有什么好事？司梦让他猜，杜世均说，儿子得了双百。司梦正色说，还没喝就多了。

大壮不干了，让父母别给他压力。杜世均又猜，大壮和圆圆要有小弟弟或者小妹妹了？司梦白了他一眼。圆圆立刻跑过来趴在妈妈的肚子上，听里面的动静。司梦忍着笑由着她听。

大壮说："最好生个弟弟，让他赢在起跑线上，让我也喘口气。"圆圆说："妈妈，你生完弟弟以后，有空帮我生一条小狗吗？"

司梦和杜世均放声大笑。饭后司梦在厨房收拾厨具，杜世均在书房一边玩游戏，一边指导大壮写作业。

大壮瞟着父亲打游戏说："爸爸，你反应太慢，你的队友快死光了。"杜世均不听大壮的："螳螂捕蝉黄雀在后，我这样太容易成为别人的目标。"

父子俩为打游戏争得面红耳赤，大壮感觉受委屈红了眼圈。杜世均斥责他，一个男孩子，怎么想哭就哭？

"我没哭。"大壮瘪着嘴。

"说好了，最后一局，打完赶紧写作业。"杜世均的口气软了下来。

圆圆拿着蜡笔在客厅的墙上一丝不苟地画着，司梦看见立刻抢下她手里的蜡笔说："不能在墙上画画。""托儿所的老师就是在墙上画画的。"圆圆见妈妈绷着脸，哭了起来。司梦说："幼儿园的那面墙，是专门用来画画的，咱们家的墙不允许画。"圆圆问："为什么？"司梦不耐烦地说："没有为什么，就是不允许。"

"妈妈，你哄哄我。"

"你哭得又不对，我不哄你。"

“对的，我一直是这样哭的。”

司梦不理圆圆，她把晾干的衣服一件一件叠起来。

“我要离家出走。”圆圆发出威胁。“走好，过马路要看好红绿灯。”司梦头也没抬。圆圆噘着嘴开门出去了，看见母亲没追出来，她在门口站了一会儿，又跑回来。

“妈妈，我刚才被坏人抱走了，是警察叔叔救我回来的。”

“那你得好好谢谢警察叔叔。”

司梦走进客厅，看见父子俩游戏玩得正欢，心里的火立刻蹿上来。她问大壮：“作业写完了吗？”大壮的眼睛盯着游戏说：“写完了。”

“拿来我检查一下。”

“等会儿，等会儿。”

司梦从大壮的书包里掏出来他的作业本，她一页一页地检查着，问道：“大壮，你这句是怎么造的？”大壮游戏正酣，听不到母亲在说什么。司梦走过去关了电视机，父子俩同时发出惨叫声。

司梦沉着脸，念大壮造的句：“下雨了，幸亏我拿着命。”她把作业本扔到大壮面前，大壮捡起来看了一眼说：“哦，我把‘伞’写成‘命’了。”

“妈妈对你只有一个要求，认真完成家庭作业，这事难吗？”

“妈妈，我就错了一个字。”

“你还错出道理了？给我把这个‘伞’字，工工整整写二十遍！”

大壮耷拉着脑袋，揉搓着手里的作业本，回房间去了。

“你怎么这么暴躁？”杜世均问。

“你可真会当好人，你儿子几乎一周被老师叫一回家长。你一次都不露面，丢脸的是我。”

“下次我去。”

司梦冷笑：“下次？在教育孩子的问题上，你就像个蛤蟆，戳一下蹦一下，不戳就进入冬眠状态。”

杜世均白了她一眼，懒得搭茬。

“我当了妈之后，领悟了什么是父爱如山。山就戳在那儿，啥也不干。哪天把我逼急眼了，我就让你把这两座山摞在一起，从这个家里出去，再也别回来了。"

杜世均忍俊不禁地笑了："你这张嘴损起人来，表皮不破，全是内伤。"

"咱俩换个位置，你给我和颜悦色一个？"

"换个位置，说得轻巧。就你挣的那两个工资，拿什么交房子的月供？拿什么买你喜欢的新加坡酱油、西班牙的橄榄油和以色列的黄瓜？"

司梦气得涨红了脸。杜世均息事宁人："威风抖得差不多就行了，我在单位，神经紧张了整整一天，回到家想好好放松一下，结果你弄得我比上班还紧张。""一个女人选择了做母亲，她就什么都不是了吗？"司梦问。

"我没说你什么都不是，我是说，女人当了妈，就要接受时间和精力对你的限制。"

"你觉得这公平吗？"

"发牢骚，也改变不了现状。还是学学大壮和圆圆吧，他们知道用极大的热情，享受生活中的每一个时刻。"

司梦瞪着丈夫，半天说不出话来。杜世均拉她在身边坐下，他心平气和地说："八岁的孩子，已经有了明确的自我意识。对父母说的话，不再言听计从。他希望能够表达出自己的想法，很多时候，甚至会为了显得与众不同，故意跟你作对。孩子们的所有叛逆，都是想告诉父母，我长大了，我有自己的主见。"

"主见？我马上给他制订一个扫除混世魔王的计划。"

牢骚归牢骚，司梦还是决定去做一下儿子的工作。

大壮抄写了二十遍"伞"字，蔫头耷脑地坐在床上。司梦进来在他身边坐下说："大壮，妈妈跟你约法三章。"

大壮抬头看着母亲，司梦接着说："你别这样看着我，妈妈要求你，你也可以反过来，要求妈妈，咱俩是平等的。"

大壮没有说话。

司梦又说："我要说的只有一条，你的考试成绩必须在95分以上，我可以满足你提的每一个合理要求。"

"妈妈，你说话如果不用命令的口气，更容易叫我接受。"

"我用命令的口气了？"司梦吃了一惊。

"必须就是命令。我们同学的妈妈，让我同学做事的时候，会跟他说，我觉得你这样做会更好。你就不是这样的。"他学着司梦的语气，"大壮，你给我把错别字抄二十遍，看你还长不长记性。"

司梦笑起来，她搂过儿子语气温和地说："你努力改，妈妈也努力改，好不好？"大壮点点头。

杜世均躺在床上看电视上播放的时装节，司梦坐在化妆桌前往脸上抹晚霜，她说："那天，我找出结婚前穿的裙子，往身上一套，才知道大势已去。"杜世均说："三十多岁，怎么好跟二十多岁的时候比？"司梦感叹："人生的四种心境：痛而不言，笑而不语，迷而不失，惊而不乱。我哪种也没做到。"杜世均说："人这一辈子，怕的就是人心不足蛇吞象，已经拥有了大海，还想要蓝天。"

镜子里映出电视里的时装表演。司梦看看镜子里自己的脸，再看看时装表演里模特漂亮的脸蛋。她扭过脸问杜世均："你看我，是不是又老又丑？"杜世均的目光从她的脸上扫过说："还好啦。"司梦皱着眉头打量着自己说："杜世均，我真的觉得你挺可怜的。"

"我怎么可怜了？"

"你看你那么喜欢美的东西，娶了个老婆，现在却跟美一点都不沾边。"

杜世均说："没啥可怜的，老夫老妻的，在一起过了这么多年，孩子都这么大了……"

司梦扑上去打他："你还真敢这么想？"

杜世均知道中了计，在床上打着滚笑。夫妻俩闹成一团。

冯希在平台上约了赵赫男，手机提示：对方已接单。双方加了微信，冯希跟他订了几样菜，要求对方备料带食材。给他发了位置，约好了上门的时间。冯希又给李响打电话，问他记不记得明天是什么日子。

李响顶烦这种测验，他说："我又不是电脑，哪有那么好的脑子？"冯希说："明天是咱俩谈恋爱十周年纪念日。明天中午你过来吧，我请你吃顿大餐。"李响答应了。

第二天赵赫男准点到冯希家门口，他是骑着摩托车来的，摩托车的后座上挎着两个黑色合金铝的工作箱。赵赫男背着双肩背，两手各拎一个工具箱进了单元门。

赵赫男清秀的脸庞，高大结实的身躯给冯希留下了非常好的印象。他衣着时尚整洁，完全不是人们印象中厨子的油腻形象。

赵赫男问："厨房在哪儿？"冯希指给他厨房的门，赵赫男进厨房后紧紧地关上了门。冯希愣了一下，随即走到客厅跟厨房隔断的大玻璃窗前往里面看。赵赫男放下工具箱，动作利落地穿工装套鞋套，戴帽子系围裙。他打开工作箱，从里面拿出食材和配料，取出刀具包摊开，露出来一排雪亮的刀具。一只洗干净的白条鸭子被放在案板上。赵赫男动作利索地把整只鸭子从颈骨、翅骨、腿骨依次断开，从上向下翻剥，让鸭架和皮肉完全分离，制作八宝馅料，填入鸭子腹内，用针线缝合。再用棉线将鸭颈部和腰部扎紧，使之呈葫芦状。赵赫男在鸭子身上均匀地涂一层生抽，起油锅，放入鸭子炸。金黄的鸭子被放入蒸锅中蒸。赵赫男把新鲜的蚕豆剥去外壳，分成两瓣，荸荠去皮切开和去皮的莴笋清炒。赵赫男全身心投入的样子非常动人。

突然响起的电话铃声把冯希吓了一条，李响说，他已经进小区了。

赵赫男把六菜一汤摆上餐桌，他介绍菜名：八宝葫芦鸭，青蛙背石板，烧汁土豆茶树菇，百香果烧排骨，葱烧海参，咸鱼鸡粒茄子煲；西红柿鸡蛋汤。

李响看到餐桌上如此丰盛的菜肴吃了一惊。看到换下工服的赵赫男如此帅气，更是吃惊不小。赵赫男拿出手机调出二维码，让冯希扫。李响偷眼看，金额一千块。

"如果对我的服务满意，请给我点五星好评。"说完赵赫男背起双肩背，拎着两个工具箱开门出去了。冯希想起来尤姗姗交代的任务，她还没有完成，立刻追了出去。

冯希跟赵赫男说了北辙南辕请他的意图，赵赫男一口拒绝了。他说："开餐厅的人只想着怎么样快速赚钱，我的性格不适合那样的工作环境。我在网上签约，自由自在，收入也不少。暂时还没有进餐厅做厨师的打算，谢谢你的邀请。"

说完一脚油门，摩托车开走了。冯希看着他的背影半天没动地方。

李响带着醋意问："那人谁呀？"

"平台上约的厨师。"

"你脑子有问题吧？你又不是不会做饭，干吗花这么贵的钱请人做饭？"

"尤姗姗花钱请的，用我的地方，你白捞一顿免费大餐，发什么牢骚？"

李响的口气软下来，他问："为啥不去她家做？"冯希说："她上班家里没人，她要我帮她试试这个厨师的手艺。"

李响悻悻地坐下，拿起筷子一口吃下去，就再也收不住筷子了。冯希挨盘子夹菜品尝，她觉得这笔钱花得真不冤。

李响边吃饭，边告诉冯希，单位有个去德国工作的指标，时间是三年，领导想把这个指标给他。冯希一怔问，她怎么办？李响说，一年他有两个月的休假。冯希想跟着去，李响说他们没结婚，所以她不能作为家属跟着一起走。

见冯希不高兴，李响给她做工作说，去那里的工资和补贴都很高，三年下来，可以攒下来一半买房子的钱。冯希如鲠在喉，又不能发作，起身进了厨房。厨房被赵赫男归置得干干净净，冯希在厨房里来回转着圈，找不到下手的地方。她愣了一会儿神，掏出来手机拨通了电话。

李响一口接一口地吃着菜，冯希回到房间在他对面坐下说，她给他们领导打电话了，领导说，如果她作为家属一起出去，一个月大约能拿到一万五千元人民币的生活补助。

"咱俩不是没结婚吗？"李响说。冯希说："你要是真的打算过跟我结婚，咱们可以立刻办登记手续，我跟你一起走。"

李响怔怔地看着她，半天没有说话。

"我二十岁的时候咱俩好上的，到现在已经陪跑十年了。"

"我不也陪了你十年吗？"

"你陪我，跟我陪你完全不是一回事。你往上走，我往下滑。为了你的前途，我完全舍掉了自己。"

"我知道你为我付出了很多，我也是为我们的将来在做努力啊。"

"别拿将来说事，我在意的是现在。"

"现在怎么了？不是挺好吗？"

"你马上就要把我的现在也扔了。"

"给我盛碗米饭。"

"自己盛。"

"我不知道饭在哪里。"

冯希忍着气起身给李响盛饭。

冯希心里存不住事儿，转脸她就找到尤姗姗，跟她说李响要出国的事。尤姗姗一脸不耐烦："别跟我絮叨你们俩的那点破事，赵赫男的事你谈得怎么样了？"

"他不喜欢在餐馆里干，所以不来。"

尤姗姗问："你爱吃肉还是爱啃骨头？"

"啃骨头。"冯希想了一下说。

"那你把赵赫男这块硬骨头给我啃下来。"

冯希眨巴着眼睛看着她。"看我干什么？行还是不行？"尤姗姗问。"我试试吧。"冯希回答得毫无斗志。

李响还是按照自己的意愿办好了一切手续，出国的那天，冯希送李响去机场。她情绪低落，李响一言不发。马上要过安检了，他要冯希回去，说："我到了，会给你发微信。"

冯希说："你进去我就走。"

李响过了安检回头看，冯希还在安检口那里站着看他。李响冲她挥挥手。冯希转身离开时，长长地吐出一口气，她低声地劝慰自己，天没塌下来，我还有朋友，还有北辙南辕。

冯希回到家，觉得心里空落落的，尤姗姗和鲍雪来看她。尤姗姗问："走了？"

冯希嗯了一声。尤姗姗嘲讽说："我跟鲍雪路过你家，顺便看看你哭成啥爷爷奶奶样。"冯希说："我没哭。"尤姗姗接着挖苦："就是装，也得当着他的面，掉几滴鳄鱼的眼泪吧？"

"他要是在乎我的眼泪，就不会走得这么痛快。"

鲍雪打量一番四周说："冯希，你把家里弄得这么舒服，窗明几净，明媚温馨，摆明了你的生活中没有男人，也一样过得很滋润嘛！这叫典型的画地为牢，除了我们，谁还敢进来？"

冯希听到夸奖，心情立刻好了许多，她沏茶给她俩喝。

鲍雪喝茶："金骏眉，好茶。"尤姗姗教育冯希说："妇女，作为一个女人，首先要学会的是自立，你自从跟李响搞对象开始，就没离开过他。你让他放飞一把，你也干点应该干的事情，负好你该负的责，把北辙南辕给我好好经营起来。"

冯希点点头。尤姗姗说："你别在这乱点头，我太知道你了，心里那股劲还别着呢。你这人，看上去棉花糖似的又黏又软。在关键的事情上拗得很，自己绝不回头，只让对方回头。"

"你怎么说得我这么想哭？"

"又酸又胀点中穴位了吧？你俩恋爱那么多年，除了耗，恐怕也没什么更有趣的活动。"

冯希说："从心里讲，我还是相信爱情，相信有爱情的婚姻。可能你们觉得我的话幼稚，可我还是愿意相信。老觉着有那么一个人在等着我，不管遇到什么倒霉的事，我都得提着精神气儿，好好活着，等到那一天真降临在我身上。"

鲍雪问："那人是李响吗？"

"说不好，我真的说不好。"

尤姗姗说："李响前脚走，你后脚就精神出轨了。"

"别满嘴跑火车，我是在比喻，怎么就精神出轨了？"

"看看吓成这样，至于吗？精神飞跃一下，不至于死人。日子嘛，过的就是心情。生活嘛，看的是质量。人嘛，要懂得无事心不空，有事心不乱，大事心不畏，小事心不慢。"

鲍雪问："哪本书上抄的？完全不是你的风格。"

尤姗姗说："上次出差等飞机，等得无聊，逛机场书店。从一堆废话的书里，捞出来的干货。书店的书架上，三分之一炖着关于'成功'的心灵鸡汤。这叫我想明白了一件事：'心穷'是一种无法救治的绝症，贫困与卑微，让很多人把金钱和权力作为成功的两个标准。我身边的人，看了二十本成功学，最后也没成功，你说原因是什么？"

"因为他这一辈子想的是，怎样成为别人。"

尤姗姗在鲍雪的肩上拍了一掌："聪明人就是聪明人，一拍脑袋瓜，脚底板都叭叭响。"

冯希说："我不明白，李响为什么那么怕结婚？"

"得，又聊回来了。"

鲍雪说："怕结婚就是恐婚，恐婚说穿了，就是怕吃亏呗。"

尤姗姗看着冯希叹了一口气说："跟你这种低配版的女人谈生活，真就不够闹心的。"

北辙南辕招聘厨师的工作在后厨进行。胖瘦高矮不一的厨师们依次上灶颠勺。尤姗姗品尝后很不满意，她得出来的结论，人不但看着油腻，菜还炒得中规中矩。

冯希在网上约赵赫男。网上的约单已满，他不接活儿了。冯希给赵赫男发微信：还能接活儿吗？赵赫男回答：网上约。冯希：已经满了约不上。赵赫男：约单的事我个人真帮不上忙。冯希失望地叹了口气。

赵赫男这一单活儿，是在一家会所里做。厨房是开放式的，几个男人围在工作台旁边喝啤酒，他们是喝了上一场，来赶这一场的。赵赫男的刀具包敞开着，露出来里面安插整齐的刀具。一个瘦脸青年伸手动刀具，赵赫男立刻制止他："对不起，我的工具除了我，谁都不能动。"瘦脸青年大着舌头问："我动了能咋地？"

赵赫男没有说话，他把刀具包卷起来斜挂在腰间，继续干活儿。一个矮胖男人走过来，扒着赵赫男的肩膀非要敬他酒。

"不好意思，工作时间我不喝酒。"赵赫男谢绝了。

矮胖男人觉得驳了自己的面子，生气道："做饭和要饭就一字之差，你牛 × 个啥？"

赵赫男脸色变了，把他的手从肩膀上抖下去。

矮胖男人凑到跟前喷着酒气说："水深王八多，到处是大哥。你这是想逼我跟你盘盘道啊。"

赵赫男解下围裙，摔在工作台上。这单生意就这样砸了。雇主给了赵赫男差评，还投诉了他。公司领导让赵赫男不但要上门道歉，还要接受公司的罚款。赵赫男解释，领导不听，他说："我们公司的理念，以客户的满意为天职，不接受任何解释。"

赵赫男说："如果是我做菜的口味和服务叫客户不满，我愿意承担一切后果，但今天的欺辱事件我绝不会道歉。"

协调无果，平台领导说："如果你不能遵守公司的规定，那么平台将暂停你的接单服务。"

赵赫男的口气很硬，他说："不用暂停，老子不干了。"他挂了电话。

这个时候他接到了冯希发来的微信：给我插个空好吗？夜宵也行。

赵赫男回答：晚餐有空档了，时间紧迫，你需要自己备料。

冯希回答：好。

赵赫男问：原地址？

冯希回答：不是，我给你发位置，在门口接你。

柒

　　赵赫男来到北辙南辕，他在灶间里做菜，尤姗姗、戴小雨和冯希在监视器里看着。赵赫男把四菜一汤摆上桌，戴小雨和尤姗姗迫不及待地品尝菜肴。戴小雨连连点头，好吃，好吃。冯希给他们相互做了介绍。

　　尤姗姗说："谈谈对我们店的第一印象。"赵赫男说："你们的饭店，跟我去过的饭店有些不一样。很新，我说的新不是新装修的意思。我是说，股东们都很新，看得出来，你们是第一次经营饭店。"

　　尤姗姗说："你挺有阅历啊，哪个职业学校毕业的？"

　　"我爷爷和父亲都在大饭店做过厨师，我的手艺是祖传的。"

　　"难怪啊，你的菜做得真像艺术品。"

　　"好厨师也是艺术家。"

　　尤姗姗问："到我们店里来搞艺术好不好？"

　　"那要看你们给的条件了。"

　　听到他说这样的话，三个股东的眼睛同时亮了。一番交谈过后，冯希把赵赫男送出大门。冯希问："我们老大跟你谈待遇的事，你只笑不说话，到底是满意还是不满意？"

　　赵赫男摇摇头，转身推着摩托车走了。冯希一怔，立刻追了上去说："你有什么要求尽管提，咱们可以商量。"

　　赵赫男没有说话，但是脚步放慢了。冯希走在他身边慢声细语地说："我们北辙南辕给的价位，比你在平台上干活给得高。"

　　赵赫男看了她一眼，没有说话。

　　冯希干脆牙一咬说："北辙南辕刚开始运营，一年以后，如果饭店盈利了。我跟股东们说，分你一只干股，让你也成为股东之一。"

赵赫男说："我对这种虚的东西不感兴趣。"

"要不要是你的事，给不给是我的一个态度。"

赵赫男怀疑冯希说话不管用，冯希态度坚决地说，她是股东之一，说话当然管用。见赵赫男半信半疑，冯希向他打了包票，后厨的事，他赵赫男说了算，不懂的人绝不瞎指挥。

鲍雪这次巡回演出的时间太长了，耗时一个月。演出结束后，演职员忙着卸台。鲍雪站在后台给白静慧打电话。她问姥姥，戴小雨去没去家里看她？

白静慧说："你们的那个北辙南辕要开张，她忙得我连她的影子都看不见。忙点儿好，她越忙我越放心。"鲍雪说："姥姥，我有点儿不放心您。"

白静慧说自己端起碗来吃着香，头挨枕头立刻能睡着，叫她把心妥妥地放在肚子里。

鲍雪挂了电话，同事说，买了晚上十点的机票回北京，问鲍雪走不走，鲍雪说："你男朋友等你，我光棍一条，没这个福利，等明天睡够了，我再打道回府。"

这些天戴小雨被店里的活儿累得不轻，躺在床上就睡死过去。手机铃声连续响个不停，戴小雨闭着眼睛抓起电话问是谁。那人问，怎么了，病了？戴小雨有气无力地问他到底是谁？那说，跟她同年同月同日生的那个刘梁周。

戴小雨勉强睁开眼睛，努力思索着问他有什么事。刘梁周说，今天是 2018 年的最后一天，请她吃个饭。戴小雨说，她昨晚两点才睡，太困了，不去。

一直睡到太阳偏西，戴小雨才醒了过来，她洗了澡，坐下来给白静慧打电话。

白静慧家的麻将结束了，麻友们相继离开。吕正没走，帮忙收拾麻将桌。白静慧在电话里问戴小雨："这些日子你连个电话都不打，忙得怎么样了？"

"天天往店里跑，累得骨头架都快散了。"

"记得明天回来吃饭，一会儿奶奶得出去，同学聚会有个饭局。"

白静慧挂了电话，吕正把麻将盒放在角落里，他说："我走了。"白静慧察觉到他的情绪有些不对，走到他跟前问："老吕，怎么了？"吕正说："没事。"

"你怎么还没个女人爽快呢？有事就说！"

"真的没啥正经事。"

"那说不正经的。"

"明天不是元旦吗？本来想晚上请你出去吃饭。"

白静慧想了一下说："跟同学聚会，是锦上添花；跟你吃饭，是雪中送炭。我形容得对不对？"

"对，对，我的炉子里一块炭都没有了。"

白静慧笑："得，我负责旺你炉子里的火。同学聚会，不用去也知道是啥情景。不是谁谁谁病了，就是谁谁谁死了，要不就是五彩缤纷的养生，再往后就是，忆往昔峥嵘岁月稠。回忆的人多，不缺我一个。"

吕正从心里往外高兴："我发现了一个小餐馆，菜做得很好吃。"白静慧手一挥："咱们哪儿也不去，我让你尝尝白氏大馅饺子。"

白静慧和面，吕正剁馅。白静慧叮嘱他，肉不要剁得太碎，那样不香没嚼头。音响里放着歌剧《白毛女》，白静慧边干活儿边小声跟着哼唱。吕正陶醉其中，夸赞道："你唱得真好听。"白静慧说："老了，声音大不如从前了。"

戴小雨一天没吃饭，实在懒得动手做，决定出去随便吃点儿。走到胡同口，有汽车在路边冲她鸣笛。戴小雨扭头看，刘梁周从车里探出头冲她笑。

戴小雨走过去问："你怎么在这儿？"刘梁周说："等你啊。"戴小雨有点犯蒙："咱俩约好的？"刘梁周笑着说："我中午过来找你，你在电话里说再睡一会儿，反正也没事，我就在这儿等了。"戴小雨看了一眼手机上的时间问："已经五点了，你在这儿等了这么久？"

刘梁周笑而不语，只是请戴小雨上车，要请她吃俄式大餐。

两人来到马克西姆饭店，戴小雨依旧是老规矩，翻着菜谱，拣贵的点，刘梁周两手托腮目不转睛地看着她。戴小雨眼皮不撩地问："你要把我的脸看出个洞才罢休吗？"刘梁周说："你三庭五眼，一点毛病都没有。"

"你是五官科大夫？"

"你的形象真的特别上镜，用长焦调拍出来效果会更好。"

"这话鲍雪爱听，你跟她说去。"

"她没你形象好。"

"比我可爱，是不是？"

"她那性格，是做铁哥们儿的料。"

这时，尤姗姗打来电话，问戴小雨在哪儿，戴小雨告诉她，在马克西姆饭店吃饭。尤姗姗说："我在店里忙到现在，连饭都没吃。你给我打个包，送到我家来。我把我家的地址发给你。"说完，她把电话挂了。

戴小雨在心里骂了一句，她问刘梁周："我可以打个包吗？"刘梁周说："喜欢什么尽管点。"戴小雨点了芝士焗马铃薯、沙拉和罐焖牛肉，说："我老板让我给她送过去。"

刘梁周得知戴小雨要马上给老板送去，怔了一下说："我送你吧。"

戴小雨拒绝了，刘梁周看着出租车远去了，一脸的失望，嘟囔了一句："安排好的跨年夜还是泡汤了。"

尤姗姗躺在沙发上等戴小雨送饭过来，公司打来的电话说，今天谈好的项目刚才出了岔子，对方非要见大老板面谈。没办法，尤姗姗立刻拿着车钥匙出门了。她前脚走戴小雨后脚到，按门铃，没人开门。戴小雨打电话，尤姗姗立刻把她的电话挂了。再打，尤姗姗索性关了机。

戴小雨气得大骂，这王八蛋，也太拿我不当人了！她把便当盒放在门口，转身离开，走了几步又返回来。她在心里想，这是花钱买的，万一被别人拿走了，我找谁要钱去？

戴小雨拎着便当盒，在防火通道的台阶上坐下，掏出手机看里面的八卦新闻。

尤姗姗疲惫不堪地从电梯里面走出来。戴小雨跳起来，满腔怒火地冲她吼道："尤姗姗，你拿我当猴耍啊？！"

尤姗姗拍拍她的肩膀，用钥匙开门。她脱掉鞋，一头栽在沙发上。戴小雨换上拖鞋，把便当盒放在茶几上。她指着尤姗姗骂道："告诉你，我不是你的员工，一分钱也没挣过你的。你别拿你那一套来对付我。"

沙发上的尤姗姗一动不动。戴小雨走过去扒拉了她一下。狗日的竟然在最短的时间里睡过去了。戴小雨大怒，把她拽起来，尤姗姗挣扎着躺回去，嘴里嘟囔道："你让我睡一会儿，十分钟就行。"

戴小雨气呼呼地摔门而去，她随手拧了一下门把手，看看是否锁死。门竟然开了。戴小雨研究门锁，这锁不是撞锁，必须用钥匙才能从外面锁上。戴小雨转身回屋，气恼地一屁股坐在沙发上，她瞪着对面沙发上睡得像死狗一样的尤姗姗。戴小雨把尤姗姗的一件风衣甩过去，盖在她的身上。

鲍雪在珠海的街上闲逛，她看到一家饺子馆。立刻直奔而去，饭馆里座位已满，老板把鲍雪引到角落处。这张桌子背朝门坐着一个人，老板问："先生，这位女士能跟您凑一下桌吗？"俞颂阳抬头看了鲍雪一眼说："没问题。"

鲍雪在桌子旁边坐下，拿过餐单点了餐。俞颂阳低头看笔记本电脑里的设计图，鲍雪低头看朋友圈。老板把一盘饺子端上桌："您的三鲜馅饺子。"鲍雪拿起筷子夹了一个送进嘴里。

"对不起，这是这位先生的。"

鲍雪连声道歉："对不起，对不起！饿透腔了，看见饺子，嘴里立刻伸出一只手来。"俞颂阳说："没事，都是饺子，你先吃。"鲍雪也不客气，说："对不住了，我先走一步。"

俞颂阳笑着点头表示理解，鲍雪要的饺子也端上桌来，鲍雪把饺子推到俞颂阳面前说："吃吧，我要的也是三鲜馅的。"

俞颂阳闷头吃饺子。鲍雪倒酱油和醋，嘴里唠叨着："偷工减料就缺味儿，我姥姥拌的饺子馅，一半肉馅用鸡汤打稀；另一半肉馅放锅里煸熟。加料酒、加葱、姜、糖、生抽等调料，放少量用盐码过的牛心菜。面要揉到、饧好。我姥姥包出来的饺子，皮薄馅大，一咬一兜鲜汁。"

俞颂阳说："你这么一形容，我都惦记上你姥姥的饺子了。"鲍雪说："你这叫吃着碗里的，惦记锅里的。"

"对呀，抱着锅吃最省心。"

"金句。"

俞颂阳说："是金子总会发光的。"鲍雪回了一句："是镜子总会反光的。"俞颂阳哈哈笑，他倒了一杯啤酒说："饺子就酒，越过越有，你不来一杯？"

鲍雪立刻招呼老板给她也上一瓶啤酒。几瓶啤酒下肚，两个陌生人聊得特别自然特别放松。鲍雪问："你平时看电视剧吗？"俞颂阳摇摇头说："不看。现在的电视剧太扯，说写实吧，没脚踏实地；说虚构吧，又严重缺乏想象力。"

"你说得太对了，昨天晚上我有点失眠，看了两集婆妈剧。气得我两眼窜火，太阳穴往外冒烟。"

"那你还看完了？"

"我得尊重我的完整性。"

俞颂阳笑得很开心。鲍雪看了一下手机说："再耗两个小时，就是新的一年了。"

"干吗在这耗？K歌、看电影、蹦迪，你选哪个？"

"我全选。"

俞颂阳说："去酒吧吧。"鲍雪点点头："行啊，AA制。"俞颂阳问："我该怎么称呼你？"鲍雪说："没名没姓没感情，这才叫真正的过年。"

鲍雪跟俞颂阳在酒吧里喝酒，俩人已经熟络得两小无猜了。鲍雪跟俞颂阳猜拳行令，她花样翻新。俞颂阳完全进入了状态，玩得非常投入。两人面前摆了很多空啤酒瓶子。俞颂阳的手机不停地响着，鲍雪说："你的手机已经喊得口吐白沫了，你倒是接一下呀。"俞颂阳说："这个时候，我对各种问候过敏。"鲍雪一本正经地跟他握手："我是你的同盟军。"

墙上的表离十二点还差五分钟，酒吧里的音乐由舒缓的抒情乐，转为激烈的打击乐。人们陆续跳上去，跟着音乐起舞。鲍雪拉着俞颂阳跟她一起跳，俞颂阳不好意思，他放不开。

鲍雪在他耳边大声说："这个领舞不行，带不起来情绪。看我的！"

她冲上去，跳力量感节奏感极强的街舞。鲍雪的舞姿自由奔放，极具感染力。乐队被她煽动得异常亢奋，酒吧里沸腾起来。有人把餐巾纸撕碎了，满场子撒，象征着瑞雪兆丰年。俞颂阳被酒、被人、被舞搞晕了头了，像被施了定身法一样呆站在那里。新年的钟声响了。

年轻的酒吧经理，充满煽动性地喊道："旧的一页翻过，新的一年开始了。让我们用彼此温暖的怀抱，相互祝福吧！"

男男女女们，彼此拥抱亲吻祝福。俞颂阳一个人站在那里，显得有些格格不入。鲍雪冲过来，扑进俞颂阳的怀里，主动地紧紧拥抱了他。俞颂阳一秒钟定格后，立刻回给她紧紧的拥抱。钟声敲过，大家松开彼此的怀抱。

鲍雪对俞颂阳挥挥手："新年快乐！"然后头也不回地跑出门去。俞颂阳傻站在哪里，半天没缓过神来。

尤姗姗醒了，迷迷糊糊地睁开眼睛。看见戴小雨坐在对面的沙发上瞪着她。她一骨碌坐起来问："你怎么在这儿？"

"废话！你叫我给你送饭，我拿着饭，在门口等了你整整两个小时。好不容易你滚回来了，一头栽在沙发上，睡得跟死猪一样，打都打不醒。"

"你打我来着？"

"留着你害人吗？你家的鬼门锁，在外面必须用钥匙才能锁。我拿钥匙锁门走了，明天你怎么出去？"

"我有备用钥匙啊。"

戴小雨拿靠垫砸她喊："干吗不早说？干吗不早说？"尤姗姗跳起来躲闪："我有好红酒和意大利奶酪，咱俩喝起来如何？"戴小雨说：

"滚！少来这一套。"尤姗姗拿起手机发了个红包，她叫道："红包要不要？"

戴小雨打开手机，看到里面有个八百八十八块钱的转账，气立刻消了。两个女人坐在沙发上喝红酒聊天。

戴小雨问尤姗姗离婚几年了，尤姗姗感慨地说，十年，这十年是她创业的十年，水深火热的十年，也是破马张飞的十年。戴小雨喝了一口红酒问："等着我夸你不平凡吗？"尤姗姗期待地说："夸得别出心裁点儿，来个动感夸人。"戴小雨不解地问："你这么折腾为了什么？"尤姗姗认真地说："为了八十岁那天不后悔，三十岁的时候我不认命。"

戴小雨不以为然地"喊"了一声，尤姗姗问她，知道女人最大的问题是什么？戴小雨摇摇头，没有研究过。尤姗姗一针见血地说，就是喜欢跟穷人谈钱，跟富人谈感情。戴小雨不觉一怔。

"点中穴位了？酸麻胀哪一款。"尤姗姗问。

"哪款都不是。"

"莫非你还是一张白纸？"

戴小雨说："沾着苍蝇屎的白纸。"

"能让苍蝇拉在上面的白纸，肯定有油腥味。"

"狗嘴里吐不出象牙，给我叫车，我必须回去睡觉。"戴小雨站起身。

"为什么是我叫车？"尤姗姗问。

戴小雨说："给你办事，车费当然你出。"尤姗姗夸她："好，是块做生意的材料。"

北京和德国的时差七个小时，北京的半夜十二点是德国的早上七点。视频里的李响看上去不太精神。他说："这里的饭单调难吃，我想吃你做的饭。"冯希问："你想吃什么？"

"米饭，鱼香肉丝、麻婆豆腐。"

冯希系着围裙，在厨房里切菜、炒菜。她边配料边说："猪腿肉，泡椒，葱姜蒜必备。这些你们那里的中国超市都有吧？木耳泡好，知道你不喜欢吃胡萝卜，我做的时候，通常用竹笋丝代替。白糖、醋、生抽、盐、淀粉都要备好。"

李响皱眉说："好麻烦。"冯希温和地说："想吃就别怕麻烦。"

冯希把做好的鱼香肉丝和麻婆豆腐摆在餐桌上。李响在视频里看着她吃，他问："好吃吗？"冯希叹气："太晚了，没什么胃口。"李响叫起来："面对这样的美食，你竟然说没有胃口，你太没良心了！"冯希笑着说："饭菜是按你的口味做的，你回来呀。"

李响关了视频。冯希立刻放下筷子，直挺挺地躺在沙发上，很快她就睡着了。

翌日清晨，冯希坐地铁去"货比三家"。高峰时段北京的地铁人满为患，冯希的脸死死地贴在车窗的玻璃上，身子一下都动弹不得。为了买店里的锅碗瓢盆她也是拼了，北京城的边边角角，她都用两只脚丈量过。冯希打听到这家店里的东西好，立刻穿过半个北京城跑来。

老板看见她急忙走过来："冯希，稀客哪。"冯希惊喜地说："哎呀，刘总，这是你的店？"刘总说："是啊，那次聚会，咱们加微信的时候，我就告诉你了，我的店在这里。"

熟人好办事，几个来回，冯希就把买碗和盘子的折扣砍到七折。

俞颂阳和鲍雪是同一天回到北京的，他们乘用了不同的交通工具。俞颂阳乘飞机，鲍雪坐高铁。两人乘坐的出租车，在三环线上正反两个方向交错而过。

鲍雪把行李放回家，立刻去看姥姥。一进门，看到白静慧跟一个老爷子在练习写书法。戴小雨坐在沙发上看着电视吃着水果。

白静慧给吕正和鲍雪相互做了介绍，戴小雨悄悄冲鲍雪挤了一下眼睛，鲍雪说："姥姥，我刚下火车，还饿着呢。"白静慧立刻起身说："我给你煮碗面。"

吕正很有眼色，立刻站起告辞："你们忙，我走了。"白静慧送他出门。

"姐，啥情况？"鲍雪压低声音问。"奶奶的追求者，十天前，你打电话叫我过来陪奶奶。我一进屋，看见他们俩在一起做饭吃，我立刻觉得自己碍事，赶紧悄悄撤了。后来我给奶奶打电话，她说，她跟朋友在大兴的山里住民宿玩呢，还叫我别惦记她。估计那老爷子也去了。"戴小雨压低声音回答。

鲍雪惊讶地张大了嘴："他们什么时候好上的？"戴小雨说："我也说不清楚。"

白静慧在灶前煮面，鲍雪靠在门边看着她。白静慧问："要不要放香肠？"鲍雪点点头："要。"

"不走了吧？"

"下个月去天津演出。"

白静慧回头看了她一眼："哎，你的贫劲儿都哪去了？"鲍雪问："姥姥，那老爷子是您的追求者吧？""从哪儿看出来的？"白静慧问。鲍雪说："他看您的眼神啊。"白静慧笑了："我们这个岁数，老得瞳孔都灰了，哪还有那么明白的眼神？"

鲍雪打破砂锅问到底："是不是吧？"白静慧淡然地说："是怎么样？不是又怎么样？""那我就当是吧。"鲍雪说。白静慧边把面条捞进碗里边说："端出去吃吧，堵住你的嘴。"

鲍雪坐在餐桌旁边吃面条，戴小雨和白静慧坐在一边看着她吃。鲍雪边吃边说："老太太，您这是往死逼我啊。我二十五岁的人卡在这儿，您七十四岁了，还被人追着满世界跑。您这是抓着脚脖子把我拎起来，抖搂得我每个骨头节都喊疼。跟您这么一比，我真觉得自己这四分之一世纪，简直是白活了。"

白静慧面露得意："这叫黄鼠狼下豆杵子，一代不如一代。"

"姥姥，您喜欢他什么？"

"我说我喜欢他了吗？"

"那您跟他费这功夫干什么？"

"你们年轻人跟人交往目的性都这么明确吗？"白静慧问。

鲍雪想了想说："这话对我姐适用。"

戴小雨不干了："别扯上我。"

北辙南辕正式开张了，魏碑体的牌匾升起来挂在门楣上方，上面四个大字：北辙南辕。门口摆着两溜大花篮。每个股东都尽自己最大的能力，请亲朋好友们前来捧场。尤姗姗、戴小雨、冯希穿着漂亮的服装，站在门口。

尤姗姗问："鲍雪怎么还不来？"戴小雨说："她从怀柔往这赶，叫咱们别等她，要不咱们先开始吧。"

两个服务员把一条红绸子递到她们手里，另一个服务员端着一个托盘，里面放着三把剪刀。她从三个股东身边走过，尤姗姗、戴小雨、冯希每人从盘子里拿起一把剪刀。三个人把那条红绸子剪成四段，众人欢呼，音响里的鞭炮声震耳欲聋。

饭店里张灯结彩，屋顶挂着几百条各种姿态的银色飞鸟。墙上挂着大幅的装饰画，画里面是各种形态的卡通动物。桌子被摆成了一长条，上面各种菜肴。还有菜肴被服务员陆续端上桌。各路嘉宾站在桌子旁边。

尤姗姗站在比地面高出来一尺的台子上讲话。

"各位嘉宾大家好！今天是北辙南辕开张的大喜日子。感谢大家在百忙之中，来给我们姐妹捧场。下面由经理冯希发言。"

冯希激动得声音有些发抖，她说："我们北辙南辕经过三个月的努力，终于开张了。中间克服的重重困难，在此我就不一一细说了。北辙南辕是我们的家，希望今天到这里给我们捧场的朋友们，也把这里当成是自己的家。"说到"家"这个字，冯希的眼泪，断了线的珍珠一样，流了一脸。

戴小雨举杯："大家干了这杯酒！"尤姗姗大声说："今天的饭菜五折，酒全部免费喝。"

众人碰杯欢呼。冯希大声喊："想吃什么尽管说，我们后厨，有最好的厨师。"

后厨里，赵赫男、范大厨、何师傅，率领手下，在自己的灶眼上煎炒烹炸。他们身着设计新颖的工作服。尤姗姗领着司梦参观后厨，冯希和戴小雨跟在后面，看厨师们的工作是否有疏忽。

尤姗姗说："冯希，你给司梦一个体验生活的机会，介绍一下后厨的工作是怎么运作的。"冯希指着正在灶眼上操作的赵赫男和范大厨说:"这是我们的两个厨师长。"

赵赫男和范大厨相互用眼角瞥了对方一眼。

冯希补充道:"赵赫男负主要责任。"

后厨有凉菜间、洗碗间、大厨房、拣菜间,一个间里配备三个人。大厨房里有三个灶眼,每个档口有一台打印机,服务员把菜名输入到点菜宝里,打印机自动打印出来。大厨接单,上灶炒菜,厨师长管后厨和各档口。菜炒好,有专人打荷、配菜,送到传菜口。

司梦看得很细致,负责前台的小伙子叫王建,黑瘦精干。冯希告诉司梦,她负责整体店面的管理,厨师长归她管。

尤姗姗在电话里不停地催鲍雪,说股东没到齐,四角不全不吉利。鲍雪对尤姗姗说,她已经上了三环,再有二十分钟差不多就到了。

通话中一辆大公交车强行并道过来,鲍雪的车躲闪不及,砰的一声巨响,两辆车撞在了一起。话筒里鲍雪一声惨叫,尤姗姗大惊。戴小雨跑过来,一把抢过来尤姗姗手里的电话:"鲍雪,怎么了?"鲍雪惊魂未定,浑身颤抖说不清楚自己在哪儿。尤姗姗抢过来电话,得知出了车祸,她要鲍雪镇定,立刻把位置发过来。刘梁周开车带着戴小雨往出事地点跑,俞颂阳紧随其后。尤姗姗和冯希留在店里维持场面。

鲍雪看见戴小雨立刻扑了过来,吊在她的脖子上带着哭声喊:"姐!姐!"戴小雨搂住她,又把她推开,上下左右看了一遍,急切地问:"伤着没有?啊?"鲍雪哼哼唧唧:"没有。"俞颂阳看到鲍雪眼睛顿时亮了:"是你呀!"

鲍雪看着他,努力回想着在哪里见过他,可是没想起来。

鲍雪车的右前轮几乎被公交车别得掉下来,交警判定公交车违规强行并入快车道负全责。一行人把车送到4S店,立即返回北辙南辕。

鲜美的鱼汤浇在滚热的石头上,"刺啦"一声腾起白雾。赵赫男亲手把这道菜端上桌子。客人们品尝后赞叹不已。

尤姗姗举起酒杯大声说:"你们放纵你们的食量,我放纵我的酒量。"

人群中有人大声喊："为尤老板一夜无梦的沉睡干一杯吧。"

众人杯中酒一饮而尽。

柴勇夸戴小雨说："真不是违心地恭维你，你长得这么漂亮，可是并不把自己的漂亮当成大事。这跟我身边的女人完全不一样。"

"你这么欣赏我，那就买我们一张卡吧。"

"没问题，支持北辙南辕，我带头买五万块钱的卡。以后只要有应酬，我就带人到这里来。"

"谢谢柴总。"戴小雨扭头叫道，"巴小丁，带 POS 机过来，柴总要买卡。"

巴小丁一溜小跑带 POS 机过来，柴勇刷卡。柴勇笑着对尤姗姗说："这是把做买卖的好手，你选对人了。"他给戴小雨倒酒："我买了卡，你得把我敬你的酒喝了吧？"刘梁周忙说："我替她喝吧。"

戴小雨一口拒绝了。尤姗姗看看刘梁周，又看看戴小雨，脸上挂着意味深长的笑。

鲍雪第一次看到装修好的北辙南辕，她饶有兴致地四处打量着。尤姗姗问："怎么样，满意吗？"鲍雪点点头："不错。"司梦举着一杯红酒过来，她说："你们股东的颜值都好高啊！"尤姗姗说："我这人交朋友第一标准，要长得好看。""她打车都挑长得好看的司机。"冯希挖苦说。鲍雪笑着说："前台不是你选人的标准，长得不够帅。"

"听你的，有比他合适的立即换掉。"

"我这算不算吹枕边风？"鲍雪问。尤姗姗直言不讳："你这是垂帘听政。"

大壮和圆圆跑过来找妈妈，司梦跟着自己的一对儿女走了。

尤姗姗举起酒杯说："北辙南辕的股东们，都举起杯来。"冯希、戴小雨和鲍雪都高高地举起了酒杯。尤姗姗大声说："我爱你们这些女人，胜过爱我曾经爱过的每一个男人。"

柴勇大声喊："尤老板，你是我们男人的女神。"

"顺水推舟从善如流，恭候诸位来女神庙添香火。"尤姗姗就坡下驴拉起了生意。冯希把一盘精致的小点心端给鲍雪："这是我给你留的。"鲍雪拿起一块塞进嘴里："嗯，好吃！冯希，'贴心'这个词，绝对是你的不动产。"

服务员叫:"冯总!"冯希答应了一声,立刻提起精神头冲了出去。俞颂阳的目光一直没离开鲍雪,看到她身边的人散去,他端着一杯啤酒走过来,问道:"还记得我吗?"鲍雪觉得他问得奇怪,说:"刚才处理车祸,你不是也去了吗?"

"在那之前咱俩就见过。"

鲍雪努力回忆了一番,还是没有想起来:"你哪个剧组的?"俞颂阳提醒她:"在珠海的一家饺子馆,后来咱们一起去了酒吧。"他学鲍雪的口吻,"没名没姓没感情,这才叫真正的过年。"鲍雪恍然大悟:"我说我怎么看着你眼熟呢。我记得你穿了一件皮夹克,脚上的靴子很潮。"

"就是没记住我的脸。"

"不好意思,我这个人脸盲。"

俞颂阳盯着她不说话。"这里是你的装修风格?"鲍雪被他看得尴尬,转移了话题。俞颂阳问:"还看得下去吧?"鲍雪点点头:"新颖、别致,我喜欢!"她拿了一块红糖糍粑边吃边说:"嗯,这个做得正宗,你尝尝。"俞颂阳见状也拿了糍粑说:"我喜欢吃甜的。"

鲍雪说她父亲爱吃甜食,脾气特别好,她一向对喜欢吃甜食的男人有好感。俞颂阳趁机说,看来他俩聊得很投机是有道理的。鲍雪都忘了他们聊什么了,俞颂阳说,上天入地什么都聊。鲍雪问,在什么问题上停留的时间最长?俞颂阳说,自然是男女感情。

鲍雪点点头说:"这是我的风格。你觉得一见钟情这东西牢靠吗?"

"你觉得牢靠的感情应该是什么样?"

鲍雪立刻装腔作势地演起来:"孤单的人愿意寻找,焦躁的人愿意等候,嘴笨的人愿意倾诉,这光景就离那种感情不远了。""你占了哪一种?"俞颂阳嘴角挂着笑看着她。

"很不幸,我哪种也不占,男人对女人的基本要求,聪明、漂亮、性格好,这三样在我身上都靠不住。我做过 DNA 检测,我有 1.3% 的可能会得阿尔茨海默症,再过十年我会成为中年油腻女中的一员。说到性格,我在亲近的人面前易怒、暴躁、间歇性歇斯底里。"

这时，冯希走过来把鲍雪拉到一边，附在她耳边说："这里有好几个单身狗，你主动跟他们打打招呼。"

鲍雪端着酒杯过去，很快跟他们熟络起来。俞颂阳有些失落，远远地看着她。

大壮和圆圆跟一群小朋友连吃带玩，尤姗姗跟司梦喝酒说话，她让司梦评价一下北辙南辕的股东。

司梦说："你，为人大气，做大事的时候有男人的气概；冯希，有韧劲，善于坚持，再难的事只要认定要做，就会做到底；戴小雨这个人很理性，做事权衡再三，太过于算计；鲍雪感性热情，天真直率，容易上当。"

尤姗姗冲她伸出大拇指："不愧是码字的，看人很准。"司梦说："饭店这一行不好干，变数太大。"尤姗姗说："正因为世事无法把握，当下我们更要做到尽善尽美。"司梦真诚地说："你的态度值得我学习。"

鲍雪离开那群人，走到酒水台倒了一杯果汁喝，冯希跟过来问："有看中的吗？"鲍雪说："从长相到性格，都是按着脑袋，往眼睛里倒风油精的级别。"

"他家世背景好。"

"那也不能看一眼，靠家谱原谅他半个月啊。"

"你呀，不懂人情世故。"

"人情世故也是一种谎言。"

冯希一怔问："怎么就成谎言了？"尤姗姗走过来说："冯希的那点文化，刚好够她自己难受。你就别再火上浇油了。"

晚上俞颂阳在电脑跟前做案头工作时，不停地看着电脑屏幕发呆。他拿起铅笔在一张纸上画起来。寥寥几笔速写，鲍雪生动的形象跃然纸上。他拿出手机，想给她发个问候，写了几次都删了。

自从北辙南辕开张以后，刘梁周的食堂就挪到了这里，十次来，八次戴小雨不在。冯希说："没要紧的事情，她不过来。"刘梁周就会要一份宫保鸡丁，一碗米饭，一瓶啤酒，在角落里坐着默默地吃。

王建小声跟冯希嘀咕说："刚走了一个，又来了一个，都是找戴总的。"冯希问："是柴总吗？"王建说："不是，从来没见过的。"

"吃饭没有？"

"没有。"

"那还不如这个点简餐呢。"冯希说。

王建说："他问我要戴总的住址我给他了。"

戴小雨穿着睡衣，懒洋洋地躺在沙发上看时尚杂志。有人按门铃，戴小雨爬起来，不耐烦地说："这人到底在网上买了多少东西啊？一会儿一个快递。"

她没有想到，门口站着的竟然是彭湃。

捌

　　戴小雨本能地关门，彭湃用身体挡住不让她关。买菜回来的老头老太太从门口过，目光狐疑地往这里看。彭湃说："这样对你影响不好，咱俩进去，我有话对你说。"

　　戴小雨松开手，让他进来。彭湃站在屋中间四处打量着问："房子不错，你租的？"戴小雨冷冷地问："你怎么知道我在这儿住？"彭湃在沙发上坐下说："我从北辙南辕过来，前台那个小伙子给我的地址。"

　　戴小雨问彭湃，找她干什么。彭湃动情地说，接她回家。戴小雨被伤透了，冷笑着问："谁家？你家吗？"彭湃说："那不也是你家吗？"

　　戴小雨叫道："你把自己放在我和你前妻中间，想找一条捷径解脱出来，告诉你，一张床上挤不下两个女人。"

　　"你这样说就不讲道理了，为了你，我已经跟她离了。"

　　"怎么是为了我？我认识你的时候，你前妻跟你已经分居七年了。"

　　"没有你，我也下不了决心。"

　　"连自己的选择都不敢承担，你还算男人吗？"

　　"你怎么说我都行，但是不理我就不好了。小雨，你理解理解我，我的压力非常大。"

　　"别跟我说压力，现在除了压力我一无所有。你虽然跟她离婚了，可是她依然挡在我面前。在感情上我打不过她，在坚强上你打不过我。"

　　"你到底想要我怎么样？"

　　"处理好你自己的事情。"

　　"我处理好了，才回国来找的你。小雨，你不喜欢咱俩的关系，可以把它往后面放，希望你把我当成可以信赖的朋友，生活中遇到什么困难，直接跟我说，我帮你解决。"

戴小雨的手机响了，是刘梁周的电话，她立刻接起来："喂，你来接我一下。"刘梁周一怔，这不是戴小雨的风格，女神范儿限制了她求人。刘梁周料想她遇到了事，立刻问她在哪儿。戴小雨告诉他，她在家。刘梁周立刻驱车直奔鲍雪家。

在胡同口刘梁周远远看见，戴小雨跟一个中年男人满脸愤怒地说着什么。刘梁周跳下车问："怎么了？"戴小雨拉开车门上车命令刘梁周："走吧！"

刘梁周从后视镜里看着那个男人越来越远的身影，他问："这人是谁呀？"

戴小雨沉着脸语气强硬地说："你要还想跟我来往，就什么也别问。"

"你想去哪儿我总得知道吧？"

戴小雨把自己手机上的定位发给他："去这儿。"

戴小雨和刘梁周进门的时候，鲍雪正躺在沙发上跟白静慧聊天。刘梁周和鲍雪看到彼此都吃了一惊。刘梁周问："你怎么在这儿？"鲍雪说："这是我姥姥家。"

戴小雨对刘梁周说："没你的事了，你回去吧。"鲍雪瞪了戴小雨一眼说："没你这么办事的。"她把刘梁周拉到沙发上坐下。

白静慧慧眼如炬，在刘梁周和戴小雨的脸上扫过来扫过去。鲍雪问："你俩吃饭了吗？"刘梁周说："我吃了，她吃没吃我不知道。"

"肯定没吃，姐，我给你弄个蛋炒饭。"

"你做的猪食我不吃。"戴小雨直接拒绝。

鲍雪冲白静慧两手一摊，白静慧起身往厨房去了，戴小雨跟了过去。

刘梁周起身往外走，鲍雪问："你急什么？"刘梁周说："你家老太太的眼神，我招架不住。我还是溜边吧。"

"厌了吧？这是你自己要走的，不是我不招待。"鲍雪笑着送刘梁周出门。

白静慧把煮好的馄饨放在戴小雨面前，戴小雨闷声不响地吃着。鲍雪进来坐在旁边看着她吃。

　　白静慧问："霜打了似的，怎么了？"

　　戴小雨不说话。鲍雪问："前男友找上门来了吧？"戴小雨一怔："谁跟你说的？"

　　"都找到我家去了，我能不知道？"

　　"他是干什么的？"白静慧问。

　　戴小雨没回答。白静慧两眼一瞪："我问你话呢。"戴小雨说："我跟他已经吹了，我回国就是为了躲他。"白静慧急了："到底怎么回事？"

　　戴小雨简略地讲了事情的原委，听了孙女语无伦次的叙述，白静慧脸色铁青，一言不发起身去了厨房。

　　戴小雨的心乱了，她说："奶奶一句责备我的话都没说，这一点都不像她。"

　　鲍雪说："心疼你呗，你已经遍体鳞伤了，她怕说重了刺痛你。"

　　戴小雨的眼圈红了。

　　"我说呢，那么多人追求你，你谁都不搭理的，原来内伤还在往外渗血。"

　　戴小雨倔强地把眼泪转了回去。

　　鲍雪说："刘梁周跟我说，那小子看上去人模狗样的。"

　　"他是个不折不扣的混蛋。"

　　"你能跟一个混蛋谈五年的恋爱，你得有多硬的外壳啊。"

　　"我付出了我的全部，得到的是噩梦成真，他真的不在乎我。如果在乎我，不会写那样的遗嘱。"

　　"还想结婚吗？"鲍雪问。"你不想？"戴小雨反问。鲍雪说："姐，爱情这种事，跟婚姻不一样，讲究的是缘分，他能够忍受你多少，就是爱你多少，他能够宽容你多少，就是在乎你多少，婚姻可不一样，它要的是各种妥协。"

　　"我妥协得已经趴在地上了。我比他小十二岁，跟着他，我提前进入中老年人的养生生活，早睡早起，饮食清淡，杜绝大悲大喜。就这样在生死关头，他还是一脚把我踢出了局。"

"姐，你长得像二十三岁，心理年龄四十五岁，生活习惯七十三岁。七十三、八十四，你不知道这是一道坎吗？"

"活得好好的，生生被你说死了。"

白静慧进来，在戴小雨身边坐下，她看着孙女长长地叹了一口气："人这一辈子，谁还不过几道坎？他既然跋山涉水来找你，那就不是只有这么一个回合。这段时间你搬回来住，省得他纠缠。"

戴小雨点点头。白静慧说："我在厨房的窗户里，看见送你回来的那个小子还没走，可能有话要跟你说，你去看看，别让人家在那傻站着。"

看见戴小雨走过来，刘梁周立刻迎了上去问："没事吧？"戴小雨的语气很平淡："我没事，有话快说。""我挺担心你的……"刘梁周刚要接着往下说。戴小雨打断了他："咱俩不是用你担心的那种关系，目前我不会跟任何人谈恋爱，你要是有这个念头，趁早打消，否则咱俩连朋友都没法做。"

"为什么？"刘梁周问。"我浪费不起这个时间。"戴小雨转身走了。

刘梁周站在那里，暗自骂自己是傻×。鲍雪出来，看着泥塑一样的刘梁周。她纵声大笑："刘梁周，我姐把你的脸拍平了！"

新开业的北辙南辕生意红火，冯希忙着招呼来客入座端茶倒水，赵赫男在后厨一丝不苟地指导手下备料。

"糯米蒸熟以后加入老抽、糖、芝麻油拌匀，里脊肉、鸡脯肉鸡胗冬笋和香菇咸蛋黄切成莲子大小的细丁，热油起锅，放入葱姜爆香，再倒入切好的细丁，及虾米莲子、银杏翻炒至熟透，跟糯米拌匀就是八宝馅料了。"

范大厨说："每天八只葫芦鸭有点少，能不能多做两只？"赵赫男一口拒绝了，他说："多做保证不了质量。"

范大厨看了他一眼转身走了。范大厨从心里不服赵赫男，小崽子毛还没干就人五人六，张狂得不成个样子。咱俩走着瞧，看看谁能笑到最后。

俞颂阳进了饭店，前台王建立刻迎上去。俞颂阳问他："鲍雪来过吗？"王建说："饭店开张以后，我就没见过她。您吃点什么？"

"一份毛血旺，一碗米饭，一瓶啤酒。"

吃完饭从饭店出来，俞颂阳掏出来手机，调出来鲍雪的电话，拨通了又挂了。走到停车场，站在自己的车跟前，他再次掏出手机，拨通了电话。鲍雪很快就接了，她一条腿搭在把杆上边压腿边说话。

"鲍雪吗？"俞颂阳问。鲍雪说："蠢啊，你打的第一个电话，就是我接的。你干吗挂了？"俞颂阳立刻全身放松了，他笑起来："干吗呢？"鲍雪说："练功啊。"

拳不离手曲不离口，鲍雪为了她那张贪吃的嘴，只能折磨周身筋骨了。俞颂阳告诉鲍雪，他也是一个吃货，不但喜欢吃，还喜欢做呢。鲍雪边压腿边畅想，她八十岁的时候，俞颂阳到敬老院来看她，什么都不用拿，拎一盒稻香村的点心，她就认定他这个朋友了，点心盒里面要有萨其马、桃酥、枣花糕……

俞颂阳哈哈大笑，说现在就给她送去。鲍雪说，怕他买的不正宗，见面她亲自点。两人约好在附近一家商场的咖啡馆见面，不见不散。

俞颂阳没一会儿就赶到了咖啡馆，看见鲍雪拿着手机站在门口，她装腔作势地看一眼经过的人群，再看一眼手机。俞颂阳走到她跟前问："你这是干什么？"

鲍雪看看他，又看看手机："我脸盲，第一次跟你约会，怕认错了人。"

"你怎么有我的照片？"

"网上下载的。"

俞颂阳满脸狐疑："网上有我的照片？给我看看。"鲍雪把手机举到他面前，手机上的照片是一个笑逐颜开的白胡子老头的图片。俞颂阳乐不可支，从心里觉得，眼前这个女孩真是可爱至极。

俞颂阳点了简餐，鲍雪问他为什么不吃，俞颂阳说自己吃过了。鲍雪边吃边说无主题跳跃，俞颂阳跟不上她的思维，累得两眼发花。

鲍雪说："其实战术很简单，我启用了废话流。"

俞颂阳笑着看她，鲍雪问："你这样看我干什么？在等着我变身吗？"俞颂阳哈哈大笑，他说："每次见你，都觉得跟上一次不一样。"

"这种感觉好还是不好？"

"有好也有不好。"

"那就拣坏的说。"

"内心这么强大？那你的生活肯定是一帆风顺的。"

"顺！顺得都不在六道轮回上了。"

俞颂阳再次开心大笑，他问："人家都要拣好的说，你为什么要拣坏的说？"

"既然跟我做朋友，你要学会看到最糟糕的我。接受我最坏的样子，这样事到临头，才不会受到致命的打击。"她看了一眼手机，"时间到了，下午还有排练，我得赶紧走了。"

话音未落，人已经跑了出去。这感觉同元旦前的那一晚如出一辙，只不过他现在知道，在哪里可以再找到她。俞颂阳心里说，致命打击？我倒要看看你给我的致命打击是什么样的。

柴勇只要谈生意，就带着客户来北辙南辕刷卡。接连几次来都没见到戴小雨，他的情绪很是低落地抱怨道："我冲她的面子买了你们饭店的卡，她总得为我服务一次吧。"尤姗姗骂他："败者常败于放弃之时。老柴，就凭你这副扒小账的嘴脸，这辈子也挣不了大钱。"

"你别咒我。"

"你基因里携带着呢，还用得着我咒？看在你是我店金牌吃客的分儿上，我叫戴大美女过来陪你一次。"

鲍雪和戴小雨约好了去看电影，刚开车上路，尤姗姗的电话就追上来了，她说："柴老板见不到你，要退卡呢。"戴小雨立刻急了，她说："那是我的业绩，不能让他退。"尤姗姗说："你自己过来解决。"

戴小雨要鲍雪立刻掉头去北辙南辕。鲍雪发牢骚："说好了看电影，你又改主意。"戴小雨说："这事比看电影重要。"

柴勇看见戴小雨立刻眉开眼笑。戴小雨故作一脸委屈，她说："知道你带着朋友来这里吃饭，我把电影票都废了。"柴勇说："看电影不是小菜吗？改天我请你把排行榜上的电影都看一遍。"鲍雪说："柴总，要不要我先给你补补课，讲讲怎么看电影？"

"不用，不用。你别瞧不起我，当年我也是在报刊上发表过散文的人。"

戴小雨给柴勇斟酒。"要不要我一比一陪你？"鲍雪问。柴勇连连摆手："你的酒量我可不敢惹。"鲍雪说："把你当年写过的散文来一段助助兴。"柴勇看了戴小雨一眼，戴小雨冲他嫣然一笑。

柴勇热血上头，开始背诵："小时候，常听我妈说一首歌谣：插上门儿，焐上被儿，躺在被窝儿寻思事儿。寻思寻思不对味儿，'吧嗒''吧嗒'掉眼泪儿。我从小多病，脆弱敏感，不如意就钻在被窝里哭。岁月流逝，寻思寻思不对味儿，'吧嗒''吧嗒'掉眼泪儿的事儿一年比一年多。小时候是为了嘴，长大了是为了心。"他声情并茂，热泪盈眶。

"你老婆是个什么样的人？"鲍雪插嘴问，她问得很突兀。柴勇怔了一下："啊？"

鲍雪一脸真诚："我真的很想知道。"柴勇沉默了片刻说："算女强人吧。"

"难怪你这么柔软呢，哭吧，继续哭吧。"

气氛一下被鲍雪破坏了，酒桌上的人笑作一团。

柴勇不服气，他问鲍雪："你觉得我写得不好？"鲍雪说："哪里，哪里，再烂也值得保留在心底。"

人们笑得更厉害了。戴小雨接到一个陌生电话，她走出包间接电话，这个电话是彭湃打来的，他说："我找你找得很辛苦。"戴小雨问："你找我干什么？咱俩已经结束了。"彭湃说："感情是两个人的事情，不是你单方面说结束，就能结束得了的。"

戴小雨把电话挂了，尤姗姗出来找她，看见她立刻把她拉进另一个包间。冯希和鲍雪也被她弄到这里来了。尤姗姗的几个同学在这里聚会。

尤姗姗给他们相互做介绍："他叫张竞，是我读 EMBA 时的同学。她们是北辙南辕的股东。"张竞说："尤姗姗这个人势利眼，同学聚会从来不去，净弄这私下约的事。"

"那种聚会有什么意思？男人装腔作势，女人搔首弄姿。真的来电，就弄点实用的。"

张竞假装受宠若惊："你这是跟我表达感情吗？"鲍雪看看张竞又看看尤姗姗，她问："你喜欢她？"张竞说："你看她这架势，我敢不喜欢吗？"

"浪子被妖精收了，对人间来说是一件幸事。"

"滚，去死吧。"尤姗姗笑着骂鲍雪。"我死了？"鲍雪唱起来，"谁把你的长发盘起？谁给你做的嫁衣？"尤姗姗说："你是看热闹不嫌事大。"

鲍雪说："第一我闲，第二扎在你们富人当中，没人找我借钱，有热闹我干啥不看？"张竞说："这个妹妹有意思，来加个微信。"鲍雪说："今天这顿饭肯定是你买单。""你怎么知道？"张竞问。鲍雪说："因为买单是最有仪式感的炫富环节。"

张竞哈哈笑："改天我请你喝酒，咱们好好聊聊，没准能聊出来商机。"鲍雪说："聊商机找戴小雨，这是她的强项。"张竞问："哪位？"鲍雪说："长得最美的那个。"张竞立刻起身找戴小雨去了。

冯希悄悄问鲍雪，有没有入眼的？鲍雪摇头说，智慧和颜值都不够。

冯希问："颜值到底怎么解释？"尤姗姗一脸正经："说穿了就是意淫指数嘛。""相貌是用来养眼睛的，不能拿来过日子。"冯希说得很认真。鲍雪说："冯希说话，总是这么接地气。"尤姗姗问："你那个能拿来过日子的，最近跟你联系了吗？"

冯希看着她不说话。

"咱往通俗了说，他最近跟你通电话了吗？"

"没有，怎么了？"

尤姗姗摸摸冯希的脑袋安慰她说："没事，股票还在往上涨，有钱就是硬道理。"

鲍雪被姐妹们拉着四处相对象，俞颂阳完全没有危机感，他是个有感情阅历的人，鲍雪这个类型的女孩子他还是第一次遇到。他不给她打电话，鲍雪也不会给他打。俞颂阳实在忍不住了，还是拨通了她的电话。鲍雪"喂"了一声。俞颂阳问："每次我都得自我介绍一番吗？"鲍雪躺在宾馆的床上懒洋洋地说："介绍吧！"

"嘿！你是不是把我的电话删了？"

"你要求我删，我就删。"

俞颂阳说，他去西安出差刚回来，晚上请鲍雪吃饭。鲍雪告诉他，她人在天津，晚上有演出，明天回京。说完她把电话挂了。鲍雪的态度叫俞颂阳有些受挫，他弄不明白这个小丫头到底是怎么看自己的。

鲍雪的最后一场演出是在天津大剧院，她站在戏台上，扮演着剧中的人物，演得很投入。鲍雪悲伤地说："我的五脏六腑已经被你用锤子敲碎了，别祈求一个死人跟你说话。"

男演员叹了一口气："唉！感情到底是个什么东西？"

鲍雪用鼻子哼了一声没有说话。

男演员感叹："感情是一种病毒，身体好的时候，它怎么兴风作浪，我都扛得住。一旦身体机能失调免疫力低下，一个喷嚏它就把我撂倒了。"

鲍雪："你的心是钢铁铸就的，地震海啸都不在话下，还怕一个喷嚏？"

男演员："我没你想的那么坚强。过去我害怕你逼着我，在她和你之间做选择。"

鲍雪："优胜劣汰，生存法则，你已经选择了，我被淘汰了。我只想知道我是怎么败下阵的。"

男演员："你对爱情过分认真的态度让我紧张。"

鲍雪："认真有错吗？"

男演员："认真的后面是锁链，锁链下面埋着地雷，一脚踩上去会引爆整个生活。"

鲍雪冷笑："你一锤子砸碎了引爆器，我已经粉身碎骨了，现在你彻底安全了。"

鲍雪环视四周，目光跟坐在台下第二排的俞颂阳对上，恍惚间她差点把台词忘了。演出结束大幕落下，主演上台谢幕，有人给他们献花。鲍雪跟其他演员站在后排。俞颂阳跳上台，穿过第一排，给站在角落里的鲍雪献花，这是鲍雪第一次在舞台上收到花，她激动得眼泪差点流出来。

卸完妆，鲍雪立刻跑出来找俞颂阳。俞颂阳坐在门口的台阶上等她。

鲍雪说："真没想到你能跑这么远来看戏。"

"不远，开车一个小时就到了，既然演出任务结束了，不如坐我的车一起回北京。"俞颂阳说得平淡自然。

鲍雪立刻答应了，俞颂阳开车在高速公路上行驶。

"你觉得我们的戏怎么样？"鲍雪问。

"剧情一般，你演得很投入很认真，而且表演水平不低，一看就是有素质的好演员。主演真的不如你，为什么让你演那么边缘的角色？"

"对我来说，有台词说就不错了，能把个人爱好和养家糊口，同时放到自己喜爱的职业当中，这是天大的幸运。"

"舞台在你眼里这么有魅力？"

"当然，就拿京剧来说吧，可以随意自由地表达着空间，抬起一条腿就跨过了屋子的门槛，挥一下马鞭便已骑在马上，把背驼起来就等于老了二十年。舞台上没有真正的空间，有的只是一个在舞台上活动的演员，时空因他而生。"

"我欣赏你的戏剧性。"

"欣赏和投入的成本是不一样的。"

"你的口气怎么跟尤姗姗一样？"

"商场如战场，你要提高警惕，随时准备止损。"

"多谢提醒。"俞颂阳笑道。鲍雪的眼睛盯在他的脸上。俞颂阳问："干吗这样看我？"鲍雪若有所思地说："你这个人真的像墨水瓶，第一眼没看透，第二眼还是看不透。"

"如果我是墨水瓶，那你就是酒瓶子，不知道里面装的是多少浓度的烈酒。"

鲍雪哈哈笑道："终于找到共同点了，咱俩都是瓶装的。"

回到北京，车停在鲍雪家胡同口，俞颂阳帮鲍雪把行李箱搬下来。鲍雪说了声："谢谢你！"推着行李箱往胡同里走。俞颂阳冲着她的背影大声问："不邀请我进去坐坐？""不了。"鲍雪头都没回。

"这算什么？考验吗？"

鲍雪站住脚，回过头看着他说："小升初还得考试呢，何况从普通朋友升级成男女朋友。"

俞颂阳一怔，随即心花怒放，他大声叫道："好，好，我接受升级考试。"

赵赫男是一个干什么都很专注的人，冯希喜欢看工作状态中的他。赵赫男戴着一次性手套搅拌肉馅，他边干活边考身边的徒弟："知道为什么这样做吗？"

徒弟眨巴着眼睛摇摇头。

"肉要用力揉捏来提升黏度。加一点盐，锁住肉里的水分。这样，肉味不容易流失。"

范大厨走过来拉着冯希诉苦，他说："抽油烟机的力度不够，厨房油烟散得太慢，你得想法解决。"冯希说："这是抽力最大的一款，上面是不是什么地方堵了？一会儿我找人看看。"

她使劲拍了两下手，让大家往她这里看。她说："今天晚上一家大公司来北辙南辕聚餐，大家都打起精神，拿出最好的状态来，呈现我们最好的菜品。大家有信心没有？"

厨师们一起喊："有！"

"晚上下班以后，我请大家撸串，喝啤酒。"

厨师们欢呼，赵赫男面无表情地忙着手里的活儿。冯希特意走过来招呼他："赵师傅，你别忘了晚上的活动。"

赵赫男说："对不起，工作之余的时间是我自己的。这个活动我就不参加了。"

冯希一怔，张了下嘴，没说话。

鲍雪又去外地拍戏了，她在一部年代戏里扮演小角色。杀青的时候，俞颂阳发来微信说，他在外出差，距她拍戏的地方很近，想过来看看她。鲍雪回微信说，她最后一场戏已经拍完，两个小时以后返京。俞颂阳要她把位置发过来，他去找她，两人一起回京。

鲍雪很高兴，俞颂阳在会合的地点见到鲍雪，问她："你的行李呢？"

"让它们搭制片主任的汽车，先我一步回北京了。"

两人在出租车上，俞颂阳说："我不知道你这边的情况，不敢随便给你打电话，你怎么一个电话也不给我打？"

鲍雪发牢骚："我在现场一泡就是一天，手机静音听不见。回到宾馆已经是二半夜了，紧着睡，也睡不够五个小时，哪有时间打电话。"

"你这工作够熬人的。"俞颂阳掏出手机看了一眼时间，"还有一个小时就开车了，照这个堵法，咱们非误了车不可。师傅，有没有别的办法，让我们能赶上火车？"

"车顶上要是有螺旋桨，咱们就能飞过去。"师傅的语气很淡定。

鲍雪叫停出租车，开车门下车，俞颂阳只好跟着她下车。两人在街道上快步走起来。"跑吧！"说完鲍雪撒腿领跑，俞颂阳紧随其后。俩人满头大汗地冲进站台。双脚刚迈进车厢站牢，火车就开了。鲍雪把脑袋抵在俞颂阳的后背上喘息着。俞颂阳心里想，突然就这么心贴心背靠背了，就算误了这趟火车也值。

他们的座位被一个酒气熏天的中年男人占了。鲍雪跟他索要自己的座位。中年男人斜了她一眼说："那么多空位，随便坐吧。"鲍雪说："要对号入座。""你咋这么多事？"中年男人问。俞颂阳要看他的车票，中年男人问："凭什么给你看？"

乘务员走过来让他出示票，中年男人把票扔在地上。乘务员捡起票看了一眼说："你这是二等车厢的票。"

"什么一等二等？这是不是人民的铁路？如果是，为什么要分成三六九等？我是人民一分子，我就坐这儿了，你能把我脑袋咬下来？"

俞颂阳一把揪住他的衣领说："你给我起来吧！"

中年男人一拳朝俞颂阳打过去，俞颂阳闪身躲过。鲍雪抓起中年男人的提包，扔在过道上。中年男人朝鲍雪扑过去，俞颂阳一把把他推开。中年男人站立不稳，跌坐在座位上。乘警过来，把中年男人请出了车厢。鲍雪气呼呼地坐在座位上，俞颂阳看着她笑。

"笑什么？"鲍雪问。俞颂阳说："我特别喜欢看你这副上房揭瓦的样子。"

俞颂阳和鲍雪跟随人流从出北京南站的出站口出来。

俞颂阳问："你去哪儿？"鲍雪说："去我姥姥家蹭饭。"

"去我家吧，我给你做饭。"俞颂阳发出了正式邀请，鲍雪爽快地答应了。俞颂阳家里叫人难以想象地整洁，地面光洁一尘不染。鲍雪惊呼："这是你装修的样板间吗？站在这样的地板上，我觉得自己好操蛋啊。这地能踩吗？会不会把我摔死，要不你背我进去吧。"

俞颂阳笑着把拖鞋摆在她的脚下。鲍雪不理睬那双拖鞋，光着脚就进去了。俞颂阳换上拖鞋，脚下踩着一块抹布，跟在她后面擦。鲍雪视察一圈后，在阳台的茶几处盘腿坐下，俞颂阳端了两杯咖啡放在茶几上。

鲍雪喝了一口，赞叹道："这咖啡绝对配得上这房间的气质。"

"我自己磨的。"

"一个男人，能把自己的窝，收拾得苍蝇走路都能摔骨折了，我除了跪服，就是膜拜。"

"讲卫生不好吗？"俞颂阳问。

"你已经把'讲卫生'这三个字，甩到身后四百米了，你这叫洁癖。"

"想不想吃牛排了？"俞颂阳问。

"想。"鲍雪回答得很干脆。

俞颂阳在开放式的厨房里做饭，他一只手叉腰，另一只手翻着锅里的牛排，一缕头发垂在额前，这副样子让鲍雪怦然心动。"你这样盯着我干什么？"俞颂阳问。鲍雪说："你在厨房做饭的样子好性感啊。"

饭菜摆上了桌，两人边聊边吃。

俞颂阳说："我记忆力好，老师讲的东西，听一遍就能记住。大学读的是建筑系，然后考了个全额奖学金，去英国读的研究生。"

"你给家里省了一大笔钱。"鲍雪说。

"生活还是需要花钱的，我父母给我出了一笔生活费。这让我在他们面前有点抬不起头来。王小波说，人的一切痛苦，本质上都是对自己无能的愤怒。"

鲍雪说："你一会儿愤怒一下，一会儿愤怒一下，气性还挺大。"俞颂阳被她说乐了。"你有前女友吧？"鲍雪问。俞颂阳说："你怎么知道？"

"你这样的人能闲着吗？"

"她是湖南人，我俩一个专业。在艺术上我俩很谈得来。以为彼此找到了知己。相处两年后，她过度的理性和我们性格上相同的硬度，弄得彼此疲惫不堪。我俩同时明白了，我们适合做朋友，不适合做伴侣。"

"她也回国了？"

"没有，还在伦敦。跟老外男友在一起，那老外包容性很强，特别适合她。"

鲍雪点点头，这下她就放心了。俞颂阳认为，这话说早了吧？鲍雪想了想，对，每个灵魂都有一条非走不可的弯路。俞颂阳听了哈哈大笑。

鲍雪说："我这人碗大汤宽，如果你想回到不健康的妥协关系当中，我立马开闸放水。"俞颂阳问："哎，我到底算你什么人？"鲍雪戏谑道："男朋友中的老大，炸酱面里的肉酱。"

俞颂阳笑着感叹："你性格这么好，我特别想知道，你成长的家庭是什么样的？"鲍雪说："我父母在深圳，我出生在北京，在我姥姥姥爷身边长大。高中的三年回到深圳，高考杀回北京，毕业后留在北京工作。"

俞颂阳问鲍雪跟父母的关系怎么样，她说好得跟哥们儿一样。俞颂阳好奇她的性格是怎么形成的。鲍雪认为一半天生，另一半跟她姥姥有关，她是被姥姥放养大的。俞颂阳笑呵呵问，怎么放养？鲍雪说，很少约束她，充分释放她的天性。

比如初中二年级时，她喜欢上班里的一个男生。老师发现后叫了家长，因父母在外地，姥姥便去了，一顿炮火把老师给炸蒙了。

俞颂阳饶有兴致地问："你姥姥怎么说的？"

"我姥姥问老师，你有没有过青春期？老师说，当然有了。我姥姥说，你肯定也有过见到英俊男生，脸红心跳的时候。老师一愣。我姥姥说，这才过了几年你就忘光了？老师有点发蒙，回不上话。我姥姥说，男孩女孩相互吸引，是荷尔蒙的作用，是身体发育的必然，不是不正经。你青春期的时候，可以有心仪的小男生，你的学生为什么不可以有？再说，两个十三岁的孩子在校园里能做什么？不就是手拉手到小卖部买两颗棒棒糖含着吗？"

俞颂阳哈哈大笑。

"我姥姥这一招挺厉害，她要是阻止我谈恋爱，我青春期逆反，肯定跟她对着干。她顺着我，我反倒觉得很没意思，一个星期后结束了这场恋情。"

"以后又谈了几次？"

鲍雪掰着手指头假装数："你就别为难我了，我高考数学才得了16分。"

俞颂阳举起酒杯跟她碰杯，俩人一饮而尽。"你有喜欢的人吗？"俞颂阳问。"我正经历着一个人的兵荒马乱。"鲍雪答。

俞颂阳感叹："你这么好的女孩，怎么会跑单呢？"鲍雪自我剖析说："委屈别人，我下不了手，委屈自己就简单多了。"俞颂阳坏笑说："哎，这一点咱俩想法倒是一致。我看，干脆把咱俩放在一口锅里炖了吧。"鲍雪摇摇头："我最不喜欢吃乱炖。"俞颂阳说："我也不喜欢吃。"

"那还点这道菜干什么？"鲍雪一口干了杯中酒，俞颂阳也爽快地干了。

"好酒量。"俞颂阳夸鲍雪。

"错，应该说，好酒友。"

"人是唯一知道自己难逃一死的物种。酒这东西，可以分散对恐惧的注意力。"俞颂阳说。

"想用喝酒来淹死恐惧？恐惧是会游泳的。"

"我也会游泳，还考了潜水证。"

"你还会什么？"鲍雪问。

"赛车，高空跳伞，徒手攀岩和滑野雪。我可以从山顶直接单板速降往下跳。"

鲍雪吃惊地张大了嘴："你玩儿得有点太悬了！"俞颂阳说："你们北京人特爱说'玩儿'这个词。"鲍雪说："北京人说的玩儿，不只是玩耍嬉戏的意思。有一种不计得失的超脱和一种自我解嘲的幽默在里面，涵盖量大了去了。"

俞颂阳琢磨她说的话。

"我觉得你是个理想主义者。"

"这是个陷阱吗？"俞颂阳问。

鲍雪笑道："你死都不怕，还怕我落井下石？"

"落井下石的理由？"

"命运叫你五更死，你非三更去，你爱好的那些东西，在我看来就是作死。"

俞颂阳感叹说，过去老祖宗攀登悬崖如走平地，现在的人已经彻底退化了。鲍雪说，人体机能的退化是工业的进步带来的结果。俞颂阳问她，一百米奔跑的速度是多少？鲍雪说，那得看谁在后面追她了。俞颂阳指了指自己，鲍雪说，那她跑得比刘易斯还快。

俞颂阳点点头："还是的，因为潜能被激发出来了。极限挑战的就是人的潜能和生理极限。"

鲍雪发现酒没了，提议再开一瓶。俞颂阳说："酒柜里有很多好酒，你背对着酒柜点吧，点中哪瓶咱们喝哪瓶。"鲍雪问："看不见怎么点？"俞颂阳说："你就说第几排第几个。"鲍雪想了一下说："第三排左数第五瓶。"俞颂阳惨叫一声："你太狠了！这是我藏了十年的好酒。"

清晨，阳光照进窗子，洒在鲍雪的脸上。她的睫毛抖动了几下，睁开了眼睛。鲍雪伸手摸了一下脑袋下枕着的东西，竟然是一个人的大腿。鲍雪蒙了，抬起脑袋顺着那条腿往上看去。俞颂阳四仰八叉和衣躺在地板上。鲍雪吓出了一身的冷汗，一骨碌爬起来。俞颂阳醒了，他坐起来稀里糊涂地看着鲍雪。鲍雪尴尬万分，跳起来冲进了卫生间。俞颂阳看着地板上的三个空酒瓶子，挠着脑袋回忆曾经发生的事情。

鲍雪在卫生间里用凉水洗了脸，她看着镜子里的自己，小声问道："傻子，你怎会睡在这儿？"鲍雪磨磨蹭蹭地从卫生间里出来，俞颂阳已经把满地狼藉清理干净了。鲍雪不好意思地看着他笑，俞颂阳问："地板睡得不舒服吧？"

"你怎么不叫醒我？"

"我也得叫得醒你啊，你枕着我的腿，我一动，你就两手死死地搂着我的腿，没办法我只能就地卧倒陪睡了。"

"我没耍酒疯吧？"鲍雪问。俞颂阳说，站都站不起来，怎么耍？鲍雪懊恼地说，这是她第一次喝断片，也不知他俩到底喝了多少。

俞颂阳说："两瓶红酒一瓶香槟。""我没干什么出格的事吧？"鲍雪问。俞颂阳笑嘻嘻："你也得有出格的能力才行吧？三瓶酒下肚，你不但反应迟钝，而且智力低下，我说的话你一概听不懂。怎么出格？"

哈哈大笑的鲍雪整个人沐浴在阳光当中，看上去金灿灿的。俞颂阳看着她不禁有些发呆。鲍雪摸自己的脸："怎么了？"俞颂阳说："你睡着了流口水。"鲍雪的脸一下红了："胡说！"

俞颂阳把换下来的牛仔裤拎起来指给她看："你用口水在我的裤腿上，画了一幅西藏地图。"鲍雪嘟囔："要画也应该画新疆地图啊，那才是我最想去的地方。"

俞颂阳笑了："找机会，我带你一块去。"鲍雪说："我想吃正宗的新疆烤包子，还想吃有大块羊肉的拉条子。不行了，口水又要流出来了。要不你先给我煮碗方便面解解馋吧。"

俞颂阳在厨房里做面，他切西红柿、香菜、小葱，鲍雪站在一边看。俞颂阳问："会做饭吗？"鲍雪摇摇头："不会。"

"那你平时吃什么？"

"点外卖，馋了就去我姥姥家蹭饭。我姥姥是大能人，什么菜都会做。在我姥姥跟前我就是个废物，当废物的感觉真是太爽了！"

"什么时候带我去享享口福？"俞颂阳笑。

"我家老太太眼睛特别毒，不怕她一眼看穿你啊？"

"怕什么？早确诊早治疗。"

"你明白自己有病啊？"

俞颂阳笑说："你就好好给我挖坑吧。"

俞颂阳把煮好的两碗方便面端上来，鲍雪把烤面包片和煎好的鸡蛋放在桌子上。鲍雪边吃饭边看手机，俞颂阳说："你这毛病不好。"鲍雪把手机放到一边，随手拿起一本画册边吃边看。俞颂阳说："北京周边有比这还美的地方。"

"你带我去。"

"好，吃完了就上路！"

两人说走就走，俞颂阳开车，鲍雪坐在副驾驶上跟他聊天说话。一对蝴蝶飞进车窗又飞了出去。"哎，你说梁山伯和祝英台为什么会成为绝唱？"鲍雪问。"因为他们死后都变成了蝴蝶，这事普通人做不到。"俞颂阳答。

"你们男的跟我们女的想问题，总不在一个频道上。"

"身体结构不同，思想体系不同，感受力表达力肯定也不同。"

鲍雪叹了一口气："虽然已经进入新世纪了，男人还在潜移默化地主宰着我女人的生活。"俞颂阳说："现在的女性受过高等教育，但她们判断自己的价值照样是，他能不能给我买房子？他的钱能不能给我花？这跟一百年前的女人有什么两样？那时候的女人，还知道用劳动换得家中的一席之地，还有任劳任怨的美德，现在的女孩子，既不任劳也不任怨，只想索取不想付出，一心想着不劳而获。"

"不许攻击我们九〇后。"鲍雪制止他。俞颂阳说："你要是那样，我就不跟你来往了。"鲍雪瞪眼说："什么叫你不跟我来往，掌握这个主动权的应该是我。"俞颂阳说："好，好，主动权归你。"

山里风景如画，越野汽车吼叫着爬上陡峭的山坡，将近九十度坡度的崖壁，被车轮抓出深深的沟壑。鲍雪大惊失色，死死抓住俞颂阳的胳膊，指甲掐进他的肉里。俞颂阳两手死死把住方向盘。鲍雪差点吓掉了魂，大哭和大笑无差别转换着。越野车停在坡顶。俞颂阳看着鲍雪笑个不停。

鲍雪的眼泪流出来，她一拳一拳地打他："笑！你还笑！"

俞颂阳伸手搂住她，鲍雪挣扎，俞颂阳更紧地搂住她。鲍雪的身体松懈下来，把脸埋进他的怀里。回去的路上，鲍雪在副驾驶的位置上睡着了。俞颂阳腾出一只手把自己的外套盖在她的身上。他从心底爱上了这个女孩。

玖

　　大壮和圆圆因为看电视节目吵成一团。圆圆要看《乐高》，大壮要看《熊出没》。电视被哥哥霸占了，圆圆跑到书房里找妈妈。司梦在电脑上看资料。圆圆扒在写字台前问："妈妈，你每天在家坐着，为什么还送我去幼儿园？"

　　"妈妈不是坐着，是写东西。"

　　"那我从托儿所回来，你为什么就不写了？"

　　"因为你总说，妈妈给我弹弹。"

　　圆圆哈哈大笑，大壮在客厅里大声喊："妈妈，我饿了。"

　　司梦问："能忍一会儿吗？"大壮喊："不能。"

　　这时，门铃响了，司梦无奈只得起身开门。原来是尤姗姗，她给圆圆和大壮带来了糕点。两个孩子谢过阿姨以后，拿着糕点吃起来。司梦感谢尤姗姗给她解了围，她泡了一杯咖啡，两人坐下说话。

　　司梦说："我特别盼望杜世均早点回来，可他偏偏在我把家务活全部干完以后，才带着一身的酒气回来。"

　　尤姗姗掏出来一盒女士烟抽出来一根，刚要用打火机点燃，司梦从她嘴上拿下来那根烟，扔在茶几上。她说："我家禁烟。"圆圆走过来，仰着脸问："阿姨，你为什么抽烟？"尤姗姗说："阿姨痛苦。"

　　"什么是痛苦？"圆圆似懂非懂地看着她。尤姗姗说："心里的愿望实现不了就会痛苦。"圆圆认真地点点头。司梦说："别给我女儿灌输这些东西。"尤姗姗回头看了她一眼问："你多久没给自己置办过行头了？"

　　"我衣服很多，没必要再买。"

"你看看你，把自己弄得像个中性人似的，别说你男人了，我看你都不顺眼。"

司梦说："女人把自己男性化，这样才能避免受到伤害。可男性化之后的女人，必然会失去了感受幸福的能力。这简直是一把双刃剑。"

"你们这些学中文的就是矫情，我走了，明天带你去买衣服。"

尤姗姗起身，圆圆拉着她说："阿姨，你在我家吃饭吧，我妈妈做饭可好吃了。"尤姗姗说："阿姨还有事。"圆圆噘着嘴一脸不舍，尤姗姗说："你跟阿姨回家吧。"圆圆立刻点头。司梦："那可不行，她明天还得上托儿所呢。"

"你妈不同意，阿姨拗不过你妈。"

圆圆皱着眉头痛苦地摇摇头："你们谁都不懂我。"司梦说："看见了吧？这是四岁的痛苦。"圆圆抬起头看着她说："抽烟！"

司梦和尤姗姗放声大笑。

戴小雨坐在沙发上看电视，鲍雪进屋一屁股坐在沙发上顺势躺下，脑袋枕着戴小雨的腿。她问："姥姥呢？""出去散步了。"戴小雨停顿了片刻说，"彭湃把公司搬回国了。"

"赶紧交个男朋友，他就死心了。"

"男朋友在你兜里揣着呢，说掏就能掏出来一个？"

"灯下黑啊？眼皮底下就有一个，现成的。"

戴小雨问："谁？"鲍雪说："刘梁周啊！"戴小雨用鼻子哼了一声："他这么容易就喜欢上一个人，很快也会见异思迁，这样的人，不在我选择的范围内。"鲍雪想了一下说："你说得也有道理，什么感情都怕晾，你晾他一段看看。"

鲍雪没将她跟俞颂阳交往的事告诉戴小雨，或许是因为时机不成熟。

此时，俞颂阳的合伙人顾杰正给公司员工做培训，他说："区别就在于整合资源的能力。通常一个任务，初级经理想到的是自己怎么去干到最好，而总经理想到的是，怎么才能找到最合适的人去干，记住，这和工作的级别无关。"

透过玻璃门可以看到，从门外走过的俞颂阳跟他用口型打了个招呼。顾杰停住话立刻走出来，问："你干什么去？"俞颂阳说："整整一个月没休息了，我给自己放一天假。"

"兄弟，不能啊，下午咱们还有重要的事要谈呢。"

"我已经熬着夜，把设计方案做出来了，剩下的事情就是你的了。"

"兄弟！"

"放我一天假，就一天。"说完，俞颂阳头也不回地走了。

顾杰看着他的背影嗑了一下牙花子。

俞颂阳在路上给鲍雪打电话说："堵车，我可能要晚到二十分钟。"鲍雪说："我以为你要晚到一个月呢。我这个人时间颗粒很大，一个小时之内的变动，一律不要通知我。"

二十分钟后，俞颂阳接上鲍雪，SUV 行驶在高速公路上。鲍雪问去哪儿玩，俞颂阳说钓鱼。鲍雪打趣问他是哪个渔村的，俞颂阳却掏出来身份证递给鲍雪，让她验明正身。鲍雪接过来仔细看了一遍，叫道："你是成都人啊，我同学跟你住一个小区，我去找她玩，就住在你们小区旁边的酒店里。"

俞颂阳问，那女孩还在那儿住吗？鲍雪说，人家在北京买了房，把父母都带过来了。俞颂阳感叹，她都有能力买房了？鲍雪说，人家女一号，两部电视剧拍下来就解决问题了。俞颂阳贼笑，羡慕吗？

鲍雪说："岂止是羡慕，简直是羡慕、嫉妒，没有恨哪！"

"跟你在一起我把烦心事都忘了。"俞颂阳感叹。

鲍雪说："因为肤浅，所以我乐观。"

俞颂阳哈哈笑。

湖水烟波浩渺，空气湿润，俞颂阳打开后备厢，从里面拿出来两副鱼竿，他教鲍雪挂鱼饵。帮她把鱼钩甩进河里。鲍雪看到河里有死鱼，她立刻环顾四周大声喊："喂！哪个不讲卫生的人，在河里洗脚了？"

俞颂阳立刻起身说："走，咱们换个地方。""你怎么这么不识逗？"鲍雪拖着他不让他走。俞颂阳只得把鱼竿重新甩进水里，等鱼上钩期间，他伸了个懒腰说："真舒服，有日子没这么放松了。"

鲍雪问："谁拦着你了？"俞颂阳说："我回国跟人合作成立公司，开辟市场相当不容易，市场竞争让我不敢有一分钟的懈怠和马虎，神经每天都绷得紧紧的。"

"竞争的是什么？"

"客户啊，有了客户基本上掌握市场需求，如果你能把这个客户留下来，而且留得好，这就是你能活下去的一些根本。"

"你们这一行当有女老板吗？"

"也有，多数学了设计的都改行了。"

"前女友改行了吗？"

俞颂阳立刻做了个暂停的手势："换个话题。"

鲍雪的鱼钩晃动，她激动地小声叫："动了！动了！"

俞颂阳放下鱼竿过来帮她。鲍雪钓到一条三斤多重的大鱼。俞颂阳怕鲍雪鱼竿脱手，跟她一起握着鱼竿，遛那条鱼。两人身子挨得很近，俞颂阳的呼吸吹到鲍雪的后颈上，她跑神了踩住俞颂阳的脚。俞颂阳吃不住痛松开了手。大鱼拽着鱼竿拼命游窜，鲍雪拉着鱼竿，跟着鱼跑。俞颂阳追上去。两人溅起一片水花。

回去的路上，鲍雪和俞颂阳落汤鸡一样，两个人笑得前仰后合。

俞颂阳说："你这人能把一池子死水搅活。"鲍雪说："我们只有一个地球，你要爱护地球，地球上只有一个我，你要加倍地爱护我。""那你的责任是什么？"俞颂阳问。鲍雪说："帮助你消灭自视清高的臭毛病。"

"好，这条鱼你做。"

"你敢吃，我就敢做。"

俞颂阳拎着装鱼的水桶跟在鲍雪的后面，他双脚一踏进鲍雪的家门，立刻傻眼了。房间里凌乱无比，稍不小心就会被脚下的东西绊倒。茶几上有书、有本、有笔、有喝完的空饮料瓶，还有点心面包渣儿，完全看不到茶几的桌面。

俞颂阳问："你家总这样吗？"鲍雪装傻问："意外不意外，惊喜不惊喜？"

俞颂阳进厨房收拾那条鱼，打开橱柜，发现什么调料都没有。他叹了口气说："还是去我那里吧，你这里要什么没什么。"鲍雪说："这是你自我放弃的啊。"

俞颂阳在自己家厨房里做饭，鲍雪站在一旁看热闹。

两荤两素一个汤摆上桌，一个红烧鱼，一个宫保鸡丁，一个西红柿炒鸡蛋，一个手撕包菜，一盆酸辣汤。

鲍雪说："这一桌子菜都是我爱吃的。你是烹饪学校毕业的吗？手艺真是大赞。"俞颂阳说："我八岁就会做蛋炒饭了。"

"你妈不怕你把自己点着了？"

"她的心思不在我身上。"

"在你爸身上？"

俞颂阳摇头："不知道在哪飘着。我在我奶奶家长到六岁，我爸妈的工作调到一起后，我们一家人才聚在一起生活。我们三个人各自生活了这么多年，一下凑到一起，彼此都觉得很生分。"

鲍雪说："我从小在我姥姥家长大，十五岁才回到父母身边。寒暑假我回去，逢年过节我爸妈来。彼此很是牵挂，从来都不觉得生分。"

俞颂阳说："人和人是没法比。我在我奶奶家生活的六年中，我妈来看过我两次，我爸比她多四次。"

"你父母的感情好吧？"

"搭帮过日子，谈不上好。"

"什么年代了，还搭帮过日子？"

"什么年代也有搭帮过日子的，结婚的时候，我爸三十八，我妈三十四，他们是经人介绍认识的。一对大龄男女，脾气秉性已经定型，各有各的心，各算各的账，谁也不愿意迁就对方。我妈每天碎嘴子唠叨，我爸整日一言不发。他们没动过离婚的念头，也没能力往好了过。凑合了三十年，彼此已成为习惯。"

"他们对你怎么样？"

"不冷不热，除了必须要说的话，跟我几乎没有什么交流。寒暑假他们上班留我一个人在家，我妈把做好的午饭放在冰箱里，教给我使用微波炉热饭。别的同学上各种兴趣班，我父母不愿意给我花这笔钱，这也合了我的心意。我妈把给我布置的任务写在一张纸上，我写完假期作业，逐个完成。扫地、擦桌子、整理床铺。我做完，我妈总能找出瑕疵，教育我一通。我妈不管回来得多晚，都要检查我洗澡是否敷衍了事。"

"怎么检查？"

"闻啊！哪怕半夜三更，也会把我从床上拉起来，推进卫生间里重新再洗一遍。"

"你爸不管？"

"她对我爸也这样。"

"典型的强迫症。"

"我上初中以后学习特别努力，我想早点考上大学，早日离开家。"

鲍雪说："初中毕业我父母把我接回深圳去，是因为我不是北京户口，不能在北京高考。我发誓考大学一定要考回到北京来，因为我出生在北京，在这里度过了我的青春。"

俞颂阳说："成长就是一个怪圈，我费心尽力，一层层连皮带肉扒掉的东西，随着离父母越来越远，反而会一点一点捡起来，离家之路不知道什么时候变成了寻根之旅。好不容易脱胎换骨了吧，又三番五次折腾着找寻自己。"

"不开心吧？"鲍雪问。俞颂阳苦笑了一下，没有说话。鲍雪说："一个人不开心的真正原因，是智慧不够。"俞颂阳承认："我是挺傻的，成年了以后才明白，谁活着都不容易，相互谅解吧。"

这时候一个电话打进来，是施工现场的监理打来的，说定做的橱柜尺寸有误差，安装不上去。要他过去看看。俞颂阳立刻放下筷子要过去。

鲍雪说："你要是不坐下来跟我吃这顿饭，第一，我记仇；第二，这些菜我立刻打包全部带走，一口也不给你留。"

"别记仇，我吃！"俞颂阳无奈只得重新坐下。

尤姗姗要司梦跟她一起去购置行头，硬拉着鲍雪陪绑。理由是鲍小姐穿衣打扮很上道。鲍雪无奈只得陪着她们楼上楼下地乱窜。更衣室门口的衣架上挂着一排新款衣裙。尤姗姗和司梦躲在各自的更衣室里，一套一套地换着。鲍雪把搭配好的衣服一套一套地送进去。司梦从更衣室里出来，她满头大汗，累得几乎瘫痪了。尤姗姗把自己试过的衣服全部买下，司梦只选了两套。

尤姗姗命令服务员："都给她包上！"司梦拒绝说："不行，预算超支了！"尤姗姗毫不犹豫地划信用卡替她交了款："多大点儿事？无息贷款，慢慢还吧。"

司梦生气抢过来发票，用手机把钱转给尤姗姗了。尤姗姗阴谋得逞，得意地笑："人生并不长，年轻健康可以恣意挥洒的日子也就那么些，好好珍惜别荒废了。"

尤姗姗的话让司梦心中一惊，她结婚以后，全部注意力都在丈夫和孩子身上，很少想起自己。鲍雪问她："你自己心里都没有自己，谁还把你装在心里？"

三个女人在尤姗姗家吃喝完毕，尤姗姗提议："今天是七夕，晚上咱们去蹦迪喝酒。"司梦立刻拒绝："我去不了，还有一堆事呢。""你快把睡觉的时间省下来用了，也没见你搞出什么名堂。该放松就放松，身体一放松，脑子比过去好用一倍。"尤姗姗说。

鲍雪把司梦按在椅子上给她化妆，司梦挣扎，鲍雪按着不让她动，说道："你这叫植物生存，没有人生乐趣。你看你五官长得多好，上点妆就更耀眼了。"司梦挣扎不过，只得由她去了。鲍雪说："司梦姐，就你这股劲，写出来的东西，肯定是悬浮式现实主义，因为你不敢走进别样的生活。"

鲍雪一笔一画地在司梦的脸上涂抹着，司梦看着镜子里焕然一新的自己，也来了情绪。尤姗姗让司梦换上新买的裙装，她嫌胸口太低，找了枚胸针别在那里。

鲍雪一把扯下来胸针："别那么古板，别人想露还没货呢。""她这人的缺点就是太正经，清汤寡水没滋没味，今天咱俩的责任是把她往岔道上引一引。"尤姗姗说。

傍晚的三环路，依旧被堵得水泄不通，尤姗姗的车夹在车流当中，蜗牛一样地往前爬行着。"尤老板，半个小时才开出两公里，能不能尽你的能力往岔道上引引？"坐在后座上的司梦提议。尤姗姗问：

"刚才你怎么跟老公请的假？"

"打电话告诉他我有个会，让他去接孩子。没等他找到借口推托，我就把电话挂了。刚才我给托儿所老师打过电话了，她告诉我说，孩子她爹已经去把孩子接走了。"

尤姗姗看着后视镜里的司梦，冲她伸出大拇指。"尤姗姗说生活的圈子跟事业的圈子一定要分开，鲍雪，咱们这是奔哪个圈子去？"司梦问。鲍雪说："朋友圈套朋友圈约的局，唱歌、喝酒、跳舞，一条龙优质服务。""有帅哥吗？"尤姗姗问。"没帅哥，咱们费这劲干吗？"鲍雪答。

司梦不自信地说："我这样老腊肉，跟小鲜肉炖不到一口锅里。"鲍雪批评司梦自我贬损。司梦说，人贵有自知之明，闭着眼睛她都能想出来，这场欢宴带给她的结局。

"说给我俩听听。"

"咱们三个一人约一个帅哥喝酒，鲍雪会立刻拉着她那个帅哥，今夜良宵去。尤姗姗纠结，我到底拉他的手呢，还是不拉他的手呢？我跟我面前的帅哥聊人生，最后那个哥们儿给我上了三炷香、磕了一个头走了。"

三个女人在车里笑作一团，道路通畅了，后面的车鸣笛催她们走。尤姗姗探头出去喊："嘀嘀啥？有本事长翅膀飞过去。"后面车里的一个小伙子探出脑袋喊："妖精才长翅膀呢。"鲍雪从车窗的另一侧探出来脑袋大声喊："眼瞎了？没看出来前面游的是美人鱼吗？"

车里的小伙子见前车里有年轻漂亮的姑娘，立刻来了精神，跟尤姗姗斗车。鲍雪打开天窗钻出去，大声唱起了饶舌："世界变化，真的太快。世界充满了意外，你们别大惊小怪！"

小伙子们吹口哨大声起哄。鲍雪顺手拎起车里的一个购物袋，朝他们扔过去。购物袋在空中翻了个，里面的一条秋裤掉出来，展开蒙在小伙子们的车窗上。他们差点撞了旁边的车。尤姗姗气得大叫："那是我买来要送给我妈的。"

小伙子们追赶尤姗姗的汽车，尤姗姗加速躲避。一辆警车突然从入口开上来，拦在尤姗姗的车前面。后面追逐的车辆见情景不妙，立刻加速超车溜了。交警让尤姗姗把车停在路边，经过检查不是酒驾，车辆的一切手续正常。车内的三个女人各自的身份证也没什么问题。

"为什么飙车？"交警是个很年轻的小伙子。

鲍雪指着尤姗姗说："不是飙车是逃亡，后面的车是她前夫开的，他想复婚一直在纠缠她。""感情问题，回家去关上门解决，不能跑到外面危害公共安全。"小警察的语气很严肃。尤姗姗和鲍雪连声称是，交警放行了。

三个女人在车里的笑声，一浪高过一浪。司梦擦着笑出来的眼泪说，很久没这么开心过了。鲍雪问她，有多久？司梦说："结婚以后，我就没这样放浪不羁过。"

北辙南辕的生意今天晚上意想不到地兴隆，上座率达到百分之百。

赵赫男很尽责，边干活边教手下的人："青鱼片成两厘米厚的鱼块，沿鱼龙骨一劈为二，放玻璃器皿中放葱段姜片黄酒腌制两到四小时，腌制一晚上效果更好。下面我制作酱汁，把八角桂皮香叶封入调料包，先加入花雕蚝油海鲜酱，生抽和老抽调匀后加入蜂蜜和香醋，煮至酱汁浓稠关火。放凉后冷藏备用。"

冯希站在一旁认真地看着，在心里记着，想着李响回来做给他吃。巴小丁到后厨找她，告诉她戴小雨来了，叫她出去一下，有话要问。

戴小雨隔三岔五来北辙南辕视察工作，今天有事路过这里，顺便进来混一顿工作餐吃。看到大堂里的桌子不是开业时候的那些，立刻明白自己的投资又被浪费了一部分。"为什么把桌子换了？"她皱着眉头问。冯希说："原来那些桌子看上去太笨重，占地方。"

戴小雨问花了多少钱，冯希带着敌意说，没花多少，票据都在会计那里，具体数目得问她。戴小雨提高嗓门说，两三万块钱有了吧？这笔钱花的，她不知道，鲍雪肯定也不知道。冯希说她是总经理，为店里花这点钱，不用上报给各位股东。

戴小雨不满地说："你是总经理不假，钱不是你一个人出的，更不是大风刮来的。让你负责店面，你也不能花钱这么大手大脚的。"

冯希问："我怎么大手大脚了？"

"餐具看着不舒服，立刻全部换掉；桌子上的转盘不好使，立刻连桌子全部换掉。你对待后厨的态度也是软了又软，由着他们提各种要求。"

"既然让我管这个店，我就用我的管理方法，有意见你尽管提。"

戴小雨压着火："提了不改，那不跟没提一样吗？"

"我是有则改之无则加勉。"冯希慢声慢语。

"问题是你没改呀！"

"我觉得我没有问题呀！"

戴小雨心里的火蹿上了头："你这人是石头刻的还是木头雕的？"

"你想学雕刻吗？"冯希问。

戴小雨一脚差点踹翻了一把椅子，冯希急忙伸手扶住那把椅子说："你这个人肝火太旺。"戴小雨指责冯希急功近利，极端讨好。冯希不服气地问，她讨好谁了？

"后厨呀，你家庭妇女式的工作方法，已经惯坏了后厨。"

"你才是家庭妇女！"冯希生气了。

戴小雨两眼如炬："你再说一遍？！"

"好话不说二遍。"

彭湃来找戴小雨，见此情景，立刻把戴小雨往外拉。戴小雨使劲甩他的手，没有甩开，彭湃硬是拉着戴小雨出去了。

一出门口，戴小雨立刻站住脚冲他喊："你想干什么？"彭湃说："你对我有气可以，跟人家发那么大的脾气干什么？""别跟我说话，我恨你！"戴小雨气急败坏。彭湃语气温和地说："我知道。"

一拳头打在棉花上，戴小雨的音量也降低了，她说："都怪鲍雪，把我也拖进这个烂摊子里。"

"我经商年头多，比你们都有经验，你细说给我听听。"

"懒得跟你说。"

"不说也行，消消气，消消气。"

冯希在窗前，看着那男人拉着戴小雨进了路边的酒吧。她问巴小丁："这人是谁？"巴小丁说："他来过一次。"冯希说："看架势，像是她的男朋友。"

戴小雨和彭湃坐在灯光幽暗的角落里，戴小雨的脸上缓和了许多。彭湃说："不就三十万块钱吗？真的赔了，有我给你兜底，你怕什么？"戴小雨赌气说："我不用你兜底。""除了我还有人愿意给你兜这个底吗？"彭湃问。

"我已经跟你分手了。"戴小雨把脸扭到另一边。"咱俩好了这么多年，哪次你生气不是以我服软结束？"彭湃问。

戴小雨说："这次不一样。"

"好，就算你说的分手算数，我也可以重新追求你呀。"

"我妹妹认为你是毒品，如果我重新接受你的追求，那就证明我戒毒失败了。话说得再好听也没用。"

"我会好好表现，拿出最好的成绩做给你的家人看。"

戴小雨"喊"了一声，狠狠地给了他一个白眼。彭湃说："小雨，真的，你翻白眼都那么好看。"

聚会场所是一家私人会所，大厅里聚集着很多年轻人，酒吧台上摆着五颜六色的酒品。司梦看着酒单惊呼道："一百块钱一杯？莫非酒里面住着财神爷？"尤姗姗给大家的杯里倒满酒："闭嘴吧，你有量喝，我就有钱请。"鲍雪问："真的？"

"有本事，你们把我的一只股票喝绿了。"尤姗姗不屑地说。司梦表决心："我一定尽力！"鲍雪举起酒杯："举杯邀明月，笑得浅，聊得深。"

司梦和鲍雪跟尤姗姗碰杯，她们用的力量过大，尤姗姗的酒杯"砰"的一声碎了。三个女人笑得两手捂着肚子。司梦几杯酒下肚，身体内埋藏的活力被激发出来了，她红光满面，妙语连珠，看上去年轻了十岁。

鲍雪说："司梦姐，你已经不像你了。"司梦说："我变成另一个人，生活在我完全不熟悉的地方。"

乐队演奏舞曲，男男女女起身进入舞场。司梦闭上眼睛一脸的陶醉。

"嘿，嘿，要不要我给你找个木鱼敲着？"尤姗姗拿她打趣。

司梦说："我穿越回到大学时的舞会上了。那时候我不但是舞场皇后，还是地道的麦霸，现在可好，我只有机会给女儿唱，你是我的小呀小苹果。买菜路过广场，看看大妈们跳花样翻新的广场舞，瞬间觉得自己离她们已经不远了。"

鲍雪说："我眼前的这个女人，恐怕是最勤劳、最能干、最贤惠的女人，但也可能是最悲催、最委屈、最无奈的女人。"

尤姗姗说："清水里呛呛，血水里泡泡，油锅里滚滚，十年后再跟她聊这个话题。男人都瞎了？这里坐着三个惊世骇俗的美女，怎么没有人敢靠过来，请我们喝酒跳舞？"

"因为我们的完美主义人格高出了社会平均水平。"鲍雪起身邀请司梦起舞，她跳男步，司梦跳女步。鲍雪的舞姿相当漂亮，一曲探戈把腰肢僵硬的司梦带出了女人的柔软和妩媚。舞曲完毕，鲍雪和司梦分别被男士请走了。有男士过来，邀请尤姗姗跳舞。

尤姗姗说："我这人风趣幽默自不必说，重要的是，能应付下几轮的酒钱。你喝了这杯酒，咱俩再说跳舞的事。"

那男士笑着跟碰尤姗姗杯，尤姗姗问："有名片吗？"男士掏出名片给她，尤姗姗也掏出来自己的名片给男士。两人很自然地聊起了业务。

男士说："我们自己读取数据。""你们有多少程序员？"尤姗姗问。男士说："技术人员都在美国总部，我们负责搜集，负责更新。"

"你们公司有多少人，我问的是全球。"

"全球两千多。"

"上市了吗？公司市值多少？"

"不上市，所有的收入都是自己的，也不接受任何的投资。"

"老板是哪儿的？"

"亚裔，挪威籍。当时成立的时候是两三个人，一个咖啡机，初创企业。"

聊了一会儿，尤姗姗就把这男人的情况了解个七七八八。她端起酒杯跟男士碰杯："人在什么年龄做什么事情，你父母的年代已经过去了。他们那个年代挣的钱，我们肯定挣不了。我们挣的钱，我的儿子长大了肯定瞧不上。你跟他讲我们，他会觉得我们特 low。相同，我也觉得你父母他们挣钱的方法 low 得不行。什么年代的人，挣什么样的钱。你父母那个年代的人就是做地产，做包工头。只要干这个，没有不挣钱的。挖地沟，种树，凡是干跟土建相关的都挣钱。我们这个年龄只要做互联网，大数据，做高端制造业。我们做互联网的时候，一点前车之鉴都没有。没有任何一个人告诉我们这个事情就这么干。过去世界的信息是封闭的，现在信息畅通，我可以做自媒体。人需要数据，数据库是核心。"

司梦和鲍雪气喘吁吁地回来。鲍雪端起一杯冰镇啤酒一饮而尽："渴死我了。哎，你到底是来跳舞，还是来找商机？真是死不悔改啊！"

男士端着酒杯，猫着腰对尤姗姗说："电话有了，微信也有了，回头咱们细聊。"男士走了。尤姗姗惋惜道："关键时刻被你俩这两个货给搅和了。"

"除了挣钱，什么都不是你的关键。"鲍雪说。

"你以为钱都在树上挂着，一踮脚就摘下来了？刚开始创业的时候，我妈有一百多万全给我了，让我在北京买房，我没买，投了网站，结果全赔了进去。团队有问题，我也有问题。那时我觉得自己碰到的是猪队友，没想过我自己也是一头猪。"尤姗姗问，"你们说，什么是格局？"

鲍雪和司梦懒得搭理她。

尤姗姗说："格局就是遇到烂人不计较，遇到破事别纠缠。常和破事纠缠，是因为你正事太少。多数破事是无法挽回的。你的极限就是别人的底线。这句话道出了人与人之间的差距。人们往往低估了自己的承受能力，其实只要你敢狠下心，挑战自己的极限，你会发现自己越来越强。"

司梦用胳膊肘捅了她一下："那边的两个老外看了咱们半天了。"尤姗姗冲鲍雪使个眼色，鲍雪立刻起身过去，用英语跟他们聊起来。

他们一行三人，一个美国人，一个法国人，一个中国人。美国人和法国人是来中国工作的，中国人跟他们结伴互学语言。鲍雪把他们请过来，大家一起喝酒聊天。

鲍雪问两个老外，会中文吗？美国人说，会说一点点。鲍雪让他说几句，他开口就是为人民服务！女人们哈哈大笑。司梦问那个中国人做什么工作，他说自己是一个作家。尤姗姗问他写过什么作品，他说，写过几个中篇，被一些杂志转载过。

司梦用英文问法国小伙子，能猜猜她的年龄吗？法国小伙子说，妈妈告诉他，无论何时何地都不要猜女士的年龄。"聪明！"司梦笑着伸出大拇指。

那个作家说："人的心脏，其实是一块自私的肌肉，你们女人在这方面的表现尤其强烈。"

"你以后中午出门吧。"鲍雪说。

"为什么？"作家不解其意。

鲍雪说："因为早晚会有报应的。"

司梦和尤姗姗哈哈大笑，两个外国小伙儿，不知道她们在笑什么，也跟着傻笑。鲍雪一本正经："你这人肯定特别自恋，特别惯着自己，晚上都是自己拍着自己睡。"

司梦笑得抹眼泪。作家说："你这个人不合群啊。"鲍雪说："玩过俄罗斯方块吧？一旦合群我就消失了。"

"念一首你写的诗吧。"尤姗姗向作家提议。鲍雪说："这姐们儿，喝酒的时候喜欢跟人茬诗，她管这儿叫浪诗，你就满足一下她可怜的虚荣心吧。"

作家想了一下说："我正在原地走一条末路，在墓碑前听一场灵魂的哭诉。"

鲍雪撇嘴说："你这样的人，要是送给我，我放家里养两天，就得把你送回去。一天在电脑上敲不了两个字，还牛×得要命。"

司梦和尤姗姗拍着桌子大笑。作家接着说："知我不舍，不舍那就不散。"鲍雪回应他："知我不甘，不甘那就不朽。"

司梦不停地被男士邀请跳舞，舞曲旋律变得激烈起来，司梦疯狂地摇臂扭胯跺脚，她看见自己从旧躯壳里脱颖而出，浑身上下说不出来地畅快淋漓。

舞伴邀请司梦改天一起吃饭，司梦一口拒绝了。尤姗姗嘲笑她："吃顿饭能怎么着？"司梦说："从前我能享受危险，现在顾虑太多，没那个胆量了。"鲍雪说："证明你老了。"司梦不愿意听："我才三十四岁，怎么就老了？"

"对，对，还有铁树开花的希望。"

"唉！时运不济，英雄卧槽，烟火之味，无比热烈，又如此温情。"

鲍雪叫起来："我去！甩了一个作家，又来了一个诗人。"

司梦回到家，已经是半夜一点了。杜世均没有睡，阴沉着脸等着她。看见司梦打扮得光鲜艳丽，他不觉吃了一惊："你怎么穿成这样？"司梦问："不好看？"

杜世均说："看着怪。"

司梦告诉他，看习惯就好了。杜世均很是不悦，问什么会开到二半夜才回来。司梦说，舞会。杜世均又吃了一惊，感觉不认识老婆了，她把孩子扔在家，自己跑出去跳舞。司梦说，他俩结婚以后，这是她第一次这么晚回来。

杜世均皱着眉头看妻子，他不想拱火。司梦抱怨说，生了圆圆以后，他从来没这样好好看过她。杜世均一愣，心想老夫老妻了，有什么好看的。司梦像是看透他的心思，说今天在别的男人眼里，她才知道自己还是个有魅力的女人。

杜世均没好气地说："难怪你容光焕发，两眼雪亮。"司梦问："不应该吗？"

杜世均说："应不应该你自己知道。""今天是七夕，中国的情人节，你有礼物给我吗？"司梦问。

"老夫老妻的走那形式干什么？"

"我最讨厌你说这句话，怎么就老夫老妻了？老夫老妻就该无欲无求吗？"

"咱俩每次吵架的内容都雷同。"

"证明咱俩上辈子就很熟了。"

"善良一点吧，人这一辈子，谁也不容易。"

"你这个人没有感情，就算有也不会战胜理智。我跟你没话，你去洗你的澡吧。"司梦说。

"心里干净就好，洗不洗澡全凭个人喜好。"

"你话里有话啊。"

杜世均用鼻子哼了一声。司梦生气："结婚这么多年，你夜夜歌舞升平，我就出去玩了一晚上，你就鼻子不是鼻子脸不是脸的。"

"你以为我愿意出去啊？我情愿在家喝一碗白米粥，吃点咸泡菜。在外面请人吃饭，几百块钱的酒喝进去，再抠嗓子眼吐出来，破财毁身体，那滋味好受啊？"

司梦坐在化妆桌前卸妆，不再搭理他。

杜世均说："你光觉得自己委屈，就没看见我的不容易，你要是有良心，我为这个家庭牺牲了多少，你应该都看在眼里。"

"别跟我谈牺牲，光给你生一儿一女，我就剖腹产两回。家里家外大人孩子哪件事，不是我连跑带颠地去解决？从孩子发烧上医院，到疏通下水道、换电灯泡，哪件事你伸手帮我了？杜世均，你娶的不是老婆，是三头六臂的哪吒。"

"你嫁的也不是老公，是装牢骚的智能垃圾桶。"

"既然是垃圾桶，智能了又能怎么样？"

杜世均摔门进了浴室。夜深了，司梦睡不着，气愤地在电脑上敲下一行字：幸福的日子都是重复的，不幸的日子一天一个样。生活是一种关系，活在什么样的关系层里，你就有什么样的人生。

早晨，司梦送完孩子，把车开进车位停好，打开后备厢，拿下来一大兜子肉食蔬菜，开门进屋。餐桌上一片狼藉，最后一个吃完饭的杜世均并没有伸手帮她一把。司梦边干活边自言自语道："夫妻之间不能较真，一旦较起真来，智商就变成了硬伤。"

尤姗姗打来电话问："昨天回家没事吧？"司梦把衣服篓里的脏衣服塞进洗衣机："没事。"尤姗姗嬉皮笑脸："男女之事不算事吗？"司梦骂道："你死去！"她挂了电话。

司梦从衣服篓里拿出来杜世均的衬衣，走到洗脸池前。她放水准备用手搓洗一下衣服领子。衣领上印着一块红色。司梦心中一惊，把衣领凑到鼻子前仔细闻着。她确信这是口红印。这一刻她的心一下乱了，司梦把手里的衬衣重新摔进衣服篓里，走进卧室拉开橱柜的门，里面整整齐齐挂着杜世均的衬衣和外套，她拉上橱柜门又重新打开，恨恨地瞪了一眼那一排被熨烫得平平整整的衣物，一屁股坐在床上。司梦翻看手机微信里跟杜世均的文字记录。

司梦：晚上回来吃饭吗？

杜世均：不。

司梦：圆圆发烧39℃，得去医院。

杜世均回答了三个字：我开会。

怒气冲出司梦的肺管子，她把衣橱里杜世均的衣服，全收在一个大旅行箱里。盖上盖，放在地中间。她在心里说："他一进家，我就让他拎着箱子滚出去。"

影视公司打来电话，要司梦马上来公司一趟，总经理想跟她聊一下做网剧的事情。司梦立刻忘了生气的事，换了件新买的衣裙，绕过地上的那只大旅行箱，跑了出去。

拾

总经理喜欢司梦写的故事梗概，说她笔下的人物不落俗套，鲜活有趣，有作者独到的见解。他问司梦写的人物是否有原型。

司梦说："原型与虚构相结合。"总经理说："我们公司想把它拍成网剧，由你来担任编剧，稿酬和待遇制片部门会跟你细谈。"

司梦被突如其来的喜讯弄蒙了，立刻给尤姗姗打电话要约出来吃饭。尤姗姗说："既然请我吃饭，就别把钱花到别处，咱们北辙南辕见。"

鲍雪和戴小雨也都在店里，戴小雨跟冯希摽上劲了，得空就来北辙南辕守着，今天被柴勇堵住，要她陪客人喝酒。戴小雨打电话叫来鲍雪给她保驾护航，鲍雪骂她是渣男吸铁石，专门吸引有家室的男人。

鲍雪指着她的鼻子说："咱们北辙南辕卖的是饭菜，不是股东自己。直接拒绝，会不会写'拒绝'这两个字？不会我教你。你想学简体还是繁体？"戴小雨说："你的嘴再这么损，小心我揍你！"鲍雪嬉皮笑脸地问："姐，你什么时候搬回来？"

戴小雨说："奶奶不往外轰我，我就在那住着，奶奶做的饭菜好吃。奶奶没心情做饭，我就来店里点一道赵赫男上灶的土匪猪肝吃。"

"姐，莫非你久旱无雨得要靠食补了？"

戴小雨气得抬腿踢她。鲍雪身子一闪，猴子一样蹿进了包间。司梦和尤姗姗在里面吃饭，鲍雪跟她们打招呼："哟，小酒喝上了？"司梦邀请她："坐下来喝两口。"戴小雨进来说："不行，她得留着量给我保驾护航。"

戴小雨把鲍雪拉走了。

司梦的好心情一直延续到晚上，她安顿一双儿女吃完饭，监督大壮写了作业，送他们上了床。圆圆要听小白猫的故事，司梦靠在床头低声给她讲起来："雨越下越大，雷声和雨声交织在一起，像野兽咆哮一样。水洼里面的水越汪越大，越来越深，漫过了小白猫的爪子，淹到了它的肚子。小白猫浑身发抖，努力地往家的方向游着，可是雨水不停地把它往远处冲去。雨还在下，眼前的水，对于这个刚刚出生二十天的小猫来说，已经相当于一条大河了。它精疲力竭，意识几乎丧失了，水一波一波地向它袭来，这时一道白色的身影跳进水里，游到它跟前，把它叼了起来。小猫叫了一声：妈妈！一口水灌进了它的喉咙。猫妈妈用尽全部的力气把它扔到了台阶上，猫妈妈被水流冲进了下水井。"

圆圆睡着了，司梦回到书房在电脑上写东西，她很快写进去了。杜世均醉醺醺地回来，在卫生间冲了个澡。进卧室的时候，他被地中间放着的旅行箱绊了一个跟头。杜世均爬起来喊了一嗓子："你怎么把旅行箱放在地中间啊？"

那个口红印在司梦的脑海中一闪，已经没有白天那么生气了，她伸了个懒腰，继续她的写作。

杜世均躺在床上熟睡，撞翻的旅行箱并没有被扶起来，箱子里面的衣服散落在地上。司梦把衣服捡起来，一件一件地重新挂在衣橱里。杜世均的手机放在床头柜上，司梦拿起来想打开看，想了想又放回原处。

早晨一家人围着餐桌吃早饭。杜世均问司梦："你把旅行箱放在地中间干什么？差点把我摔骨折了。"司梦把衣服篓里没洗的那件衬衫拿出来，指着那块口红印问："这是怎么回事？"

杜世均看了一眼随口答道："印泥盒里的红颜色蹭上去的吧？我昨天给一份合同盖章来着。"司梦满脸狐疑："把章盖到领子上？"杜世均解释说："手上的，不小心抹上去了。"

司梦不信，公章还需要他亲自盖，办公室的人干啥吃的。杜世均说，办公室的小赵生活上遇到了些麻烦，请假了。司梦咄咄逼人问，什么麻烦？杜世均只好继续圆瞎话，感情上的事，放她假回家去处理，给她点时间，让她亡羊补牢。

司梦提醒说："你可别在帮人亡羊补牢的同时，亲手扒开了你自家的羊圈。"

"这话说的，我又不是傻子。"

司梦想起来一件事，她问："圆圆要弹钢琴，给不给她找老师？"杜世均不耐烦地说："快让她好好玩两年吧。"圆圆不干了："我想弹钢琴。"杜世均说："等你五岁以后再说吧。""那还要等多久？"圆圆问得认真。

司梦把注意力转移到儿子身上，问道："大壮你算算，妹妹还要等多少天？"大壮作揖求饶："妈妈，你还是让我安心吃顿早饭吧。"

司梦把手机放在餐桌上，端起碗开始喝粥。大壮的眼睛盯在那个手机上问："妈妈，你买新手机了？"司梦"嗯"了一声："我那个破手机太卡，这个手机内存很大，相机镜头是徕卡的，相当清晰。"

"给我看看。"大壮拿过来手机摆弄着，"妈，我给你设置个云储存，照片和视频会自动储存在那里边，不占内存。""给爸爸也设置一个。"杜世均说。

"那以后玩游戏，你必须跟我一伙。"大壮提出他的条件。

彭湃为了生意，也为了追回戴小雨，把业务从国外转回到上海，北京设了一个点儿，他租了一套房子来回站脚。他拉戴小雨过来看，戴小雨来了，看见小区很高档，房间干净整洁，所有的电器都是高档的。戴小雨明白这房子的租金便宜不了。

彭湃说："给你住，贵算什么？""我不住。"戴小雨回答得很干脆。彭湃笑了，他语气温和地说："我工作的重心在上海，你不来住，房租就白缴了。"戴小雨眼睛一翻说："花的又不是我的钱。"彭湃语气认真地说："我的钱就是你的钱。"

听他这样说，戴小雨的心莫名地暖了一下，垂下眼帘。彭湃软磨硬泡，戴小雨终于答应搬过来住。

鲍雪知道她要重蹈覆辙很生气，她问："你真的搬过去住？"戴小雨把衣柜里的衣服往行李箱里装，她往外瞄了一眼说："那个吕大夫每天都到这里来。奶奶没轰我走，我自己都觉得住着不方便。"鲍雪说："你可以自己租房子住呀。"

戴小雨直起腰说："我的钱，全让你扔到北辙南辕那个黑洞里去了，我哪儿还有钱？再说了彭湃欠我的，这也是他给我的补偿。一个月一万二的房租，整整交了一年，放着不去住？我不光心疼，连肝脾肾一块疼。他欠我的不只是这一套房子，该要的我早晚都得要回来。"

"姐，你前世是一条蚂蟥，这一辈子还得靠吸男人的血过活。"

戴小雨恼了："死东西，我还没找你算账呢。当初你背着我，替我入股的时候是怎么说的？赔了算你的，我看冯希那个经营方法根本赚不了钱。"

鲍雪说："君子一言驷马难追，尤姗姗的钱我已经还上了，再拍戏挣钱一定还你。不过咱们丑话说在前面，北辙南辕挣了钱，到时候你可别跟我翻肠倒肚地算小账。"

"我就不信你不怕赔。"

"赔了我也认了，入股的时候，我就问过自己，输得起吗？答案是输得起。四个股东里，我不信你，也不信冯希，我只信尤姗姗。有她在，饭店不会永远赔钱。"

饺子熟了，白静慧叫她们出来吃饭。戴小雨叮嘱鲍雪："彭湃给我租房子的事，千万别跟奶奶说。"

三鲜馅的饺子，肚子滚圆，看上去跟小猪仔一样。戴小雨和鲍雪埋头吃饭，心里琢磨着自己的事。白静慧赞许的目光落在戴小雨的脸上："小雨有进步，能挣钱租房子了。看来还得逼啊。"

戴小雨用眼角瞄了鲍雪一眼，生怕她走了嘴，说出房子是彭湃租的。鲍雪冰雪聪明，当然明白她的意思，立刻往一边说："姥姥，您给了她一个月的期限，她在您这里赖了三个月，这还叫逼啊？"

白静慧笑了："她知道努力，我也会网开一面。"戴小雨问："今天吕大夫怎么没来点卯？"白静慧说："他儿子来了。""您见过他儿子吗？"鲍雪问。白静慧说："我连他家都没去过，上哪儿去见他儿子？"

"他没请您去他家认认门？"鲍雪的语气中流露出不满。白静慧替

159

吕正往回挽面儿："我自己有家，干吗去他家？"戴小雨插话道："他也有家，怎么还老往您这跑？"白静慧的语气中满是怜悯："没女人的家算不上是家。"

鲍雪觉得这个话题很没劲，她问："姐，你说冯希今天会不会去店里？"戴小雨一脸的蔑视："这块肥肉她舍得撒嘴？肯定去。从今天开始，我必须盯死了她。一处一处地仔细查，看看这女人是怎么败家的。"白静慧劝阻道："古话说，和气生财，不要找茬跟人打架。"戴小雨说："我不是找茬，我是找她败家的证据。"

戴小雨搬过来住了，彭湃取得了第一步的胜利，他乘胜追击，带着戴小雨逛高档奢侈品店。

戴小雨想去，又不愿意这么痛快地满足他，说："我一会儿还要去店里看看。"彭湃说："这里离北辙南辕连四百米都不到，不耽误你的事。"

"那买了东西，你把购物袋带回住处去，我拿去上班影响不好。"

彭湃说："怕什么？我没娶你没嫁，没什么见不得人的。"

这个时候戴小雨已经完全把刘梁周忘到了脑后，刘梁周对她的感情热度依旧停留在燃烧点上。鲍雪看到刘梁周的车停在胡同口，立刻跑过来问："你不是来找我的吧？"刘梁周说："你姐不回我电话，我约不到她，我只能求助你了。"

鲍雪开他的玩笑："握不到的手最温暖，你冷得受不了了？"

刘梁周问："一直没见到她，她没事吧？"

"没事，在北辙南辕死盯着她那点股份呢，你去花钱吃饭，她肯定接待你。"

"我去了，她不在饭店。"

鲍雪怔了一下，说："这事我帮你探听探听，哎，给我什么好处？"

刘梁周想了一下说："跟每一个导演合作的时候，我都死荐你。"

"嗯哼。"

"给你打最柔的光，有没有台词我也给你拍特写。"

"滚！"鲍雪笑骂道。

鲍雪轻车熟路找到戴小雨的家，戴小雨穿着睡衣给她开的门。鲍雪环顾四周，发现房间里新添置了很多新包和新行头。"那人近期的攻势比较猛烈啊！枪枪击中十环，这得花多少钱啊？"鲍雪讽刺道。

戴小雨一脸无所谓："他愿意，关我什么事？"鲍雪生气地说："那混蛋在用他的方式挑战你的底线，你是通过弄伤自己，来伤害别人。""我伤害谁了？"戴小雨问。鲍雪说："刘梁周。"

戴小雨淡然一笑说："用下一段爱情为上一段爱情疗伤，那才是伤人伤己。我不打算在感情上再有什么作为，既然你总说，刘梁周这样的男人很难再遇到，我也就不期望遇到他。"

"好了伤疤忘了疼，我该怎么笑话你？"

"过去和未来对我来说，都是一个笑话。行了吧？"

"按百分比说，有多少成分是你爱那个混蛋？有多少成分是你爱自己？"

"别跟我说'爱'这个字。"戴小雨正色道。

"连爱都不敢说，你将情何以堪？"

戴小雨叹了一口气说："人这一辈子谁不犯错误？我跟他有五年的感情基础，彼此了解，他跟我检讨了他的错误，我也愿意原谅他。"

鲍雪冷笑："原谅他？原谅你自己吧。我不信你的眼光，更不信你的直觉，若你两样都好，就不会把自己祸害成这副德行了。"

戴小雨说："咱俩身上有一部分基因相同，注定咱们有共同的弱点。看见我你就看见了自己。"鲍雪问："信命吗？"戴小雨说："不信。"鲍雪又问："信教吗？"戴小雨摇摇头："不信，我是典型的市侩主义。"

"戴小雨，你已经习惯了把情人关系转化成市场关系。"

"好的关系，都有利可图，谁不想在一段关系中，变得更好、过得更舒服呢？"

鲍雪说："彭湃的攻坚战取得了突破性的进展，赶紧加上助跑，使劲朝南墙冲去吧，我等着你头破血流的那一天。"

戴小雨懒得搭理她，对着镜子修妆。

鲍雪恼火："就算擦了口红，也不能挽救你行尸走肉的命运。"就算做行尸走肉，我也要做一具舒舒服服的行尸走肉。"戴小雨语气很淡。鲍雪气哼哼说："如果这个世界上只剩下两种生物，那就是蟑螂和你。"戴小雨说："滚！别找我揍你！"

彭湃回来，看见戴小雨在沙发上躺着，他走过去坐在她身边。知道她在生鲍雪的气，说："你不是干这个的命，干脆我把你的股份买了得了。"

戴小雨坐起来看了他一会儿，又躺下了说："不行，这事我妹妹和我奶奶知道，会骂死我。""十二点了，睡吧。"彭湃看了一眼手表。

"你去沙发上睡。"

"咱俩在一起住了那么多年，还是像过去一样吧。"

"经历了那么多事，怎么还能像过去一样？你要在这儿睡，我就回我奶奶那里住。"戴小雨的神情很严肃。

鲍雪回到家，坐在沙发上喝茶看剧本。俞颂阳来了，手里拎着大包小包的食材。鲍雪以为他是为了自己逃班，俞颂阳告诉她，今天是星期六，他休息。鲍雪说他没情调。俞颂阳把鲍雪一只在门里一只在门外的皮鞋摆放好。他说："讲究情调的人，起码不应该把环境搞成这个样子。"

鲍雪的床上堆满了出门前试过的衣服，俞颂阳一件一件地把它们重新挂进衣橱里。厨房里堆积的没洗的炊具和碗筷，俞颂阳把它们洗干净逐个归位。鲍雪像只小狗一样，跟在他屁股后面看他干活。

"你说你在烟熏火燎的厨房里，怎么看着还这么撩人呢？"鲍雪色眯眯地看着他。"要夸就好好夸。"俞颂阳说。

"你是一只勤劳的小蚂蚁。"

"怎么不说我是勤劳的小蜜蜂呢？"

"蜜蜂边采蜜边嗡嗡，小蚂蚁光干活不唠叨。"

俞颂阳哈哈笑。鲍雪说："据说，你是什么样的人，就会有跟你一样的人来到你身边。""太扯了！"俞颂阳说。"谁不说是呢，就算咱俩都是在水里游的鱼，你是清道夫，我是条锦鲤。"鲍雪拍拍俞颂阳的肩膀，"生活嘛，就是要学会与苦难共处。"

俞颂阳说:"做自己能做到,忍自己能容忍。"鲍雪点点头:"嗯,我忍!"俞颂阳无奈地说:"你强词夺理竟然也能顺理成章。"

鲍雪不让俞颂阳收拾茶几上乱堆的书籍,说:"你动完了,我什么都找不着了。"俞颂阳不听她的,还是把茶几收拾干净了。他把带来的茶具摆在茶几上,烧开水洗茶沏茶。茶具是英国货,还是沈佩虹帮他挑选的。

鲍雪说:"我琢磨你琢磨了好长时间,终于明白你为什么一直单着。"俞颂阳问:"为什么?"鲍雪煞有介事地说:"既没有女人敢图你的人,更没有女人敢图你的钱。"俞颂阳笑问:"你跟我在一起图什么?"

"明知山有虎偏向虎山行啊。"

"既然上了虎山,索性把虎穴也入了吧。"

鲍雪的脑袋摇成了拨浪鼓说:"你家禁忌太多,去一次,回来躺半天才能歇过来乏,再去几次我该坐轮椅了。"俞颂阳笑着摸摸鲍雪的脑袋说:"跟你在一起,真的很开心。"鲍雪两只手缩成猫爪样,娇媚地"喵"了一声。俞颂阳叹了一口气:"我真的不该连你的缺点也喜欢。"鲍雪眨着两只大眼睛又"喵"了一声。

俞颂阳苦口婆心说:"要学着整理房间,不要老吃垃圾食品。那些东西油脂太高,身体不容易代谢。"鲍雪嘟着嘴巴:"人家也知道不健康,但它们是吃货灵魂最后的救赎啊。"

"我是为你演员的前途着想。"

鲍雪乖巧地在俞颂阳的手背舔一下。俞颂阳的心化成了水,他一把把鲍雪搂进怀里。鲍雪抬起头看着他,笑嘻嘻地问:"你为什么能容忍我这么多毛病?"俞颂阳想了一下说:"在我心里事业是主体,生活是附带品,细节可以不深究。"

鲍雪不干了,她可不想当附带品。俞颂阳说她是诡辩,偷换概念。既然事业是俞颂阳的命,鲍雪就玩笑说,她偏要动他的命呢?俞颂阳回答得很机智,那他就不要命了。

鲍雪把自己家的钥匙递给他说:"我家大门为你敞开,你随时可以来。"俞颂阳在手里摆弄着那把钥匙说:"这钥匙看上去可真性感,希望它不要让我们的关系低俗化。"鲍雪回答得很直接:"低俗是我们关系的起点。"

　　杜世均坐在办公桌前,一幕一幕往回捯记忆,口红印一定是昨天晚上同僚们喝酒唱歌的时候搞上去的。罪魁祸首是魏蓝,她缠着他跳舞,他拒绝了,同僚起哄,嫂夫人又不在,你怕什么? 魏蓝硬是把他拉起来,他无奈只得跟她下了场子。跳舞的时候,他身体僵硬,魏蓝把脸埋在他的怀里。对,口红印就是那个时候蹭上去的。午饭时间到了,魏蓝推门进来,她把两个餐盒放在杜世均的桌子上。

　　杜世均问:"怎么是你? 小赵呢?"魏蓝说:"她出去办事没回来。"

　　杜世均打开便餐盒,里面是卖相非常好看的寿司和蔬菜沙拉。杜世均问:"办公室今天怎么这么大方?"魏蓝没有回答,冲他笑笑出去了。吃完饭,杜世均去咖啡角接了一杯咖啡喝,无意中瞥见职员们没吃完的餐盒,里面是鱼香肉丝和炝炒土豆丝。他不觉一怔,目光落在魏蓝的脸上。魏蓝头也不抬,忙着自己手里的事情。

　　晚上一家人围坐在一起吃海鲜火锅,两个孩子吃完跑回房间玩去了。剩下两个大人闷声不响地吃着。司梦给自己倒了一杯柠檬水问:"火锅怎么样?"杜世均说:"还行。"

　　"里面的东西,全是你爱吃的。我一大早开车去了大洋路,买回来的全是特别新鲜的海物。"

　　"看见了。"

　　杜世均不冷不热的态度惹恼了司梦,她问:"完了?"杜世均反问:"怎么了?"

　　司梦盯着他又问:"连声谢都没有?"杜世均随口说了句:"谢谢!"

　　司梦逼问:"就这态度?"杜世均抬头看她说:"非常感谢,可以了吧?"司梦冷冷地说:"强扭的瓜,真的不甜。"杜世均放下筷子说:"我要求我的职员,有话直说。"司梦提高嗓门说:"我不是你的职员。"

　　杜世均摔了筷子回房间了。司梦的眼前,突然闪过杜世均衣领上的口红印记。她深吸一口气,"啪"的一声,也摔了筷子。

　　翌日,杜世均坐在办公桌前看报表。魏蓝进来,把一杯咖啡放在杜世均面前，问："中午想吃什么？"杜世均慌忙摆手："不用，公司集体订的餐就很好。谢谢你那天费心给我订的寿司。"魏蓝问寿司好吃吗，杜世均却说，他胃不好。魏蓝说，那她订好消化的。

杜世均知道魏蓝巴结他一定另有所图，便问是有事情要解决吧。魏蓝说她的实习期结束了。她真的很喜欢这个事务所，想继续留在这里。杜世均公事公办说，这件事人事部门考核后，会给个结论。

魏蓝告诉杜世均，她被拒了，考核表上对她的评价，会影响她的就业，能不能重新写一份？杜世均接过来她手中的考核成绩看了看说，基本账目处理，财务报表分析，成本管理，财务软件，有两项没过关。

魏蓝解释说，这不是她喜欢的专业，只不过这个专业需求量大，好找工作而已。杜世均平静地说："你这样想，HR 没留你是对的。"

"这个世界上的对错，是以你们的衡量为标准的？"

"我们事务所有我们自己的硬性指标。"

"你人生的所有考试都能从容过关？"

杜世均淡淡地说："到现在我还没补考过。"魏蓝语气生硬，有点威胁地说："输是我最习惯的东西，输都不怕，你说我还怕什么？"杜世均送了魏蓝一句话："年轻是你选择的巅峰，完全可以找到更适合你的工作。"

魏蓝两眼盯着他看了一会儿，慢慢站起身走了。

尤姗姗和戴小雨看赵赫男研发新菜品。他把牛蹄筋先用温油炸，边炸边加热，慢慢抻开以后再换清水煮。他说："水要勤换，筋变软了，用姜水煮两过，再用清水洗了开水再泡，筋就涨了。用鸡片冬菇笋片火腿肠红烧。好厨师要善调五味，甘酸苦辛咸，拿它和五行中的金木水火土对应。无味是五味之母，首先要调出来无味，也就是原汁原味，把主料的味道调出来了，才能用五味去调和它。做肉就得做出肉香，烹鱼就得烹出鱼鲜。很多饭店的厨师一味地用调料，那就是犯了大忌，俗话说，求色不可用糖炒，求鲜不可用香料，讲的就是这个理。"

尤姗姗夸道："你这人有意思啊，平时葫芦嘴扎紧了口，原来所有的话都对着灶台说了。北辙南辕有个戏痴鲍雪，我看你称得上是厨痴。"

尤姗姗要了一碗米饭，一个毛血旺，一盘干煸花菜。戴小雨走过来在尤姗姗面前坐下，她对巴小丁说："再添一碗米饭，我就着她的菜吃了。"

尤姗姗问："冯希去哪儿了？""去街道开消防会议了，下午还得上街道去开会，真的烦死了。"戴小雨发牢骚。尤姗姗说："开饭店不是一件简单的事，弄不好就会被勒令停业整顿。"

"有人想把我的股份买下来，你看行不行？"戴小雨问。尤姗姗斜了她一眼："知道生意人为什么怕跟女人打交道吗？尤其像你这样的，把利益看得过重，遇到点事情就动摇。女人还爱动感情，北辙南辕一旦有什么事情，肯定是你们这些妇女感情用事造成的。"

"别把我装进去，管理饭店的是冯希。"

"老鸹落在猪身上，看见别人黑，看不见自己。"

"我怎么了？"戴小雨问。尤姗姗说："你仗着漂亮，让愚蠢四处流淌。一到关键时刻，就提出来撤资，保全自己。我就不明白，你肩膀上扛着的到底是猪头还是人脑袋？"戴小雨说："我不能眼睁睁看着她把我的钱打水漂。""就你这点钱都不够买石子的，拿什么打水漂？我看你是有病。"尤姗姗骂她。

"对，我有病，我得的是先天性缺钱综合征。"

鲍雪在电脑上看电视剧，视频的弹幕两极分化，十分极端，亲妈粉，珍爱粉，脑残粉，看着上面的留言，鲍雪笑得前仰后合。制片主任打来的电话，告诉她，说好的那个角色有变化，投资方要用他推荐的演员，否则撤资。

"剧本我熟读了 N 多遍，人物理解绝对到位了。"鲍雪急了。制片主任说："那个演员肯定不如你合适，戏更是没法跟你比。没办法，谁叫他是投资方呢？鲍雪，你是个好演员，人也懂事，特别通情达理。你知道我的难处。哥哥欠你一回，一定找机会给你补上。""没事，以后有机会再合作。"鲍雪强忍愤怒挂了电话。

俞颂阳开门进来，看见鲍雪坐在沙发上发呆。"念佛呢？"他问。鲍雪不说话，俞颂阳觉得奇怪问："怎么了？"鲍雪说："心情不好想哭。""想哭就哭吧。"俞颂阳把买来的菜，拎进厨房，鲍雪跟他进了厨房。

鲍雪说："我哭了啊。"俞颂阳说："哭吧。"鲍雪两只手搂着俞颂阳的腰，趴在他的背上假装哭。俞颂阳淘米洗菜在厨房里来回走，鲍雪就那么赖在他的背上。

"谁这么不长眼，敢惹他家祖宗生气？"俞颂阳笑着哄她。鲍雪的眼泪围着眼圈转，她使劲憋了回去说："我要是有一个亿，全部拿去投拍电视剧，所有的角色，必须靠实力竞争上岗。"

"你还差多少？"俞颂阳问。鲍雪答："一个亿。""要是还差两万五，我就给你补上了。"俞颂阳说得一本正经。鲍雪从后背绕到他的胸前，缠着他不让他干活："好好哄我，不许敷衍了事。"

"等会儿，等会儿，等我把饭焖到锅里。"

鲍雪抱着他不撒手，俞颂阳只得放下手里的活，把她搂在怀里哼哼哈哈地一通乱哄。

刘梁周进藏拍戏，出发前给戴小雨发微信，约她见一面。戴小雨没有搭理他，刘梁周长这么大，心里没这么空过。鲍雪安慰他说，戴小雨被北辙南辕拴着跑不了。尤姗姗不同意戴小雨转让股份，彭湃给戴小雨出主意让她去学习管理，说可以帮她联系经贸大学的管理进修班。

戴小雨嫌学费贵一口拒绝了。彭湃说，这笔钱他出。戴小雨问他："这算什么？"彭湃说："支援贫困地区的教育事业。"

戴小雨忍不住笑了，彭湃回国这么长时间，第一次看着她脸上露出笑容。他乘胜追击，夜里留在这里，没有去住宾馆。戴小雨不让他上床，彭湃说："看在我对你一片真心的分上，你就让我上床睡吧。"

"你怎么一片真心了？"

"为了你，我把生意都挪到国内来了。"

戴小雨看着他不说话。彭湃说："死刑犯还有被赦免的时候呢，何况我还没那么罪大恶极。"

"谁说的？杀了你，我都不解恨。"

彭湃把脖子伸到她面前："那就多砍几刀吧。"戴小雨用鼻子哼了一声，彭湃起身从包里拿出来一个首饰盒打开了。里面有一枚镶钻的戒指。他单腿跪在戴小雨的面前："本来想明天找一个机会向你求婚，现在等不了了。小雨，嫁给我吧！"

戴小雨盯着那枚戒指问："多少钱？"彭湃把戒指盒里面的发票拿出来递给她，戴小雨看着发票惊呼一声："六万？"

俞颂阳手里的一个项目出了麻烦，他亲自飞往上海去解决问题，一周后鲍雪来上海看他。她拎着小行李箱，随着人流从出站口出来。俞颂阳迎上去，接过她手里的行李箱。鲍雪一只胳膊勾着他的脖子，人几乎吊在他身上。俞颂阳笑着掰开她的胳膊，拉着她的手往外走。俩人乘出租车回到宾馆。耳鬓厮磨中鲍雪小声问俞颂阳："我够意思吧？"俞颂阳给予肯定："那是相当地够意思。"他松开鲍雪说："你洗一下，我带你去吃特别地道的本帮菜。"

鲍雪洗了个澡，对着镜子化淡妆，听到俞颂阳在打电话，他一声比一声高。

电话是俞颂阳的母亲打来的，她用房子做抵押，在银行贷款八十万，从亲戚朋友手里借了二十万，去做P2P，结果全砸在了里面。现在还款期限马上就要到了，她一点办法也没有，只好跟儿子说实话，找他帮忙。

俞颂阳不相信自己的耳朵："你说什么？我不是听错了吧？"俞母说："你要是不帮我，我跟你爸就得搬大街上住去。"俞颂阳气得涨红了脸："你动用这么大一笔钱办事，怎么也不问问我？我早就提醒过你，P2P这样的事情不要沾，你偏不听。藏着掖着，生怕我坏了你的好事。惹出这么大的麻烦，你倒想起我了？跟你说，我没钱，就是有钱，我也不管。"说完他挂了电话。

鲍雪问："谁的电话？能叫你发这么大的火？"俞颂阳气呼呼说：

"我妈。"鲍雪一怔问:"你怎么能这样和你妈说话?"

"我这辈子最恼火的事情,就是有这样一个妈。"俞颂阳余怒未消。

"你说这话的时候,把十月怀胎的恩情都忘得一干二净了?"

"我们家的事情,你最好不要插嘴。"

"我必须插嘴,因为这关系到你的人品。"

"我没精力跟你吵架。"俞颂阳起身往外走,鲍雪拦住他不让他走。"你留我在这就为了吵架?"俞颂阳问。鲍雪说:"不是吵架,是给你讲道理。"俞颂阳不耐烦地说:"我不想听。"鲍雪瞪起了一双眼睛说:"今天你要出去,就再也别想回来。"

俞颂阳不听邪,硬是开门出去了。鲍雪气蒙了,三下两下把摊在桌子上的东西,全部收进旅行箱里,拉着旅行箱摔门出去。

俞颂阳出了宾馆大门,转了一圈冷静下来,看到街边有家鲜果店,他进去买了几样水果,让服务员把它们削皮切成小块,放进包装盒里。回到宾馆俞颂阳按门铃,没人应答。前台服务员告诉他,1602房间客人退房了。俞颂阳大惊失色,拨打鲍雪的电话无人接听。鲍雪坐在机场候机处,数着俞颂阳打来的未接电话,是个双数,八次。

三个小时后,飞机落地北京,鲍雪消了气,打俞颂阳的电话,手机提示,对方的手机关机。鲍雪的心头火又蹿起来,骂道:"混蛋,竟敢关机!"

鲍雪有一个抗衰良方,心情不好,用锻炼驱赶漫天乌云。在健身房各种器械的暴虐下,身体上的毒素被淋漓的汗水冲走,欢喜重新回到心中。到家已经是晚上八点了,鲍雪推门进屋,突然被一人拽过来,紧紧地搂在怀里。鲍雪要喊,嘴被死死吻住。她连踢带打,那人受痛不过松开她笑。

鲍雪惊魂未定看到面前站着的是俞颂阳。她一头扎进他的怀里,死死搂着他。俞颂阳亲吻她的脸,鲍雪一口咬在他的肩上,俞颂阳吃痛不过,大声惨叫。

俞颂阳和鲍雪前后脚回到北京,看到她的行李箱,知道她已经到家,于是一颗心放下,做了一桌饭菜等她。吃饭的时候,俞颂阳说:"我本来想给你买个特别好看的手镯,那笔钱被这一来一回的机票给吃掉了。"

鲍雪问："你还走啊？"

"那边的事还没完，我回来平息了暴乱就走。唉，都说战争能发洋财，那得看是什么战争了。"

"还吵不吵了？"鲍雪挑了下眉毛问。

"不吵了！太费钱。"俞颂阳的态度很坚决。

"话说对了，语气不对，你要学着示弱，男人一旦示弱，那简直是吹响了让女人冲上去往死里爱他的号角。"

"我发现，跟你说话要警惕两个地方，一是脑子快，经常偷换概念；二是嘴快，表达得很透彻也很堵人。"

鲍雪问："哥，你在哪学的迎风划火柴？""你的嘴在哪儿？"俞颂阳问。鲍雪说："不告诉你。"

俞颂阳扳过她的头亲吻，鲍雪瞪着明亮的眼睛看着他，俞颂阳伸手拉熄了灯，鲍雪重新拉亮灯。

事务所工作人员和实习生们，聚在一起喝酒吃自助餐。魏蓝表现得活跃积极，事务所没有留下她，似乎并没有影响她的情绪。

魏蓝端着酒杯走过来，坐在杜世均的旁边。她跟杜世均碰杯："咱们这算告别宴了，感谢这段时间你对我的包容。"

魏蓝率先把酒喝干了。杜世均象征性地抿了一口说："咱们没有直接接触，你还是谢谢带你的老师吧。"

"你是他们的领导，领导的领导就是领导的平方。你要是认我这个学生，就把这杯酒全喝了。"

杜世均觉得她的话有趣，问："你多大的量？"魏蓝说："我体内有很多消化酒精的酶，你跟我喝多少，我都能应付。""那我得检验一下。"杜世均说。

魏蓝把他放下的酒杯拿起来，递到他手里："来吧，你先干了这杯。"

杜世均喝了那杯酒，魏蓝重新给两人的酒杯里满上酒，她说："我十五岁那年，父母离异，我跟我妈在一起生活。那年的年三十，我妈开了一瓶红酒，很快就把自己喝醉了。我妈醉酒不是大哭，而是狂笑。她笑了一个多小时，趁这个工夫，我把大半瓶红酒全部喝光了。这酒太好喝了，我又开了一瓶。我妈酒醒以后，看着两个空瓶子愣神。我跟她说，这都是你喝的。她竟然相信了，四处说，她有两瓶红酒的量。"

杜世均问："你父母为什么离婚？"魏蓝给他满上酒："喝了这杯，我回答你这个问题。"杜世均一饮而尽，用目光示意她说。魏蓝说："我爸劈腿别的女人，被我妈抓住了。"杜世均说："你妈应该给他一个改正的机会。"魏蓝挑战似的问："要是你老婆，她会给你这个机会吗？"

杜世均笑了笑没回答，而是问魏蓝，那天他俩跳舞，他衬衣领子上的口红印，是她故意蹭上去的吧？魏蓝歪着脑袋故作天真地问，她为什么要那样做？杜世均告诉她，那个位置不是有意，口红根本蹭不上去。魏蓝假装害怕问，引发内战了？杜世均神态轻松地说，他老婆不是小肚鸡肠的那种女人。

魏蓝说："那是因为不够爱你。"杜世均笑了："智齿还没长全，你懂什么？"

魏蓝眼睛盯着他："别小看九五后，我们不比你们八〇后懂得少。"杜世均眯起眼睛看着她："真懂，业务上的事不会一窍不通。"魏蓝说："这是一个经济学问题。"

"经济学这门学问的迷人之处，平淡之中有惊喜。"杜世均手指在桌子上轻轻敲打着。

"你敢给我看你老婆的照片吗？"魏蓝突然问。杜世均一怔："那有什么不敢的？"魏蓝说："拿来看看。"杜世均解锁手机，魏蓝在心里默记号码：4个9。相册里的司梦温婉贤淑。

魏蓝说："看上去知书达理，不过我不信，她有你说的那么大度。你敢用你的手机拍一张咱俩的合影给她看吗？"微醺的杜世均说："你这是挑衅。"魏蓝笑着激他："敢不敢吧？"

"那有什么不敢的。"杜世均打开手机，搂着魏蓝的肩膀拍了一张自拍照。别的实习生跑过来，跟杜世均碰杯喝酒。魏蓝跟其他人搅和在一起，有说有笑，也喝了不少酒。杜世均架不住同事们的轮番敬酒，他喝多了，走路直打晃。

合作伙伴说："老杜，我叫代驾，送你回家。"杜世均大着舌头说："我不回家，喝成这样，回去也没好脸色看。"

"楼上有咱们的套间，要不你在那里醒醒酒？"

杜世均从合作伙伴手里接过钥匙："谢了！"

杜世均醉得走不成直线，一个年轻男职员过去搀扶他。杜世均不配合，整个人压在他的肩上，让男职员行走起来很困难。魏蓝从卫生间里出来，见此状急忙跑过去，搀住杜世均的另一只胳膊，三个人上电梯。男职员安顿杜世均躺下，魏蓝关灯，趁黑把门卡摸到手里，锁门离开。深夜众人离去各奔东西。宾馆门口静下来，一辆出租车停下来，魏蓝从车上下来，进了宾馆大门。

司梦在银行排队办理业务，闲着没事，翻手机看朋友圈。尤姗姗在朋友圈里，发了鲍雪、司梦和她三个女人七夕狂欢时候的照片。司梦边看边偷笑，她把照片下载到自己的手机里。手机相簿里有很多照片，司梦想看看，云盘里是否真的存下了这些照片。打开云盘，里面不但存入了自己的照片，还存了杜世均手机里的，她明白这是儿子做的共享。

司梦往后翻看，发现一张杜世均跟一个年轻女人的照片，那女人依偎在杜世均身边，看上去很亲密。司梦心里"咯噔"一下，觉得有点喘不过气来。她看了一眼时间，正是昨晚杜世均没回家时照的。丈夫领子上的那个醒目的口红印，在她脑海中电光一闪。

司梦的眼前黑了。

拾壹

　　司梦不清楚自己是怎么回家的，她呆坐在沙发上发愣，幼儿园来电话提醒她来接孩子，她才记起来自己不光是妻子，还是一个母亲。她赶到幼儿园时，那里的孩子们已经走光了。老师陪着圆圆，一高一矮孤零零地站在门口等着司梦。

　　整个下午司梦都陷在混乱之中，焖饭的时候电饭锅没有插电源，做菜的时候把排骨烧煳了。晚饭没着落了，她在网上点了一个大比萨回来。没有一点胃口，坐在一旁，看着一对儿女心满意足地吃。她脸色阴沉得能拧出水来。杜世均应酬完客户带着酒意进门，司梦的目光穿过他的身体看着远处。

　　杜世均觉得气氛不对，问：“你怎么了？”司梦既不看他，也不说话。杜世均又问：“老师又叫家长了？”

　　司梦单刀直入，问跟杜世均照相的那个女人是谁。杜世均一时摸不着头脑，问哪个女人。司梦让他看手机里的照片，杜世均恼了，跟谁学的，随便翻人的手机？司梦冷冷地说：“你一天一夜没回家，我怎么翻你的手机？”杜世均松了一口气：“事务所忙，晚上加班来着，太晚了，就没给你打电话。”司梦再次质问：“别转移话题，我问你那个女人是谁？”

　　杜世均掏出来手机，翻开里面的相册，当着司梦的面，一张一张地翻给她看：“除了儿子闺女就是你，哪有什么别的女人？”

　　他的手机相册里果真干净清白，司梦把自己的手机上的百度云点开，里面有一张杜世均和一个年轻女人的照片。杜世均下意识地伸手抢手机，司梦闪身躲过。

她冷笑道："你以为把手机里的照片删了，就销赃灭证了？你不知道百度云有个功能，就是及时把照片上传到云端保存下来。咱俩的百度云，大壮给设置的是一个账号。你我能同时看到彼此自动储存的照片。"

杜世均沉默片刻叹了一口气说："她是事务所的一个实习生，我跟她真的没什么。"司梦问："没做亏心事，不怕鬼叫门，心里没想法，你删照片干什么？"

圆圆从房间里溜出来，站在门口看父母争吵。

"因为知道你小肚鸡肠，看到会起连锁反应。"

"我跟别的男人照这样的照片，你看了无所谓？"

"一张照片能说明什么？"

"你还想要什么？跟她上床吗？"

"别得寸进尺啊！"杜世均恼了，他提高了嗓门，"整天牢骚满腹，絮絮叨叨，哪像受过高等教育的人？简直是街道大妈。"

司梦气急败坏，抓起一个茶杯狠狠地摔在地上，茶杯碎了。圆圆一声尖叫。司梦一扭头，看见圆圆惊恐的脸。她知道吓着女儿了，急忙跑过去。圆圆跑回卧室上床，躺在枕头上，用被子蒙住头。司梦坐在床边，她掀开被子。圆圆在默默地流眼泪，司梦心疼地给她擦掉眼泪。

司梦安慰圆圆："妈妈不是冲你。"圆圆说："杯子太可怜了，它的妈妈再也见不到它了。"司梦吃了一惊，连忙把女儿抱起来，搂进怀里。

"妈妈错了，不该摔杯子。"

大壮在一旁插嘴道："这叫伤及无辜。"

司梦正色道："你的作业写完了？"

大壮立刻理亏地埋头在作业本里。

司梦回到客厅，气势汹汹地坐在沙发上，她瞪着杜世均："你的事还没说完呢！"杜世均问："你还要我说什么？"

圆圆走过来，坐在爸爸身边，一张小脸非常严肃："我明天要到托儿所去，把妈妈摔杯子的事情，讲给托儿所的老师听。"

司梦不由一怔。

"爸爸难过，你不好好安慰他，还这么凶。你一点都不像做老婆的样子，还跟人家结什么婚？爸爸，你别难过，我长大了跟你结婚，你我还有哥哥咱们三个人亲亲热热地过日子。"圆圆冲司梦一翻白眼，"你凶什么？"

杜世均本来沉着一张脸，此时"扑哧"笑出声来。司梦的气也消了，她把洗好的衣服从洗衣机里拿出来。圆圆跟在她后面说："妈妈，你别老说爸爸，爸爸已经长大懂事了。"

"你怎么不向着妈妈说话？"

"妈妈可怜，没有漂亮的裙子，还没有口红。"

"妈妈用不着。"司梦说。

"别的小朋友的妈妈都有，妈妈别伤心，我攒压岁钱给你买漂亮的裙子和口红。"

司梦俯下身在女儿的脸上狠狠地亲了一口："妈妈有你就足够了。"圆圆看着妈妈认真地说："妈妈你有个缺点。"司梦问："什么缺点？"

"你一发脾气，霹雷闪电的。"

"那是因为涵养差，妈妈以后努力改。"

夜深了，司梦跟杜世均躺在床上，两个人都没有睡意。司梦检讨自己："你说得对，我现在的承受能力越来越差了。"杜世均说："那张照片是在酒会上拍的，你也看到了，背景里面全是人，那女孩儿跟所里的很多人都拍了照。她要求跟我合影，我没有理由拒绝吧？我删除照片，是因为你这个人缺乏安全感，又有很强的控制欲。我没必要为这么一件事惹出家庭矛盾。"

"我控制欲很强？"司梦问。杜世均说："照片事件就是一个典型的例子。"

"还有什么？"司梦又问。杜世均想了想说："家庭生活以能干和强硬制胜。"

"你的话我得一点一点消化。"司梦转了个身，不再说话了。

"我真的跟她没什么。"杜世均再一次强调。司梦转过身看着他："你把她的电话给我。"杜世均说："一个实习生，我留她的号码干什么?"

　　口红和照片这两件事情如鲠在喉,司梦写不下去东西,注意力全部放在杜世均身上,这些日子丈夫减少了出去喝酒应酬,按时回家吃饭。都说有外遇的男人,回到家会对老婆出奇地殷勤,出奇地好。这些征兆在杜世均身上根本就没有体现。这让司梦很是困惑。

　　这时,她接到一条彩信,打开看是一张照片。照片的近景很虚,是半张年轻女人的脸,露出半只眼睛和半口白牙,长发披在肩上。远景很实,是杜世均躺在床上熟睡的脸和赤裸的上半身。司梦脑袋里嗡的一声,四周瞬间变得鸦雀无声。她把那张照片一点一点放大,床上熟睡的人,确实是杜世均。司梦调出来杜世均跟魏蓝的合影,认定这个模糊的影子是魏蓝。司梦把手机扔在床上,又把桌子上的东西全部划拉到地上,听见杯子碎裂的声音,她闭上眼睛,在心里暗暗地咒骂着:下流!无耻!王八蛋!

　　她努力让自己镇定下来,拿起手机,拨打彩信上的那个电话号码。

　　魏蓝正在逛商店,她的手机响了,看到手机写着"杜某老婆"四个字她挂了。手机锲而不舍地响着,魏蓝干脆关了手机。她转到化妆品柜台挑了几样化妆品,导购小姐领她去收银台结账。魏蓝掏出来手机重新开机付款。

　　手机上跳出来一条短信,是杜某老婆发来的:"你怎么有我的电话号码?"

　　魏蓝觉得好玩,回短信:"这还用问吗?"

　　司梦没想到对方胆敢回应她,她咬着嘴唇发起又一轮进攻:"敢露脸吗?如果敢,我在霄云路的爱咖啡等你。"

　　许久对方没有动静,司梦冷笑:"耗子洞里的老鼠终究见不得光。"她拿起手机刚要揣进口袋里,短信来了,只有一个字:"敢!"

　　对方接了战书,司梦倒怵了上战场,她一遍一遍地给自己鼓劲。过去她用文字,在虚拟的战场上除恶扬善,生死全看自己的好恶。眼下这场战役真刀真枪,虚头巴脑的文学功底一点都用不上。

　　镜子中的司梦,面色晦暗,头发凌乱。她梳理整齐头发,涂了粉底液,抹了口红,换了一身套装出发了。

爱咖啡里面客人不多。司梦坐在一个很显眼的位置上，她不停地看着门口。魏蓝推门进来，她一眼就认出来了。魏蓝也认出了司梦，她直奔司梦走过来。看见她的气势，司梦不由得心往下沉，她问："你怎么认定约你的是我？"

魏蓝面带笑容："杜总给我看过你的照片。"

司梦深吸一口气，让自己平静下来："你不觉得这是一场杀敌一千自损八百的战役吗？""有二百赚就不算赔。"这话她说得柔声柔气。司梦再次深吸一口气，问："你跟他怎么好上的？"魏蓝说："我不回答这个问题。"

"上床了？"

"看照片用事实说话。"

司梦几乎感受到血管在太阳穴处蹦："你想干什么？"

"我要告诉你，你跟他的关系不是你要的那样。"

司梦心中一阵绞痛，她努力克制着自己，语气平静地说："你知道我要什么？"

"你都这把年纪了，用得着问我吗？"

司梦怒火中烧，她尽量让情绪平稳："你俩的事，自己想办法解决，别来纠缠我。"

"大姐，不是我跟他的事，是你跟他的事，你俩的婚姻有问题。"

"这就轮不上你插嘴了。"

"不是涉及我了嘛，是你拉着我插嘴的。"

司梦问："你懂什么是婚姻？"魏蓝回答得很痛快："不懂。"司梦说："婚姻起码是一种承诺。"魏蓝冷笑："这种承诺是用每一天，每一分，每一秒的生活去证实的。可见他的承诺是多么不堪一击。现在你的抽屉里锁着的是一纸婚约，你这个人早已不在他的心里了。"

司梦被击中痛处，嘴唇哆嗦了一下。她吼了出来："你想干什么？""你问我答怎么了？"魏蓝不急不恼。司梦气得浑身哆嗦："你到底想干什么？"

魏蓝慢声慢语："我觉得一个男人既然下流过了，就别再装什么正人君子。索性下流到底，那才是真性格。""什么是性格？性是性子，格是教养。你性子粗鄙，没品格没教养。"司梦斥责她。魏蓝笑了："混成这副惨样子，还在我面前转什么文化？"

司梦觉得自己再待下去会昏倒，她起身走了，沿途几次撞在桌子和椅子上。魏蓝看着她的背影，端起咖啡喝了一口，她叫道："服务员，给我加点糖！"

司梦跌跌撞撞回到家，她在房间里转着圈，嘴里不停地骂道："混蛋！混蛋！这世道连混蛋都是年轻的好，耍起浑来都理直气壮。"

落地镜子里映出她，司梦走过去盯着自己的脸看。她自言自语道："三十四年就像三十四天一样地过去了，这才年轻了几天，就秋风扫落叶一样地老了。"

眼泪泉水一样地涌出来，司梦呆坐在沙发上，长长地吐出一口气，掏出来电话，拨通了杜世均的电话。她声音哆嗦着说："记住，两个小时后接你女儿，三个小时以后接你儿子。我走了，这个家留给你，你愿意招谁进来，就招谁进来。"

说完她就把电话挂了，杜世均一头雾水，他再怎么打电话，司梦都不接了。杜世均急得跺脚骂她"神经病"。

司梦开着车离开了家，没有明确的方向，她两手握着方向盘，精神恍惚地往前开着。司梦的车在车流中疯狂穿行。一个年轻姑娘突然横穿马路。司梦一脚刹车，车尖叫着停住，她的脑袋差点撞在挡风玻璃上。一个男青年冲过去一把拽住姑娘的胳膊，姑娘拼命挣扎，男青年拉住她不撒手。姑娘跟他扭打，男青年紧紧把她搂在怀里，姑娘瘫软在他的怀里放声大哭。

司梦摇下车窗吼了一嗓子："不想活了？"男人歉意地冲她摆摆手。司梦骂道："拿命做撒娇的本钱，脑残哪！"姑娘止住哭声，冲着司梦大声喊："命是我自己的，怎么对待它是我的权利。"司梦自言自语道："你有你的权利，我也有我的权利。"

她闭上眼睛想定定神，一阵困意袭来。司梦把车停在路边，趴在方向盘上休息一下，没想到竟然睡着了。杜世均在公司开会，手机不停地响，杜世均按了静音，手机在桌上不停地振动。杜世均无奈，只得拿起手机走到外面去接。电话是幼儿园中一班的张老师打来的，她说："已经过了接孩子的时间，杜圆圆的妈妈还没有来，给她打电话，她的手机关机，只好打您的电话。请您马上过来接孩子。"

杜世均气得在心里骂司梦，真是越来越不像话了！他给合作伙伴发微信，让他主持会议吧，说自己有事必须马上出去。杜世均从来没去接过女儿，也不知道那所幼儿园在哪里，他只能求助百度地图了。杜世均急得火燎着了头发，司梦在街边睡得天昏地暗。骑摩托车的交警过来，在她的车边停下，笃笃地敲车窗。司梦醒了，看着交警有些犯蒙。交警叫她摇下车窗，把违章停车的罚款单递给她。司梦看着罚款单说："这一觉，睡得也太昂贵了。"

杜世均接了圆圆，又去接大壮。老师问大壮："这位是你什么人？"大壮说："我爸爸。"老师对杜世均说："我从来没见过您，必须问清楚了，才能把孩子交给您。"

司梦给尤姗姗打电话，尤姗姗说："家庭妇女最忙乱的时候，怎么有时间找我扯棉花？"司梦说："我太累了，想找地方歇一会儿。"尤姗姗压低声音问："气压这么低，吵架了？妇女，既然吵就一定要赢啊！我给你发个位置，你到我家门口等我，沙发和大床由着你随便躺。"

进了门，司梦疲倦不堪地坐在沙发上，尤姗姗坐在她的对面。司梦发牢骚："白天晚上操心这个家，头发一把一把地掉，跟狗掉毛一样。""你苦大仇深地坐在我对面，不是要跟我说狗毛的事吧？"尤姗姗问。"我这辈子活得比鸿毛还轻。"司梦说。

"弄出这么多毛来，你是要扎毛掸子吗？拣重点说！"

"杜世均出轨了！"

尤姗姗一怔立即安慰道："嗨！我以为你摊上人命官司了。"司梦说："我死的心都有了！"尤姗姗说："他快活一回，你就搭上一条命，你有九条命吗？"

司梦沉浸在愤怒之中，手在茶几上狠狠拍了两下。

"谁告诉你的？"

"那个女人，亲口告诉我的。"

尤姗姗问："证据呢？"司梦调出手机里的照片给她看，一张杜世均和魏蓝的合影，一张前景模糊不清的床照。

"就这个？"

司梦问："你还想要什么？"

"她想跟你要什么？"

司梦一怔："不知道。"

"知己知彼，才能百战不殆。"

司梦怒火万丈地发泄着心中的气闷："知己知彼？我现在肝胆俱裂，脑浆流淌。问天地问自己，人这一辈子有几个三十四年？最多两个半。我把我的三十四年全搭在别人身上了。我迈出去一步，就是一个错误。这样一步一步错下去，一生也快过完了。我搭上了我的过去，可是过去也没有留下什么给我。我错了，我什么都错了。我选错了对手不要紧，起码要选对武器呀！可我两手空空，连颗回敬她的子弹都没有。"

尤姗姗嘲笑她："我以为你一个文学系毕业的高才生，在骂人上有多丰富的想象力呢。就这么点水平？"司梦说："我想打人！"尤姗姗问："那你怎么没赏那女人两个嘴巴子？"

"当时我浑身瘫软，抬胳膊的力气都没有了。"

"孬人！"尤姗姗随手拿起一个长把鞋拔子塞给司梦，"吃饱喝足，回去拿这个狠狠削你老公一顿，解完心头之恨，再来跟我细扯。"

司梦把鞋拔子扔在一边。尤姗姗问："下不去手吧？凭那女人故意照相这一手，我就断定她是个烂人，烂人和傻×，来自一个平行宇宙。你跟他们不一样，记住，你这样的人和烂人赌，十局九输，因为烂人是没有底线的。"

司梦看着她期待着下文，尤姗姗接茬说："听我的，找个舒服的姿势坐着，好好看这对狗男女怎么把戏演到结尾，我相信他们比你着急。我要是你，就把这事烂在肚子里，大不了花钱找心理医生看一看。"

司梦吃惊地看着她。

"说心里话，这事根本就犯不上让你离家出走，我觉得你是拿着它为你一无是处的生活找借口罢了。"

司梦被她说蒙了。尤姗姗接电话，处理公司的事情。司梦看见沙发上堆满了洗完的衣服，她下意识地一件一件叠起来。看见茶几上有吃完的果核瓜子皮，她立刻起身收进垃圾桶里。

尤姗姗嘲笑她说："你天生就是当老妈子的命，偏偏自命不凡，觉得自己能成就大业，嫁给一个男人委屈了。"司梦问："你不委屈？""委屈啊！所以起义了。"尤姗姗说。司梦说："我给你做顿饭吧，现在，只有干活能分散我的注意力。"

司梦从冰箱里找出来一截香肠，一根黄瓜，两个鸡蛋。她淘洗干净米放进电饭锅里，切香肠，切黄瓜。她心里惦记着家里的孩子，差点切了手。

尤姗姗站在旁边，捡起黄瓜尾巴，扔进嘴里嚼着说："见点血，才好意思谈感情。"

司梦炒了一盘菜，做了一个西红柿鸡蛋汤，尤姗姗有滋有味地吃着，司梦坐在一旁看着她吃。尤姗姗问："真不吃？"司梦缓慢地摇摇头。尤姗姗说："老公出轨，你不吃不喝地惩罚自己，我要是个男人，我也娶你。"

"我已五内俱焚，你就别雪上加霜了。"

"我倒想锦上添花？可为了绣这朵破花，还得你放血。"

司梦问："为什么我放血？"

"粉饰太平啊，你不得打掉牙往肚子里咽？碎了的牙划得肠子肚子四处冒血。我跟你说，就算你非要走下坡路，也要跟我这样的顶级人物一起走，不能灰头土脸的让人看笑话。"

"你走过下坡路吗？"司梦问。

"走过啊，不过走的时候我使劲踩着刹车呢。"

司梦心神不宁地看表。尤姗姗说："你坐在这里不到四个小时，看了八回表了。"司梦叹了一口气说："我觉得已经过去四十年，我的头发都白了。"

曾经整洁有序的家凌乱不堪。杜世均问孩子们想吃什么，圆圆要吃牛肉面，大壮要吃咖喱饭。圆圆说："我还要喝奶油蘑菇汤。"杜世均一概答应下来。大壮拿着 iPad 玩游戏。

杜世均说："大壮，我不提醒，你就完全不记得还有写作业这件事吧？"大壮两手快速点击着平板电脑说："马上，马上。"

杜世均给司梦打电话，手机里提示对方关机。杜世均一肚子的气，进厨房拉开冰箱门，看到里面塞满了东西，他不知道该做什么吃。

杜世均喊："大壮，圆圆，你俩过来一下。"两个孩子跑过来，杜世均问："你们晚饭到底想吃什么？"大壮改了主意，说："我想吃西红柿鸡蛋面。"圆圆说："我跟哥哥一样。"

杜世均问："家里有面条吗？"大壮帮助父亲翻冰箱，从冷冻室里找到冻成一坨的切面。杜世均又问："怎么样才能解冻？"大壮说："我看见妈妈是用微波炉化开的。"

杜世均把冻切面放进微波炉里面，定了一个时间，然后从冰箱里拿出来鸡蛋和西红柿。他洗干净西红柿，切好，把鸡蛋打在碗里。等他打开微波炉取出里面的切面，切面黏成一坨。他嘟囔了一句："看样子吃不成了。"

圆圆不干了，嚷道："我要吃妈妈做的饭，我要妈妈！"大壮问："妈妈到底去哪儿了？"杜世均说："你妈有事回不来，干脆，爸爸带你们出去吃吧。"

两个孩子立刻忘了找妈妈的事，大壮要吃意大利面，圆圆要吃肯德基。

杜世均被吵得头疼，他说："咱们叫外卖在家里吃，你俩的要求都能满足。"

两个孩子吃外卖，杜世均没有胃口，坐在一旁玩手机。

圆圆说："爸爸，今天我们班小朋友的妈妈问我，你爸爸妈妈是做什么工作的？"杜世均心不在焉地嗯了一声："你怎么说的？"

"我说，我妈妈是干家政的，我爸爸是玩游戏的。"

大壮说："妈妈不是干家政的。"

"妈妈自己说的，是吧，爸爸？"

杜世均放下手机，收拾桌子上的外卖包装盒："吃完了洗澡睡觉。"圆圆说："我等妈妈回来给我洗。"杜世均语气很硬："你妈一辈子不回来，你就一辈子不洗澡了？自己学着洗。"

圆圆不解地问，妈妈为什么一辈子不回来？杜世均告诉女儿，他说的是假如。圆圆哭着说，她不要假如，她要妈妈。

杜世均的声音立刻软下来："别闹，别闹，爸爸帮你洗好不好？"圆圆的声音又高又尖："我不要你洗，我要妈妈给我洗。"杜世均的火又蹿上来："不洗别上床睡觉！"

圆圆愣了一下，摔门进了卧室。杜世均大怒去拽卧室门，质问："这是跟谁学的？"门被锁上了，杜世均擂着门喊："开门！你给我开门！"

圆圆在里面尖声喊叫，声音几乎震破杜世均的耳膜。圆圆很快忘了生气的事，她坐在妈妈的梳妆台前，翻一个一个的小抽屉。里面琳琅满目，耀眼的小首饰，叫她爱不释手。圆圆拿起一个琉璃发卡别在头发上，她拿起珍珠耳环，挂在耳朵上，照镜子。耳环挂不住，掉下来，她把耳环挂在胸前的纽扣上。

杜世均用钥匙开门进来，圆圆想起来生气的事，立刻沉着脸转身往外走。杜世均打开衣橱，看到司梦的衣服还挂在里面。打开首饰盒，看见项链戒指都还在里面，杜世均彻底松了一口气。大壮在客厅里写作业，圆圆走过来坐在他身边，她边吃虾条，边玩手里的珍珠吊坠和耳环。

大壮瞥了一眼她手里的东西说："这是妈妈的东西。"圆圆说："我就玩一会儿。"大壮说，不行，他怕妹妹弄丢或是弄坏妈妈的首饰。

大壮抢圆圆手里的耳环，圆圆把手里的东西塞进嘴里。大壮过来掏，圆圆起身就跑。她被地上的东西绊了一跤，哇哇大声哭叫。杜世均从卧室里出来问，怎么了？大壮抱起圆圆，圆圆涨红着脸，干哭说不出话来。杜世均着急问："到底怎么了？"大壮说："妹妹把妈妈的耳环，咽到肚子里去了。"

司梦躺在沙发上根本睡不着，她不停地看着手机。尤姗姗见不得她这个样子，抢过来手机帮她开了机。电话立刻打了进来，是杜世均打来的。司梦立刻挂了电话。电话铃又响，司梦索性不接了。微信进来，司梦把手机扣在床上不看。几条微信连着进来，司梦觉得这不像杜世均的风格，犹豫了一下，拿起手机看微信。连着四条杜世均的微信："速来，圆圆出事了，已送儿童医院急诊。"一样内容连发四遍。司梦跳下沙发，抓起挎包就往外跑。

尤姗姗问："怎么了？"司梦急赤白脸地说："我女儿在医院急诊室，情况不明，我必须回去！"尤姗姗问："这不在你的意料之中吗？"

司梦像一阵风一样蹿了出去。

尤姗姗嘴角挂着一丝嘲讽的微笑："当了妈，你以为你的感情，你自己能做主？"

司梦的车在街道上狂奔，汽车走错了路，违章掉头，汽车轮擦地发出刺耳的声响。司梦边开车，边大声喊："圆圆，别害怕，妈妈来了！"

司梦疯狂奔跑着冲进儿科急诊室走廊，急诊室里挤满了前来看病的孩子和大人。司梦问急诊大夫："有没有一个来看病的叫杜圆圆的小朋友？"

医生告诉她，已经进手术室了。司梦身子一晃，赶紧用手扶住桌子。杜世均没头苍蝇一样，在手术室门口来回踱步，看见司梦立刻像见到了救星一样扑过来。他连声问她去哪儿了。

司梦急得瞳孔都散了："圆圆怎么了？"

"她把你的耳环，咽到肚子里去了。"

司梦大惊："啊？耳环上有耳钉，怎么能让她咽到肚子里？"

"大壮不让她玩耳环，跟她抢，她把耳环塞进嘴里，摔了一跤，咽下去了。"

司梦眼泪涌出来，问："你怎么不好好看着她？"

"我没看见她翻首饰盒。"

"你除了手机，什么都看不见。"司梦叹了一口气说，"唉，这时候说这个有什么用？"

杜世均内疚地垂下了眼睛。

主治医生走出来说："小丫头不光吞了耳环，还吞了一个珍珠吊坠。放心，都取出来了，这两天吃流食，注意观察她，有什么变化立即联系我。"

杜世均和司梦连声感谢:"谢谢大夫!谢谢大夫!"

司梦抱着圆圆进家,眼前的情景让她吃了一惊。餐桌上洒着果汁,地上到处乱扔着东西。司梦要放下圆圆收拾房间,圆圆经历了一场磨难,紧紧搂着妈妈的脖子,不肯撒手。杜世均笨手笨脚地洗碟子刷碗,大壮给他打下手。一个碟子从杜世均的手里滑落摔碎了。圆圆不睡觉,拽着司梦的胳膊不撒手。

司梦说:"妈妈接着给你讲小白猫的故事好吗?"

圆圆点点头。

"小女孩说,小白猫没有妈妈了,还差点被雨浇死,妈妈,咱们把它留下来吧,把它送回去,它会死的。妈妈沉默了片刻,伸手摸了一下小白猫的脑袋,小白猫立刻呼噜着用脑袋拱了拱她的手。妈妈咧嘴笑了,小东西还会溜须。大女儿说,留下吧。妈妈问,谁喂它?大女儿说,我们喂。妈妈问,谁给它收拾屎尿?小女儿说,我们给收拾。妈妈说,我怕毛。姐妹俩软磨硬泡,小白猫在大女儿的怀里,眼睛紧紧地盯着妈妈的脸。小女儿说:妈妈,如果我在大雨里迷路了,被别的小朋友领回家,那个小朋友的妈妈,让她的孩子把我送回到迷路的地方去,你会怎么想?妈妈沉默了片刻说,那我们把它留下吧。"

圆圆睡着了。司梦蹑手蹑脚地出去。洗衣机在轰隆隆地转着,司梦站在洗脸池前,用手搓洗孩子们换下来的内衣。杜世均转来转去地找活干,无奈他眼里看不到活。杜世均走到卫生间门口看司梦洗衣服。司梦感觉到了,不回头看他。

杜世均叫了一声:"哎。"司梦垂着眼皮问:"我没名字吗?"杜世均说:"你不也这么叫我吗?"司梦叹了口气:"日子混得不仅丢了魂,连名字都丢了。"

"我都不明白发生了什么事,你就一颗手雷扔过来,把我炸得血肉横飞。就算死也该让我死个明白,我到底做了什么,让你这样收拾我?"

"我的话你历来左耳朵进右耳朵出,能说的,该说的,我已经说尽了,懒得再为你费唾沫。脚上的泡是自己走的,你做了什么伤害我和这个家庭的事，还用得着我提醒吗？"

杜世均说："你还是给我提个醒，我真不知道哪里惹着你了。就算我罪大恶极，判决理由总得张榜公示吧？"

司梦转身盯着他，目光灼热凶狠。杜世均吓了一跳问："你的眼神怎么这么毒？"司梦咬着牙低声说："她跟我说过的那些话，我不想再从我的嘴里说出去。"

杜世均问："谁跟你说的话？"

司梦掏出来手机打开相片簿，杜世均和魏蓝的暧昧照片出现手机里。杜世均大吃一惊："哪儿来的？"

司梦不再理他，把洗好的衣服晾在晾衣架上。杜世均蒙了，追在她的身后解释："这半张脸是谁？什么时候拍了这样的照片？P的吧？怎么竟然还敢发你。"

司梦不说话。

"谁呀？到底是谁呀？"

"我跟这个叫魏蓝的女人聊过了。"

杜世均吃了一惊："我跟她什么都没有发生过。"

"那照片是哪儿来的？"

"我不知道。"杜世均气急败坏。

"她怎么有我的手机号码？"司梦步步紧逼。

"我对天发誓，我没给过她你的电话号码，更没跟她做那样的事。"

司梦拉了一把椅子在餐桌旁坐下："平时我说三句，你都懒得回一声，今天太反常了，看来烂疮不恶变，你不愿意开刀把脓挤出来。既然你这么想说，那咱们就坐下来慢慢说。"

杜世均在她对面坐下，环境静下来，杜世均突然张不开嘴了。司梦拿出来一瓶红酒和两个杯子，逐一倒满，把一杯酒推到杜世均面前。她端起杯子一饮而尽，抬起头盯着杜世均。杜世均也端起酒杯一饮而尽。

司梦说："倒满了，今天晚上肯定会很难熬。""那天我喝断片了，住在公司租的客房里，不记得有这么一回事。"杜世均语气缓和下来。

"你记得不记得不要紧，我这人眼里不揉沙子，这道坎咱俩无论如何是迈过不去了。"

"你是不记仇的人。"

司梦两眼扫向他说："我又不是你养的狗。"杜世均绝望地双手一摊："你宁肯相信她，也不相信我？"司梦灰心地说："我就是太相信你了，才混成这个下场。"

司梦不想跟他说了，起身离开。杜世均起身跟着她。司梦蹲在地上擦地，杜世均觉得不该这么跟着，于是也弄了块抹布蹲在地上擦。擦几下他就蹲不住了，起身坐在沙发上。

杜世均叹了一口气沮丧地说："真不知道咱俩为什么要把日子过成这样。"司梦说："问你自己。"杜世均说："一个巴掌拍不响，咱俩都有责任。"

司梦火了："你跟她上床，凭什么我承担责任？"

"司梦，真没想到你会这样对我。"

"这话应该我说，结婚九年，我放弃了一切，围着你和这个家转，转来转去没想到一下子被甩出了圈外。"

"你搭进去九年，难道我没有搭进去吗？"

"杜世均，你太没良心了！"

杜世均手一挥说："我不跟你吵。"

"想跟我吵，我也不给你这个机会，因为你没资格了。"

"谢谢你放过了我。"

司梦把手里的抹布摔在地上，直起腰看着他说："夫妻为感情问题争吵主要分两种，一种是争论对方爱不爱自己了，另一种是争论对方爱不爱别人。你已经给我答案，一、你不爱我了；二、你爱上了别人。"

"我就没爱过别人。"

"在你眼里我也是别人。"

"你到底要我怎么着？"

"我能主宰得了你？笑话！"

司梦进了卧室不再理他。杜世均站在阳台上往下看。小区里有人戴着耳机夜跑。杜世均饿了，从冰箱里拿出来鸡爪子，边啃边喝啤酒。杜世均拿了条毯子躺在沙发上睡觉，怎么躺都不舒服，起身回到卧室。昏暗的地灯照在床上，司梦侧身熟睡，乌黑的头发瀑布一样，堆在枕头旁边。薄软的被子勾勒出她身材的曲线。杜世均上床，拉开一条毛毯盖在身上。他睡不着，索性翻过身去，眼睛死死地盯着司梦的后脑勺。司梦没有睡着，她瞪着眼睛，竖着耳朵，细细地捕捉着来自杜世均的每一个动静。杜世均把手悄悄地伸进司梦的被子里面，伸到半截，又退回来。司梦蓦地坐起来，她动静很大地把衬衣脱掉，身上只剩下一件紧身的背心，月光把她丰盈的身体映在对面的墙上。被司梦身影笼罩着的杜世均一动不动。司梦双手抱膝坐在黑暗中。杜世均翻身坐起，点亮了台灯。夫妻俩在黑暗中静默着。

司梦低声说："曾经荡气回肠的爱情，已经被你亲手挖坑埋掉了。"

"你不要说过头话。"

"过头话？什么是过头话？逃过了七年之痒，我以为可以抬头松一口气了，没想到九年之劫在这儿等着我呢。"

"芝麻大的事，被你用话滚几下，就能成了雪球。"

"在你眼里是芝麻，在我心里是悬崖。睡不着觉我问自己，这几年我是怎么过的？过得开心吗？"她动作缓慢地摇摇头，"开心这东西，真的被人为地高估了。"

杜世均叹了一口气："你们女人总是爱把问题放大。"司梦说："一比一的比例，不差分毫。当妈式择偶、保姆式妻子、丧偶式育儿、守寡式婚姻。我有幸包揽了前三种。"杜世均问："后悔了？"司梦说："后悔！"

"永远不要后悔，除非你有时间机器。"

"不要为你的不敢担当找借口。你连棵救命稻草都舍不得当，还跟我谈什么男人的担当？"

杜世均问："还要我怎么担当，啊？你们女人跟男人在一起，不过是为了要更多的爱和更多的权利。"

司梦说："那是因为你们男人没有给我们女人足够的安全感。"

"在家里你说了算，银行卡也攥在你手里，你有什么不安全的？"

"一张银行卡就可以解决所有问题吗？有了这张卡，你就可以'嫌'妻'凉'母，自己在外面找乐子？每天，你总有下班后不回家的理由，你根本不愿意把时间和精力放在我和孩子们的身上。"

"你这么说就是不讲理了。"

司梦冷笑："你一只脚已经踩进粪坑里，另一只脚赶紧的吧。装什么卫生委员？你这种人，宁愿做错了不后悔，也不会因为没做错过了机会而后悔。"

"真没想到咱俩能把关系处成这样。"杜世均哀叹。

"你指望处成什么样？咱俩是把初恋和婚姻，放在一口锅里煮的关系。所以你才不甘心，才会到外面偷嘴吃。"

"你说话别这么难听好不好？"

司梦说："你的眼里没有我，所以给我的承诺从来不兑现，跟我沟通时遇到问题，从不正面对待，也从未想过解决。你红杏出墙，受辱的反倒是我。跟你在一起过日子，再乐观豁达的人，也会变成怨妇。"

圆圆被梦惊醒，坐起来叫妈妈。司梦推门进来，把女儿放倒，安抚她睡觉。圆圆睡踏实了，司梦回到卧室。夫妻俩坐在床上。

杜世均打破沉默："我到底做了什么？叫你这样咬牙切齿？"

"好好照照镜子，揣摩一下自己的态度。"

"你说说，我对你是什么态度？"

"那次看电视的时候，我搂了你一下，你立刻找茬躲开了，还说天太热了，搂在一起跟上酷刑一样。当初咱们结婚的时候就是八月，咱俩没有一天不搂在一起，走到街上拉着手挽着胳膊，怎么突然就怕热了呢？厌倦才是八月的流火，从里往外地烤着你。你需要远远地躲开去纳凉。"

杜世均一脸无辜："我不记得有这事。"

司梦说："咱俩现在是，我睡觉的时候你看电视，我做好了饭，你在电脑前面盯着屏幕不肯离开。饭我一个人吃，觉我一个人睡，我为你做什么，你都看不见。我这人贱就贱在，偏偏是为了一句好听的，忍饥挨饿都行。婚姻中的男人个个患有失语症。我的优点，你已经看不见，一切都是过去时了。我发牢骚，你比我的火气还大。"

杜世均很是吃惊："有那么严重吗？没那么严重！都是些小事！"

"在女人眼里没有小事，每一件都跟爱情有关。你对我小冷之后是大冷，大冷之后，还有更冷，更冷之后，还有特别冷，特别冷之后，还有贫瘠冷。"

杜世均说："充分发挥你的想象力，尽可能地夸张吧。"司梦失望地说："嫁的人是谁，很重要，因为他决定着你一辈子的生活状态。"杜世均说："娶的人是谁，更重要，她很有可能决定着你一生的层次和高度。"

司梦说："不要将就地嫁。"杜世均针锋相对："也别违心地娶。"司梦冷冷地说："所以说，咱俩都找错了人。"杜世均对此并不认可："当初你我可不是这么想的。"

司梦轻叹："时过境迁，走到这一步，完全是不珍惜造成的。曾经有的弄丢了，上百度也找不回来，离开了互联网也联系不上。"

"这话对你也适用。"

"我已经把自己牺牲得趴在地上了，还要我怎么珍惜你？我也是受过高等教育的人，不是给你生孩子做饭的工具。"

"我也不是给你赚钱的机器。"

司梦冷笑："我给你当老婆，总觉得辈分搞错了，你要我像妈一样宠着你，你却没有儿子一样的顺从；你要我像爹一样供着，却没有爹的担当。"

"看看你现在变得有多么恶毒。"杜世均说。

"时间就是这么无情，你抢在我之前变了。"

杜世均哀叹："男人和女人相爱一辈子，比怀孕生孩子难多了。"

司梦说："没怀孕生过孩子，你没有发言权。男人是有缺陷的，女人是有局限的。真相不是我们彼此撒的谎，而是我们的自欺欺人。"

杜世均息事宁人地放缓了语气："线头越揪越多，太晚了，咱们睡觉吧。"

司梦用眼角斜着他："睡觉？我早没那激情了。"

"好歹它来过了。"杜世均自我解嘲。

房间里安静下来，窗外偶尔有车辆开过去。

司梦突然问："你跟我亲热的时候，是不是会想起来她？"

杜世均破罐子破摔："从现在开始我不想她都难了。"

司梦崩溃了，她厉声吼道："从这个家里滚出去，永远不要回来！"

说完她两手抱膝无声地哭起来。杜世均努力克制着自己的愤怒，起身出去了。司梦迷迷糊糊地睡着了。一觉醒过来已经是早上七点。她慌忙爬起来做饭。沙发上没有杜世均睡过的痕迹，司梦的心沉了下去，看样子他昨天晚上就走了，这是他第一次离家出走。

司梦有些不忍，给杜世均打电话，他的电话占线。司梦给魏蓝打电话，她的电话也占线。司梦料定他们俩在互相通话，达成共识，形成统一战线。

她问自己，司梦啊司梦，你怎么能混得这么惨？

拾贰

送完孩子回家，司梦开车从咖啡馆门口驶过，看见杜世均的车停在门口，她心里一动，停车进咖啡馆。不出所料，她看见坐在角落里的杜世均和魏蓝。司梦走过来，拉了一把椅子坐在他们旁边。杜世均和魏蓝不由得同时一愣。

司梦不看杜世均，目光直视魏蓝说："你先是拿跟他上床的照片向我示警，接下来就该上演怀孕的戏码了吧？我接受你的挑战，真有那么一天，请你做 DNA 鉴定，如果孩子是他的，我立即带我的儿女离开那个家，留你俩一起过日子。"

说完司梦站起身走了，杜世均看着她的背影没有说话。魏蓝问杜世均："你老婆真有这么强大？装的吧？"杜世均怒吼："伤我可以，若伤她，我叫你生不如死！"魏蓝一脸无辜："我又没爱上你，你跟我喊什么？"杜世均被她堵得涨红了脸："你这么做，到底要干什么？"魏蓝不急不躁："让你不冷不热的生活重新焕发出光亮啊。"

杜世均被她的话弄得张口结舌。

"你老婆看照片的时候特别冷静，好像你不是她的老公，是她下属的一个职员。"

杜世均斜了她一眼，魏蓝学司梦的口气："你们的事，你俩商量着解决，不用找我。"

杜世均心痛如同刀割，好一会儿才说："这是她说话的口气。你为什么这样对我？就因为我没留你在事务所？"

魏蓝语气软绵字字恶毒："都说越是看上去正经的人，越容易陷入泥坑。我看你装好丈夫装得太辛苦，帮你卸卸重任。现在看来，你的好是水中月镜中花，不堪一击。既然你掐我的事业，那我就扰你的家庭。你我一拍两散，就此老死不相往来。"

杜世均问："那张床照是你P的？"魏蓝断然道："当然不是。"杜世均紧张起来，追问："你告诉我，我喝醉了酒到底做过什么？"魏蓝高深莫测地说："你自己心里清楚。"

杜世均的心里彻底没底了，他脸色煞白站起身走了。司梦坐在路边的石阶上，她浑身瘫软，连站起来走路的力气几乎都没有了。杜世均从咖啡馆里出来，他没有看到司梦，开车走了。魏蓝从咖啡馆里出来，她站在路边打车。司梦起身走过去。

司梦说："我想再跟你谈谈。"魏蓝一反在杜世均跟前的柔软样，冷冷地问："谈什么？"司梦说："一个女人，至少有一次，为了爱情出生入死。你觉得你跟他是爱情吗？"魏蓝冷静地说："别装模作样地跟我谈爱情，我就见不得他这种男人，想撩拨人又弄出一副假正经的德行。也见不得你这种女人，即使丈夫出轨，你还像妈一样跟在后面给他擦屁股。不就是没经济来源，得靠他吃饭吗？"

司梦气得嘴唇颤抖，半天没说出话来。

"你这副表情，还真叫我觉得有点意外。"

司梦问："你的意思，我不怕死就必须去死吗？我的命运凭什么要你来主宰？"

"哎，这个反应才是女人正常的反应。"

司梦说："以恶套利，透支人格。但是我也不得不承认，作恶也是个技术活。在这点上你是高手。"

出租车在魏蓝身边停下，魏蓝上了车。司机问她："去哪儿？"魏蓝憋了一肚子的气，她扯开嗓门吼道："南极！"司机调侃道："那你应该到马路对面打车去。"

司梦买了一大盒冰激凌坐在路边，她边吃边掉眼泪。这时，尤姗姗的车停在路边，她从车上下来，在她身边坐下。

司梦说："那女人周身上下，闪耀着青春的光芒，像一列火车朝我压过来，简直是一场绝杀。"

"心火蹿得把头发都燎了，得用这么大一盒冰激凌才能浇灭？"尤姗姗从司梦手里抢过来冰激凌盒子，自己吃起来。

"这种女人，无知、无畏、无耻，跟她生气，你是自寻烦恼。"

"摊上这种事情，我能怎么办？"司梦问。

尤姗姗说："烹炒煎炸，就是不能凉拌！我在江湖上混得久，这种鸡婆事，你得听我的。"

尤姗姗和司梦找到那家宾馆，尤姗姗跟保卫科的人说："我们想看一下，本月15日那天晚上，五楼的监控录像。"保卫科的人说，内部资料，外人不能查看。尤姗姗告诉他，5012房间是公司的长包房，里面丢了名贵的手表。

她说："我们不声张，就是给宾馆留着面子，看了录像知道那天谁去了5012房间，谁就是最大的嫌疑，我们私下就把这件事情解决了。"

保卫科的人思忖着没作声。尤姗姗从挎包里掏出来一盒茶叶放在他面前。保卫科的人调出来那天的视频录像，让她们自己慢慢看，他出去泡茶喝去了。

尤姗姗和司梦坐在监视器前看录像。晚上十点四十分，杜世均被魏蓝和另外一个男职员搀扶着走过来，进了房间。魏蓝和男职员出来把门关上离开。走廊上寂静无声，空无一人。司梦按快进，二十分钟以后，魏蓝出现了，她走到杜世均的房间门口，耳朵贴在门上仔细听里面的动静。她蹑手蹑脚地用门卡开门进去。司梦简直不敢相信自己的眼睛，她把视频倒回来，用手机拍摄下来。

尤姗姗得意："妖精被打回原形了，我们单位的长租房，如果对外办公，肯定有摄像头。你问问杜世均这个包房里有没有？"

"我才懒得问他，我可以问他的合作伙伴。"

合作伙伴积极配合，打开5012房间的门，把监控录像给她们打开就出去了。两个女人看到魏蓝开门进来，蹑手蹑脚地走到床边。杜世均衣领敞开，露着半个胸脯，睡得浑身瘫软。魏蓝站在床边看着他。床头柜上的手机进来信息亮了一下，魏蓝悄悄拿起来，输入四个9开锁。魏蓝翻开照片簿，找她和杜世均的合影，如她所料，果然被删除了。魏蓝嘴角露出一丝浅笑。她翻通话记录，记下了司梦的号码。

杜世均心情无比沮丧地回到公司，他坐在办公桌前什么都干不下去，见司梦打来电话，急忙接起。

　　司梦要他晚上早点回家，有话跟他说。不待杜世均答应，她就挂了电话。

　　杜世均在人行道上低着脑袋慢步走着。他觉得司梦要说的话，他已经没胆量听了。他对自己说："抬头低头都是一刀，由着她砍吧！"

　　杜世均进门换拖鞋，司梦坐在沙发上看着他。

　　"孩子睡了？"杜世均问。

　　"你看看几点了？"

　　"有客户约我聊合作，脱不开身。"

　　司梦拍拍身边的沙发说："你坐下。"

　　杜世均在她身边坐下。司梦调出来手机里的视频给他看。视频中，男青年和魏蓝扶着杜世均进来，男青年帮杜世均脱鞋，脱上衣，安排他躺下，盖好被子。男青年和魏蓝出去。第二段视频，魏蓝开门进来，蹑手蹑脚地走到熟睡的杜世均跟前，她俯身观看。随后坐在床边，敞开半边衣领，露出赤裸的肩臂，自拍了一张照片。随后起身出去。

　　杜世均长出了一口气。司梦说："凭这个，我们可以告她诽谤罪。"杜世均感激地看着她。司梦问："我想知道她为什么要这样做？"杜世均说："实习完了，她想留在事务所，业务不行，我没同意，她就整了这一套。现在的女孩子宫斗戏看多了。"

　　"有戏码才斗得起来呀，只想着甜品解腻，入口即化，当时你美坏了吧？"

　　"我都被她整成这个孙子样了，你就别冷嘲热讽了。"

　　"你想让我怎么着？给你手动点赞？"

　　杜世均苦着一张脸没有说话。

　　司梦说："这几天我失眠，趁着夜深人静，好好地把咱俩之间的问题捋了一下。魏蓝只是一个导火索，没有她，咱俩之间的矛盾也会爆发。"

　　杜世均低着头不说话。

"我希望咱俩分开一段时间，冷静一下，都好好想一想以后该怎么办。"

杜世均沉默了好一会儿，抬起头说："好。我走，你留下，这个家一离开你，阳气立刻散了，灾祸横生。"

鲍雪要去珠海拍戏，临行前跑到姥姥家蹭吃蹭喝。戴小雨进来，她往厨房里探头抽了一下鼻子："奶奶，什么呀？这么腥。"白静慧说："你跟小雪都爱吃的糖醋鱼啊。"戴小雨皱眉说："料酒放少了吧？奶奶，这味道不是您的水平。"

戴小雨说完，转身躲了。鲍雪立刻跟在她身后进了客厅，戴小雨躺在沙发上，鲍雪一屁股坐在她的身边，说："我闻着直流口水，你闻着却腥。姐，你得鼻窦炎了吧？"

戴小雨蹙眉："这几天消化不好胃疼。"鲍雪起身去给她找来了胃药，倒了一杯热水给她。戴小雨问鲍雪什么时候走，鲍雪说明天，合同签了三十天。

白静慧端菜进来，摆碗布碟说："吃饭了。"戴小雨看了一眼餐桌，说："奶奶，我想喝小米粥。"白静慧惊讶地问："这唱的是哪一出？"鲍雪说："我姐胃不舒服。"

白静慧二话不说，立刻起身奔厨房给她煮粥去了。

戴小雨说："谢谢奶奶。"

白静慧听得真切，笑意漾在脸上，她在心里夸赞道，我孙女有进步，知道感谢人了。

胃药吃了，胃痛没有好转，戴小雨去了医院。医生问她经期情况。戴小雨心头一惊，意识到，例假有日子没来报到了。回到租住的公寓，她坐在马桶上看试纸，试纸上出现两道杠。戴小雨惊得几乎要昏过去。

彭湃回来看了试孕棒，脸色非常严肃，他态度坚决地说："我已经四十二岁，没有精力再从小往大养一个孩子。我的女儿也不会接受，再有一个小弟弟或者小妹妹。这会让家庭关系变得相当复杂，所以这个孩子不能要。我马上联系医院，联系好医院，咱们就去把这个孩子做掉。"

他一切围绕个人利益的态度，彻底激怒了戴小雨，她说："你考虑的是你和你的女儿，你考虑过我吗？我马上三十岁了，到了该做母亲的年龄，这个孩子既然奔我来了，我就要把他生下来。"

"你别感情用事。"

"感情用事，证明我还有感情，不像你冷酷无情。"

"你这人总是走极端，孩子我们可以以后考虑。"彭湃努力化解矛盾。

戴小雨说："你会越活越年轻吗？四十二都没有精力养，五十二就精力充沛了吗？"

"咱们坐在这不就是要解决问题吗？小雨，你能不能冷静一点儿？你这么冲动没法往下谈。"

戴小雨深吸一口气："你说。"

彭湃放缓了口气："彭蔓出生百天，就被送到了奶奶家，我跟她妈出国打拼挣下了一份家业。彭蔓七岁被接到国外，她跟我俩谁都不亲，要求转回国内读书。回国后住校，周六周日回爷爷奶奶家。现在正处青春期，谁都管不了她。跟你说实话，我回国做生意，跟她也有很大的关系。她跟她妈的关系闹得很僵，见面就掐。"

戴小雨问："这跟我有什么关系？"

"我不想把这样的日子重新来一遍。"

"彭蔓不是我的孩子，我的孩子不会那样。"

彭湃想发作，他忍住了，去卫生间拧开水龙头，把脑袋塞到下面，用凉水猛浇一气。他抬起脑袋盯着镜子里面的自己，用手使劲抹了一把脸上的水珠，开门出去。

彭湃走到沙发旁边重新坐下说："我不是坏人。"

戴小雨用鼻子哼了一声："你比坏人还坏，你是罪人。"

"你愿意怎么说就怎么说吧。在你眼里我是罪人，我前妻眼里我是罪人，在我女儿的眼里我也是罪人。如果你生下这个孩子，在他眼里我也成不了什么好人。"

戴小雨看着他一言不发。

"钱，我挣了给你们花，能出力的时候，我肯定是竭尽所能。就这样我还是混出了一身的罪孽，真不知道我罪从何来？为了平衡前妻、女儿和你之间的关系，我如履薄冰，唯恐一个不小心，你们把我的天灵盖掀开。"

戴小雨说："这种生活是你自己选的。"

"怎么是我自己选的？离婚是老婆提出来的，那时候我根本就不认识你，是她有了外遇。"

"你也能说句实话。"

戴小雨嘴角露出轻蔑的笑容，她左手拿着签字笔，在自己右手食指中指无名指的背面，一根手指一个字，歪歪扭扭地写上了戴小雨三个字的拼音缩写：DXY。

彭湃说："我拖了四年，给她回心转意的机会，那男人最后没娶她，我怎么成了罪人了？"戴小雨气哼哼说："你是觉得自己有罪，才在遗嘱里把 10% 的财产留给她。"彭湃无奈地说："你这么说就是不讲理了。"

"跟你在一起我有道理可讲吗？"

"我给你精神补偿了。"

"你撕开的伤口，要是用钱能粘补得连疤痕都不留，那钱真的是万能的。对不起，你给那儿点钱，离万能还远着呢。"

彭湃问："你想要多少？"戴小雨的心凉了，面色惨白看着彭湃一声不响。彭湃继续说："你只要去做手术，我什么补偿都愿意给你。"

戴小雨站起身走到他跟前，眼睛里满是悲伤地盯着他不说话。彭湃掏出来一张卡说："这上面有四十万块钱……"

戴小雨把右手攥成拳头，照着彭湃的脸狠狠地给了一拳。彭湃脑袋一闪，脸狠狠地撞在旁边的玻璃橱上，鼻血立刻蹿了出来。他的脸颊上清清楚楚地印上了墨迹未干的三个字母：DXY。戴小雨冲进卧室"咣当"一声关上门锁死。

彭湃鼻孔堵着卫生纸，站在门口敲门："小雨，你把门开开。"戴小雨背靠着门吼道："滚！立刻滚出我的视线！"彭湃沉默片刻说："我去住宾馆，你好好冷静冷静。"

彭湃果真几日没露面，戴小雨躺在沙发上，连北辙南辕都懒得去了。这天，有人按门铃。戴小雨起身去开门，门口站着一个十四五岁的少女。她问女孩找谁，女孩冷冷地说，找戴小雨。戴小雨问，她是谁。女孩大大咧咧说，她是彭湃的女儿彭蔓。说完，她大踏步地走进了房间。

彭蔓环顾四周，一屁股坐在沙发上。戴小雨两手抱着胳膊肘，靠在对面的书橱旁边警惕地看着她。彭蔓挑衅说，以为戴小雨是来自外太空的女超人，看上去不过如此。戴小雨可不是好惹的，她说："这是我的家，你不请自来属于没有教养。"彭蔓放肆地回道："这房子是我爸花钱租的，我自然想来就能来。"

"如果你是来收房子的居住权，我立刻就搬走。"

彭蔓用鼻子哼了一声："这破房子，比起我爸给我和我妈买的房子，差得远了。你跟他混这么多年，混成这副德行也够惨的。他愿意给你租，赏他个脸，你就这里窝着吧。"

戴小雨心里的火蹿上来，她倒了杯凉开水一口气喝干了。彭蔓一脸嘲讽："德行不咋地，还知道上火？"戴小雨说："我承认我德不够好，可我德行再不好，也知道以德报德，也知道尊老爱幼。过去我不理解你妈，现在终于理解了，她为什么会一出满月就把你扔下，自己甩手走了。因为你一出世，她就看出来你不是东西，看出来你恶毒，知道把你养大了，没准会被你的毒牙咬上一口。"

彭蔓伸手要打她，戴小雨抄起墙上挂着的佩剑说："你敢伸手，我立刻让你五指变成四指。"彭蔓说："你敢！"戴小雨怒目圆睁："不信，你试试？"

彭蔓哭起来。"说到痛处了？这种痛我品尝过，我小时候也是被我爸妈送来送去的。"戴小雨说着，打开冰箱，拿出来一盒冰激凌坐在沙发上吃起来。彭蔓不哭了，起身拉开冰箱门，也拿出来一盒冰激凌，坐在椅子上吃起来。房间里静下来。

戴小雨说："这是我的家，想吃什么，可以开冰箱随便拿。但是你没有权利在我的家里撒泼耍浑。实在要耍，回你自己家里跟你亲爹亲妈耍去，我不受这个。"

"我爸是不会娶你的，他早晚会跟我妈复婚。"彭蔓边吃冰激凌边说。戴小雨冷嘲说："你爸娶不娶我，我嫁不嫁他，你说了真不算，你要是说话那么算数，当初，你爸你妈也就不离婚了。"

彭蔓吃不下去了，她把冰激凌盒扔在茶几上。

戴小雨说："他们的事与我无关。如果你以后再为你父母的狗屁事，到我这里来闹，那是自取其辱，我可一点面子都不会给你留了。"

"你想怎么样？"彭蔓问。

戴小雨说："那得先看你会怎么样。"

彭蔓捡起冰激凌继续吃起来。

戴小雨两手重叠放在自己的腹部，她语气和缓地说："如果两个月以前，你给我来这一套，我早出手教育你了。现在我也要当妈了，有了包容心，看得比以前远也比以前开。"

彭蔓脸色惨白地问："你怀了孩子？"

"是啊，怎么了？"

"你怀了我爸的孩子？"

"我怀的是我的孩子。"

彭蔓崩溃了，哭号着摔门而去。

戴小雨手里端着那盒冰激凌，怔怔地坐在沙发上愣了许久。手机铃响，是彭湃打来的电话。戴小雨不接，电话铃声持续地响着。

戴小雨开门出来，彭湃从出租车上下来，看到戴小雨，立刻跑过来。戴小雨躲他，戴小雨越走越快，她在车流中飞快地走着，四周汽车喇叭鸣笛声此起彼伏。

戴小雨跑到白静慧家，看到奶奶正在教吕正做宫保鸡丁，她胃里翻滚想吐，说："奶奶，我进去躺一会儿。"

白静慧跟着人进卧室，看着她躺在床上，关切地问："脸色这么难看，还是不舒服？"戴小雨点点头。白静慧伸手摸摸她的额头说："奶奶给你煮点粥？"戴小雨说，不想喝粥，想喝酸辣汤。

白静慧答应着出去。戴小雨想了一下拿出电话，拨通鲍雪的电话，把自己怀孕的事情告诉了她："彭湃不想要这个孩子，我跟他彻底闹翻了。"

鲍雪正在珠海的外景地候场，她努力克制着自己，不让自己发火，问道："你想怎么办？"戴小雨说："那个家我是不能回了，彭湃会围追堵截，他女儿已经找上门跟我吵过一架了。奶奶这里我也不能久待，她要是看出来我怀孕了，非彻底跟我翻脸不可。再说，吕大夫几乎长在这里，我住着也不方便。我想搬到你那里去住行吗？"鲍雪问："你住我那里，谁照顾你？"戴小雨说："我自己能行。"

鲍雪叹了一口气："姐，我真懒得搭理你。"戴小雨可怜巴巴地说："我知道你生我的气，但是，你要是也不理我，这个世界上，我真的没谁可投靠了。"鲍雪说："从小到大，我跟你生气从来没超过24小时，怎么可能不理你？再说了，你愿意把自己弄成千疮百孔的渔网，撒下海去捕鱼，碰到一两条不怕死的鱼，那是你的乐趣，你的人生态度，我无权干涉。"

戴小雨心里一阵难受，带出了哭腔说，她这一辈子，活着太没意思了。鲍雪说，她的生活离一辈子还远着呢，她真的要把这个孩子生下来吗？戴小雨斩钉截铁地告诉鲍雪，孩子找她做妈妈，她怎么能不要他？鲍雪打气说，那就生下来吧，她俩一起抚养。

戴小雨的眼泪顿时雨点般地落下来，她哭出了声。

"姐，你别哭啊。"

戴小雨抽抽搭搭："眼泪有毒，憋着对胎儿不好。"

"哭吧，哭吧。"鲍雪想了一下说，"姐，你立刻动身到珠海来，我是单间，你就在我这里住着，看看海，散散心，我还有四十场戏，拍完咱俩一起回北京。"

戴小雨有点犹豫，问："这样行吗？"鲍雪说："有什么不行的？别的演员都带着助理，我光杆司令一个人来的，你就假装是我的助理，让我来照顾你。"

戴小雨的心情瞬间好起来，起身来到客厅餐桌旁，大口大口地喝着酸辣汤，喝出了一头的汗。

白静慧问："有那么好喝吗？"戴小雨说："爽到家了。"白静慧说："锅里还有，我再给你盛一碗去。"吕正忙说："我去，我去。"他起身去厨房了。

白静慧说:"我还是你姑怀小雪的时候学着做的,忘差不多了。"戴小雨的心"咯噔"一下,她垂着眼皮喝汤。白静慧感叹说:"你要是早点结婚,现在也当妈了,我也见着第四辈人了。"

戴小雨说:"我生孩子的时候一定赖在您这里,想吃什么跟您要什么吃,您不能不管我。""可怜自己爹妈,折磨我?"白静慧笑。戴小雨撒娇:"我是他们生的,他们都不待见我,怎么可能喜欢我生下来的孩子?我不管,我就赖上您了。"

白静慧开心地笑。吕正把玻璃汤锅端上桌,白静慧又给戴小雨盛了一碗,戴小雨闷头喝汤。

戴小雨买了去珠海的飞机票,飞机按时起飞。她坐在座位上,看着舷窗外飘浮的白云,心情很是沉重。机长发出广播说,珠海上空有雷电,飞机转停杭州机场。请大家在机场等候重新起飞的消息。

戴小雨坐在候机室里,心里五味杂陈。多少年没回来了,自己的家就在这座城市里,只要她愿意,抬腿就可以去。问题是她不知道自己愿意,还是不愿意。

戴小雨问工作人员:"飞机几点起飞?"

"现在还没有确切的消息,请耐心等候。"

"我能改签吗?"戴小雨问。

工作人员说:"可以。"

女儿在自己居住的城市降落,戴厚江两口子一点心灵感应都没有。朱敏出去忙自己的事情,戴厚江瘫坐在沙发上看钓鱼频道。老同学打电话来,说,同学聚会改在中午。戴厚江问:"不是晚上吗?"老同学说:"有人晚上看孙子写作业出不来。再说了,晚上大鱼大肉对身体不好。咱们这个年龄,还是要注意养生。"戴厚江说:"那我得赶紧动身了。"

戴小雨在自家小区门口徘徊,便利店老板娘站在门口清点刚进的货,她一眼认出来戴小雨。老板娘跟她打招呼:"好多年没见了,什么时候回来的?"

戴小雨没说话转身走了,老板娘生气地说:"这么多年的书,都读到哪里去了?"

这时，戴厚江匆匆从便利店门口走过，他看都没看站在便利店门口的老板娘。老板娘说："父女俩真是一个模子里套出来的，灶坑打井，屋顶开门，眼里没别人。"

医学院组织退休人员去云南旅游，可以带家属，吕正问白静慧想不想去。不去，白静慧回答得很干脆。吕正有些好奇，问她为啥不想去。白静慧告诉他，她去过好多次云南了。吕正希望白静慧能跟他一起去，这样他们的关系就进一步了。白静慧劝吕正出去散散心，放松一下。送行的饺子迎客的面，她给吕正包顿饺子吃。

白静慧拌馅包饺子，吕正笨拙地擀饺子皮。白静慧说："你给我放那吧，你擀的皮子薄厚不一，下锅煮就得烂。"有人按门铃，白静慧说："快递，你去给我取一下。"

吕正出去了。白静慧伸手够酱油瓶子，地上有水渍，她的脚下一滑，身子朝后倒去。白静慧一只手触地，另一只手护住脑袋，她短促地叫了一声。吕正跑进来，见此情景吓坏了，忙把白静慧扶起来，查看她的手腕。白静慧疼痛难忍，胳膊不让碰。

吕正镇定地说："起码是骨裂，我带你去医院。"

吕正判断得没错，确实是骨裂，医生叮嘱白静慧补钙，少活动。吕正问："要不要叫孩子们回来？"白静慧摇摇头说："小雪在剧组拍戏，她请假会影响整个拍摄计划。小雨刚离开北京，机票挺贵的，因为这点事把她叫回来不合适。再说了她眼里没活儿，给一巴掌，都不带挪一下地方，伺候我还不得把我急死？"

吕正又问："小雪她妈能回来吗？"白静慧还是摇头："我女儿搞的那项专利，正在节骨眼上。我这点事，不值当把她惊动回来。我伤的是左手，不影响生活。"

"那就把你交给我吧，我是大夫，知道怎么伺候骨折病人。"

白静慧客气地说："不用，真的不用。"吕正很是热情："我待着也是待着，我家离这也不远，溜溜达达地就过来了，帮你料理料理家务，弄口吃的，不成问题。"白静慧想了一下说："那听你的，我给你一把钥匙，从现在起，你可以随时出入我家。"吕正开心地笑了。

超市下面有很多饭店和商店的铺面，人来人往很热闹。戴小雨在一家糕饼店门口站住了，她推门进去买了糕饼，拿出来一块，一口咬下去，闭上眼睛细细地嚼着。她在心里说，这是我最喜欢吃的，这么多年，味道一点儿也没变。

红灯亮了，戴小雨站在斑马线处等待过马路。超市的工作人员，把手推车一辆一辆套在一起，手推车形成一个长龙。一辆拉货的面包车停在门口，司机下车卸货，他忘了拉手刹。面包车溜车，顺着下坡越溜越快。司机吓坏了，在后面追。面包车撞向成串的购物车，购物车长龙往前冲去，撞在送外卖小哥的电动车的屁股后面。外卖小哥从电动车上跌落，电动车继续往前冲。路人一片惊叫声，电动车带着很强的惯力撞向马路，戴小雨被电动车撞翻，一头栽在地上，电动车砸在她的身上。

鲍雪给戴小雨打电话，电话一接通，鲍雪连珠炮似的发问："你坐的飞机有谱没谱，到底几点起飞呀？"

"手机机主被车撞了，正在抢救室里抢救。"

"你是谁？"鲍雪警惕地问。

"我是抢救室的护士，你若认识她的家人，请赶紧跟她的家人联系，医生已经下了病危通知书。"

戴厚江真没有第六感应，这个节骨眼上，他还在包厢里跟十几个老同学喝酒闲扯。一个女同学说："当年戴厚江是班上数一数二的大帅哥，以为他会追求咱们班的班花。没想到，他追求的是别的班的朱敏。哎，你喜欢她什么？"男同学替戴厚江回答："浪漫，温柔，说起话来甜糯糯的。"戴厚江说："那是三十多年前，现在你让她写'浪漫'两个字，她会啐你一脸唾沫。"

同学说："我不信。"戴厚江说："咱俩打一个赌。"男同学问："赌什么？"戴厚江说："我马上给她发个微信，说一句我俩搞对象时常说的话。如果她能像三十年前那样温柔地回应我，咱们也别 AA 制，这桌子酒席的钱我一个人包了。如果她没有温柔地回应，这桌酒席的钱你付。"男同学说："一言为定。"

老同学们全来了兴致，围过来看戴厚江发微信。戴厚江在手机上写："朱敏，我爱你！"朱敏很快回复了，她回答了七个字："滚一边去，老东西。"

全席爆笑。戴厚江的手机响了，他接电话，是鲍雪打来的。他惊讶地问："哎哟，你怎么想起来我这个舅舅了？"鲍雪说："我姐在杭州。"戴厚江心头一动，脸立刻板起来，他压低声音问："她还有脸回家啊？"

"我姐出了车祸，大出血很危险，已经下了病危，现在正在医学院附属医院抢救，您跟舅妈快去吧！"

戴厚江站起来，撒腿往门外跑。同学们追出去喊他："老戴！老戴！"

戴厚江发疯一样地跑远了。

戴厚江和老婆朱敏着急忙慌地赶到医院，六神无主地守在手术室外面。朱敏脸色惨白哆嗦成一团，戴厚江伸手搂住她的肩膀。医生从里面出来对他俩说："患者怀孕两个月，外伤造成子宫破裂，大量失血，人已经休克了，这种情况只能全子宫切除。"

朱敏满脸泪痕，她说："无论如何不能切子宫，切了，我女儿就废了，她才二十九岁。"

手术在紧张地进行中，主刀医生叮嘱助手："尽量小切口，不能搞得太难看了。我再强调一遍，今天无论做什么都不能给她切子宫。"

助手说："血止不住了。"

医生说："立刻输血。"

主刀医生从手术室里出来，他衣襟上溅满了血。

医生说："输了血，用了止血药，血色素才6，病人血压不稳，瞬间出血1000毫升，2000毫升的血已经用没了。"

戴厚江号啕出声，他用拳头砸自己的脑袋。朱敏双膝一弯要给主刀医生跪下，被医生及时扶住了。

"你别这样。"

朱敏泣不成声："求你了，医生我求你了。"

拾叁

戴小雨终于醒了，她睁开眼睛。主刀医生俯身轻声对她说："保子宫很困难，你会有生命危险。"戴小雨艰难地说："如果保不住，就让我跟它一起去吧。"

主刀医生深吸一口气，命令手术室里的人："输血速度全部打到最大，再叫一个麻醉师来，用止血带把子宫捆着。"

手术室外戴厚江看了一眼表，戴小雨已经进去六个小时了。

朱敏觉得她在手术室门口已经站了一辈子。手术室的门开了。护士推着戴小雨出来，她两眼紧闭脸庞蜡黄，没有一丝血色。戴厚江和朱敏扑上前去喊："小雨！小雨！"

"病人麻药劲还没过去，她要在重症监护室里观察几天。"护士推着戴小雨走了。主刀医生和助手出来，他一脸疲惫。

医生说："手术过程中，只要止血带一松开，她一分钟出血量可达五百毫升左右。出血七八千毫升，输了六千毫升。相当于全身的血换了两次。她血液当中的凝血因子全都消耗光了。"

戴厚江和朱敏傻了一样看着他。

医生说："心脏停跳了两次，她现在还处于危险当中。""子宫呢？"朱敏问。

医生说："保住了。"

鲍雪用最快的速度赶到杭州来了，她和舅舅舅妈站在玻璃窗外，看着重症监护室里面的情景。玻璃窗内戴小雨浑身插满了管子，双眼紧闭躺在病床上。鲍雪去宾馆把戴小雨的账结了，把她的行李送到舅舅家。朱敏打开戴小雨的行李箱，把里面的衣物拿出来。她拿出来一个小巧的首饰盒，打开看，是一枚镶着钻石的戒指。

鲍雪说："这是彭湃给我姐买的订婚戒指，他们准备结婚了。"戴厚江的火立刻蹿了起来："跟他结婚？门都没有！不是这个王八蛋，小雨不会跟我们四五年没有来往。"朱敏叹了一口气："小雨已经这样了，你还能怎么样？"

鲍雪看了他们一眼，把想要说的话，咽回到了肚子里。

戴小雨醒了，看她睁开眼睛，戴厚江和朱敏脸上露出笑容。戴小雨以为在做梦，她不相信自己的眼睛。朱敏轻声叫她："小雨。"

戴小雨的眼泪立刻喷泉一样涌出来。朱敏哭着给她擦眼泪："爸妈在这里守着，你肯定会好起来的。"戴厚江的眼圈红了："想吃什么？爸给你买去。""医生说，我姐现在什么都不能吃。"鲍雪提醒他们。

戴厚江问："刀口疼吗？"戴小雨说："疼。"

鲍雪走出病房，给彭湃打去了电话怒骂他，彭湃说："这段时间我四处找她，真快把我急死了。"鲍雪说："你这个人特别能装，并且喜欢跟一群更能装的人混在一起，我姐遇上你算是倒了八辈子霉了。你欺负我们家人善良是不是？彭湃，我跟你说，当善良的人撕下面具的时候，你连跪下的机会都没有了。"

彭湃沉默了片刻问："孩子没了？"鲍雪怒吼道："我姐差点死了！"彭湃说："我在高速公路上，现在距杭州还有八十公里，到那我再给你打电话吧。"他红了眼圈，自言自语道，"怎么能伤成这样？怎么能伤成这样？她要是有个三长两短，我这辈子还怎么往下过？"

戴小雨看见彭湃出现在病房，她把脸转向一边，闭着眼睛说："让他出去，我不想见他。"

戴厚江立刻明白来人是谁，揪着脖领子把彭湃薅了出去。朱敏怕出事，立刻跟了出去。"你就是拐走我女儿的那个混蛋？"戴厚江问。

彭湃说："我真心爱她，我们商量好结婚，日子都选好了。"朱敏扯了一下戴厚江的衣襟，戴厚江明白她的意思问道："她伤成这样了，你还娶不娶她？"

彭湃态度坚决地说："娶！"朱敏松了一口气。戴厚江说："好，那我既往不咎，小雨出院，你们就把结婚手续办了。"彭湃一口应承下来。戴厚江说："小雨伤得很重，不能激动。她不愿意见你，你耐心点儿，我跟她妈慢慢做她的思想工作。"

彭湃感激得连连点头，他听了戴厚江的话，第二天就返回上海了。

鲍雪每天来照顾姐姐，她把病床摇起来，拿枕头让戴小雨靠好。朱敏端着熬好的稀粥要喂戴小雨吃，戴小雨不让她喂。她身体太虚，端着粥碗的手颤抖。鲍雪立刻接过粥碗喂她吃，戴小雨一点都没有拒绝。朱敏暗自叹气，她转身出去了。鲍雪给她用热毛巾擦手擦脸。

"姐，明天早上有我的戏，我今天晚上就得回剧组。"鲍雪说。戴小雨的眼泪立刻涌出来。鲍雪给她擦眼泪说："这场车祸把你的泪腺撞断了？"

"不想让你走。"

"放心，有人愿意来陪你。"

"我不想见他！"

"不是你说的那个他。"

"那是哪个他？"

"你先把药喝了。"鲍雪端过来药给戴小雨喝。戴小雨眉头紧皱抱怨道："每天喝那么多种药，我嘴里苦得像喝了元素周期表。"鲍雪说："咱要学着苦中作乐。"

"站着说话不腰疼。"戴小雨白了她一眼。

鲍雪说："你床太小，躺不下咱俩。"戴小雨说："我要是有房，首先换个大床，让你天天陪我躺着。"鲍雪打趣："我乐意，床还不乐意呢。"

戴小雨想笑，又怕抻着刀口，两只手捂住肚子，鲍雪帮她捂。戴小雨叫道："轻点，轻点。"鲍雪说："舅妈手轻，比我知道深浅，你怎么就不让她上手？"

"小时候外婆带我，再大一点，奶奶带我。我不太习惯跟我妈在一起。"

"你这人！"

戴厚江进来，把带来的补品放在床头柜上。戴小雨说："我不想吃，拿回去吧。"戴厚江说："不想吃也得吃，你妈回家给你做黑鱼去了，说是有助于刀口的恢复。"

戴小雨刚要说什么，被鲍雪扯了一下袖子，戴厚江被护士叫出去结账单。

鲍雪小声说："你不能对舅舅和舅妈的态度这么恶劣，你被撞成那个样子，他们简直不想活了。若不是我亲眼看见，凭你对你爸妈的描述，我还真的以为他们冷血呢。他们这一辈人，是传统的中国父母，不太会表达自己的感情，但是这不证明他们不爱你。"

戴小雨沉默了片刻说："我也是通过这件事，看见了爸妈对我的感情。神志不太清醒的时候，几次睁开眼睛，都看见他们守在我的身边，我心里才没那么害怕了。"

"你承认不承认你只知道跟父母索爱，没想到过要给他们爱？"

戴小雨点头："意识到了，可做起来并不容易，我还是会跟他们犯倔发火。"

"舅舅的脾气多坏呀，你那么耍狗脾气，他都忍了，心中无爱又怎么能忍？"

为给女儿补身体，朱敏精心熬了黑鱼汤，她在厨房里把鱼汤盛进保温桶，戴厚江走过来问："光喝汤啊？没做点干的？"

朱敏说："刚做完手术，肠胃太弱，大夫不让吃。"

"谁说话你都听，就是不听我的。"

"你比大夫权威？"

"我说东你说西，我说感情，你说权威，咱俩真是北辙南辕，越来越弄不到一起。"

朱敏问："我说什么了？你跟被捅了肺管子似的。就知道跟我发脾气，在小雨面前怎么跟避猫鼠似的？"

戴厚江接过保温桶说："老天爷把她还给我们，我感谢还来不及，怎么舍得冲她发火？"

"咱们保住了自己的孩子，她以后不一定能有自己的孩子了。想到这个，我眼泪都快流干了。"

戴厚江说："哭要是管用，我跟你一起哭。"

戴小雨能下地了，朱敏扶着戴小雨在病房里缓慢地走着。戴厚江给戴小雨削苹果。他说："彭湃跟我和你妈谈了，他愿意娶你。"

"我不嫁给他。"戴小雨的态度很坚决。

"你冷静点儿，听爸爸说。"

戴小雨沉下脸不说话了。

戴厚江放下手里的苹果，抬起头看着戴小雨："你过去为了跟他在一起，不惜跟我和你妈闹翻，现在他来这里跟我们俩说，要跟你结婚，你又坚决不干了。我们辛辛苦苦生养你一回，你的主要任务就是跟父母对着干吗？"

"爸，原先你死活不同意我跟他交往，现在怎么突然一个大转弯，要我嫁给他呢？"

"我原来不同意，是因为他有过婚史有孩子，还比你大十二岁。现在我同意他娶你，是因为你为他已经搭进去了五年的青春，又为他受了这样的苦。"

戴小雨打断他的话："还因为我的子宫受过重创，以后有可能不能怀孕了，除了他，恐怕没有人再会要我。"

朱敏的眼圈红了，戴厚江看着她没有说话。

戴小雨说："我嫁给了他，前面做的所有错事才会变成对的，你们的脸上才会有光，亲戚朋友看着也圆满是不是？"

朱敏生气："小雨，你出了这么大的事，我跟你爸死的心都有了，你怎么还往我们的伤口上撒盐？"

"妈，伤口在我身上。"

"你是因为我们才受的伤吗？"朱敏问。

戴小雨不说话了。

朱敏说："我知道你对我们有意见，小时候我们把你放到外婆家，后来又放在奶奶家，我跟你爸抛家舍业地出去刨食，挣下了一份家业，将来还不都是你的？"

"这几年你们没给过我一分钱。"

"那你更应该记人家彭湃对你的好。"

戴小雨激动起来："好？写遗嘱把全部财产，都留给前妻和孩子，这样叫对我好？我跟他一辈子落得这样的下场，这样的'好'你们也能接受？"

戴厚江一怔："什么？"

"我怀了孩子，他说他和他女儿，都不能接受这个孩子，要我去做掉。让我永远当不成母亲，你们永远当不成姥姥姥爷，这样的人你们竟然让我嫁给他？你们对他如此宽容，不就是因为，我在你们的眼里已经成了废人了吗？"

戴厚江和朱敏震惊，张着嘴半天没说出话来。

戴厚江终于骂出了声："姓彭的你这个王八蛋！我女儿这辈子我养着她，再怎么样都不会屈尊给你。"

朱敏上前把戴小雨的头揽在自己的胸前，戴小雨挣了一下没挣开。刘梁周风尘仆仆地进来，他把双肩背扔在一边，直扑病床边。他盯着戴小雨的脸问："你怎么样？啊？"

朱敏松开手看着站在床前的小伙子。戴小雨傻傻地看着他，半天没说出一句话。刘梁周说："我在西藏刚刚杀青，鲍雪打电话告诉我你出了事，我立刻买机票飞过来了。"戴小雨喊："你出去！"

朱敏立刻用手捂住她的刀口，戴厚江拉刘梁周出去。朱敏说："小雨，人家千里迢迢来看你，你怎么这样对他？"戴小雨倔强地转过脸去。"他也伤过你？"朱敏问。戴小雨说："没有。"

"那你跟他发什么火？"

戴小雨说："我不愿意让人看见我这副惨样。"

朱敏看着她叹了一口气："小雨啊，你要强要得真不是地方。"

戴厚江和刘梁周站在走廊里说话，戴厚江问："喜欢我女儿？"刘梁周说："从见她的第一面就开始喜欢她了，这种感觉越来越强烈。"戴厚江说："看得出来她不喜欢你。"

"那是因为不了解我，我对她是一见钟情，她跟我会日久生情。"

"你还挺自信。"

"她那么优秀，不自信是追不上的。"

"她伤成这样，你也不改初衷？"

"生老病死是天意，爱她是我的自主选择，既然爱那就全盘接收。"

"小雨从小就倔，她感情上的事，我插过一次手败了，弄得父女反目，我不能再插第二次手。"

刘梁周说："我懂。"

戴小雨给鲍雪打电话，问她为什么把刘梁周派来。鲍雪坐在床上，因为脸上糊着面膜，说话的时候嘴不能张得太大。她说："他给我打电话知道了你的情况，立刻飞过去了。这份感情哪儿找去？他在那陪你呢吧？"

"我把他轰走了。"

"你什么人哪！"鲍雪叫起来。

戴小雨说："我既然是坏人，那就索性坏到底好了。"

早晨护士查房，朱敏和戴厚江站在走廊里说话。

朱敏一脸愁容："小雨这孩子，越大越孤僻，这回伤这么重，更难跟人相处了。是不是要找个心理医生干预一下？""别胡扯！我看昨天来的那个小伙子挺好的。"戴厚江说。朱敏说："你看着好管啥用？""咱这丫头从小就逆反，现在就更别指望她听咱们的了。"戴厚江叹了口气。

刘梁周拎着保温桶走过来跟他们打招呼："阿姨，叔叔早。"朱敏心头一暖立刻眉开眼笑："早，吃早饭了没有？"刘梁周说："我给她买了豆花汤。"

戴厚江和朱敏互相看了一眼，心里同时冒出来一个词：有戏。

"叔叔阿姨，你们要是有事就忙去，我在这里盯着。"

朱敏扯了一下戴厚江的衣服，戴厚江立刻明白了，他说："公司里还有些事，办完了我们马上回来。"刘梁周说："不急，午饭我给她张罗。"

戴小雨脸朝门坐着，看见刘梁周进来，瞳孔一亮，随即暗了下来。刘梁周及时抓住了她眼神的变化。他问："饿了吧？"

戴小雨看着窗外说："梦见吃豆花汤，竟然塞牙了，到处找牙签。"刘梁周把豆花汤端到戴小雨面前，她脸上露出了一丝笑意，问："谁告诉你，我爱吃这个？"

"鲍雪啊，她还告诉我哪家店做得最正宗，还给我发了位置。"

刘梁周给戴小雨拿调羹，拿餐巾纸。戴小雨喝了一口汤说："这个傻子是个路盲，竟然能摸到那家店。"刘梁周说："她呀，多数时间是在装傻。"戴小雨哼了一声："我就没见她占过便宜。""她看不上'便宜'这两个字。"刘梁周说。戴小雨不高兴了，放下汤勺问："跟我作对是不是？"刘梁周忙往回找补："我在批评她长了一双漏神眼。"

"我要上厕所，我爸妈在门口吗？"

"我扶你去。"

"不用，你帮我叫一下他们。"戴小雨的态度很坚决。

"我叫俩老人回去歇着了。"

戴小雨急了："啊！那我怎么办？"刘梁周说："你爸妈快六十岁了，白天夜里轮班倒，没有人替换时间长了不行。""那也轮不着你来呀。"戴小雨气恼。"如果你有比我靠谱的朋友，我立刻让位。"刘梁周说得认真。戴小雨眼睛看向一边，她说："我没有朋友，只有心理负担。"刘梁周想了一下说："那你付我陪护费吧。"

戴小雨立刻警惕起来："一天多少钱？"

"你看着给。"

"你说个数。"

刘梁周翻着眼睛想了想："一天一块。""一块？"戴小雨叫起来。刘梁周立刻改口："多了？那一毛吧，不能再低了，因为钢镚儿里没有一分钱面值的。"戴小雨说："你不能乘人之危，我是不会跟你谈恋爱的。""你现在背都挺不直，目光不能平视，跟谁都谈不了。"刘梁周开玩笑。

戴小雨眼圈立刻红了："你也觉得我是个废人？"刘梁周慌了："我想告诉你的是，你不要怕刀口疼，走路的时候要把腰直起来。"戴小雨说："你不是这个意思。你选这个时候来，就是要居高临下炫耀自己的健康！"

刘梁周张口结舌。戴小雨冷笑："叫我说中了吧？"刘梁周摇着头："哪儿跟哪儿啊？怎么就说中了？"戴小雨说："我不会把你当成救命稻草的。"

"你当救命稻草，我当被最后一根稻草压倒的那匹骆驼。"

"然后呢？"戴小雨问。刘梁周想了想说："挣扎着爬起来，驮着救命稻草从医院里走出来。"戴小雨鼻子发酸："你连生死概念都没有，怎么会有悲悯之心？"刘梁周说："我没经历过死亡，但是我知道生命短暂，没有时间留给遗憾。所以我才要在有生之年，尽自己的所能，跟你一起共渡难关。"

戴小雨的眼泪涌出来，刘梁周递纸巾给她。

戴小雨泣不成声："我快三十岁才醒过来，发现已经错过了自己一半的人生。"

刘梁周安慰她："三十而立，正是双脚能站稳的年龄。"戴小雨从抽屉里拿出来自己的 CT 扫描图："给你看看我七零八落的内脏，我哪儿还能站得稳？"刘梁周举在眼前看了好一会儿，由衷地赞叹道："国际一流水平，这张摄影作品送给我当珍品收藏吧。"

戴小雨抢过来，重新放进抽屉里。

有刘梁周帮忙，戴厚江和朱敏心里踏实了许多。十天后戴小雨伤愈出院了。戴厚江剖鱼剁鸡，准备家宴。

朱敏说："过去我说南小雨必往北走，今天我请小刘过来吃饭，她竟然没跟我唱对台戏。"戴厚江停住手问："你请了？"朱敏说："请了，小刘明天进剧组，今天晚上的飞机。人家帮了咱们这么大的忙，说什么也得表示一下，是不是？"

戴厚江高兴了："再加两个菜，我们爷俩得喝一杯。"

戴小雨知道刘梁周要来，翻开橱柜挑衣服穿。朱敏提建议："这件好看，显得脸色好。""穿那么隆重干什么？"戴小雨立刻把那件衣服扔在床上。朱敏赔笑脸："不是有客人嘛。"

"你请的又不是我请的。"

朱敏被噎住。戴小雨从衣橱里拿了一件衣服穿上。镜子里映出母亲有些落寞的脸，她理了理头发说："既然是你们的客人来，我怎么也得给个面子，抹点口红吧？"

朱敏想笑不敢笑，开门出去了。

刘梁周按点来的，他把手里拎着的茶叶、酒、糕点放在桌子上。戴厚江说："吃顿便饭不必这么客气。"刘梁周说："太匆忙了，没时间好好逛。"

戴小雨从房间里出来，略带病容的脸看上去格外惹人怜爱。刘梁周的心理节奏乱了，先是碰翻了茶几上的茶杯，朱敏拿过来抹布帮忙擦。他又差点踢翻了花架子。戴小雨翻了个白眼，到一边坐着去了。饭菜上桌，朱敏不停地往刘梁周的碗里夹菜。

戴小雨说："妈，他爱吃什么让他自己选。"刘梁周说："伯父伯母做的菜，快赶上你们北辙南辕大厨的手艺了。""那个北辙南辕在北京什么地方？"戴厚江问。戴小雨说："离奶奶家四站地。"

听提到母亲，戴厚江立刻顿住，不再往下问了。

朱敏问："奶奶身体怎么样？""没病没灾硬朗得很。"戴小雨说。刘梁周补充道："老太太性格好，开朗热情。""你见过？"戴厚江问。

"打过个照面，奶奶气质超群，我以为老人家那一头白发是赶时髦染的呢。"

"头发白了？"

戴小雨说："全白了。"

戴厚江顿时胃口全无，他放下了筷子。

鲍雪知道姥姥摔伤了手腕，急得在外景地跳脚。她在视频里埋怨白静慧，出这么大的事不跟她说。吕正拧了个手巾把儿递给白静慧，白静慧接过来擦脸擦手，她语气轻松地说："跟你说管啥用？又不是啥大事，医生说，手腕恢复得很好。你姐跟你在一起？"

鲍雪说："她回杭州了，跟舅舅舅妈在一起。"白静慧惊讶："她怎么想通的？"鲍雪说："赶上雷电，飞机改落杭州，命运安排的。"白静慧点点头："人这一辈子，谁都拗不过命去。"

"姥姥，您这一天是怎么安排的？"

"吕大夫每天早上来的时候都带早点，有时候油条豆浆，有时候豆腐脑包子，有时候小馄饨，不重样。"

"姥姥，我怎么从您的话里，听出了炫耀的味道呢？"

白静慧一只手拿着手机哈哈笑："小兔崽子，别拿你姥姥开心。"

鲍雪问："吕大夫藏哪儿了？"

"出去买菜了，中午我教他做小油菜丸子汤。"

看得出来，老太太的心情很好。

这场灾祸正如白静慧所说，没改变她的生活规律，吕正跟她吃完早点一起去公园，她站在 C 位练无伴奏合唱。吕正依旧拎着硕大的毛笔写字。下午麻将活动照常进行，吕正坐在她旁边帮她码牌，三个牌友不住偷偷地交换眼色。

白静慧和牌，吕正立刻帮她把面前的牌推倒，然后把一杯绿茶放在她的面前。牌友说他这是星级服务。

麻将散了，白静慧指导吕正做菜，看他笨手笨脚，会伸手帮一把。吕正把饭盛了放到白静慧面前，白静慧吃了一口米饭说："水放多了。"吕正立刻说："下回我知道该放多少水了。"

喝汤的时候，白静慧用调羹搅了一下问："放料酒了吧？"吕正点点头："放了。"

白静慧说："放了料酒，鱼汤就不是牛奶一样的颜色了。""哦，我说颜色怎么那么浑呢。"吕正一副恍然大悟的表情。白静慧问："以前你是怎么吃饭的。"

"老伴在的时候，她做饭；她走了，我多数时间在社区的便民餐馆凑合着吃一口。"

白静慧看他的目光里满是怜悯："男人的生活能力就是比女人差，我一个人过了这么多年，一天都不舍得凑合。"吕正笑："要不怎么说，男人的寿命比女人短呢。女人承担着生养孩子的重任，从生理上就比男人受的罪多，所以女人更坚强。"

"你说得很客观。"

"真想知道，老戴是个什么样的人。"

白静慧问："哪方面？"

"脾气秉性。"

"他脾气好，不像我点火就着。"

"你俩从来不吵架吧？"吕正问。

"谁说的？吵。平时他在孩子跟前逞能，我睁一只眼，闭一只眼，给他点儿逞能的空间。他只要过界，我寸土必争。老戴嘴笨，吵不过我。他知道我的弱点，只要我三天不理他，他就立刻把自己弄病了。这个时候，我就会不计前嫌，竭尽全力地照顾他。于是他得寸进尺，连饭都要我一口一口地喂到他的嘴里，否则他的病好不了。"

吕正笑："老戴是个有意思的人。"

白静慧说："两口子就是这样，跟他过日子的时候，一定要全念他的好，这样日子才过得顺当。当他扔下我一个人走了，我就尽量想他的不好，这样才能尽早地从悲痛中解脱出来，继续把剩下的日子过完。"

晚上吕正帮白静慧换好睡衣，安排她躺下。吕正说："台灯我给你留着，咱俩的手机都 24 小时开机，有事你立刻给我打电话。"白静慧说："每天叮嘱一遍，絮叨不絮叨？累了一天，你快回去吧。"

吕正轻轻关上门走了。

戴厚江和戴小雨父女俩，脸对脸坐在高铁的座位上。戴厚江从药瓶里拿出来几粒药，拧开矿泉水瓶子，让戴小雨服下去。

戴厚江说："让你在家多住些日子，身体好利索了再回北京，你就是犟，偏偏不听。"戴小雨抱怨说："爸，你要是再唠叨，我下车改乘别的动车。"戴厚江笑了："知道你惦记餐馆的那份股份，爸爸很高兴。"

"你高兴什么？"

"看到你有上进心，爸爸高兴啊，爸爸在网上看到一套公寓，离你那个北辙南辕不远，我给你租下来了。"

"真的？"戴小雨从里往外高兴。

"这是我跟你妈给你的奖励。租期一年，一年以后你自己付租金。"

"谢谢爸爸妈妈。"

戴厚江感叹："这么多年，我还是第一次听到，从你嘴里说出来'谢谢'这两个字。"

吕正跟白静慧在小区里散步，在健身区活动的中老年妇女们，在他们身后指指点点。白静慧腰板挺得笔直，由着她们说。

　　戴小雨拎着杭州的土特产进小区，看到白静慧快步跑过来。白静慧胳膊上的吊带，叫她大吃一惊："奶奶，您怎么了？"白静慧嗔怪地说："叫人哪！"戴小雨忙说："吕大夫好！奶奶您伤成这样，怎么不跟我说？"

　　吕正说："骨头已经接好没事了。"白静慧上下打量戴小雨："瘦了，脸色这么差，胃还是没好？""做了个手术。"戴小雨说得含糊。白静慧两眼盯着她问："什么手术？"戴小雨停顿了片刻说："阑尾。"白静慧松了一口气，问："没事了？"戴小雨点点头："没事了。"

　　戴小雨愣了片刻拿出来杭州的土特产，把它们分成两份。她悄悄对白静慧说："吕大夫照顾您这么多天，分一半送给他吧。"白静慧笑了："小雨眼里也有别人了，不用送东西，奶奶听着就高兴。"

　　"不能光用嘴感谢人家呀！"

　　白静慧说："给他，他也不会做着吃，放在这儿，我指挥他做。"戴小雨看了奶奶一眼，白静慧觉得她眼神里面有内容，问道："还有啥事儿？"戴小雨说："我爸送我回北京的。"白静慧怔了一下问："他回去了？"戴小雨说："没有。"

　　白静慧语气很淡："过家门不入，明摆着是给我示威。"

　　戴小雨说："我爸的脾气您也知道……"白静慧两眼一瞪："我的脾气你也知道，想跟我回家热热乎乎喝口鸡汤，就别让我堵心。"

　　戴小雨不知道，戴厚江拎着一口袋名贵水果，在白静慧的小区附近已经转悠了两圈了。他盼望母亲主动给他打一个电话，等来的是戴小雨的电话。

　　"爸，你在哪儿？"

　　"在家看电视呢，怎么了？"戴厚江撒谎。

　　"你过来看看奶奶吧。"

　　戴厚江心头一阵发热，压低声音问："你奶奶叫我了？"戴小雨停顿了一下说："没有。"戴厚江的心瞬间凉了，他说："那我过去干什么？"

回到家戴厚江把装水果的袋子扔在沙发上，几个苹果滚了出来。他拿起来一个狠狠地咬了一口。

司梦有个同学的姐姐，是电台一档节目的主持人，本来找好的嘉宾，突然来不了了，临时抓司梦救场。接受采访时，主持人问："咱们把艺术抛开，把写小说抛开，比如我现在就正在为了唱不了戏的这件事情痛苦，咱俩是好朋友，你会怎么劝我？"

司梦说："痴其实是病的一种状态，病不是一两句话能解决的，我们要得个忧郁症，医生的调整都不是一两年的事，我怎么可能用一两句话就帮你解决了？如果我跟你的关系非常好，我顶多能跟你说，我太理解你了，要不你上我们家给我唱吧，我天天看着。我绝对理解你，你唱到最动情的时候，我肯定跟着掉眼泪，我理解你，可是我没有办法救你，真的！"

年近四十岁的主持人的眼泪夺眶而出，她立刻把操作台上的控制键，推到广告那个频道。司梦被她突如其来的眼泪弄傻了。

回来后尤姗姗骂她："你去那里嘚瑟什么？"司梦说："我同学的忙我得帮。她姐姐今年四十岁了，马上面临着离开这一行当，她为这一行奋斗了一辈子，我的话捅到她病根上了。我真不是故意的。"

尤姗姗说："自己还病着，给别人当哪门子医生？"司梦沉默了片刻说："杜世均搬走的时候，连一句恳求留下的话都不愿意说，这叫我的心凉到了底。"

"你们怎么安排以后的生活？"尤姗姗问。司梦说："他周六周日回家带孩子。抚养费跟以前一样，由他全面负责。"尤姗姗说："别假装看破红尘了，红尘本来就是破的。"司梦哀叹："青春的愤怒渐归秋水，面对这样的大地苍生，你无法不俯首低眉。"

"能说得通俗点吗？"

"这几句送你发朋友圈吧。"

"杜世均同意分居的时候，你什么感觉？"

司梦想了一下说："心里害怕的事情终于来了，一块石头终于落了地。"

"不是你逼着他离开家的吗？"

"他真的走出家门，我觉得他可能再也不会回来了。"

"你这个女人，就爱这样扯棉花，扯来扯去，把自己绕进去了，作茧自缚说的就是你。"尤姗姗一脸的鄙夷。

"做妈的，哪个不是用命换儿女来世？孩子有病有灾，我彻夜不睡地守着孩子。那个时候他在哪？我以为他爱不爱我无所谓，爱孩子就足够了。事实证明是不够的，我是个女人，不是养孩子的机器，我需要的感情和爱比他想象的多得多。"

司梦的眼泪流下来。"你还真挺能哭的。"尤姗姗说。司梦叹了一口气："眼泪一旦流干净，剩下的就是决心。"

"每家都有糟心事，持续出现直到我们无法拒绝。如果你觉得杜世均没有按他承诺的去做，那是你当初的要求确实很难达到。"

"我一个朋友是心理医生，她说，杜世均的行为是负担综合征在感情领域里的集中表现。我也明白，在婚姻关系中依赖性强的人，无论怎么挣扎都得不到幸福，抬腿走开的那个总是赢家。"

尤姗姗盯着司梦的眼睛说："我发现，你的眼神在精神病患者和哲学家之间来回转换。"

"爱情180度，婚姻360度。这是两个概念，千万别把男人恋爱时说的话，当过年家门口贴的对联，出出进进背诵一遍。婚姻就是漫长的拷问，困境死境，都是自己竖起来又放倒的目标。"

尤姗姗冲她伸出大拇指："这话说得有水平！"

还贷款的事情到了火烧眉毛的分上，母亲欠下的债务把俞颂阳逼得终日眉头紧锁。母亲一天数个电话，逼得俞颂阳冲着电话吼："妈，你不要逼我了好不好？！"

鲍雪的电话进来了，语气中满是抱怨："你多长时间没给我打电话了？"

"有事吗？"俞颂阳的语气有些不耐烦。

"这话问的，没事就不能打电话了？"

俞颂阳叹了口气说:"这段时间破事特别多。"

鲍雪一针见血地说:"这个借口又笨又没有营养,打电话问声平安,从厕所走回办公室这点时间就够了,还是你不想打。"俞颂阳问:"你打这个电话过来,不是为了吵架吧。"鲍雪气鼓鼓说:"你想吵我奉陪。"俞颂阳摇摇头:"我不想吵。"

鲍雪提出见面聊聊,俞颂阳说,电话里也能聊吗。鲍雪态度很坚决,解决问题必须面谈。

俩人约好了见面的地方,俞颂阳面容有些憔悴,神情有些萎靡。看到他这副样子,鲍雪吃了一惊,问发生什么事儿,他说没什么。鲍雪嘲笑说,别是为了晾着她,把自己晾感冒了。

几样菜上桌,谁都没动筷子。俞颂阳心思不在饭桌上,鲍雪没听到她想听的。两个人嗑越唠越散,天儿越聊越凉。

"我不是非你不可,但是你要给我一个说法,我也给我的自尊心一个交代。"鲍雪生气脸冷得像挂了霜。"古人说,若是两情长久时,又岂在朝朝暮暮?"俞颂阳说得淡然。鲍雪用鼻子哼了一声:"别拿古诗词填坑。淡了就是淡了,承认自然规律,没什么抹不开脸的。"说完,她起身去了卫生间,坐在马桶上对自己说:"跟我偷换概念,不信我干不倒你!"

鲍雪从卫生间里出来低头往前走,穿过走廊,走到大厦的另一边。她自言自语道:"一次失败是因为不成熟,两次算是眼神不好看走眼了。第三次了,鲍雪,你再给自己找什么借口?"她懊恼地挥了一下手,"你该骂他,骂自己干什么?"

服务员看她神神叨叨的样子,觉得奇怪,走过来问:"你好,请问你要吃饭吗?"鲍雪这才发现,自己走到了一个环境陌生的地方。她抬头看着前面的一溜饭店说:"我出来上厕所,忘了我吃饭的饭店叫什么名字。"服务员说:"打电话问一下跟你一起吃饭的朋友。"

鲍雪想起来手机放在饭桌上没有拿。

"你们吃的是什么菜系?"服务员问。

鲍雪光顾着生气了,根本没注意桌上的菜,答不上来。她急得浑身上下乱摸,摸出来一把汽车钥匙。

鲍雪找不到自己的汽车，车库里的工作人员，让她报一下车牌号最后的三位数。工作人员输入这三位数，鲍雪的车立刻出现在屏幕上。

工作人员告诉她："车位 C-076 挨着洗车的地方。"

鲍雪的脑袋快气炸了，她把车开上了高速公路，她劝自己，脾气这东西，发出去是秉性，收回来是功力。没有手机，没有钱，车上只有加油卡、ETC 卡和信用卡。她想，高速上跑一圈，总该能让自己冷静下来了吧？

汽车的音乐台在放歌曲，鲍雪跟着收音机声嘶力竭地唱，唱累了，停下来郁闷地看着窗外。高速公路上方迎面扑来几个大字，欢迎来到三河市。鲍雪吃了一惊，打方向盘，开车下了高速公路。左拐右拐，越走越乱，直到看见面前出现了一堵墙，墙上面用白漆刷了四个大字——此路不通。

鲍雪气得掉下眼泪。她知道这是自己人生歧路上的又一个里程碑。

一对散步的中年夫妻知道她迷路找不到家，立刻把手机借给她，让她打求助电话。

鲍雪去厕所许久没有回来，俞颂阳给她打电话。她的手机在餐桌上响了。俞颂阳出去找，饭馆周围没她的影子；去家里找，她根本没有回家。俞颂阳把鲍雪可能去的地方找了一遍，均无结果。俞颂阳心里生气，他一直不喜欢女人玩这种失踪游戏，索性不找了，直接开车回家。这时他接到鲍雪打来的求助电话，俞颂阳还是驱车直奔她所在的位置。看到他，鲍雪使劲把眼泪憋了回去。

俞颂阳阴沉着脸问她："放着饭不好好吃，跑到这个鬼地方干什么？""我从小就没有方向感，一生气脑袋就更不好使了。"鲍雪噘着嘴也没给他好脸色看。

两人开车回城，俞颂阳的车在前面引路，鲍雪的车在后面跟随。进了市区，俞颂阳在电话里问："到这里认识回家的路了吧？""认识了。"鲍雪答得很冷淡。

俞颂阳说："公司里还有事，我就不送你了。"

俞颂阳一句安慰的话都没有，再次激怒了鲍雪，懒得再跟他说话，两辆车，一南一北分头开走了。一肚子的委屈憋得她快爆炸了，跑到北辙南辕，找尤姗姗做心理疏导。冯希端着一盘菜上来，大厨赵赫男跟在她的身后。

冯希说："这是赵师傅新开发的，你俩尝一尝。""给鲍雪上一份红糖糍粑补一补。"尤姗姗说。冯希问："她怎么了？""更年期提前了。你把店里的红枣桂圆汤上一份，让她补补血。"尤姗姗说得很平静。

赵赫男给她们介绍自己研发出来的新菜品，菜名叫南水北调。

"名起得不错，看内容成本有点高啊。"尤姗姗说。

赵赫男介绍制作流程，他说："把椰蓉打碎倒进纱布挤出椰奶，用磨碎的洋葱和番茄汁做调料，最传统的方法从洋葱入手，叫作植物性调味香料，要把风味调出来，这样菜肴才美味又有营养。"

尤姗姗和鲍雪分别拿起筷子尝了一口，异口同声拍案叫绝。赵赫男说："所有的食品并不是一开始就是美味的。"尤姗姗问他："除了案板和灶台上的那点事，你还会聊别的吗？"

"你是老板，我是厨师，咱俩能聊的只有业务。"说完赵赫男转身回后厨去了，冯希一溜小跑跟了进去。

尤姗姗用鼻子哼了一声："跟我牛×？不给你吊两句嗓儿，你还真以为我是忍者神龟啊？哎，鲍雪，你这个吃法，真的是要化悲痛为食量吗？"

过了饭点，后厨的职工在休息。赵赫男认真地擦拭自己的刀具。冯希递一瓶冰镇可乐给他，赵赫男表示不要。冯希坐在旁边看他干活。

赵赫男说，冯总，给你提个醒。冯希让他说。赵赫男话里有话，后厨只要不跟店家一条心，那就等着挨坑吧。

"什么意思？"冯希问。

"就拿做火锅来说，进辣椒和炒料，都有赚头。咱俩关系在这呢，我不会坑你，否则我一包给你炒出来两包。我进肉，碎肉拼出来冻成块，再切出来，你根本看不出来。羊腿出来的肉是什么价？碎肉出来的是什么价？一捆肉就差了好几十块钱。人家挣的就是这个差价。"

冯希眨巴着眼睛看着他。赵赫男问："你明白我的意思吗？""咱们店里不会出这样的事。"冯希的语气很笃定。

赵赫男看了她一眼，没再说话。

司梦把写好的文章发布在公众号上，很快就有人留言。司梦边看边笑，有人按门铃。司梦喊："阿姨，开门！"

"行啊，手下都有员工了。"尤姗姗进来在沙发上坐下。

司梦说："我联系了一个网站，每天在那里发一篇自己写过的文章。我还经人推荐，给一家机构，一个月写一篇论文。稿酬从六千到八千块，现在已经涨到一万块了。"尤姗姗："行啊。"司梦说："我雇保姆接送孩子，做家务，给自己腾出来时间搞写作。我花自己的钱给自己买回了时间，还买到了尊严。"

"终于上道了。哎，你觉得爱情和理想哪个更宝贵？"尤姗姗问。司梦说："当然是理想。"尤姗姗说："你这个人呀，纯粹是被表现主义给坑了。"

司梦"扑哧"一声笑了。

拾肆

　　杜世均手忙脚乱地帮圆圆穿衣服，圆圆甩开他的手说："我不要穿这件衣服，我要穿那件粉颜色的。""好，好，爸爸帮你去找。"杜世均说着把衣橱里的衣服，一件一件地拿出来扔在床上，圆圆站在旁边看他给自己找衣服。

　　杜世均拿着一件深粉色的衣服给她看："是这件吗？"圆圆摇头："不是。"

　　大壮跑进来喊："爸爸，我快饿死了。"杜世均说："我给你妈妈打个电话，问问圆圆的粉色衣服放在哪儿了。"圆圆叫起来："爸爸太笨，我要妈妈回来！"

　　司梦正在影视公司开剧本研讨会，她拿起手机悄悄走出去接电话。杜世均说，他把家门钥匙丢了。司梦埋怨说，给她打电话有什么用？直接找开锁公司换锁呀。杜世均问，怎么找？司梦生气把电话挂了，她把开锁公司的电话号码截屏发图片给杜世均。没一会儿，杜世均的电话又打过来了。司梦长长地呼出一口气接了电话："有事快说，我这开会呢。"

　　"家里没煤气了，怎么办？"

　　"书房的第二个抽屉里，有煤气卡，你拿着，去小区门口的北京银行买煤气，一次可以买五百块钱的。"

　　"哦，哦。早上来了个查水表的，给了我一个水费单子，这个去哪儿缴费啊？"

　　"这个你不用管了，我在手机上就可以缴费。家里没有煤气，你跟孩子们怎么吃？"

"带他们出去吃烤鸭，然后看个电影。"

司梦："好，我挂了。"

鲍雪在拍摄现场候场。手机响，戴小雨要求跟她视频。她问鲍雪："回来面还没见到，你怎么又走了？"鲍雪说："嗨，给一个哥们儿救个场，几天就回去了。姥姥的手腕怎么样了？"

戴小雨说，奶奶手腕基本好了，可是她与那个吕大夫有点不对劲，他居然有奶奶家的钥匙，可以随意出入奶奶家。鲍雪没想太多，没钥匙姥姥给老吕打求助电话，他都进不来。戴小雨纳闷，奶奶能自理了，都没让老吕还钥匙。

鲍雪笑着说："姥姥是人精，比咱俩加起来都活得明白，姐。你能把自己那点事情搞明白，她老人家就阿弥陀佛了。"

戴小雨想想也是，便挂了电话。这时，刘梁周的电话打进来，他坐在监视器前问："身体怎么样？"戴小雨回答得很干脆："能不能不戳我的伤口？"刘梁周说："要是还觉得痛，就来找我。"

"懒得见你。"

"不用见我，这里的景美得能把你吓死，一样的白天黑夜二十四小时，它怎么能长成这个样子？"

戴小雨挂了电话，微信里进来一条视频。戴小雨打开看，河流山川风光绚丽，镜头转向后面是一张刘梁周的笑脸。

手机又响，戴小雨以为是刘梁周打来的，立刻接通电话。

"你终于接我的电话了？"彭湃的声音。"有话说！"戴小雨扔出去三个冰坨子。彭湃问："你住在哪儿？"戴小雨冷冷地说："没必要告诉你。"彭湃心平气和地说："知道你还在生我的气，你生气我能理解，毕竟出了这么大的事，这个坎再难也得过是不是？"戴小雨问："你三番五次地给我打电话，就为了说这个？"

"我想跟你坐下来，好好谈一谈。"

"你说地方吧。"

电视里在播放怎样钓鱼，戴厚江躺在沙发上看着屋顶愣神。戴小雨从卧室里出来说："爸，我出去一趟。"戴厚江坐起来问："干什么去？"戴小雨双眉紧锁："爸！"

戴厚江意识到自己管多了，立刻又躺下了。戴小雨出去，戴厚江又坐了起来锁门出去。戴厚江在小区门口来回转圈，门卫警惕地看着他。他站在小卖部门口喝着罐装啤酒，眼睛瞄着小区门口。彭湃和戴小雨上车离开了。

还是那个咖啡馆，还是那个角落，彭湃打量着戴小雨说："你恢复得不错。""托家人和朋友的福。"戴小雨回答得很冷漠。彭湃说："这不像你说的话。"

戴小雨说："那个我已经死了。"

彭湃感叹戴小雨变了，她语气生硬地撑回去，骨头变硬了，藤蔓变成了黄花梨。彭湃这次决定扔下重磅炸弹，他告诉戴小雨，知道她喜欢北京，他正在四处看现房，看中了立即交款。戴小雨的心动了一下，抬起头看彭湃。

彭湃及时抓住了戴小雨的心理变化，问她喜欢巴厘岛，还是马尔代夫。戴小雨警惕地问，干什么？彭湃温柔地说，给她一个婚礼。

戴小雨盯着他，彭湃的笑脸叠化成那山水视频中刘梁周的笑脸。戴小雨立刻避开他的目光扭头看别处。旁边桌喝咖啡聊天的男人抬起头看她，那个男人的脸也叠化成刘梁周的脸。戴小雨心乱如麻，她碰翻了杯子，咖啡洒在桌子上。

彭湃叫道："服务员！再给上一杯咖啡。"

服务员过来擦桌子上咖啡。

"你在上海给彭蔓和她妈买房了吧？"戴小雨问。彭湃一怔立刻说："小雨，我这是在向你求婚啊！"戴小雨说："婚姻不是一个词，更不是用来给别人看的。它是实实在在的生活。过去因为懒散，我做什么都三分钟热乎气，结局总会有人替我兜着。死过一回我明白了，人只要还有一口气，就必须对自己负责，要求别人对我负责，那是大错特错。"

彭湃语气无奈地说："你还是不原谅我。""需要别人一次次原谅的生活有意思吗？"戴小雨问。彭湃动情地说："小雨，咱们俩经过五年时间的生死考验，我对你的了解是从里到外，知道你的缺点是什么，优点是什么。"

"我过去的大部分的焦虑，说穿了是没有安全感。所以才整天活在讨价还价当中。那种日子我已经过够了。"

"你想过什么日子我给你。"

戴小雨用鼻子哼了一声。彭湃说："你受了这么重的伤，身体一些功能受到损害，产生自卑心理我能理解。你想过没想过，除了我，谁会不在乎你是否还有生育能力？小雨，跟我结婚是你正确的选择。"

"这么说，你娶了我就是救了我？对不起，我不接受你的施舍。"

"话不能这样说。"

"我摔断了两条腿才学会站起来，我不会在你面前再次下跪。"

彭湃被她的话惊得张口结舌。戴小雨从口袋里掏出来那个钻戒，放在桌子上说："这个钻戒我还给你，咱俩两清了。"她站起身，头也不回地走了。

彭湃坐在那里半天没动地方。

戴小雨走在街道上，她掏出来手机看着里面的照片。照片上戴小雨一只手的无名指上，戴着那枚硕大的钻石戒指。她自言自语道："好歹我也有过这样一枚戒指。"

杜世均领着圆圆站在校门口。放学了，孩子们拥出校门。大壮跑到杜世均身旁拉住他的手打招呼："爸爸！"杜世均低头看着他问："你们学校的校风怎么样？"

大壮思忖了一下说："非常大！"

杜世均被儿子逗笑了。大壮从口袋里掏出来一个用纸巾包着的小包说："这个送给爸爸。"杜世均打开看，是大壮掉的一个乳牙。大壮说："我已经送给妈妈两颗了，这颗送给你。"

杜世均握着那颗乳牙，瞬间觉得自己跟儿子的关系近了，他问："什么时候掉的？"大壮说："上课间操的时候。"杜世均摸摸他的脑袋，感叹说："我儿子已经八岁了。"大壮点点头："嗯，咱俩认识八年了。"

"咱俩算不算发小？"杜世均问。大壮口气肯定地说："当然算。"

圆圆发牢骚："就你俩好吧，谁也不理我。"杜世均立刻抱起来她："爸爸带你去买蛋糕。"

回到家，杜世均带一双儿女玩捉迷藏，大壮被丝巾蒙着眼睛站在地中间，他扎煞着两只手，在房间里四处乱摸，他摸到杜世均身上。

杜世均把他的手扒拉开说："妹妹没藏在爸爸身上。"

大壮在屋子里四处摸了一遍，摸进了卧室。大壮四处摸，没找着圆圆。他一把扯下蒙眼睛的丝巾四处看，哪里都没有圆圆的影子。

大壮问："爸爸，你把妹妹藏哪儿了？"

杜世均把大壮领到床边，打开被子卷，原来他把圆圆卷到被子里面了。一对儿女叽叽嘎嘎笑成一团。

杜世均边笨手笨脚地收拾房间边说："咱们赶紧把屋子弄好，要不妈妈看见，又该电闪雷鸣了。"

圆圆把杜世均扔得东一只西一只的鞋放到一块摆好，她对鞋说："你们不在一起，就没法好好说话。"

圆圆把喝完水的杯子盖盖好，杜世均夸她："真棒！我女儿这么小，就知道，东西从哪拿的，要放回到那里去。"圆圆说："它们是一家人，不盖上，孩子该找不到家了。"

杜世均大惊，意识到父母之间的感情对孩子影响很大。他把女儿拉到自己的怀里，诚心诚意地检讨自己："爸爸不是个好爸爸。"圆圆看着他的脸，认真地说："爸爸，你比我们幼儿园段佳妮的爸爸帅多了，她的爸爸秃顶。"杜世均一下乐了。

这时，司梦打来电话问："孩子们怎么样？"杜世均说："没病没灾一切正常。哦，对了，大壮掉了一颗牙，他把那颗牙送给我了。""记着，睡觉前让他们好好刷牙。"司梦在电话里叮嘱他。杜世均说："你妈妈来电话了，圆圆接的，她在电话里面跟她姥姥告我的状。"圆圆在旁边插话说："你这不也是在告状吗？"

杜世均哑口无言。他给圆圆换上睡衣，安顿她躺下，然后走到桌前看大壮写作业。圆圆说："爸爸，我睡不着，你给我讲故事。"杜世均说："我得给哥哥辅导作业。"圆圆瘪着嘴哭了："爸爸爱哥哥不爱我。"杜世均急忙过来哄她："好，好，爸爸给你讲故事。想听什么？"

圆圆带着哭腔说："小白猫"。

杜世均清了下嗓子开始讲："小白猫有一个妈妈和两个哥哥……"圆圆立刻提出抗议："妈妈不是这样讲的！"杜世均问："妈妈是怎么讲的？"

"很有感情的。"圆圆学着司梦的口吻，"有一只白猫，它有两个哥哥，哥哥们和它一样全是白色的。猫妈妈偏爱小白猫，因为它实在是太小了。"

大壮在那边叫起来："爸爸，这道题我算不出来！"

杜世均起身要往儿子那边走，圆圆拽住他的胳膊不让他走。杜世均疲惫不堪地从孩子们的房间里出来。他一屁股坐在沙发上，自言自语道："比上一天班都累！"

杜世均给司梦发微信问："你什么时候回来？"司梦回微信："会还要开两天。"

"我扛不住了。"

"我扛了九年，你才扛了五天。"

杜世均叹了一口气，身子一歪躺在沙发上，很快睡着了。

俞颂阳的母亲打来电话说，家里出大事了，让他必须马上回来一趟，否则就见不到爸妈了。说完，她挂了电话。俞颂阳急忙收拾行李，他给合作伙伴顾杰发微信告诉他，家中有急事，回去一趟。有事电话联系。

俞颂阳开着车上路了，一路上母亲不停地来电话催。俞颂阳告诉她，在开车，别打电话。三个小时后俞颂阳到家了。

俞父俞母坐在沙发上，四只眼睛死死地盯着俞颂阳。俞颂阳困兽一样满地乱走着。

"百分之三十的利息，二十万一天就是六千块钱。"俞母急出了满嘴燎泡。俞颂阳站住脚看着母亲问："银行贷款，哪有那么高的利息？"

俞母自知说漏了嘴，看着儿子不说话。

俞颂阳问："你们还借了高利贷？"俞父叹了一口气，指了一下俞母说："你妈的脾气你知道，想起一出是一出，谁拦得住她？"俞颂阳两眼冒火："一个月的利息就是十八万啊，妈，你疯了吗？"俞母说："想着就几天的事，翻了本立刻还回去。"俞颂阳问："你连把锹都没有，就敢去拆墙。你跟我爸都是挣死工资的人，哪来的这么大的胆子？"

"这年头撑死胆大的，饿死胆小的。我们单位退休的姊妹，就这样挣了钱，换了一处大房子。"

"您这么有把握，怎么还把天捅出了个窟窿？"

"俞颂阳，你是我十月怀胎生下来的，我把你养这么大，让你把窟窿帮我堵上，怎么？我还用不得你了？"

"你借钱的时候一声不响，生怕我拦着你，不让你上当。现在还不上钱麻烦上身了，你又满世界找我，为的就是把我拉出来替你堵枪眼？"

"俞颂阳，你怎么跟你妈说话呢？"俞父不干了。

鲍雪心里一直牵挂着俞颂阳，在休息区候场时，她掏出来手机。未接电话中，没有一个是俞颂阳打来的。鲍雪暗自思忖："这人不对啊，整整一个月，一个电话都没有，给他打电话，他也不接。到底出什么事了？不行，这事我得问问。"

这一次俞颂阳接了电话，他心烦意乱地"喂"了一声。鲍雪问他，在哪儿？为何总不接她的电话？俞颂阳边接电话边走出客厅，父母生气地盯着他的背影。俞颂阳敷衍说，他很忙。鲍雪说，她的戏拍完了，晚上的飞机回北京。俞颂阳沉默片刻，口气淡漠地祝她一路平安。

鲍雪真的生气了，她以为俞颂阳会说，见个面吧。没想到俞颂阳一句没时间就把她打发了。鲍雪叫起来说，他俩已一个月没见面了。

俞颂阳说："我真的是太忙了。"鲍雪彻底恼了："转了一圈又回到原点了，能不能找个像样点的借口？"俞颂阳口气很硬："能不能不找碴？我给你发个位置，你看看我现在在哪儿？"

位置发过来，真的不在北京。鲍雪生气摔了电话，她长呼几口气，让自己冷静下来，再拨过去，俞颂阳的电话占线。再拨，手机关机了。

鲍雪大怒："俞颂阳你等着，我要跟你当面锣对面鼓，非把这事说清楚不可。"

俞家客厅气氛十分紧张。俞母指着俞颂阳的鼻子骂道："养你不如养条狗，狗还知道见了主人摇摇尾巴，你就是只白眼狼。"俞父说："家里在培养教育你的事情上，花了多少钱？你怎么一点都不知道感恩？"俞颂阳怒气冲冲地抄起纸笔说："你说个数，花了多少钱，我还给你！每次你们把你们呕心沥血和我的忘恩负义放在一起说的时候，那杀伤力，简直能把人逼疯。咱们今天就好好算一笔账，还清了，我也落个耳根清净。"

俞母说："咱俩这笔账，连着血带着肉，不好算，算了你也还不起。为了你，我付出了所有，花了多少心血和金钱，但你还不知道感恩，真是贪得无厌。"

"我六岁以前跟爷爷奶奶一起生活，六岁以后才跟你们住在一起。十几年，我们三个人的三股劲，永远也拧不成一股绳。你俩总把怨气发在我身上。爸，妈，今天既然已经把话说到这个份上了，那就索性把最后一层窗户纸捅破了。我是你们的儿子，但我不是你们生活失败的源头，更不是你们感情不和的病根。"俞颂阳也豁出去了。

俞父俞母吃惊地看着俞颂阳半晌没说出话来。

四个小时以后，鲍雪拖着行李箱走出成都双流机场。出租车在宾馆门口停下，鲍雪下车，司机帮她把行李拿下来。鲍雪拉着行李进了宾馆，她站在房间的窗口往外看。窗外是俞颂阳家的住宅楼，那里亮着一盏一盏的灯。

俞颂阳的家里，俞母满脸眼泪地说："我活到六十岁，才明白年轻的时候应该怎么过。一切都晚了，我承认，咱们家的日子过得不顺畅，可是我尽力了。真的尽力了！这个世界上，谁都可以指责我，就是你不能。因为我是你妈！我为了你，在这个家里熬到了现在，混得里外不讨好。"

俞颂阳问："就因为这个，你才要把你所有的债务，堆在我身上，让我用自己的一辈子为你偿还吗？"俞母吼道："俞颂阳！"

窗外传来一声喊，仿佛是俞母的回声："俞颂阳！"

鲍雪扒在宾馆敞开的窗子前，对着俞颂阳家的窗子喊："俞颂阳！"

俞颂阳听出来这是鲍雪的声音，不由一惊。拿起手机看，发现手机关机了，他忙开机。俞父耳朵不好，他问："外面喊什么？"俞母说："收破烂的吧？"

俞父生气，走到窗前大声喊："半夜三更的收什么破烂？你再叫，我喊保安了。"

鲍雪听见俞父喊回来的声音，趴在床上笑得眼泪都出来了。俞颂阳发来微信问："你在哪儿？"鲍雪回微信："我在成都，住在你家旁边的宾馆，1008 房间，我今天晚上不睡死等你。咱俩之间的问题必须解决。"俞颂阳心乱如麻，沉吟片刻回微信："知道了。"

鲍雪站在窗前往下看，她看到俞颂阳从单元门里出来。两人微信里约定在宾馆门口碰面。俞颂阳见面第一句话就问："吃饭了没有？"鲍雪说："一天没吃也没喝，这个损失你必须补偿我。"

大排档里人满为患，几乎全是年轻人。鲍雪和俞颂阳走进来，找了个位置坐下。俞颂阳点烤串和啤酒。鲍雪说："这不像你的口味啊。"俞颂阳说："这里的撸串很有名。"

各种烤串上来，他一口没动，看着鲍雪吃。鲍雪撸串喝啤酒吃得很尽兴。

"为什么非要大半夜的把我叫出来？有什么话明天说不行吗？"俞颂阳问。

鲍雪说："不行！这就像唱乐谱 1234567……唱到高音 1 的时候，突然没有动静了，还不把人憋死？再说了，当你删节号下面的小土豆，也不是我的风格。"

"什么删节号下面的小土豆？"

"删节号由六个点组成，在我眼里，一个点，代表一个被你删除的女朋友，竖着拎起来，就像一串小土豆。我绝不做莫名其妙被你删除的小土豆。"

"我没有过六个女朋友，更没有删除你。"

"一个电话都没有，算怎么回事？"

俞颂阳叹了口气："唉，烦心事太多。"鲍雪说："说给我听一听。"俞颂阳不说话。鲍雪给他倒酒："说吧，说吧，口子都打开了。"

俞颂阳说："我需要点空间。""咱俩刚认识的时候，你恨不得一天见一面，现在一个月不见面，还觉得我占了你的空间，有多大一件事在心里窝着，需要我倒地方给你腾空间？"鲍雪问。

俞颂阳不说话。鲍雪用鼻子哼了一声："你这人可弯可直，可攻可守，在感情上永远有所保留。"

俞颂阳闷头喝啤酒。鲍雪说："你这个人挺自私的。"俞颂阳提醒道："自私是以伤及他人为前提的。"鲍雪问："你还没有伤我吗？怎么才叫受伤？一刀下去鲜血喷涌吗？"

"别这么情绪化。"

"你给我一个理由。"

"事情解决以后我会告诉你。"

"我从小就不喜欢'以后'这两个字。"

俞颂阳看了一眼手机上的时间说："两点了，回去睡吧。"鲍雪怒了："俞颂阳，你血管里流的是鲜血还是牛奶？""你这样一下一下地戳我，很解恨是不是？"俞颂阳问。鲍雪说："我比你疼！"

俞颂阳看着她不说话。

"见一个忘一个，你们男人怎么这样？"

俞颂阳问："你觉得男人应该什么样？打起仗来是女人手里的武器，战争结束后是扔在一边的垃圾？"鲍雪反驳："别美化自己，在感情的问题上你打过胜仗吗？"俞颂阳说："鲍雪，咱俩是因为臭味相投才混在一起。"

鲍雪扑哧一声笑了。俞颂阳放缓了语气说："太晚了，回吧！"鲍雪起身跟着他往外走。鲍雪在宾馆门口站住，回过头看着俞颂阳，她说："我明天回北京，你就送到这儿吧。"

俞颂阳看着她没有说话。鲍雪转身进大堂，俞颂阳跟了进去。鲍雪听着身后的脚步声，心里的气消了一大半。鲍雪脱了外套，换上拖鞋。俞颂阳眉头紧锁窝在沙发里。

鲍雪说："告诉我，在你的心里，我到底是怎么死的。"俞颂阳抬起头看着她说:"你没死。"鲍雪逼问:"那就是你死了?"

"你别往死逼我。"

"不想说拉倒,你走吧。"鲍雪走到门口拉开房门。

俞颂阳轻叹一声,站起身低头往外走。鲍雪心中发紧,几乎喘不过气来。俞颂阳的脚步声在她身后停下来。鲍雪回过头来,看到他的眼睛里闪过的一丝凄凉,心里不由得一惊随即软了,伸出手搂住了他。俞颂阳立刻紧紧抱住她,两人亲吻。俞颂阳把鲍雪抱到床边。

鲍雪在他耳边低语:"爱的时候要真诚,不爱的时候也要快马加鞭。"

俞颂阳的动作立刻停住了,靠在床头看着她不说话。鲍雪跟他并肩靠在床头,她沉重地叹了一口气说:"好好的一场恋爱就这样烂尾了。"俞颂阳说:"你们女人喜欢说过头话。"鲍雪问:"沈佩虹用哪句过头话做的结束语?"

"你把她拉进来做什么?"

"她压根就没出去。"

俞颂阳懒得跟她纠缠,把脸转向一边。

"讲嘛!讲嘛!"鲍雪硬是把他的脸扳过来。

"讲什么?"

"讲你俩的第一次。"

俞颂阳不讲,鲍雪胳肢他。俞颂阳笑得满床打滚。

俞颂阳的第一次,他记得很牢。当时电视上在播欧洲杯足球赛。沈佩虹拉起被单把两个人罩在里面亲热。沈佩虹全身心投入,俞颂阳的一半心思还在足球赛上。他听到全场沸腾般的欢呼声,一把掀开被单坐直了身子。沈佩虹气恼地从被单里钻出来,抓起T恤套在身上,跳下床去。俞颂阳拿起床头的啤酒一口气喝干了。沈佩虹回到床上在他身边坐下。俞颂阳的神情无比沮丧。

沈佩虹问:"怎么了?"俞颂阳说:"没怎么。""到底怎么了?"沈佩虹逼问。

俞颂阳的眼泪流了出来。沈佩虹摸摸他的脑袋:"是因为第一次给了我吗?别担心,我会对你负责的。"俞颂阳打开她的手。沈佩虹追问："你到底为什么哭啊？"俞颂阳泪水汹涌，泣不成声："意大利球队零比四输了。"

鲍雪在床上使劲蹬腿，眼泪都笑出来了，俞颂阳跟着她一起笑。鲍雪擦眼泪说："你这个人是个理想主义者。"俞颂阳说："俗称傻×。"

翌日清晨，俞颂阳领鲍雪出来吃早餐，桌上的早点非常丰富。鲍雪开心地吃着，问俞颂阳还踢足球吗。俞颂阳点点头。鲍雪问跟谁踢，俞颂阳打开手机视频给她看，视频里俞颂阳跟一帮三十岁左右的男人在绿茵球场热火朝天地踢足球。

鲍雪说："我看不懂。"

"给你找个能看懂的。"

视频中俞颂阳徒手攀爬，单手挂在悬崖上陡峭的岩石上。视频里俞颂阳身着翼装，号叫着纵身一跃跳下万丈深渊。

鲍雪吓得关了视频问："你不怕一个失手粉身碎骨吗？"俞颂阳说："最大的危险来自内心的恐惧。你克服了你就安全了。举个例子，单板滑雪的换刃，只有你的重心，敢于向深渊的方向倾倒的时候，你的刃才会换过来，同时也获得了安全。这不是侥幸，是力学是科学，你做不到是因为你的胆怯让动作变了形，重心没有转过来，这样你会摔得很惨。"鲍雪生气说："你这是拿命开玩笑！"俞颂阳说："怎么是玩笑？克服了恐惧，挑战了极限以后，那感觉比你赚多少钱、住多大房子、开多好的车可快活多了。""我和极限运动你选一个吧。"鲍雪说。

"开什么玩笑？"

"这不是玩笑。"

俞颂阳看她认真的样子，不由得也严肃起来，他问："你什么意思？"鲍雪说："如果咱俩没有恋爱关系，你不管从哪摔下来，我都不会肝肠欲断。"俞颂阳绷着脸说："这个选择跟妈和老婆掉到河里救谁有什么区别？鲍雪，我真没想到，你也这么俗。"鲍雪伤了自尊，说："我本来就是个俗人，请别往你的段位上架我。"

俞颂阳不回答，他把脸转向一边。鲍雪用纸巾擦干净嘴："我明白你的选择，咱俩就此别过！"说完她起身走了。鲍雪边走边听身后的动静，俞颂阳并没有追上来，她的心彻底凉了。

飞机起飞，鲍雪靠在座位上双眼紧闭，心中无比沮丧。

俞颂阳一脸疲惫地回到家坐在沙发上。俞母蓬头垢面地坐在他的面前，两眼盯着他问："你要是不帮我们这个忙，时间一到，欠款还不上，这个房子就被银行抵押了。我跟你爸上哪儿去住？"俞颂阳无奈地说："这么短的时间，你让我去哪给你们弄这么多钱？"

俞父插话了："你总归比我们有办法吧？"俞颂阳说："你们这是要逼死我。"俞母说："父债子还，这个道理走到哪儿都讲得通。""真不如一刀捅死我。"俞颂阳起身往外走。俞父问："你去哪儿？"俞颂阳气呼呼："回去想办法弄钱。"

俞母问："就在家待这么两天？"

"我有家吗？我没有家！"

俞颂阳扔下这句话，开门出去了。俞母一下哭出了声。

俞颂阳的车在高速公路行驶。俞颂阳开车，边开车边骂："不打转向就并线，你的驾照是自己画的吗？"

后面的汽车从俞颂阳的车边呼啸而过，俞颂阳骂对方："赶着去投胎呀？"

砰的一声响，车胎爆了，俞颂阳下车换车胎。他自言自语："人要是倒霉，都跟打扑克接龙一样。"

俞颂阳装好车胎，重新上路。他边开车边自言自语："挫折算什么？我这一辈子全凭挫折滋养自己了。命是失败者的借口，运是成功者的谦词，一往无前才是男人的人生态度。"

俞颂阳喝矿泉水，吃烧饼面包，喝完空瓶子扔在副驾驶座下的大垃圾袋子里，给汽车加油的时候才停下来，顺手把一袋子的空瓶子扔进垃圾桶里。

离目的地还有两百公里的路上，拉矿石的大货车侧翻，造成交通堵塞。高速公路变成了停车场。道路一点一点地疏通了，一辆小汽车停在路边，车边站着一个人拦车，没有一辆车为他停下。俞颂阳的车在他身边停下，他摇下车窗问："怎么了？"男人说："堵车时间太长，儿子听收音机，把电瓶听没电了，你能帮我搭一下电吗？"俞颂阳点点头："没问题。"

俞颂阳下车，打开后备厢，看到里面乱糟糟的全是鲍雪的东西，已经平静下来的心立刻又乱了。他翻出来搭电用具，搭在男人车的电瓶上。俞颂阳发动车，带动了男人的车。男人车的发动机轰鸣着。

男人感激地紧握俞颂阳的双手："我拦了十几辆车，只有你肯停下帮我。"俞颂阳说："出门在外谁都会遇到难处，伸手帮一把很正常。"

男人掏出名片递给俞颂阳，俞颂阳也掏出自己的名片跟他交换。两人各自驾车上路。车外的路标指向西安。俞颂阳打方向盘拐下高速进西安。俞颂阳进工地查看了装修效果，问题一大堆，他心中很是气恼。

开车回到北京，俞颂阳进家门，看到客厅里四处都留有鲍雪的痕迹。茶几上喝了一半的果汁，卫生间洗漱架上的发卡，沙发上看了一半的杂志。他犹豫再三，发了一条微信给鲍雪："还好吗？"

微信发不出去，他知道鲍雪把他拉黑了。他思忖了一会儿，还是叫了闪送，把鲍雪给他的那把家门钥匙物归原主了。

看到俞颂阳这样决绝，鲍雪心彻底凉了："我不回头，他不挽留，我们俩就这样完了。"

鲍雪在摄影棚里演戏，她扮演的妻子怒不可遏，伸手把桌子上的东西全都划拉到地上。丈夫也不示弱，他拿起一个喝水杯摔在地上。妻子举起台灯狠狠地摔在地上。丈夫看她摔了这么贵重的东西，气坏了，伸手就给了妻子一个嘴巴子。妻子做梦也没想到丈夫能动手打她，她完全气疯了，拿起什么砸什么。丈夫吓坏了，使劲搂住她的腰，妻子哭号着拼命挣扎，丈夫死不撒手。

丈夫："别砸了！别砸了！你不解恨就打我，这些东西是咱俩结婚才置办下来的，你砸的都是钱哪！"

妻子已经听不进去他的话，她用脚使劲踹家具。丈夫拿着妻子的手狠狠地给了自己一个嘴巴子。清脆的响声使妻子冷静下来，丈夫又拿着她的手给了自己一个嘴巴子，这一记比上一记还狠。他还要往下打，妻子坚决不从，使劲往回抽自己的手，丈夫不放，两人撕扯着摔倒在地上不动了。丈夫翻身坐起来，妻子也坐起来。丈夫神色悲凉地看着满地的碎物。妻子的悲凉十倍于他，她的眼泪一串一串地往下掉。

丈夫把碎台灯往一块拼："砸什么不好？非砸它，这是咱俩结婚那天买的。"

妻子看着台灯哭出声，丈夫把地上的破烂都收拾起来。妻子还坐在地上哭。丈夫拧了个手巾把儿给她擦脸，妻子不让他擦，丈夫硬擦。

丈夫问："你怎么就这么犟呢？啊？"

妻子哭累了，她不哭了。丈夫把她拉起来，搂着她坐在床上。夫妻俩谁也不说话，两人坐在那里，互相抱得紧紧的。丈夫睡熟了，妻子没有睡着，她瞪着眼睛看着屋顶。

妻子内心独白："我和他的架越打越多，越打越密，芝麻大的一点小事就能引发一场大战，每次打完我们总能和好，心里却感到危机越靠越近。为了抵御危机我们加倍地好，好到在屋子里面也要手拉手寸步不离，我明白我们做出这个样子是要给那个危机看。"

妻子的眼泪成串地流下来。

导演喊："停！过！"

鲍雪却过不去了，她哭得怎么劝都停不下来。良玉冲她说："过来，过来。"鲍雪抽抽搭搭地跟她去了化妆间，良玉给了她一根烟问："失恋了？"鲍雪抓着她的衣襟放声大哭："我在跟一堵墙谈恋爱！我是在跟石头谈恋爱啊！"良玉说："哭吧，往通了哭。你死你活，谁痛？谁痒？我劝你还是为自己活吧！"

鲍雪抽纸巾擤鼻涕擦眼泪。良玉问："能面对镜头了吗？"鲍雪点头。良玉平静地说："那咱们修妆。"

鲍雪修好妆，跟着化妆助理去现场拍戏了。

良玉跟制片主任说："以后我不干化妆了，改行当三陪。周老太太来这里演戏，你们跟她说好了三天，结果扣了人家十一天，她天天让我陪她打麻将，为了剧组我不能不去陪。这位鲍小姐想起来就哭一通，我劝她劝得自己都低血糖了，这事你得给我补偿。"

制片主任说："这么着，我给你发一条烟、两瓶牛栏山、三桶矿泉水。"良玉问："你打发居委会主任呢？"制片主任问："你要什么？"良玉说："请鲍雪吃饭的发票你给我报了。"

拾伍

　　司梦出差回来了，大壮满脸是笑地把手里的一双拖鞋送到妈妈脚边。司梦摸摸大壮的脑袋说："我儿子太知道疼人了。"圆圆跑过来扑到司梦怀里说："妈妈，爸爸给我买的蛋糕我给你留了一块。是吧？爸爸。"杜世均点头称是。司梦叫道："哎呀，我女儿太暖心了。"

　　杜世均说："你可回来了，我该交班了。"他说完，收拾自己的东西准备走。圆圆问："爸爸你今天能不能不走？"杜世均说："爸爸有事。""爸爸和妈妈为什么不能同时在家？"圆圆问。

　　杜世均和司梦相互看了一眼。杜世均说："因为爸爸和妈妈都有事情做，所以要分担照顾你们的责任。"大壮问："我们同学的爸爸妈妈也都有事情做，他们为什么不轮流在家值班？"司梦说："情况不一样。"大壮很聪明，一针见血地问："你们是不是要离婚？"

　　杜世均和司梦同时一怔。杜世均问："谁说的？"大壮说："我们班刘思佳的爸爸妈妈，就不同时在家里住，因为他们离婚了。"圆圆气恼地说："如果那样，我情愿做流浪猫去。"司梦岔开话头："做流浪猫好啊，每天不用上幼儿园，也不用洗澡，在院子里跑来跑去的，饿了就到窗子下面叫两声，妈妈打开窗子，从上面扔下来点剩饭剩菜给你吃。"圆圆赞同："我看行。"司梦说："就这么定了。"

　　圆圆扭头就走，边走边说："我走了，做流浪猫去。"司梦叮嘱她："走好。"圆圆到门口去开门："再见！"杜世均笑着往回叫她："爸爸不同意你去当流浪猫。"圆圆见台阶就下，说："妈妈，你已经把我赶出家门两回了。"司梦说："咦，不是你自己要走的吗？"圆圆抱着杜世均的腿说："爸爸，你也别去做流浪猫。"

杜世均感动地摸摸女儿的脑袋。

司梦对杜世均说："时间还早，你再跟他们玩一会儿，我去做饭。"

司梦走进厨房，厨房里乱得下不去脚。十几个用过的碗放在洗碗池子里用水泡着。司梦叫了起来："怎么不把碗刷了？大热天，你也不怕泡臭了？"杜世均说："臭不了，我天天都换水啊。"

　

老年合唱团在练无伴奏合唱。白静慧在队里里认真地唱，吕正在树荫下认真地听。戴厚江从远处绕过来，他远远地看着白发苍苍的母亲，心情很是复杂，他不想让母亲在这里看到自己。

戴厚江围着母亲住的小区绕了一圈，重新回到门口，他的目光被远处走来的人吸引过去。白静慧跟吕正拎着蔬菜水果走过来，两人有说有笑看着很亲密。白静慧走到门口，吕正掏出门禁卡刷开了大门。白静慧没有注意到站在不远处的戴厚江。戴厚江的脸上阴沉下来，问戴小雨："那个老头是谁？"

戴小雨说，是奶奶的朋友。戴厚江追问，朋友还是男朋友？戴小雨不愿多事，说她也不清楚。戴厚江这人心思复杂，他可不希望母亲弄出什么黄昏恋来。得知母亲和吕正交往大半年了，他有点生气，埋怨女儿没将这么重要的信息告诉他。戴小雨问，他们不是已经断绝母子关系了吗？

戴厚江想发脾气，知道惹不起女儿，把想说的话咽回到肚子里。他不愿意再在北京待着了，跟戴小雨说家里有事，必须回杭州了。戴小雨巴不得让父亲早点回家，他啰啰嗦嗦叮嘱的事，她都一口答应了下来。

戴小雨经常去北辙南辕视察，她问巴小丁："流水怎么样？"巴小丁说："周末能突破两万，平时一万多。"戴小雨点点头问："冯希呢？"巴小丁答："冯总在后厨。"戴小雨又问："她总在后厨吗？"巴小丁点点头。

赵赫男在后厨边操作边给徒弟讲解，冯希站在一边认真地听着看着。

"茄子去头尾洗净，间隔去皮，对半切开，再切断。大蒜去皮，剁成蒜蓉。用碗调酱汁，放鱼露、蚝油、鸡粉、生抽、老干妈辣豆豉，用筷子搅拌均匀，放在一旁备用。"

戴小雨走过去站在冯希旁边，问中午的工作餐是什么。冯希说，两个菜，菜花西红柿和宫保鸡丁。得知冯希总在这里吃饭，戴小雨说，她也享受一下员工的福利，午餐就在自家餐厅凑合着吃了。

吃完饭，戴小雨坐在桌边喝茶，透过窗子看到彭湃从远处走过来。她立刻放下杯子从后门溜了出去。冯希从后厨出来，看见彭湃进来，说："饭店还没开始营业。"彭湃说："我找戴小雨。"

巴小丁给冯希打哑语，冯希立刻明白了，说："刚才还在这里，说要在这里吃午饭，你坐在这等等她。"

戴小雨没再回去，她回到家里坐在沙发上生气。刘梁周发来微信问："怎么样？"戴小雨回微信："肝疼。"刘梁周问："郁闷？"戴小雨回了个点头的表情。

刘梁周不再回微信了，戴小雨生气地把手机扔在沙发上。

灶上的砂锅冒着香气，司梦在灶前炒菜。杜世均带领一对儿女拼乐高。父子三人玩得兴高采烈。

司梦把砂锅端上桌子："吃饭了。"杜世均立刻起身跟进厨房。他端炒好的菜，司梦拿碗筷，俩人配合得很默契。

一家四口围坐在餐桌前吃饭。司梦点评："最近大壮表现得不错，没有被叫家长。"杜世均说："学习成绩也往前挪了挪。""因为什么？"司梦问。杜世均说："老师把他跟班长分成同桌了。"司梦问："是季雨辰吗？"杜世均点点头说："那小姑娘长得挺文静的。"

大壮说："我跟她说话的时候捂着嘴。""为什么？"司梦好奇地问。大壮说："因为我的牙都掉了，我不想在她面前丢丑。"杜世均笑嘻嘻说："大壮很喜欢季雨辰，看到她的时候表情非常激动。"大壮不承认："我不是喜欢她，是崇拜她。"

司梦问："喜欢和崇拜有什么不同？"大壮大声喊："精神病院，我们家有个傻子，连崇拜和喜欢都分不清楚。"

司梦和杜世均大笑，笑完他俩不由自主地互相看了一眼。这样的氛围在家里很久没有出现过了。

大壮唱起来:"你要是觉得幸福你就拍拍手。"司梦问:"儿子,你知道什么是幸福?"大壮又大声喊:"精神病院,我们家有个傻子,不知道什么是幸福!"

司梦说:"圆圆你告诉妈妈,什么是幸福?"圆圆说:"幸福就是亲密地在一起,感觉到心里很宽很大,没有烦恼。"司梦一把把女儿搂在怀里:"我女儿说得多好!"

圆圆缠着妈妈说个没完,杜世均吃醋了:"有了妈妈就不要爸爸了,小白眼狼!"圆圆说:"我跟妈妈睡,让爸爸放松放松。"

大壮兴致勃勃地玩妈妈给买的玩具,顾不上安慰爸爸。杜世均在厨房里刷碗,擦拭灶台,他干得很笨拙。司梦则在卫生间帮圆圆洗脸刷牙。

司梦安顿好孩子们睡觉,从卧室里出来。杜世均看着她,两人一时无话。司梦问:"想不想喝杯咖啡?"杜世均说:"好,在这喝了,省得回去再提神。"司梦随口问:"还要熬夜?"杜世均说:"主管部门下来检查,我得把需要的资料备齐了。"

司梦给他做了一杯咖啡。杜世均深深地嗅了一下,表情很是陶醉:"真该给它颁个奖。"司梦在他对面坐下,俩人各自品着杯里的咖啡。司梦问:"那个魏蓝怎么样了?"杜世均不悦地说:"又提她!"

"这么恨人的事,怎么能一下全忘了?"

"零敲碎打,还真不如一刀把我剁了。"

"这个主意不错!"司梦起身出去,杜世均不知道她要干什么,伸着脖子看。司梦抱了一颗西瓜回来,她把西瓜放在餐桌上,用刀刻上杜世均三个字,然后一刀剁开。杜世均夸张地打了个寒战。司梦捧起来半个西瓜,用勺子舀一勺西瓜,送进他的嘴里。杜世均问:"我这是自食其果吗?"司梦问:"你有能耐结出这么甜的果吗?"杜世均说:"没有你配合肯定不行。"司梦把一个勺子递到他的手里:"不切了,就这么吃吧。"杜世均说:"对,形式不重要,吃什么最重要。"

白静慧在厨房里炒菜做饭,戴小雨在一边打下手。鲍雪进门喊了一声："姥姥，我回来了！"白静慧说："饭马上就好。"

鲍雪进屋把挎包扔在一边，顺势躺在沙发上。戴小雨进来问："混饭来了？"

鲍雪问："有意见？"戴小雨扒拉她一下，让她给自己让出来些地方。鲍雪挪了一下身子，戴小雨在沙发上坐下。

戴小雨说："我昨天去北辙南辕转了一圈，那个冯希膨胀得不知道该怎么嘚瑟了。"鲍雪闭着眼睛不说话。戴小雨愤愤然说："她还真把自己当冯总了，见到我都爱搭不理的。我跟她投资一样多，我俩平级你说她牛什么？"

鲍雪还是一言不发。戴小雨问："哎，你这是怎么了？跟被霜打了一样。"鲍雪说："我跟俞颂阳吹了。"戴小雨不以为然地说："那你得赶紧再找一个，恋爱是你菜中的盐，没有盐，你怎么能下咽？"

"肾不好，还是少吃点儿盐。"鲍雪说得有气无力。戴小雨骂道："男人没有一个好东西，欺负我这样的也就算了，连我妹妹这样的傻子都不放过，真是丧尽天良。"鲍雪气乐了，她坐起来问："我怎么傻了？"

戴小雨问她："你交哪个男朋友占到便宜了？从物质到精神全把便宜给他们占了。"鲍雪想了一下说："还真是那么回事。我的青春期就是从一场失恋走向另一场失恋，用一种病治好另一种病。路痴，健忘，选择性记忆都是我自我保护的手段。"

戴小雨问："恨吗？"鲍雪答："恨。"戴小雨说："下次见到他，立刻把他拖进监控盲区，一板砖拍得他生活不能自理。"鲍雪哈哈笑："犯不上，我心大，脑袋如同漏斗，多么痛苦的经历经我一过滤立刻蜕化成白纸。你让我好好歇一会儿，晚上我才能精神抖擞地出去。"戴小雨问："出去干什么？"鲍雪说："找朋友聚会，喝酒，扯淡，狂欢，这是治疗失恋最好的办法。"

戴小雨手机进来一条订票短信，提示机票已经购买成功，飞机飞往的目的地是刘梁周拍摄的外景地。戴小雨明白这是刘梁周发来的邀请，她的脸上露出了笑容。

尤姗姗从心里喜欢鲍雪，喜欢的方式就是请她吃饭。鲍雪问她：

"除了吃，你还会点什么？有点品位好不好？"尤姗姗说："你给我推荐一个品位，我尝尝。"

鲍雪说："我请你看话剧。"

尤姗姗应邀去了。剧场里的人没有坐满，她的位置在前排。鲍雪在台上说着大段的台词："你知道兜里没钱又要吃饭看病的日子是什么滋味吗？见利忘义，什么是利？什么是义？我比你清楚，我下岗了，生活再困难我们都得找机会，靠自己的力量生活下去。现在我有一个工作的机会，迫切需要人帮助我，你能帮助我吗？你能拿出这十万块钱帮我渡过难关吗？不能，别说你没有，就是有你也不舍得全部拿出来。整整一年我经历了这么多的事情，我也明白了一个道理，人得为另外一些人活着，否则生活没有意义。"

尤姗姗聚精会神地看着。

台上的鲍雪感情百分之百地投入："你除了站在一边说伤害别人的话，什么都做不了，在这一点上他和你完全不一样。过去我一直恨他，现在我从心里感谢他。从这件事情上看，他称得上是一个满怀父爱的人。如果他真的对我们没有感情，遇到这样粘手的事情逃还来不及呢，为什么要主动冲上来？你说我见利忘义，我要告诉你，我是见利不忘义，我要感谢这个利，我要永远不忘这个义。"

饭店已经打烊，尤姗姗和鲍雪坐在角落里吃夜宵。尤姗姗问鲍雪："你为什么喜欢演戏？"鲍雪说："人这辈子只可能有一种活法，做演员就不一样了，可以体验各种复杂的人生。我喜欢我在台上的样子，不是说我有多漂亮，我站在台上，就觉得我变成了另外一个人，我这身皮肉，终于和我的灵魂融合在一起了。"

尤姗姗像看怪物一样看着她："我真不懂你。"鲍雪说："那咱们说话剧吧，你看完什么感受？"尤姗姗长出了一口气："从里到外地心疼你。"鲍雪吃了一惊："为啥？"

"真不知道你图什么？就这么几个人看话剧，像我这样的还是拿的招待票，你真不如跟着我，走另一条挣钱的道呢。"

鲍雪生气："你这个人比任何无神论者都看重物质，你满脑袋就一个字，钱！没有追求没有理想，你这样的女人，上下左右全方位地没意思。"

尤姗姗说:"你滚吧!"鲍雪立刻出去了。尤姗姗等了一会儿,不见她回来,给她打电话:"你在哪儿?"鲍雪开着车,用蓝牙耳机跟她通话:"你让我滚,我正在滚回家的路上。"尤姗姗骂道:"你给我滚回来!"鲍雪说:"对不起,我已经滚远了。"尤姗姗挂了电话自言自语道:"这个傻子真的招人喜欢。"

尤姗姗不常来北辙南辕,偶尔来一次,总能看见冯希一脸崇拜地跟在赵赫男屁股后面。这一天她刚进门,就看见冯希送赵赫男出门。赵赫男对尤姗姗微微点了一下头,就跨上摩托车一溜烟走了。

尤姗姗说:"这人总这么'踆'吗?"冯希说:"其实他人很好,只是不爱说话。"

尤姗姗用鼻子哼了一声:"操作间一站,围裙一扎,谁都说不过他。"

冯希在尤姗姗的对面坐下。尤姗姗问:"今天的流水是多少?"冯希答:"两万。"尤姗姗点点头:"怎么样?吃力不吃力?"冯希说:"不吃力,挺好的。"

尤姗姗说:"我一直担心你掌控不了局面,看来是看错你了。"冯希说:"你放心,一切都在掌控中。""买卡的客人多吗?"尤姗姗又问。冯希摇摇头说:"不多。"

"买了卡就留住了回头客,任何竞争都是抢客户,如果你能把这个客户留下来,而且留得住,这就是北辙南辕能开下去的根本。"

冯希频频点头。

飞机在刘梁周拍摄外景的城市降落,戴小雨拉着旅行箱从机场出来,一眼就看见前来接她的刘梁周。刘梁周露出一口洁白的牙齿冲着她灿烂地笑着。他真诚的笑容让戴小雨的心不由得一动。刘梁周开车,戴小雨坐在副驾驶的位置上。挂着剧组牌子的面包车在高速公路上行驶。

刘梁周说:"我们剧组一共十几辆车,进山的时候赶上修路,制片主任为了不绕道,把人家前方修路的牌子拔了,硬把车开了进去。

这下可好，整个摄制组沦陷在那里整整一晚上。"戴小雨问他："你到底想跟我说什么？"刘梁周说："知道你能来，我太高兴了。"

"你不怕我把票废了？"

"你不是随意浪费钱的人。"

"与其假清高，不如真计较。"

刘梁周点头称是，戴小雨问他，老实交代，处过几个女朋友？刘梁周说三个。戴小雨揶揄地问，都是这样死乞白赖黏到手的？刘梁周摇摇头，错！没有一个是他主动，都是姑娘自己扑上来的，而且分手都是他提出来的。

戴小雨好奇地问，为什么？刘梁周说，太黏人了。分手以后还总是给他打电话，其中一个女孩说馋了请他吃饭。他不想分手了就老死不相往来，吃顿饭就吃顿饭吧。结果，每次吃完饭就会有别的事情。比如她姐姐跟她妈妈把房子卖了没有通知她，结果房款里没有她一分钱，打官司要他帮忙找律师。

戴小雨不用好眼神看刘梁周，问他是前男友，还是女孩他爸。刘梁周苦恼地说，女人求他，他不好意思拒绝。戴小雨连珠炮一样问他，是妇联的，还是救灾委员会的？刘梁周摇摇头。

戴小雨分析说，前女友每次打电话，肯定都是她遇到麻烦的时候。刘梁周想了一下，恍然大悟说，还真是这么回事。戴小雨又问，前女友给他过生日吗？刘梁周点点头。戴小雨告诉他，那是借给他过生日的名义揩他的油。听了这话，刘梁周哈哈大笑。戴小雨问他笑什么，刘梁周说，她把他当自己人护着，他从心里高兴啊。

俞颂阳一脑门子的官司走进办公室，屁股刚落座，顾杰就来找他。俞颂阳问有什么事，顾杰说，他朋友的姐夫开发了一个别墅区，说以后来这里买房子的客户，都推荐给他们公司去装修。

俞颂阳说，他是设计师，挣的是愿意挣的钱。装修顶级别墅也是为个人服务，被不懂行的雇主踩躏来踩躏去，早晚会露出奴才相，这是他最不愿意的。

顾杰说："知道你牛×，不愿意接家装，可是俞颂阳，咱们公司底子薄，真的没有玩清高的资本。"俞颂阳说："公司的状况我也清楚，所以特意绕道去了趟西安。那里工程进展极慢，效率极低，工人的情绪特别糟糕，他们两个月没见到钱了。"顾杰说："北京还有项目要拓展，我们不能整天待在西安盯着。再说，我把钱都打过去了啊。"

俞颂阳说："那个张伟卷钱跑了。"顾杰一怔说："不会吧？"俞颂阳说："材料费、施工费，还有甲方让他帮忙买东西的钱，一共四十万全部卷走了。"顾杰若有所思地看着俞颂阳，俞颂阳说："看我干什么，张伟是你推荐的人。"顾杰问："这时候找后账有用吗？"俞颂阳说："因为没用，所以我才跟甲方表了态，这笔款我们公司偿还。"顾杰急了："操！没你这么出牌的。"俞颂阳说："宋总说，活干好为前提，钱的缺口他先补上。"顾杰松了一口气："甲方敞亮。"

俞颂阳摇摇头说，那也不能就坡下驴！自己挖的坑他们得自己填上。顾杰叫穷，他哪有这笔钱？俞颂阳让贷款，顾杰说要贷用他俞颂阳个人的名义贷，他不拦着。俞颂阳的心一下就凉了，既然顾杰好意思这样说，他也没什么说不出口的了，他想知道公司到底还有没有钱。

顾杰嚷嚷说，想查账？好，不拦着，随便查。俞颂阳看着他不说话。顾杰不想闹得太僵，放缓了语气说，老俞，理想翻到天上去，人不是还得落下来两脚站在地面上吃饭睡觉吗？

俞颂阳发作了，让顾杰少拿着他的理想说事，跟他玩了三年虚的，他不会再跟着他往下干了。

顾杰叫道："俞颂阳你受了什么刺激了？我给你掰开了揉碎了说了这么半天，你怎么还不明白？咱俩还是不是哥们儿？"俞颂阳冷冷地说："你要是真把我当哥们儿，也不会这样对我。"顾杰火了："你说这话是什么意思？"

"我的意思是，我会找第三方会计来查账，让他亲口告诉我，公司的账上到底还有没有钱，如果没有钱，那么账户上的钱都哪里去了。"

顾杰咬了牙："俞颂阳你来真的？好，那咱俩走着瞧。"

戴小雨陪着刘梁周出现场，刘梁周在高台上拍摄，戴小雨坐在监视器前看演员表演，她不停地打哈欠。导演喊："停！过！"

刘梁周走过来在戴小雨身边坐下，戴小雨说："什么破戏，连起码的逻辑都没有。"刘梁周说："原来的剧本比这还差。"戴小雨问："那你们还拍？"刘梁周戏谑说："转身就走的是文学，坚持下来的才是影视。"

戴小雨鄙夷地撇撇嘴。

鲍雪在郊区拍戏，尤姗姗给她打电话，说今天是她的生日，让她回城的时候，直接来北辙南辕。

鲍雪说："今年你已经过过生日了。"尤姗姗回答得很干脆："我想过几次就过几次，这是我的自由。"鲍雪说："路这么远，我不一定能按时赶到。"尤姗姗："死等你，你不回来，我这个生日就不过了。"

回城的路上，鲍雪开着车想心事，等她抬头看时，路牌上写着进入天津界。鲍雪心中发慌，七拐八拐竟然发现自己把车开到大剧院门口，她问自己："我为什么要把车开到这里来？"

俞颂阳的样子突然出现在她的脑海里。一个月前无话不说的两个人，就这样突然间一句话也没有了。鲍雪觉得自己懂了，爱一定是有呼应的，不爱了，那种呼应停止了。

尤姗姗打来电话问："鲍雪，你死哪儿去了？一桌子的人等着你呢。"鲍雪说："你们先吃，我带狗不理包子回来给大家宵夜。"

前方修路路断了，鲍雪的车拐下高速。GPS要求她掉头。鲍雪说："掉头，掉头，掉你个大头鬼啊！"

前方出现路标："良乡。"

鲍雪大吃一惊。尤姗姗打电话催她："到哪儿了？"鲍雪说："迷路，在去往良乡的路上。"尤姗姗问："为啥不用高德导航？"鲍雪抱怨："用了，高速修路必须绕道，导航也跟我一样蒙圈了。"尤姗姗骂她："你蠢，插上根尾巴就是猪。这下完了，就算我变身成高楼大厦，你在地图上也找不到我。"

鲍雪心中憋闷，她打开了车窗。鲍雪冲着夜空大声喊道："心中无草无花，身边无剑无马。我来到世间，发出的第一声呐喊，就是放声哭号。你们听好，我要再次呐喊了！啊……"

鲍雪的车拖着她喊叫声的尾音向前冲去。看到一个老头在路边遛狗，鲍雪把车停在路边，老头告诉她："姑娘，你走反了，桥下掉头，才能回北京。"

刘梁周、戴小雨和他的摄影助理们坐在大排档里。他们跟前的桌子上摆满了啤酒瓶子和冰镇可乐瓶子。服务员将一大把烤好的串放在桌子上的大铁盘子里。大家吃着喝着说着。

戴小雨问："有没有烤菠萝和烤玉米？"刘梁周说："想吃什么到柜台那里去点，他们烤好了会送过来。"

戴小雨起身往那里走。刘梁周和弟兄们碰杯喝酒。戴小雨站在柜台前一样一样地挑她喜欢吃的东西。几个混混模样的小青年眼睛黏在她的身上。一个混混说："这妞长得也太美了！"另一个剃着秃瓢的混混四下看看问："她是不是一个人来的？"那混混说："跟人来的又能怎么着？"秃瓢混混说："我去碰碰运气。"

戴小雨点完菜转身往回走，秃瓢用胳膊肘碰了一下戴小雨，戴小雨猝不及防，手机掉在地上。秃瓢连声说："对不起！对不起！"他捡起手机，递给戴小雨，戴小雨接过手机，接着往前走。

一个混混假意打抱不平："哎，你一句对不起就完事了？"秃瓢说："手机又没坏，总不能硬赔她一个新手机吧？"混混说："请人家喝杯酒，道个实体歉，总可以吧？"

秃瓢立刻拦在戴小雨跟前："美女赏光，要不这个坎我过不去。"戴小雨警惕地看着他问："干什么？"秃瓢涎皮赖脸说："喝杯酒，就一杯。"

刘梁周觉得戴小雨离开的时间有点长，站起身往这边看。看到三个男子在纠缠戴小雨，立刻起身往那跑。摄影助理觉得情况不对，紧紧跟着他。戴小雨躲闪秃瓢的纠缠，他死死抓住戴小雨的胳膊。戴小雨抬手就给了秃瓢一个嘴巴子，他被打得有点犯蒙。混混哈哈大笑。

秃瓢恼了，伸手抓住戴小雨的头发攥在手里，戴小雨抬腿就是一脚。秃瓢两手捂着裆部蹲下，另一个混混不干了，拎着空酒瓶子过来。刘梁周习惯性地伸出食指和中指比画了一下机位，两个助理立刻包抄上去。一人一个跟那俩混混动起手来。秃瓢龇牙咧嘴地扑过来，刘梁周伸腿一撩，他猝不及防摔倒在地，大排档里顿时乱了……

尤姗姗的生日聚会上，不时有人举杯来敬酒，尤姗姗来者不拒。冯希缠着司梦聊天。司梦说："你这个人的毛病是，将成功归于外因，把失败归于自己，所以很难抬起头来。"尤姗姗转过头，插了一句嘴："她把自己挂在一棵树上，放弃了整片森林。"冯希头都没回，用胳膊肘捣了她一下。尤姗姗说："快把你心里的那个人忘了吧，忘记得越快，越是对自己仁慈。"

鲍雪大呼小叫地跑进来："对不住！对不住！我不是故意来晚的。"她冲尤姗姗鞠了一躬，说："老大，真不知道今天又是你老人家的生日，礼物改天我一定补上。"

冯希拉她入座："她的生日，哪有准日子？想过就过，你别当真。"尤姗姗说："享受生活，没机会也要创造机会。你懂不懂？"冯希说："不懂。"尤姗姗说："这我得掰开了揉碎了给你讲。"

鲍雪拿起筷子大口吃菜。尤姗姗说："蛋糕呢？快给这个倒霉蛋上一块。"

冯希端来一块蛋糕给鲍雪。"哇，冰激凌蛋糕。"鲍雪咬了一口蛋糕问冯希，"李响怎么样？"冯希说："就那样。"尤姗姗用鼻子哼了一声："小镇妇女，就是到北京也难打开你的格局。"

冯希问："什么意思？"尤姗姗说："身体和感情上的保守，把你困得死死的。早晚有一天，抑郁会一点一点勒住你的脖子，叫你窒息而死。"冯希指着尤姗姗说："你肯定死在我前面！"鲍雪问："为什么？"冯希说："尤姗姗所有的爱情，都是在脑子里完成的。在现实的爱情面前，要多无能有多无能。"鲍雪问尤姗姗："有人追求你，你怎么表示？"

"看他追求我哪一部分。"

"当然是感情了。"

尤姗姗一本正经："跟我谈感情？那太伤钱了！"

众人大笑。尤姗姗说："前一段时间，我喜欢上一个帅哥，决定下点儿功夫追求追求。我请他吃火锅，他说他喜欢吃内蒙古的羊肉。

第二天，我直接从内蒙古弄了两只全羊，给他送家去了，从此他吓得连我电话都不敢接了。"

众人的笑声一浪高过一浪。

鲍雪抹着笑出来的眼泪："我都怀疑你，是否谈过恋爱、结过婚、生过孩子。"

"怎么了？"尤姗姗问。鲍雪问："你觉得你那是热恋吗？"

"热得都开锅了，还不算吗？"

"你从字面给我解释一下什么是热恋？"

尤姗姗想了一下说："热恋嘛，说穿了，就是荷尔蒙爆棚。是你生命当中最傻×和最牛×的状态同时降临，你面对这两种状态，一会儿游刃有余，一会儿束手无策。如果这样，就可以诊断是在热恋。热恋期，智商会降到波谷，情商和颜值都在巅峰状态。热恋本身特别美妙，它基本上是一个人生命力的峰值状态，谈恋爱要找对人，没找对人，那就是一场疯狂的自残。所以说情场有风险，热恋需谨慎。"

桌上的人笑得前仰后合。

"你说这话，有人放焰火；我说这话，汽车立马爆胎。"

尤姗姗拍拍鲍雪的肩膀："好好跟姐姐学着点儿。"

司梦说："逻辑学告诉我们，一个命题只要它的前提是假设的，那么不论它的结论怎么荒谬，整个命题都是真的。相信比经历重要得多。"

尤姗姗说："冯希这只猪，谁的话都听，就是不听我的。刚来北京，被人煽骗 P2P 炒股。没本钱跟我借，怕我阻止她，还骗我说，开网店资金周转困难。我借给她了，结果那笔钱全打了水漂。"

"骗我的那个人都找不着了。"冯希叹了口气。

尤姗姗说："你就是头猪。这套路谁不知道啊？这样的当，你也上？满街贴告示，还真有不识字的。我跟她说，吃一堑，长一智。这钱就当我给你交学费了。后来，她还是把这笔钱还上了。"

冯希说："你把我骂得头破血流，我也不敢翻脸，只能感谢完再感谢。"

尤姗姗两眼一翻："废话，你不是还得用我给你炒股挣钱吗？"

"是，是。"

"她当面谢我是真的，背后骂我也是真的。容易上当的人，也容易见利忘义。"

冯希说："你这人，好事干到底，坏话说到家。"尤姗姗说："看见没有，这是个现实版的幽灵。"鲍雪说："出去打一架吧，今天晚上，你俩要不死一个，要不冰释前嫌。"尤姗姗说："说你呆你还不承认，我俩这是牺牲自我形象，让你开心取乐呢。"

鲍雪立刻起身，给她俩一人一个拥抱。尤姗姗问："你跟俞颂阳怎么样了？"

鲍雪说："分手了。"尤姗姗上下打量她问："哭惨了吧？"鲍雪说："我的眼睛里没有眼泪只有钻石。"

司梦说："上一段的感情消失了，下一段的爱情才能真正发芽。"

"后悔是人比其他动物进化得多的一个原因，后悔也是一种能力。你看冯希就不知道啥叫后悔，所以她总吃亏上当。"尤姗姗说。

冯希白了她一眼。

尤姗姗说："我身边的女人们，个个身经百战、历尽沧桑，还是一如既往地相信爱情。对我来说，谈恋爱找对象比脱贫还要难。"

司梦说："恋爱靠机会，婚姻靠智慧。"

冯希沉默片刻说："要我说，一切都是命里注定。"

尤姗姗硬拉着鲍雪和她回家，睡不着，俩人索性坐在沙发上聊天。

尤姗姗说："我发现我越来越不会跟男人相处了。帅哥坐在我面前的时候，我常这样想，他要是个客户就好了，这样我跟他说话的时候，会先用开放式的问题问出来他的需求，然后用封闭式的答案来引导对方，这样就会把对方的需求和我的目的联系在一起。"

鲍雪说："你这是做生意不是谈恋爱。"

"谈恋爱其实也是做生意，先开始拼命让对方看，自己的产品多么优良。产品推销出去，后期维护就不归自己管了。"

"所以有很多公司就这样倒闭了。"

尤姗姗一拍桌子："鲍雪，你是个聪明人，一点就透。我跟你说话，心里真是痛快。"鲍雪说："我的感觉正相反，跟你说话觉得没意思。"尤姗姗问："真的假的?"鲍雪说："真的。"

尤姗姗问："怎么样才能有意思?"鲍雪说："咱俩接着喝吧，估计你喝醉了，彻底进入内心世界，说的不是做生意的事，可能会有点意思。"

两个女人红酒就着花生米，有一搭没一搭云里雾里聊着。

鲍雪问："你信不信这个世界上有真挚的爱情?""不信。"尤姗姗回答得很肯定。鲍雪说："你这人对爱情充满了歧视和偏见。"尤姗姗说："来，就这事咱俩得好好往深了聊一聊。""你段位太低。"鲍雪蔑视她。尤姗姗说："你坐的是我家沙发，喝的是我的好酒，如果再敢不顺着我说话，看我敢不敢揍你?"

"你能不能心态好一点儿?"

"怎么样才叫心态好一点儿?"

"大度一点儿，再大度一点儿。"

尤姗姗说："没事就叫我要大度的人，我必须得离她远一点，否则雷劈她，会连我一起拐带了。"

鲍雪嘎嘎笑。尤姗姗："哎，你觉得我这个人到底怎么样?"鲍雪说："从人性上讲，你天性善良。从能力上讲，你创业的自驱力特别强。"尤姗姗立刻拿起酒杯跟她碰杯："还有呢?"鲍雪喝了一口酒接着说："你这个人啊，能屈能伸爱买单，可直可弯能加班。"

尤姗姗哈哈笑："如果命运发给我的是一手烂牌，我只有想尽办法把它打到极致。'努力'这两个字是我手里最好的底牌。人真的要自己争气，一旦做出成绩来，全世界都对你和颜悦色。你说女人努力工作是为了什么?"

鲍雪看着她没说话。

尤姗姗说："就是为了练就铮铮铁骨，不随便管人叫爹!"

鲍雪哈哈大笑。尤姗姗给自己的杯里斟满酒。鲍雪慢慢摇晃着酒杯，看着杯里晃动的酒，心绪有些远了。她说："俞颂阳专程去天津看过我的一场话剧，旧地重游，我的一颗心碎了一地。就此眼前一片黑暗，方向不明，迷途难返。"尤姗姗说："人这一辈子遇不上几个渣男渣女，就不配叫人生。"鲍雪恳求她："大姐，我在失恋的垂死挣扎中，还是麻烦你给我说点馊嗓子的甜言蜜语吧。"

"不怕得糖尿病啊？"尤姗姗问。鲍雪说："生死已经置之度外，还怕糖尿病吗？"尤姗姗一言不发地盯着她。眼泪突然涌出眼眶，鲍雪赶紧把餐巾纸捂在眼睛上，她说："扎心，太扎心了。"

尤姗姗把鲍雪的脑袋扳过来，按在自己的胸前，安慰她："妹子，你的负能量爆棚了。"鲍雪抬起头，眼泪汪汪地看着她赞叹道："姐，你的胸真的好丰满啊。"

尤姗姗一把把她推开，鲍雪重新扎到尤姗姗的怀里。

尤姗姗开始用最世俗的道理劝慰鲍雪："好好睡一觉，第二天起来，看什么都不一样了。"鲍雪骂道："屁话，不管用。"尤姗姗出馊主意："咱俩互相洗脑，看谁洗得过谁？"鲍雪替她总结："这个行为俗称沟通。"

"你这个人啊，原来什么样就什么样，从来不硬装。"

"其实我装得挺辛苦的，晚上睡觉累得我直哼哼。"

尤姗姗笑："我懂经济，你懂表演，你说咱俩联手能干点啥挣钱的事？"

"你挣多少钱是个够啊？"鲍雪问。

"当然越多越好。"

"其实人这一辈子需要的钱是有数的，其他的是用来炫耀的。"

尤姗姗想了一下："你说得还真对。我这个人从小就有商业头脑，我妈给我买了一个书包，我转手以高出三成的价格卖给同学。自己上学就拎着塑料口袋，我妈问我书包哪里去了，我说丢了，我妈只好给我钱，让我再买一个。我用这笔钱，从夜市买回各种小玩意卖给同学，赚了第二笔钱。有了钱，我请同学们吃薯条、吃鸡腿，很快混成课下的老大。"

鲍雪喝着酒听着，尤姗姗叹了口气："结了婚，进入家庭关系，这一套就不管用了。我处理跟我儿子的关系，用他的话说，简单又粗暴，只会用钱砸。我儿子请小伙伴吃饭，我买单。他的书包、运动鞋以及电子产品，永远是最新款。可是他越大，跟我的感情越远。这叫我有些束手无策。"

鲍雪问："跟老公呢？"尤姗姗摇摇头："老公？没有。"鲍雪叫道："那你哪来的儿子？"尤姗姗说："跟你说吧，我离过两次婚。"鲍雪惊诧得张大了嘴："啊？你离过两次婚？"尤姗姗笑呵呵："我真喜欢你这副没见识的样子。""这话苴，我都不知道该怎么接了。"鲍雪说。

尤姗姗摇晃着酒杯，闻了一下里面的红酒："刚结婚的时候，我们都太年轻，不知道该怎么爱对方，遇到矛盾就拿婚姻出气。谈拢了就复婚，谈不拢就离婚。两离两复我都是跟一个男人，即我的前夫史达明。我那可怜的、摇摇欲坠的婚姻，最终还是粉身碎骨了。"

鲍雪连声叹息："我这叫看别人的戏，动了自己的感情。"尤姗姗说："我离一回婚，就重新装修一回房子，我要把这段失败的经历从根上铲除。"鲍雪说："有意思。"尤姗姗问："终于有意思了？"鲍雪由衷地说："你太有意思了。"

尤姗姗说："都说女人喜欢倒腾爱与恨，我很少提爱也很少提恨。"

鲍雪说："前几天我把几张照片挂在了墙上，照片上有当初我喜欢的人，也有当初我恨的人，现在他们并肩在墙上看着我，表情跟我一样混蛋。"

"为啥要把他们挂在墙上？"尤姗姗问。

鲍雪说："因为我健忘啊！幸亏我健忘，要不经历过那么多伤人和伤心的事，非疯了不可。我是有选择地健忘，养心的留下，伤心的忘掉。如果一辈子所有遇到的不幸，都一件一件地捡起来背在身上，不用多，四十出头，腰就弯成了拱桥，再努力也抬不起头来。艺名，驼背三太郎！"

尤姗姗大笑，两人碰杯。鲍雪感叹："人生漫漫路，如果活到百岁，我刚走过四分之一，最好的年华还在前面等着我呢。我要一步一叩头，虔诚地往前走，绝不回头。"

鲍雪站起身，伸展双臂，形体夸张用高亢的话剧腔喊道："人生啊，我来了！"

拾陆

刘梁周、戴小雨和两个摄影助理从派出所里出来。戴小雨的身体微微颤抖着，两眼闪着亢奋的光。

摄影助理说："明天早上五点出发，你们赶紧回去睡一会儿。"另一个助理懂事地拉了他一把，他立刻明白了，两人一溜烟跑了。

天边露出一抹亮色，戴小雨跟刘梁周在街上走。刘梁周把外套披在戴小雨的身上说："回去吧，回去还能睡会儿。""太亢奋了，怎能睡得着？"戴小雨拒绝回去。

刘梁周问："你的拳脚平时没少练吧？"戴小雨说："从小就老有男孩子揪我的辫子，或者往我的文具盒里放乱七八糟的东西，被我抓住我就狠打。"刘梁周说："男孩子喜欢女孩子，不知道该怎么表达，只会来这套恶作剧。"

戴小雨问："你也干过？"刘梁周摇摇头："这种事我不干，我从小学一年级就被女孩子追着喜欢，你是我第一个追着喜欢的人。"戴小雨撇撇嘴说："你以为你是谁？"刘梁周反问道："咱俩同年同月同日生，你说我是谁？"

戴小雨轻蔑地"喊"了一声。刘梁周问："哎，跟我在一起什么感觉？"戴小雨说："心安。"刘梁周不满地说："你又不是四五十岁，要什么心安？"

"我该要什么？"

"做这个年龄该做的事情。"

"跟你谈一场体无完肤的恋爱？"

"怎么就体无完肤了？"

戴小雨说:"我谈恋爱,肯定是奔婚姻去的。我要一个家,要一个能让我有话就说、有性子能使的地方,压抑了这么多年,总该有个释放处。丈夫对我来说,是雪中炭,朋友对我是锦上花。必选一个,我肯定要能取暖的。"

刘梁周张了张嘴,说不上话来了。戴小雨冷笑:"怕了?""没有,没有。"刘梁周回答得有些没底气。

戴小雨说:"困了,回去睡觉。"

俞颂阳再次来到西安,解决工地上的问题。他饿了找了一家小饭店吃饭,要了两瓶啤酒、一盘饺子。石铁亮走进来,四下看看,座位已满。他问俞颂阳:"一个人?"俞颂阳抬头看了石铁亮一眼说:"是。"石铁亮问能不能凑个桌,俞颂阳爽快地同意了

石铁亮在俞颂阳对面坐下,他把一打啤酒放在地上,一大把羊肉串放在桌子上,跟俞颂阳聊起来,原来两人是同行。俞颂阳说,一看就知道石铁亮是乙方。石铁亮问怎么看出来的,俞颂阳说,他俩表情特别像。如果甲乙双方的人在一张桌上吃饭,点菜的时候,其中一个人的手机响了,他立刻把菜单扔在那儿,跑到外面接电话,不用问,他肯定是乙方。因为甲方根本不会离桌接电话,乙方怕吵到人家,只能躲在门口去说。

石铁亮哈哈大笑,形象,太形象了。俞颂阳立刻举杯跟他碰杯,俩人一饮而尽。石铁亮说他是山东人,叔叔是这里一家大公司的老总,把他调到这里来帮忙。

两人掏出手机,互扫微信留电话。俞颂阳借去厕所的工夫去收银台结账,顺手把跟他拼桌的石铁亮的账一块结了。

俞颂阳的车刚上高速公路,石铁亮的电话就追上来了:"俞哥,你在哪儿?"俞颂阳说:"回北京的路上。"石铁亮说:"你抢单结账,我说啥也得把这个人情还回来。"俞颂阳不以为意地说:"一两百块钱的事,有什么可争的?"

"我说不行,那就肯定不行。"

"那就到北京来找我。"

"捞空我一定去。"

教室里正在上数学课,老师说:"地里有四棵玉米,每棵玉米上结三个玉米棒,这里有一个问题,谁能回答是什么问题吗?"学生们大声回答:"一共有多少个玉米棒。"老师说:"好,请把算式写出来。"

学生们埋头写算式。

老师说:"来了一只小野猪啃断了一棵玉米,吃掉了上面全部玉米棒,请问,还剩多少棵玉米和玉米棒?"

学生们有的陷入沉思,有的埋头计算。王颂瑶列出算式,回头打了个响指问:"听懂了吧?"身后的大壮立即回了个响指说:"懂了。"

老师说:"你俩闲的吧?把黑板上的概念一人抄五十遍。"

下课了,操场上很喧器,学生们踢球,跳绳,奔跑追逐。王颂瑶和大壮埋头抄黑板上的概念。

大壮说:"过几天是我妈妈的生日,你是女生,你说送给我妈妈什么生日礼物好呢?""我帮你挑选礼物。"王颂瑶说。大壮说:"我没有钱买。"王颂瑶出主意:"你帮我抄三十遍概念,礼物我奖励给你。"

司梦的生日,一家人约好出去吃饭。司梦在公司开完会,接上圆圆。她在电话里告诉杜世均,那个地方停车不方便,让杜世均带着大壮坐地铁,跟她在站点会合。

司梦说:"希望你不要迟到,咱俩连认识带结婚十二年了,约会见面不下几十次,没有一次你能按时到,老是迟到,你能不能准时到一回?"杜世均斩钉截铁地说:"能。"

司梦领着圆圆站在站台上等杜世均,杜世均领着大壮气喘吁吁地跑过来。司梦说:"你又迟到了。"杜世均抱怨说:"都是你给我们瞎指路,本来应该在复兴门见面最合适,你偏要让我们往回返一截。""就是!"大壮力挺父亲。

司梦自知理亏,强词夺理,她指着杜世均说:"对你来说,我是女人。"她又指着大壮:"对你来说,我是长辈。鉴于这个身份,你们多费点事回来接我一下,有什么了不起?"

爷俩目瞪口呆地看着司梦,她得意地说:"我终于找到感觉了,过去一出什么问题，我老是反省自己，这个毛病，让我吃了大亏了。以后就这样了，不替别人着想，爱谁谁！"杜世均问："你想怎么样？"司梦说："吃饭决不主动掏钱，干什么第一想自己，这样活一回，看看生活是不是不一样了？"杜世均点头："行，我看看你能走多远。"圆圆拉司梦和杜世均的手催道："走吧！快走吧！我饿了！"

一家四口有说有笑地出了站台。

桌子上摆着牛排、水果沙拉、意大利面。服务员把一个蛋糕端过来，摆在桌子上，插上三根粗、五根细的蜡烛。大壮和圆圆给司梦唱生日歌。司梦合掌许愿，吹灭蜡烛。杜世均掏出一个精美的盒子送给司梦，她打开了看，是一条白金项链。

司梦一脸惊喜："这是你给我买的第一条值钱的项链，谢谢！"

圆圆拿出来自己制作的贺卡送给司梦。贺卡上画着一个花瓶，里面插着鲜艳的花朵。司梦问："圆圆，这是你画的？"圆圆点头。司梦夸赞道："色彩用得有点凡·高的意思，我女儿有当画家的潜质。"

大壮拿出一贴高档面膜递给司梦："妈妈生日快乐！"司梦接过面膜吃了一惊："这个面膜八十块钱一张，你哪来的钱？"大壮说："我帮王颂瑶抄了三十遍的概念，她从她妈妈那里拿的，是我劳动换来的。"

司梦左手搂儿子，右手搂女儿，心中无限感慨。

翌日，司梦去学校给大壮开家长会，教室里坐满了学生家长。每个学生的桌子上，都有一封学生写给家长的信。司梦坐在大壮的位置上，看着大壮写给自己的信。

亲爱的妈妈：您不像别的家长那样严格，您允许我休息日 lài 床到十二点，您对我提的那些少量的要求，我全都答应了，有人问我为什么这样听话？我都说：因为我信任我妈妈。

妈妈，谢谢您！祝您天天开心。

杜大壮

司梦感动得眼泪差点流出来。

周末司梦指挥杜世均在家里大扫除，夫妻俩用清洁剂擦墙面上的污垢。司梦说："顶棚上的够不着，很多年没擦了。"

杜世均听了搬来梯子站在上面擦顶棚，司梦说："我发现你干家务活不发牢骚了。"杜世均说："人总是要学习要进步嘛。"

司梦洗干净抹布递给他说："人的一辈子要面对两件事，一学习，二应对。你学习得不错，应对得也很好，这段时间没有把工作中的角色和情绪带回家里来。"杜世均感叹："大壮和圆圆多厉害，只要我不做家务不跟他们玩，真的罚款啊。"

司梦问一次罚多少钱，杜世均说，十块到五十块，他俩还画了一张卡，上面有罚款次数。司梦笑问，还鼓吹能者多劳吗？

杜世均说："你想没想过，无能者多劳，造成的伤害是双倍的？"

"你的能耐是什么？"

"家里有买保险、买基金这样的事，你跟我说一声，我可以用我的政治经济学给你殿后。"

"没人知道明天是什么样子。"

杜世均叹了口气说，是啊。司梦感叹，明天之后还有明天，只要活着，永远有下一个明天，永远有希望可以在那个明天，过上她想要的那种生活。她的人生有四分之三的时间在犯错误。现在她想明白了，付出的过程也是成长的过程，感情这东西，需要时间来成全和考验。

杜世均忙叫停，他不喜欢"考验"这个词，更不要考验人性，人性经不起考验。司梦说，如果硬撑一下的话，人还勉强经得起考验，性就难说了。杜世均哈哈大笑，说司梦现在随和多了，不那么爱生气了。

司梦说："生气会产生一种色氨酸羟化酶，能让智商暂时性降低，跟你过日子必须智勇双全。"

"过去我们有交流障碍，因为你跟我说话，不损我几乎不能张嘴，我也就本能地把耳朵关上不听。"杜世均说。

司梦点点头，她承认。杜世均认为，司梦每句话都是牢骚，没有交流的价值。司梦说，她总觉得杜世均见异思迁，早晚会看上别的女人。杜世均信誓旦旦，除老婆之外，他绝对没碰女人。司梦自嘲，这段时间她净碰女人了。杜世均哈哈大笑，司梦怕他吵醒孩子，伸手捂住了他的嘴。杜世均立刻抓住她的手，握在自己的手心里，司梦没有挣开。

"这段时间我带孩子，深切体会到，你确实很不容易。"

"夫妻感情是否牢靠，首先在于懂。所谓爱情就是懂你的心，夫妻间的诚意就是将心比心、感同身受。"

杜世均点头称是。

司梦说："过去跟你在一起，我觉得我就是一台机器。现在，我能意识到有血液在身体里流淌，我的感情也可以通过眼泪流出来。"说着她的眼泪就流了出来，杜世均立刻递给她纸巾……

围城里的人有他们的烦恼，围城外的人过得也不轻松。刘梁周在围城外徘徊，这会儿他在摄影棚里，躲在一边给鲍雪打电话。鲍雪问："你在哪儿？"刘梁周说："摄影棚啊，今天晚上大夜戏。"鲍雪说："半个月没动静，我以为你受不了冷落，撤了。"刘梁周嘴硬："你姐没冷落我。"

"连个电话都没给你打，还不是冷落你？"

"她的经历告诉她跟人相处要谨慎，我给她这个时间。"

"掌握火候，小心被我姐考验得冒烟了。"

"她那点火苗引不起火灾。"

"行，够冷静，我姐比你还冷一层，冷静加冷静，负负为正。没准结局是烫出一身的燎泡！"

沈佩虹从伦敦飞到北京，一落地就约俞颂阳见面。俞颂阳准点儿走进宾馆的茶吧。沈佩虹一见他就叫起来："你怎么混成这副鬼样子？"

俞颂阳头发长了，衣服皱了，蔫头耷脑看上去很没精神，他说："公司财务上一塌糊涂，我跟合伙人闹掰了。"沈佩虹给他倒茶问："那个顾杰？"

俞颂阳点点头，沈佩虹让他说说跟顾杰的合作。俞颂阳说，他是做写字楼起家的，开始三四个人，开会都在车里开，后来员工多了，车坐不下就去在饭馆开。随着业务的扩展他们租了写字楼。他和顾杰都是从公司借钱买房买车，然后还给公司。他借了多少钱是有借条的，顾杰有没有打借条他不知道。

沈佩虹问财务是谁的人，俞颂阳说是顾杰从他姐姐公司里找的。沈佩虹的眉头皱起来，觉得这个顾杰有鬼。俞颂阳想了想说，去年顾杰跟他说，财务有问题，他让他姐查了，账上两百来万全都被转走了。沈佩虹问，为什么不告？顾杰说了，证据不足，法院不给立案。

沈佩虹摇摇头，哀其不幸怒其不争，俞颂阳怎么能这样大撒把呢？俞颂阳却解释说，他只懂设计，不懂财务。沈佩虹问，现在谁负责财务？俞颂阳说，也是顾杰找的人。

沈佩虹叹气说："这就是一个坑。老婆过不下去还可以离婚，合伙人想拆散了单过，可没那么容易，所以选合伙人比选老婆更要慎重。"俞颂阳转移了话题："别说我的事了，你这次回国来做什么？"沈佩虹说："跟一家机构谈合作，过两天去上海。"俞颂阳说："你比我理性，想问题比我周全。"

"告诉你个前车之鉴，谈合作千万不要在蜜月期谈，怎么谈都没用。只能在矛盾和分手期介入，这个时候效率最高。"

俞颂阳点头，沈佩虹告诉他，既然经商就别玩什么情分，商人重利，越重利关系越单纯，反倒好相处。俞颂阳愤愤然说，他跟顾杰的关系用不着分析了，他决定退出公司，股份他也不要了。

沈佩虹叫起来："缺心眼啊？凭什么不要？股份卖了也不能白给他。"

俞颂阳说："公司是我建立的，公司的名字是我起的，logo是我设计的，理念宣言都是我起草的。公司从两个人发展到今天，我付出了多少心血？它就像我的孩子一样，自己的骨肉能卖吗？我穷我养不起他了，可以送一个好人家把他抚养成人。怎么能上街把这个孩子卖了，做金钱交易呢？"

"俞颂阳，你三十岁了，怎么还跟二十岁的时候一个德行？被现实打得鼻青脸肿，还要在理想主义的道路上猛跑。别说顾杰，就是我都觉得你有病。"

"你能不能不火上浇油？"俞颂阳问。

沈佩虹说："我不光浇油，我还要开辟火场呢。顾杰这么明目张胆地欺负你，想必是已经看死了你，否则怎么也得想想后果，哎，他怎么会不内疚？怎么会混蛋得这么理直气壮？"

俞颂阳说："他不停地给自己洗脑，从心里觉得没有坑我。"

"怎么个洗法？"沈佩虹问。

"招标我有时候一个人忙不过来，就让他去谈。他不懂设计，我就用录音笔把我的设计思维全部讲下来，把 APP 发到他的手机上。如果九点开会，顾杰八点就到开会地点了。从车里拿出来一个打印机，那边打印着，这边听我的录音，把设计理念一条一条全部背熟，然后去给客户讲。几次下来他就认为，中标是他的功劳，那么他多花点公司的钱怎么了？"

沈佩虹一声不响地听着。

"他整天这么想，弄得自己完全相信了。他觉得，这个活儿是他拿回来的。没有俞颂阳可以，但是没有我顾杰这事成不了。"

遛弯的老人、买菜的妇女、骑车上学的中学生，让早晨喧闹起来。穿着运动装的俞颂阳从他们中间跑过，他跑得浑身是汗。运动让他心中的阴霾驱散了不少。回到家洗过澡，他坐在电脑前埋头干活。有人打来电话，电话里的人问："还记得，你在高速公路上，帮忙搭电的那父子俩吗？"

俞颂阳忙说，记得，记得。那男人说，他姓孙，有一处写字楼想重新装修，立刻想到了他，他有时间吗？俞颂阳情绪立刻被调动起来了，忙说有时间。

孙总给俞颂阳发了个位置，请他马上过去，他俩好好聊一聊。

俞颂阳领着孙总看写字楼的内部结构，跟他聊了大体的设计构思。孙总觉得他的构思很好，决定把工程交给他，让他按自己的创意做。

俞颂阳说："图纸设计完，我给您出一个价目明细表，您看看能不能接受。"孙总说："我相信你，你说话实诚，不像别的设计师，云山雾罩的，不知道里面有多少是虚的。"

俞颂阳很快拿出了设计方案、图纸和价目明细表，公司开会讨论后，决定尽快拟合同。俞颂阳不知道，他拿到的云翔大厦的工程，是顾杰看中的活儿。他跟孙总软磨硬泡有一段时间了。顾杰得知煮熟的鸭子飞了，还是被俞颂阳拿走了，气得牙根痒痒。他问项目经理，俞颂阳是怎么拿到手的？

项目经理说："他绕开了咱们，用的是别的公司的资质。"顾杰骂道："操，这明摆着是拆我的台嘛！合同签了吗？"项目经理摇摇头说："还没有。"

顾杰说："这笔生意不管用什么手段，也要拉到咱们公司来。"项目经理眨巴着眼睛看着他，顾杰接着说："他在跟我较劲，这件事就跟拔河一样，拼的是一口气，谁先泄气谁就输了。"

项目经理一脸无奈，领命出去了。这时，有人敲门进来，竟然是沈佩虹。她开门见山问，他是俞颂阳的合伙人顾杰吗？顾杰警惕地看着她说，曾经是，现在不是了。

沈佩虹在顾杰面前的椅子上坐下问原因，顾杰说，他们各奔东西，俞颂阳辞职开创自己的事业去了。

沈佩虹说："不对呀，据我了解，你并没有放他开创自己的事业。他签单到哪儿，你拆台到哪儿。顾经理，都是生意人，东方不亮西方亮，又何必逼人太甚呢？"

顾杰的脸绷得像一块石头问："你是他什么人，到我这来兴师问罪？"

沈佩虹笑："你没必要这么紧张，我这人三教九流接触得多，江湖气重一些，可是不讲道理的事情我还从来不做。"

顾杰问："你到底是干什么的？"沈佩虹说："我是俞颂阳委托的代理人。"

顾杰怔了一下，警惕性瞬间提高了。

沈佩虹说："法律规定，合伙人，只要有 10% 以上的股份，就可以委托第三方会计公司查账。俞颂阳占有你们公司49％的股份，公司财务卷款潜逃，首先我们要弄清楚这三年公司的财务状况。其次，如果这事属实，那就涉及了刑事案件，我们必须报警。"

顾杰问："有必要弄这么大的阵仗吗？"

"当然有必要，西安工地的窟窿，是俞颂阳全力在那里顶着。他说了两句实话，你就把一肚子的邪火全部发泄在他身上，打棍子、穿小鞋。顾总，在一起合作了这么多年，你真不该把他往绝路上逼。"

顾杰不屑地说："他愿意走绝路，那是他幼稚。"沈佩虹冷静地说："我可不这么看。"顾杰说："你怎么看那是你的事，跟我没关系。"沈佩虹笑了："话说出来，你自己听着都没底气吧？"顾杰反问她："你想把我怎么着？你能把我怎么着？"

沈佩虹心平气和地告诉顾杰，她想把他怎么着，用得着跟他商量吗？顾杰觉得这个女人不好对付，可他的嘴依然很硬，说不会让俞颂阳查账的。沈佩虹寸土不让，冷笑一声说，那他们就告知工商局企业监督科，派人查封公司的账户。

顾杰眨巴着眼睛看着沈佩虹不说话了，沈佩虹咄咄逼人地说："俞颂阳说他放弃公司的股份，那是他无知不懂流程。股权变更必须本人去工商局变更，这个你们压根就没做，所以俞颂阳还是这个公司的股东。他有权参与处理公司的任何事宜。"

顾杰被她的气势所慑，看着她半天没说话。

沈佩虹说："我不是圣人，我也不愿意有风尽使帆。我知道一个道理，风水轮流转，给别人留有余地，就等于给自己留了余地。"

说完她站起身走了。顾杰看着她的背影半天没说出一句话。

顾杰决定把俞颂阳约出来谈谈，俞颂阳应邀来了，地点是被约谈者定的。顾杰松弛自在，话说得很轻松，像他们之间什么事情也没发生过一样。

顾杰说："你看啊，God这个单词，从左往右看是上帝，从右往左看是狗。你从什么角度去看，将决定你看到什么。"

俞颂阳看着他不说话，顾杰和颜悦色："云翔大厦这个活儿，被你拿到手，我很高兴。不管怎么说，肥水没流外人田。咱哥俩在一起合作了三年，公司发展到现在，你功不可没。我承认我有问题，在用钱的问题上不活泛。"

俞颂阳说："那得看对谁了，对自己你很活泛。"

"我犯过的错误我认，我不希望把工作中的问题转换成私人恩怨。"

"这是经营理念问题，不是私人恩怨。"

"你看你到现在还较真，吃亏没够啊？"

俞颂阳不说话，只是警惕地看着顾杰。

"所谓寻常竞争，争的就是离自己最近的那一块蛋糕，你切了，便没别人的份。云翔大厦的活儿，盯得我两眼酸疼，突然间你连刀都不用，连盘子一起把蛋糕端走了。你说我不够意思，你这行为称得上够意思吗？"

俞颂阳说："这活儿是孙总亲自送到我手里的。"

"你不要，他能硬送吗？"

"我凭什么不要？"

"这就对了，该要就得要。你说你不要公司股份了，这是气话。到现在你还是咱们公司的人，你揽的活儿还应该走公司的账。"

俞颂阳刚要张嘴说话，顾杰拦住了他："你知道，用别的公司的资质很不安全。"俞颂阳冷冷地说："再不安全，也比跟你合作安全。公司成立三年期间，所有的活儿，都是我揽到公司来的。所有的设计图都是我出的，我挣到手多少钱，你心里有数。"

顾杰叫苦："我也没挣着钱啊。"俞颂阳质问："你买了车买了房，这不是钱吗？你若不承认这是你挣的钱，咱们查账，你不怕我告你挪用公款吗？"顾杰的语气缓和下来："你看你总这么极端，锅里有碗里才能有是不是？"

"这么说，你是锅我是碗？"

"你看你，就这么杠头！我也想明白了，跟你老弟合作，是虎我得卧着，是龙我得盘着。哥哥承认，过去有些地方想得不周到。人吃五谷杂粮，哪能不犯错误？从今天开始，咱们重打锣鼓另开张，云翔的活儿，既然你揽到手了，咱们就一起做。"

俞颂阳摇头："我不走回头路。"

"青蛙怎么死的？是被温水煮死的，水什么时候变热变烫的，你清楚吗？商场如战场，你的书生气用在战场上，吃亏上当，都不清楚是哪一口咬错的。西安工地上欠的钱，先从我这里拿。你把云翔的设计图给咱们公司，咱们两下都不耽误，争取个双赢，你看怎么样？"

俞颂阳问："你不是说公司账上没钱吗？"顾杰说："我说的是我个人账户。"

俞颂阳说："先查账吧，如果公司账上有钱，公对公走账还债，咱们谁也不欠谁。"

顾杰怔在那里半天没说话。

范大厨和赵赫男带着各自手底下的人，做配菜准备。冯希走过来跟他们聊着天，看见赵赫男用鼻子闻菜的咸淡，她说："人家用舌头尝，你用鼻子闻，走的是另一窍。"

赵赫男说："五味中最主要的是咸，以咸入味，再调制别的味道，才能恰到好处。就算纯甜最好也要用点盐，中国菜单用一种味的不多，都是几种混着的。"

范大厨说："冯总，我要出去买调料，你给我拿点钱。"冯希说："我去买吧。"范大厨说："怕你买的不对，还是我自己买心里踏实。"冯希问："我买错了吗？"

范大厨说："上回我要的是焙煎芝麻沙拉汁，你买回来了色拉酱，凉菜拌出来意思差得大了。"冯希说："你要的那个牌子的没有。"范大厨抱怨说："沙拉汁跟色拉酱是两回事。"

赵赫男劝解说："冯总里里外外张罗，很辛苦，大家要多包涵点。"范大厨带着情绪说："菜不对味，没人包涵我。""我们早上十点来店里，晚上十点才下班也很辛苦。"范大厨带来的助手跟着师傅发牢骚，另一个徒弟说："隔壁饭店的人比我们挣得多。"

冯希打气说："大家好好干，业绩上来了，加薪的事，我一定考虑。"

"冯总又拿好话贴补人。"

冯希说："晚上收摊早，我请大家看电影。"

巴小丁在旁边听了一会儿，忍不住插嘴说："前天冯总刚请大家K歌，咱们别太过分了。"范大厨说："冯总请我们，又没掏你的钱包，你心疼什么？"巴小丁说："既然是人就要讲点良心。"范大厨哼了一声说："你的心是凉的，我的心可是热的。"

赵赫男不说话也不抬头看他们。灶上的油热了，赵赫男把冷鱼扔进热锅里，锅里着起了火。

大堂里没有客人，司梦坐在角落里用电脑写文章。无意间她抬头往外看了一眼，看到魏蓝从窗外经过。司梦立刻起身出去。魏蓝没看见她，边走边打着电话。

司梦拦住魏蓝："还记得我吗？"魏蓝一怔，即刻面露微笑，她收起手机说："没想到能在这遇到你。"司梦说："这个饭店的老板是我的朋友，进来我请你喝咖啡。"魏蓝一脸无所谓："好啊。"

巴小丁把两杯咖啡和一盘糕点放在桌子上离开。司梦说："我一直想找你好好聊一聊，只是没想好在什么场合聊。"魏蓝喝咖啡吃糕点："这里就不错，这家店的糕点味道真好。这是什么做的？"

巴小丁说："紫薯粉和糯米粉搓出的花瓣皮，里面的馅全是有机蔬菜。"

魏蓝说："走的时候我买点做早点。"

司梦吩咐："小丁，你给她包一盒，账一块结了。"魏蓝假惺惺说："这多不好意思？"司梦说："没事，我在这个店里享受折扣。"魏蓝问："你经常来这里？"

司梦说："是啊。哎，你找到要你的单位了吗？"

魏蓝口气里满是炫耀说，找到了，那家上市公司的财务部门比她老公的事务所的待遇好多了。司梦说，看来只要锄头挖得勤，没有墙脚挖不透的。一直不知道魏蓝住在哪里，现在好了，请将通信地址告诉她。

魏蓝不解地问，要她的地址干什么？司梦说，让律师把律师函发到她所在的财务部门去。魏蓝吃了一惊问，她触犯哪条法律了，要给她发律师函？

司梦冷冷地说："捏造事实诬告陷害他人。"魏蓝恼了："我放了杜世均一马，你们倒饿狗先告状了。有本事你告去，法庭重事实讲证据。我有照片，证明你老公不是什么正经人。你用什么证明我诬告陷害他？"

司梦立刻打开手机，把那两条视频放给魏蓝看，她的脸顿时变了颜色，问："哪来的？"司梦神色凝重地说："小姑娘，你已经触犯了《刑法》第二百四十三条，如果你执迷不悟，继续这样下去，会被处三年以下有期徒刑、拘役或者管制；造成严重后果的，处三年以上十年以下有期徒刑。"

魏蓝慌了，说："我没有别的意思。"司梦说："你把照片发给我看，不就是别的意思吗？"魏蓝的眼泪涌出眼眶："我只是图一时痛快，真没想那么多。"司梦摇摇头："你排兵布阵称得上缜密，不可能是一时痛快。"

"我真的不是故意的。"

"我最讨厌'我不是故意的'这句话，每个字都透着愚蠢。配不上你这张脸。你要是实在想说，那就留着上法庭去说吧。"

魏蓝哭出了声："姐，我真的知道错了，别告我了行不行？"司梦一字一顿地说："你小小年纪心肠如此歹毒，就算我不为社会做贡献，也得替你妈好好教育教育你。"魏蓝哭着说："你打我骂我都行，就是别把我弄到法庭上去，这样我一辈子就完了。"

"你祸害人的时候，怎么不想想，别人的一辈子怎么过呢？"

魏蓝呜呜地哭。巴小丁过来添茶，看到魏蓝哭得梨花带雨，不明白发生了什么事情。

司梦下逐客令说："你回家去吧。"魏蓝啜泣："姐，你不答应我，我不走。"

司梦毫不客气地说："那你在这待着吧，不过这个位置可不是白坐的，巴小丁把菜单给她。"

巴小丁去拿菜单，司梦起身离开，魏蓝追了出去。巴小丁拿着菜单，一头雾水地看着她们的背影。

司梦头都没回地发动了汽车，汽车拐出停车场，魏蓝疯了一样，追着车跑。汽车后视镜里她的身影越来越小。

杜世均忙完了手里的活，从自己的办公室里出来，想弄杯咖啡喝。一眼看到等在门口的魏蓝，他像看见鬼了一样，心里直突突。

魏蓝说："杜总，我能进去跟您说几句话吗？"杜世均警惕地看着她："你已经离开事务所了，有什么事，咱们还是楼下的咖啡馆说吧。"

两人来到咖啡馆，都不主动说话。他俩面前的咖啡已经放凉了，谁都没喝一口。魏蓝哀哀地说："我被石头绊倒了摔了一跤，那是我不小心。如果我被同一块石头接连绊了两跤，那我真的不可救药！杜总，我真的知道错了，我刚出校门，才二十三岁，没有社会经验犯了错，你是前辈给我一个改正错误的机会好吗？"

杜世均说："现在的年轻人，失恋了，下雨了，堵车了，玩游戏不爽了，都可以成为发泄的理由。调休，涨薪，放假都留不住。你们九〇后跟我们八〇后确实不一样了。这事换上我，肯定不会用发泄恶劣情绪，来葬送自己的前程。"

魏蓝拍马屁："那是，要不你怎么能开事务所做领导呢？"杜世均对她说："你伤害的是我老婆，原谅不原谅你，她说了算。我还有个会，先走了。"说完他起身离开。

魏蓝哭了，她的眼泪滴答落在凉透了的咖啡里。

回到家，杜世均没有主动提魏蓝找他的事，司梦也没提她找魏蓝的事。吃完晚饭，杜世均坐在沙发上看电视。司梦抱着要洗的被罩床单从沙发跟前走过。

杜世均说："用不着老洗，才盖了几天？不脏。"司梦白了他一眼："你吃饭的碗能泡水池子里一个星期，眼里哪还有脏和净？"

杜世均有些尴尬地挠挠脑袋。司梦给他安排活儿："你把地拖一下。"杜世均说，等一会儿。司梦抱怨说，最烦他说的就是等会儿。

杜世均起身，拿起拖把问："我就纳闷，你眼里怎么那么多活儿？"司梦说："谁像你，一进家门就两眼一抹黑。"杜世均笑着说："刚结婚的时候，你啥也不会，这十年里我一天一天变邋遢，你一步一步变利索。"

司梦笑话他，单身的时候，他的床单被子全都是黑颜色的。杜世均却说，黑色是最不耐脏的，跟车一样。司梦摇摇头说，男人真应该跟男人一起过。

闲扯了几句，司梦说她见到魏蓝了。杜世均擦着地语气很平静地说，他知道。司梦马上意识到，魏蓝去找老公了。她问魏蓝说啥了，杜世均说，求咱们别告她。他告诉魏蓝，她伤害的是他老婆，告不告决定权在她那里。

司梦满意地点点头，杜世均问，真要告她吗？司梦冷着脸说："不告留着她祸害别人？"

杜世均把想说的话，重新咽回到肚子里。

沈佩虹在北京的事情谈成了，她把俞颂阳约到他们公司下面的咖啡馆里喝咖啡。提到顾杰，俞颂阳说："顾杰已经摔断了腿，你就别再用锤子给他正骨了。"

"他这么害你，你还替他说话。"

这时，俞颂阳母亲的电话打过来了，她带着哭腔说："今天是最后期限，如果下午五点以前还不上账，就要加上30%的滞纳金。以后按月累加，现在离五点还差四个小时，到时候我跟你爸都得住到街上去。"俞颂阳急了："你不是从银行贷的款吗？哪来的30%的滞纳金？"俞母说："怕你生气，我没跟你说实话。我在银行贷了六十万，剩下的四十万借的高利贷，加上利息要还六十万。"

俞颂阳大惊，拿着电话，半天没有说话，母亲在电话里哭着喊他。俞颂阳深吸一口气说："您别急，给我点时间，我想想办法。"俞母哭喊："儿子，没时间了！"

俞颂阳一屁股坐在椅子上。沈佩虹问清事情的前因后果，没有说话，拿着电话起身离开。俞颂阳给所有能想到的朋友打电话借钱，结果令人沮丧。

沈佩虹回来了，她说："我给我的合作伙伴打了两个电话，跟他们一人借三十万块钱，说有要事，一周以后还款。你把你的账号给我。"俞颂阳惊喜道："太感谢你了！我该怎么报答你？"沈佩虹说："按时把钱还我，就是对我的最好报答。"

十分钟后，俞母的手机短信提示，钱已经到账。俞母长舒一口气，面带笑容瘫软在椅子上说："到底是亲生骨肉啊！"俞父说："赶紧把这笔债还掉，好好想想银行贷款怎么解决吧。"

俞母的腰杆子瞬间硬了，她说："我儿子不会不管我。"

石铁亮来北京约了俞颂阳见面，两人在啤酒屋边喝边聊。石铁亮问："你的公司是不是除了设计也包活儿？"俞颂阳点点头。

石铁亮说："我们公司跑了两个项目经理，活儿忙不过来了。如果你接了，钱不用你们垫，你只出技术和管理人员，保证你百分之三十的利润，剩下所有的东西都不用你管。"俞颂阳吃惊地睁大了眼睛问："为啥？"

"一、咱俩有眼缘，我想跟你合作一回。二、碰巧赶上公司的项目经理掉链子。有个机会，我就趁机把你推上去了。我叔问我，你行不行啊，我拍胸脯保证说，这人肯定行！这次我把图纸清单标的都带过来了，只要你不超线，肯定一切都没问题。"

俞颂阳问："这么简单？"石铁亮答："对！"俞颂阳深吸一口气说："简单得我有点犯蒙，你让我好好想想。"

"给你时间想，但是不能太长。现在有两个标，一个一百六十万，一个二百三十万。你看这俩标，你能做哪个？"

"以前我绝对不会一次接两个活儿，现在情况特殊，我父母急需要钱还债，这两单我一次都接了。相信我，我肯定不给你掉链子。"

石铁亮说："后续我们还有一个剧院和一个博物馆。"

石铁亮把他带来的设计图给俞颂阳看。俞颂阳说："你们这设计图做得跟闹着玩似的，说句不客气的话，这还没一个中专生想象力丰富呢。"石铁亮说："那你赶紧跟我回西安，咱们见一下我叔叔，争取早点把合同签了。"

"真的假的？"俞颂阳问。石铁亮说："工人都在工地上等着，一天的花销你也知道，我哪有时间闹着玩啊？"俞颂阳笑了。石铁亮不解地问："你笑什么？"

俞颂阳说："笑命运啊，我一拼桌就遇到好事，第一回拼桌拼出来个女朋友，第二回拼桌，你帮我把事业盘活了。"

拾柒

沈佩虹坐在顾杰的面前，她把查完的账放在顾杰的面前，说："你的财务把账面做得真干净啊。"顾杰说："怎么是做得干净？是真的没有问题。"

沈佩虹告诉顾杰，那个张伟已经找到，他触犯刑律已经进了局子。张伟说了那笔款子的去处，其中十五万进了他顾杰的腰包。顾杰急得脑门绷起了青筋，骂张伟满嘴喷粪！

沈佩虹说："他喷他的，法律自会还你清白。"顾杰脸色苍白不说话。沈佩虹继续说："会计公司这笔钱没有白花，人家有高端人才，已经把你们公司搞乱的账目一笔笔地查清了。顾杰，看来你不止一次私自挪用公款了。"

顾杰分辩说："不是挪用公款是借款。我和俞颂阳都从公司里借过钱。"沈佩虹问："你的借条呢？"顾杰不说话了。

沈佩虹说："俞颂阳从公司借的款一笔一笔都还清了，你连张借条都没有，房子车子都置办齐全了。这笔钱哪儿来的？不是挪用公款是什么？"

顾杰的脸色相当难看。

沈佩虹接着说："根据最高人民法院《关于审理挪用公款案件具体应用法律若干问题的解释》上说，挪用公款归个人使用，以一万元至三万元为起点，挪用公款不退还，数额在五十万元以上、不满一百万元的为情节严重，处五年以上有期徒刑。顾总，你挪用了不止一百万吧？在时间上也早超过了三个月。从哪个角度上看都可以立案了。"

顾杰额头上的冷汗流下来，他说："让我跟俞颂阳谈谈。"沈佩虹冷冷地说："他不会见你的。"

俞颂阳西安之行结束，他一回北京，沈佩虹就来公司找他，问："事情怎么样？"俞颂阳说："否极泰来，触底反弹。合同签了，一切顺利。"

沈佩虹问："顾杰的事你看怎么办？"俞颂阳说："他对我，不是君子偏要订君子协议，不够哥们偏要以哥们的身份耍诡计。看清楚他，我花了血的代价。就算他退了款希望从轻处理，也得走法律程序，必须把他从公司除名，吸收新股东进来。"

沈佩虹叮嘱他："这回你得擦亮眼睛。"

鲍雪接了一个录制广播剧的活儿，她录得很投入很认真。

男演员说："你总嫌我折腾，男人折腾还不是为了家好？为了家好，不就是为了老婆好？"

鲍雪说："你知道我要的好是什么？"

"你说你要啥？"

"我要我的孩子，我要挺着自己的大肚子，挺十个月，我自己把他生出来，让他管我叫妈。"

"你又来了！"

鲍雪声音哽咽着说："好好的一颗心就这样被掰去了一块儿。"

男演员说："能掰下去就能补上。"

鲍雪哭道："掰下去的是孩子，你能补上？"

"你这个娘儿们……唉！"

"嫁给你的时候我的心里开着一片一片的花，现在它被你踩得到处都是蹄子印，连根草都长不出来了。"

"你是不是疯了？"

"咱俩是一棵树上的两个树杈，你突然不想挨着我这个树杈了，你才是疯了！"

导演喊停，他走进录音棚跟男演员说："你的情绪不对，要软着来，息事宁人。"他看了一眼鲍雪，"你太硬。"

鲍雪说："我都哭这样了。"

导演说："哭得不真诚，哽咽里夹着钢刺，哪儿有无助的样子？"

男演员两手搓了一下脸说："我出去喝杯咖啡。"

导演宣布，休息十分钟。男演员和导演出去了，鲍雪留在录音棚里，琢磨手里的台词。录音棚外面录音师喝着咖啡，看着手机里的新闻。话筒没有关，里面传出来鲍雪练台词的声音：嫁给你的时候我的心里开着一片一片的花，现在它被你踩得到处都是蹄子印，连根草都长不出来了。

鲍雪把手里的台词本放在一边，自言自语道："这女人也太厕了。"导演走过来对着话筒问："那你说说，你想成为什么样的人？"鲍雪装腔作势："我想成为各种各样的人，就是没有想到我会成为一种象征。"

导演和录音师哈哈笑。

鲍雪索性夸张下去，她拿起台词本冲着窗外的导演抖了抖："壮士断腕，抓铁有痕。相遇总是猝不及防，而离别则是蓄谋已久。什么心有灵犀，什么一见钟情，都不过是锦上添花的借口。你们把我当燃料，是因为我年轻吗？我确实年轻，年轻是我的资本，不像你们已经蒙上了现实的尘埃。"

导演被她逗得哈哈笑，他问："你在这里冲着风大喊，能阻止它刮吗？"鲍雪说："我不能改变风向，但是我能调整风帆。疼痛会调动我全身的能量，让我砥砺前行。"她行了一个舞台上的谢幕礼，"导演，来吧，经过醋的洗礼，我周身酸软，每个细胞都真诚了。"

沈佩虹问俞颂阳："你跟那个鲍雪到底怎么样了？"俞颂阳说："我给她打电话，她不接，给她发微信，这家伙把我屏蔽了。"沈佩虹沉默片刻说："说心里话吧，我挺害怕看见你过得好。我怕你是因为离开了我，才过得好。"

"你不是小肚鸡肠的人。"

沈佩虹不接他的茬："可是现在看你过得不好，我心里怎么一点都高兴不起来？"

"说明你是个善良的人。"

"你这人就是死要面子活受罪，人无完人，在你喜欢的女人面前暴露自己的缺点和短处能死啊？当初我跟你吹了，就是因为看着你累人。"

俞颂阳问："你那老外不累人？"沈佩虹笑说："他？摔了个狗吃屎，还没等喊疼，立刻被地上勤劳的小蚂蚁吸引了。"

俞颂阳哈哈笑。沈佩虹说："你看，咱俩相处起来比过去舒服多了，是不是？"俞颂阳点头："是啊，多亏你帮忙了，否则后果不堪设想。"

"哎，你就这么拖着，不怕那个鲍雪，彻底跟你了结不再来往？"

俞颂阳吼起来："这是底线，我坚决不允许！"沈佩虹吓了一跳，叫道："你冲我喊什么？"

俞颂阳梗着脖子没有回答。

尤姗姗和司梦约鲍雪出来逛街，鲍雪找不到尤姗姗说的地方，给她打电话："我看见你说的那个大厦了，十字路口左拐？面朝哪边的左？到底哪边是南？"

尤姗姗说："我真拿你没办法了，干脆，你跟着感觉走吧，看到北极熊就证明你走反了。"鲍雪笑骂："滚！"

真是无巧不成书。俞颂阳送沈佩虹从办公楼门口出来，两人拥抱告别，被迷路的鲍雪看在眼里，她心里"咯噔"一下，脸上立刻变了颜色。俞颂阳看见鲍雪，泥像一样呆立在那里。沈佩虹看看俞颂阳又看看鲍雪，立刻明白了这个女人是谁，沈佩虹朝她走过来，鲍雪头也不回地跑了。

跑过街角，鲍雪停住脚步，她暗暗地骂自己："你已经把他剔除了，他爱搂谁搂谁，你吃什么醋？"

回答不了自己，看到地上有一块石头，她一脚把它踢到了一边。

尤姗姗、鲍雪、司梦三个女人坐在楼顶阳台上喝咖啡。两天前她们以吃饭为名，去见了一个准备介绍给鲍雪当男朋友的男人。

尤姗姗问："你对那个男人印象怎么样？"鲍雪说："两个字，'寡淡'。"

司梦说："苏东坡说过，人间有味是清欢。"鲍雪撇撇嘴说："清汤寡水不合我的胃口，我这人，酸就要酸到全身性的骨质疏松，甜就要甜到蜂蜜一样粘鞋底子。"

尤姗姗问："鲍雪，你到底喜欢什么样的男人？"鲍雪说："五彩缤纷加五味杂陈。精神上的门当户对，感情上的势均力敌。刚才那个男人两句话就把我弄死机了。我忘了存盘，开机重启，硬盘里面的文件还丢了，搞得我看不见明天还忘了昨天。虽然我没看上他，但是不妨碍我接着喜欢你们，就如同风走了八百里不问归期。"

司梦笑问："你念台词呢？"鲍雪天真地问："韵律如何？"尤姗姗说："这么快的速度集体反感一个人，这人够招不待见的。"司梦感叹："他那么烦人，咱们还是把一顿饭吃完了。"

鲍雪说："演员不可能在台上演一半的戏。"尤姗姗说："生意人也不会轻易退给你钱。"鲍雪叹了一口气说："'爱情'这两个字，读出来好听，写出来也好看，要想攥在手里，那可真是难。人哪，一旦感情用事，会成为一生的痛点。"

司梦立刻掏出笔记本把这句话写进去。鲍雪见状开玩笑："靠它挣钱的时候，别忘了分稿费给我。"司梦说："你越来越像尤姗姗。"

鲍雪说："错，跌宕起伏才是她人生的卖点。像她不是我的目标，我的终极目标是，打败所有打败过我的人。"

司梦想起来什么，她对尤姗姗说："你不能财大气粗，就放着北辙南辕撒手不管。冯希和戴小雨这两个人最近闹得很僵，使饭店的生意受到更大的影响，菜品质量下降，常来的客人提出意见以后不来了。"

尤姗姗的神情凝重起来。

沈佩虹见到戴小雨，俩人都很高兴，戴小雨领着沈佩虹参观北辙南辕。沈佩虹左右观看连声称赞："不错，设计理念很新潮啊。看来俞颂阳下了功夫了，你们北辙南辕什么消费水平？"戴小雨说："中档消费水平，来我们这里吃饭的白领居多。"沈佩虹问："一天的流水是多少？"戴小雨说："两万左右。"

冯希正在跟后厨的人交代事情，李响发微信来要求视频。冯希挂了，回语音说："我现在有事，忙完了回你。"

李响躺在床上发呆，腹中饥饿，起身打开冰箱。冰箱里面空荡荡的，什么都没有。冯希忙完了手里的事，拨通了手机视频，她看着李响问："你怎么还没睡？"

李响说，他连饭都没吃呢。冯希随口问，为什么？李响叫苦说，忘了去超市买了，冰箱里的东西全部吃完了。冯希说，这要是在国内可以随时点外卖。李响无限向往地说，他特别想吃她做的饭菜，尤其想吃她做的火锅。

冯希说："过去你的饮食起居全是由我照料。现在我够不着你了。你们那里不是有一起去的中国老乡吗？约着一起出去吃中国菜呀。"李响摇摇头："这里人情淡薄，下班以后彼此老死不相往来。再说人家都带着老婆，我一个光杆司令夹在里面算怎么回事？"冯希看着视频里的李响没有说话。

李响感叹说："你变了。"冯希问："我哪儿变了？"李响伤感地说："过去你几乎每天都主动跟我用视频通话，指导我煮粥煮面。现在我不给你发视频，你都想不起来跟我通话。"冯希解释说："我每天在北辙南辕待到夜里十一二点才回家，到家累得只想睡觉。"

"以前白天你在饭店的时候，也会跟我视频啊。现在视频几乎全不用了。我发微信找你，你不是忙着，就是在睡梦中。"

"咱俩确实有时差啊。"

"我觉得我跟你的关系，因为北辙南辕受到了极大的威胁。"

这时，尤姗姗、司梦和鲍雪走进大堂。尤姗姗和司梦进了后厨，鲍雪直奔戴小雨。戴小雨跟背冲着门的沈佩虹说："我妹妹来了。"

沈佩虹转过脸来，鲍雪看到她不由得一怔，沈佩虹也是一愣。戴小雨给她们相互介绍："这是我在英国时的室友沈佩虹，这是我妹妹鲍雪。"鲍雪说："我们见过面了。"沈佩虹点点头："对，在俞颂阳公司的门口。"

戴小雨问鲍雪："你去找俞颂阳了？"鲍雪说："找他干吗？再说了，我根本就不知道他公司在哪儿。"沈佩虹说："机缘巧合。"

尤姗姗从后厨出来说："戴小雨，你过来一下。"戴小雨起身离开，鲍雪和沈佩虹互相打量着对方。鲍雪问，跟前男友破镜重圆了吧？沈佩虹反问她在乎吗，鲍雪嘴硬说，不在乎。沈佩虹笑她明摆着心口不一，不在乎还问。鲍雪辩解说，错！她这人张开嘴就能看见心，心口走的是一条直线。

沈佩虹笑起来，说她这种性格挺好，俞颂阳喜欢这种性格。鲍雪说，喜欢这种情绪，来得快去得也快。沈佩虹说鲍雪不了解俞颂阳，他的优点之一就是长情。鲍雪问沈佩虹，既然这么了解他，当初为什么放手？沈佩虹解释说，就因为太了解了才放手，俞颂阳太理想，而她很现实，烟大了就不起火。

鲍雪两眼盯着沈佩虹不说话，沈佩虹不解地问，这样看她干什么？鲍雪认为，她说的不是真相。沈佩虹说，真相是会伤人的。鲍雪倒是很想知道真相，看看真相能伤到她哪个器官。

沈佩虹沉吟着说："爱情是一种有限的物质，当把爱给新人，就不得不把它从旧人那里拿走。分手这种事，往轻了说是心结，往重了说是怨恨，因爱生恨，因恨成敌，这种事情不是没有。但是在我们俩之间完全不存在。我了解他的性格，他也了解我，我跟他各自后退一步，解除了恋人关系，就是为了把这份友谊长久地保持下去。在事业上，我们俩彼此都有很大的帮助。俞颂阳真的是个很不错的人，值得你交往。"

鲍雪用鼻子哼了一声。

沈佩虹问："你跟他不会是因恨分手吧？"鲍雪说："我活到这么大，至今还不知道'恨'这个字嚼起来是甜的还是咸的。因爱生恨，因恨成敌，这种事在我这里，也不可能发生。"沈佩虹又问："那你对他为什么又拉黑又屏蔽呢？"鲍雪说："表示一种决心。"

沈佩虹笑了，鲍雪问，笑什么？她又不是非俞颂阳不可。莫非她是在试探她，等她一撒手，她就立刻把俞颂阳叼回去。沈佩虹忍不住哈哈大笑，鲍雪也咧嘴笑了。

沈佩虹说："难怪他放不下你，你确实挺可爱。"鲍雪嬉皮笑脸："那是，我这么招人喜欢，真不能随便嫁了，一想我嫁人了，我都心疼自己，浪费材料了。"

沈佩虹大笑："你觉得咱俩能做朋友吗？"鲍雪无所谓："这就看你了，我来者不拒。"沈佩虹说："别看你年龄不大，内心很强大。"鲍雪说："我这人在感情上是富有弹性的，虽然饱受打击，但是还能卷土重来。"

沈佩虹笑出了眼泪。

走出了困境，俞颂阳心情无比愉悦，他准备犒劳一下自己，玩一次高空跳伞。他穿戴好跳伞装备，沈佩虹打来电话问他在哪儿，俞颂阳告诉她在跳伞基地。

"早就约好的，现在内忧外患全部摆平，庆祝一下。"

"我跟鲍雪聊过了，我觉得，你俩真的有点悬了。"

俞颂阳火了："谁让你去找她的？"沈佩虹怒撑道："她不是你的私有财产，我想认识她就认识她，碍着你什么了？"

俞颂阳沉着脸挂了电话。他把手机扔进篮子里，工作人员把篮子挂上号牌盘拿走了。

小飞机飞到一定的高度，舱门打开，舱外蓝天白云。俞颂阳和三个跳伞伙伴依次跃出机舱。天旋地转，俞颂阳开始自由落体运动。劲风吹在脸上，俞颂阳的脸有些变形。他急速下坠，他稳住身体拉开了伞柄。降落伞顺利打开，俞颂阳徐徐降落。山川河流地平线在脚下铺展开来，看上去异常壮美。

离地不足五百米的时候，一只老鹰突然飞过来，袭击了队友杨鹏的降落伞，老鹰的翅膀挂在伞篷上。它在上面不停地挣扎，导致降落伞滑翔器不稳定。杨鹏大惊。俞颂阳努力飘过去帮他打开了紧急降落伞。一阵狂风吹来，四个人被吹散了。俞颂阳跟杨鹏坠入山谷，不见了踪影。

瓢泼大雨浇醒了挂在树上的俞颂阳，他睁开眼睛。队友杨鹏被降落伞吊在另一棵树的树枝上。俞颂阳掏出来匕首割断捆绑着他的降落伞，他紧搂树干滑到地上。腿一软，他差点摔倒。俞颂阳喘息了一会儿，爬上旁边的那棵树，把杨鹏解救下来。滚滚的雷声由远而近，雨越下越大，俞颂阳抬头看了一眼山坡，又左右查看了一下四周的地形，立刻背起杨鹏就走。

俞颂阳背着杨鹏拼命往山顶处爬，轰隆隆的水声越来越近。俞颂阳背着杨鹏蹬上一块巨大的岩石，他把两人的身体用绳子牢牢地拴在岩石旁边的一棵大树上。杨鹏醒了，听着震耳欲聋的洪水声，他的脸白得像一张纸，杨鹏死死地抓着腰上跟俞颂阳紧紧拴在一起的绳索。两人的衣服全部湿透了，杨鹏冷得浑身打战。俞颂阳解开绳索，把他拖到一个岩石洞旁边。岩石洞很浅，里面只能站一个人。俞颂阳把杨鹏推进洞里，他面朝岩洞站着，用自己的身体替他挡着岩洞外面的风雨。杨鹏感动地说："咱俩换着进来取暖吧。"俞颂阳说："不用，我比你抗冻。"雨水不停地浇在俞颂阳的背上，他咬着牙硬扛着。

搜救队进行拉网式的搜救，领队用无线电联络失踪人员，失踪者没有一点回应。

沈佩虹买了机票准备回英国，她给俞颂阳打电话，铃声响了半天没有人接。

沈佩虹来气了，接着打。终于有人接了电话，接电话的人不是俞颂阳，是跳伞基地的负责人，他说俞颂阳跳伞出事了，找了一夜没有找到。沈佩虹大惊，急忙给鲍雪打电话，鲍雪听到这个消息，张着嘴，半天没说出话来。

沈佩虹说："跳伞不让带手机，携带的无线电估计是坏了，死活没有一点动静。"鲍雪的眼泪涌了出来，她一把抹了下去问："你在哪儿？"

"我改签了机票从机场往回赶。"

"你在四环入口等我，我开车去接你。"

鲍雪跟沈佩虹赶到跳伞基地，基地负责人告诉她们说："他们四个是我们这里的会员，里面俞颂阳的技术最好。一起跳伞的队友，看到他是为了帮助队友杨鹏，才出了这样的事情。昨天我们已经派出救援队寻找了，没有结果，今天一早又进山寻找，大雨引了山洪下来，怕山体滑坡，救援只能暂缓。下午我们会再组织人进山。"

沈佩虹问："搜救的成功率有多高？"基地负责人说："我们这里

是零事故跳伞基地，从来没发生过这样的事情，俞颂阳跳伞多年，有丰富的实战经验，我相信他能平安回来。"鲍雪急切地问："我们能跟着救援队进山去找吗？"基地负责人说："山里情况复杂，你们还是回去等待吧，一有消息，我马上通知你们。"

天已经黑透了，鲍雪回到家没开灯，她坐在黑暗里，眼泪悄悄涌出眼眶。她问自己："你说了如果他不是你的男朋友，他出事了你就不会伤心。他已经不是了，你怎么还这么伤心？"

她真的回答不了自己。

黎明，俞颂阳拖着胳膊和腿双重骨折的杨鹏，在地上费力地爬着，他俩身上的衣服裤子全部被碎石刮烂了。俞颂阳绝望地抬起头往远处看。远远的地平线上冒出来一片绿，一片军帽慢慢升起来，露出来一队穿迷彩服的武警救援战士。俞颂阳拼命朝他们挥动手里的破衣服，他喉咙嘶哑已经喊不出来声了。

杨鹏一条腿和一只胳膊都被固定住，他从护士那里得知，俞颂阳高烧不退，住进内科病房。体力耗尽的俞颂阳在病床上昏睡，他的身上脸上都是擦伤。沈佩虹在床边守着他。

一夜没合眼的鲍雪，接到沈佩虹的电话，浑身瘫软，立刻倒在沙发上睡了过去。

俞颂阳的几项指标都有问题，医生说，必须做进一步的检查，才能得出结论。

北辙南辕的四个股东坐在桌子旁边开会。

尤姗姗说："北辙南辕开业半年多了，经营情况不乐观，处于亏损阶段。我把会计算的账发到各位的手机上了，你们都看一看。"

股东们低头看手机里的账目。后厨也不平静，大家交头接耳，范大厨问："几个股东都在？"王建说："看表情不是什么好会。"赵赫男的助手想凑过去听，赵赫男头都没回地训斥道："好好干你的活儿！"

尤姗姗说："管理的最高境界是人心，销售的最高境界也是人心。在企业里，能做到高管职位的大部分是两类人，一个是销售出身，一个财会出身，还是有一定道理的。管理是一个动态的变化过程，永远没有最好，只有更好。一旦一种管理模式成为经验的时候，说明它已经过时了，需要不断地创新、大胆地尝试和变革，找到一条更适合自己走的路。"

戴小雨脸色阴沉地说："我先发表我的看法。"尤姗姗点点头，戴小雨说："冯希对后厨过分偏爱，只要大厨张嘴说，她是有求必应。""说话要讲事实，我对谁过分偏爱了？"冯希不干了。

戴小雨冷冷地说："你自己清楚。"冯希说："我不清楚。"戴小雨质问："范大厨回家探家，你为什么给他报销路费？"冯希解释说："他提出来了，我看就几百块钱的事，就报了。"尤姗姗说："这个在合同里是没有的，你不应该破这个例。这钱你自己出。"冯希不悦地嘟囔说："自己出就自己出。"戴小雨立刻补刀："必须你出。"

鲍雪认真地听着。尤姗姗说："二十岁的人用对错去衡量一件事情，可以理解。如果三十岁的人，还只用对错去衡量一件事情，那就是愚蠢。鲍雪，别跟个局外人似的，说说你的看法。"鲍雪摆摆手说："我不了解情况，弄明白了再说行不行？"

戴小雨说："不用她说，我还没说完呢。开业半年了，股东一分钱没挣，赢利全部用来给店里的人发工资交五险一金了。我们股东成了给后厨打工的了。"

鲍雪想了想说："听来听去，我觉得这是个立场问题。冯希，你站错立场了。你不是站在股东的立场上跟我们说话，你是站在后厨的立场在跟我们说话。"尤姗姗说："能获得剩余价值的平台，叫资本平台；没有收益的平台，那叫粥棚。冯希，你把北辙南辕管理成了粥棚。""你不能这么说。"冯希一脸不服。

"我该怎么说？你管钱，可以随便动钱；你管人，可以随意动人，还想要什么特权？你这个人的特点之一就是固执，听不进去别人的意见。"

"我怎么听不进去别人的意见？"冯希反问。尤姗姗不客气地说："我跟你提的建议，哪一样你实行了？"冯希问："什么建议？"

"我说，不要随便给后厨加薪，你不是还是加了吗？"

"他们真的很辛苦。"

"因为你的管理方式，北辙南辕很快偏离了最初的轨道，走入赔钱模式。我把话给你放在这里，房费我不会少要一分。想一想，刨去半年的房费，北辙南辕的收入是负数。就像戴小雨说的，我们在给后厨打工。"尤姗姗板起了脸。

戴小雨说："我的钱不是大风刮来的，不能由着人这么祸害。"冯希生气地说："你真是站着说话不腰疼，我从早上就来店里盯着，晚上十一二点才回去。一个月一万块钱的工资，还不够我请朋友来这里吃饭打广告的。带员工出去唱歌、吃宵夜也是我自己掏腰包。我跟你们诉过苦吗？"

戴小雨说："那是你乐意。冯希，既然想占便宜，那就不要谈自尊。你在北辙南辕还有一个月一万块钱可挣，我是干看着你在这里随意祸害我的钱。"冯希气得嘴唇直哆嗦："为了这个店，我跟李响的关系都闹僵了。"尤姗姗说："停！别把你家里的破事带到工作里来，我不是你妈。"

冯希火了："从今天开始，这个摊子我还不管了呢！你们愿意找谁伺候，就找谁伺候去。"戴小雨寸步不让："奉劝你，不要把没教养当作有力量，我这人跟别人不一样，我还就喜欢这种针尖对麦芒的阵仗。你还别拿撂挑子吓唬我，三条腿的蛤蟆不好找，两条腿的人有的是。"

冯希气呼呼说："你就是那个三条腿的蛤蟆，有本事你来呀！我看你能不能让北辙南辕活出个样子来？"

"我来就我来，除非你把我整死，否则我缓过来立刻整死你。"

冯希拍案而去。

鲍雪说："地震后线路过载了。"尤姗姗看着冯希的背影大声说："说你是个妇女，你还不承认。这下露原形了吧？""她摔耙子了，我们怎么办？"鲍雪问。

尤姗姗说："怎么办都行，就是不能凉拌。明天我没什么要紧的事，在这儿盯着。你俩也不能在这个时候当甩手掌柜的。"鲍雪说："我有演出，盯不了。"戴小雨铁青着脸："我来！"

冯希进到后厨，一屁股坐在灶台旁边。几个档口的人都小心翼翼

285

地看着她。巴小丁问："冯总你不舒服？"冯希说："头疼。""我给你拿药。"巴小丁说着跑出去了。

范大厨小声问后厨小工："冯总挨批了？"小工说："刚才我出去听了一耳朵，几个股东集体向冯总开火，说她管理不善，导致后厨漏洞太多。"

赵赫男的眉头皱起来。巴小丁拿来药和电子体温计，在冯希的额头上测了一下，说："37.7℃，有点发烧啊。"冯希说："没事，回去睡一觉就好了。"说完，她从衣橱里拿出来自己的外套穿上。

巴小丁给冯希叫了一辆车，一直把她送出大门。一直沉默不语的赵赫男此刻的脸色很不好看。

冯希走了，北辙南辕的齿轮继续转动着。尤姗姗两手抱在胸前，盯着员工们上菜收桌。戴小雨站在柜台里盯着收银台上的进项，电脑上的数字一笔一笔地往上添加着。

饭口过了，赵赫男坐在一旁整理用过的厨具。他掏出来手机迟疑了一下还是发了一条微信：烧退了吗？没有回应。

躺在沙发上的冯希头疼欲裂，她用体温表试体温，38.7℃，下床找药，家里没有。赵赫男打来电话说，他三分钟后到她家楼下，麻烦她开一下单元门。说完他挂了电话。

冯希站在阳台往下看，赵赫男的摩托车开到楼门口停住。他锁好车，从后座摘下来两个黑色合金铝工具箱，一手一个拎着走到单元门口。冯希用手机软件给他开了单元门。赵赫男拎着工具箱进了厨房，他打开工具箱从里面取出来折叠款的面板，拿出来带套筒的岫岩玉擀面杖，一套白案工具准备得相当齐备。他从保鲜盒里拿出来一团面，开始在案板上揉，面团在他的手里要多听话有多听话。面团被岫岩玉的擀面杖擀得很薄，赵赫男把面折叠起来，飞快地切成很细的面条。他做得细致认真，冯希靠在门边看呆了。

赵赫男从工具箱里拿出来调料盒，葱姜蒜调料全在里面密封着。赵赫男做汤煮面，等待的空当，他把瓷砖灶台擦得干干净净。冯希心头一阵发热，眼泪差点流出来。一碗热汤面下肚，冯希出了一身的汗，觉得舒服了许多。

赵赫男把药和白开水放在床头："我走了，有事打电话，我不关机。"

冯希点点头。赵赫男的手握着户门把手，他准备开门。卧室里传来冯希剧烈的咳嗽声，赵赫男犹豫了一下松开了手。

半夜冯希烧起来了，她烧得口干舌燥，勉强起身把那碗白开水一口气喝干。赵赫男推门进了卧室，他说："没经过你同意，我留下来了。你在生病，身边不能没人。"

冯希的眼泪立刻扑簌簌地滚落下来。赵赫男用体温计测她的额头说："热度没退下来，咱们还是去医院吧。"

冯希说："别折腾了，给我弄点冰块降降温就行。"

赵赫男翻冰箱，冰箱里面空空荡荡，冷冻层里没有冰，只有一条不知道冻了多久的鱼。赵赫男拎出冻鱼用保鲜袋包好，再用一条毛巾裹在最外面。赵赫男把毛巾裹好的冻鱼放在冯希的额头上。他坐在床边的椅子上，不停地翻着那条冻鱼。冯希的温度逐渐降下来，她睡着了。赵赫男也歪在椅子上睡着了。

清晨小区里的人开始遛狗、晨练。冯希额头上的那条鱼化了。赵赫男一只手拎着那条鱼，一只手用体温计测冯希的额头，体温计显示36.2℃。赵赫男拎着那条鱼进了厨房。冯希醒过来，闻到身上阵阵腥气，她冲进卫生间去洗澡。赵赫男在厨房里忙着做饭。

冯希从浴室里出来，眼前的景象让她怦然心动。客厅收拾得一尘不染，赵赫男伸着两条腿坐在窗下看手机新闻。风卷起白色的纱帘不时扫过他的头顶。赵赫男听到脚步声抬起头看着冯希，她在餐桌旁边坐下。赵赫男进厨房端出来砂锅，把粥盛到碗里放在冯希面前。鱼粥的香味让冯希的食欲大开。

冯希说："我说哪来的腥味，原来你在弄鱼。"赵赫男说："冰箱里只有一条鱼和一包榨菜。"冯希问："你不吃？"赵赫男摇摇头："我没有吃早饭的习惯。"

李响打来微信电话，说他买了机票，准备回一趟北京。冯希觉得很意外，没积极响应。她的反应叫李响起了疑心，问："你怎么了？"

冯希说："发了一夜的烧。"

李响略过生病这个话题，直接跳到疑问上去："谁在你旁边？"冯希说："店里的同事。"李响又问："男的还是女的？"冯希生气了："你不关心我的病，只关心是男是女。我跟你真没话说了。"冯希把电话挂了，抬头看，赵赫男已经拎着工具箱走了。李响又打来电话，冯希索性不接了。

司梦拎着电脑包走到北辙南辕门口，魏蓝上前拦住了她。魏蓝脸色不好，黑着两个眼圈。

"你干吗？"司梦问。魏蓝说："我天天提心吊胆，白天上不好班，晚上睡不着觉。"司梦说："你跟我说这个干什么？我既不是你的上级领导，更不是你的心理医生。"魏蓝哀求道："你能不能不起诉我，再给我一次改过机会？"

"如果我因为你的栽赃诬陷跟他离婚了，你觉得我会怎么对你？"

"我真的知道错了。"

司梦懒得理她，接着往店里走。魏蓝叫起来："你们夫妻俩好好的，我却连活路都没有了！"司梦说："我们没离婚，那是我们感情牢固，你脚上的泡是你自己走的，断送你前程的只能是你自己。"

说完她头也不回地进店里去了。魏蓝在门口愣了一会儿，转身走了。司梦坐在窗前看着窗外出神。

尤姗姗进来问："念佛呢？"司梦回过神来，看着她说："这几天你真像北辙南辕的大猫。"尤姗姗说："不给他们点厉害，他们不知道我闯天下靠的是智谋，坐天下靠的是手段。"

"你是要天天来这里上班，给他们看看什么叫以身作则吗？"

"以身作则，是上个世纪的事了。这个世纪的管理者，是谋定后动。你要分析清楚你的下属，什么适合他，什么不适合他，做什么事会有阻力，用什么样的绩效设计才能引导他。以身作则是基础，全局至上才是核心。"

司梦有所感悟地点点头。尤姗姗要了一壶茶，坐下来慢慢地品。司梦问："你说我该不该放那个小妖精一马？"尤姗姗说："小辫子抓在手，机会还给她。"

魏蓝在街上无精打采地走着，她从心里往外地绝望了。手机响了，魏蓝看是司梦打来的，她不接。司梦发来短信："不接电话，那是想上法庭了？"

魏蓝急忙把电话打了过去，她柔声柔气地说："喂，你好。"司梦质问："为什么不接电话？"魏蓝忙说："手机扔在包里不好找。"司梦说："你听好了。"魏蓝的身子抖了一下，她不敢往前走了。司梦一字一句地说："你还年轻，给你个机会，以后好好做人。我们之间的事情了结了。"

尤姗姗听她这样说，立刻举杯，跟她面前的茶杯碰了一下。魏蓝突然觉得时间和空间瞬间凝固了，她蹲在人行道上，两只手捂住了脸，哭声被她憋回去，她松开两只手，脸上挂着眼泪笑了。

戴小雨打开电脑从网上下载了关于企业管理的电子书。她一字一句认真地阅读着，她很快就读进去了。这段时间，她按时来上班，在前台仔细看着电脑里面的账，王建则守在一旁，紧张地看着她。

戴小雨问："冯希还没来？"

王建说："冯总发烧，请病假了。"

范大厨带着自己的手下准备菜肴用的食材，赵赫男擦拭刀具做开工的准备。尤姗姗进来，后厨的人陆续跟她打着招呼："尤董来了！""尤董好！"

尤姗姗说："冯总生病没来，你们要像她在一样，该怎么干就怎么干。"范大厨说："我缺很多食材，有些菜不能做。"尤姗姗问："你怎么不提前说？"范大厨说："三天前就说了，冯总没安排下去。"赵赫男冷冷地瞥了他一眼。

尤姗姗问，平时谁负责采买？副厨师长老张走出来，说是他。尤姗姗问老张，各大农贸市场和超市都能打折吗？老张说，有的能，有的不能。尤姗姗让范大厨把要的食材单子给老张，让他马上去买。

戴小雨拿着打印出来的单据，去了店里常购物的超市，逐一在货架上查询。她用手机拍摄下来同款不同价位的商品价目表；戴小雨在农贸市场仔细询问菜的价格，并用笔和本一一记录下来。

戴小雨有事相求，便主动发出邀请约柴勇出来喝茶。柴勇很高兴，说："我几次约你，你都爽约，今天怎么想起来主动约我了？"戴小雨说："有事问你。"

柴勇拍着胸脯说："凡是我知道的，你尽管问。"

"你开过饭馆吧？"

"我除了没考过公务员，什么行业的水我都蹚过。我的第一份工作是在一家娱乐场所打工，老板是我哥们儿，对我很好，我对他也尽心尽力。老板每天起早贪黑，可就是挣不到钱。于是我开始留心上客量和总消费，月底盘账的时候，我找出来了漏洞。这一个月的上客非常少，总共三十几个人，消费西瓜竟然有两千斤，就算用西瓜汁洗澡也祸害不了这么多啊。这里面肯定有猫腻。"

戴小雨认真地听着。

"做生意就是发现漏洞补上漏洞。想占便宜的人，是在制度连接的环节，发现漏洞利用漏洞。饭馆最容易出现漏洞的地方，就是进货。"

戴小雨认真地点点头："你说得太对了。"柴勇说："我一天到晚研究漏洞。我不是没看见漏洞，我告诉你有些漏洞你可以钻，但是别过分。"戴小雨说："北辙南辕的漏洞太大了。"柴勇问："你们的厨师长是谁的人？"

"你问的是哪一个？"

"你们有几个厨师长？"

"两个。"

柴勇吃惊地问："三个灶眼，竟然弄了两个厨师长？"戴小雨说："他俩严重不合，互踹黑脚。"柴勇点点头："难怪你们不挣钱。"戴小雨说："你教教我，我该怎么办？"

柴勇脸上露出暧昧的笑容："拜师得交学费啊。""那就算了，我智商不低，自学也完全可以。"戴小雨起身要走。

柴勇立刻认怂道："戴小雨，我跟你开玩笑呢。"

戴小雨认真地说："什么玩笑都能开，就是不能开钱的玩笑，因为我缺的就是它。"

尤姗姗一身疲惫刚进家门，门禁铃响了，戴小雨的脸出现在监控画面里。尤姗姗给她开门。尤姗姗问："火上房了？非得半夜三更找我面谈？"戴小雨把手里的一摞单据放在茶几上说："这是我这几天调查的结果，坏事不过夜，你看看吧。"

尤姗姗坐在沙发上一页一页地翻看着单据，越看她的眉头锁得越紧。戴小雨坐在对面目不转睛地看着她。尤姗姗骂道："这个妇女，骂她是猪，都算抬举她。"

拾捌

　　俞颂阳的烧一直没退下来，医生看了检查结果后说："白血球这么高，再抽骨髓化验一下吧。"俞颂阳心里一惊问："你怀疑我得的是白血病？"医生安慰他："医生诊断用的是排除法，把可能的病，排除掉就安心了。"

　　鲍雪没有去看俞颂阳，沈佩虹在北辙南辕饭店门口堵住了她，责怪她没有人性。鲍雪问为啥这么说。沈佩虹说，她今天必须回英国了，可俞颂阳总得有人管吧？鲍雪口不对心地说，她已不是俞颂阳的女朋友。

　　沈佩虹说，她也不是俞颂阳的女朋友啊。鲍雪想了一下点点头，对呀，她俩现在都是他的前女友。沈佩虹一脸严肃地说，俞颂阳高烧不退，几次化验指标都不对，可能是不好的病。鲍雪被当头一闷棍，立刻周身发冷，脸变了颜色。

　　沈佩虹说："我这个前女友已经尽了责，后面的事交给你这个前女友了。"鲍雪看着她没有说话。沈佩虹急了："哎，到底管还是不管？"

　　鲍雪说："管。"她的声音不大，语气很坚定。

　　俞颂阳躺在床上输液，看见鲍雪拎着水果进来，几乎不敢相信自己的眼睛，他张着嘴半天没说出来一句话。鲍雪在他的床边坐下，俞颂阳刚要说话。鲍雪立刻阻止他："说什么都可以，就是别问'你怎么来了'这句蠢话。"俞颂阳沉思了片刻说："我想喝粥。"

　　鲍雪立刻回家，在厨房里手忙脚乱地按照食谱给俞颂阳做皮蛋瘦肉粥，厨房被她搞得像遭了劫。好容易熬好粥，她驱车拎着保温桶来到医院病房，把粥盛到碗里，默默地看着俞颂阳吃。

俞颂阳把粥里的松花蛋皮挑出来，一块一块地摆在鲍雪面前，鲍雪不好意思地笑了。俞颂阳用手指蘸着桌子上的水渍画了个问号，鲍雪蘸着水渍在问号旁边画了个惊叹号。液体一滴一滴地往下滴着，鲍雪和俞颂阳像两尊塑像一声不响地看着窗外。主任带着医生护士来查房。

主任说："你的各项检查，终于指标都恢复到正常值范围内了，可以办出院手续了。"

俞颂阳一片乌云散，他看着鲍雪咧开嘴笑了。鲍雪长长地舒了一口气，拎着保温桶走了。

全体股东，何厨师长、范厨师长、赵赫男，外加前台王建，围坐在饭桌旁。司梦在不远的地方坐着，她在电脑上写东西，不时抬头看他们一眼。

尤姗姗把单据摔在饭桌上说："我们全体东股在北辙南辕投入资金四百万，饭店开始运营到现在将近一年的时间。每天平均流水两万左右，会计一算账，反倒亏损近一百六十万。"她看了戴小雨一眼，"你来说说你掌握的情况。"

戴小雨站起来："这几天我做了充分的调查，我们的房租、人数、工资都是死的。最大的利润空间是食材和采购。算一下进了多少菜，一斤菜能出多少盘，再加上损耗，出菜率就算出来了。一个饭店食材的正常损耗是 20%～30%，我们北辙南辕竟然达到了 60%。"

冯希说："收银系统上都有进出货的详细记载，你告诉我这怎么作假？"

戴小雨说："好，我来告诉你。咱们库里有一百瓶啤酒，卖出去了五十瓶，前台再去超市买五十瓶补上，饭店的啤酒二十块钱一瓶，超市的啤酒一打十二瓶八十块钱左右，批发价会更便宜一些。北辙南辕的顾客喝的是王建自己掏钱买的酒，他把北辙南辕和超市的差价揣进了自己的口袋。"

前台王建叫起来："你这是血口喷人！"

"你光顾着躲店里的几个摄像头，不知道后门我们还有一个防贼的监控。"戴小雨冷笑。她调出来那个监控的录像放给大家看,视频中王建几次出去一箱一箱地搬啤酒回来。

尤姗姗脸阴沉得能滴下来水:"我给你算了,光这五天里你就私自进酒十五箱,获利两千四百元。"

王建傻眼了。冯希气愤地叫道:"王建,你怎么能这么干?"戴小雨说:"王建是范厨师长带来的人,他俩勾搭连环,窃贼一样从我们股东的口袋里往外掏钱。"

范大厨辩解:"王建确实是我从老家带来的,可他做的这些事我并不知道啊。"

戴小雨说:"前台做账,后厨买东西往里填账。工资在你们眼里是小钱,进货才是赚大钱的渠道。饭店的生意越好,货进得越多,你们赚得越多。北辙南辕是现金流,是天天见钱的地方,所以你们天天有收益。"

范大厨一脸的愤怒:"我为了北辙南辕的利益,天天早上五点就去菜市场进货,买肉买菜我费尽了心思,既要东西好,还要价格低。这个世界上哪有这么两全其美的事情啊?钱花多了,你们就合伙挖坑陷害我。不能因为我在底层,你们就这样用脚踩我吧?"

尤姗姗说:"你既然觉得自己在底层,就应该努力工作,一层台阶一层台阶往上走,爬上塔尖算你有真本事。可惜你算盘珠子扒拉错了,得出这个结果。范师傅,你这不是挖墙脚,是直接走城门。好,那我就打开北辙南辕的大门请你出去。这个月的工资全部扣除。"

范大厨指着尤姗姗的鼻子威胁说:"你敢扣我一分钱,我就到法院去告你。"

"你告我,我就反诉你。戴小雨把你买菜的那几家老板的底账都挖出来了,你报的是假账。从北辙南辕开张,到现在将近一年的时间,你买粮油、肉禽、蔬菜,带私自卖酒共得私利近三万元。一万元以上不满三万元,应立案,处三年以下有期徒刑或者拘役并处罚金。三万元判你三年以下有期徒刑,绰绰有余。"

范大厨脸色煞白,说不出来话了。冯希拿起价格对比表一张一张地看着,她完全看傻了。赵赫男垂着眼皮一言不发。

冯希心中无比愤怒："我把我的心和我的工资都掏出来了，这两个混蛋怎么能这样坑我？"

四个股东接连开了几次会，司梦体验生活一直在旁听。

尤姗姗说："今天各位股东都在这里，咱们好好聊一聊。北辙南辕严重亏损的问题，除了家有硕鼠以外，还有什么原因？"

戴小雨说："冯希给我们传递的信息是，她已经把后厨全部搞定，其实是后厨把冯希搞定了。她一直在替后厨说话。厨师长让她涨工资，她连我们都不通知，立刻涨了。"

冯希说："我不给涨，人家立刻走人了。"

尤姗姗说："作为一个企业管理者最忌讳的就是善良，善良用在管理上就是缺点，当你一步一步往后退的时候，退的不是你的利益，退的是全体股东的利益。管理饭店跟管理企业一样，判断力，执行力，这两个力特别重要。没有判断力，你就是瞎子，没有执行力，你就是纸上谈兵，聊着玩讲故事哄自己开心。后厨损耗是个巨大的坑，你只要不管，一定赔钱。收银的一定要用自己的人，店面管理也一定要自己的人，如果用人合适，饭店的买卖干一笔赚一笔。"

戴小雨说："开业将近一年，外面股东一分钱也没见着，反倒亏损一百六十万。这事得有个说法。"

冯希说："如果不算房费，没亏损那么多。"

"嘿，这话说的！因为是我尤姗姗的店铺就不算成本了？门都没有，一分钱都不能少给我。这是生意，别给我夹带私人感情。我早就说过，在团队中，对着干的删除，跟着干的培养，帮着干的给钱，领着干的分红，这是规律也是法则。"

冯希低着头不说话，鲍雪低头玩手机，戴小雨捅了她一下："鲍雪，你的钱是大风刮来的？就这么由着别人拿去送人情？你说说你对亏损这件事的态度。"鲍雪把手机扣在桌子上说："我觉得这事能叫冯希想明白。"尤姗姗说："你以为她想通了？没有，她明天会接着跟你杠这件事。""我就是没想通。"冯希梗着脖子说。

尤姗姗说："管理分两种，一种他服你，当然这是好的领导；一种是他怕你，不服我就得怕我。不能真的跟手下的人打成一片，一定要保持距离。一个锅里炒豆子，红黄绿什么颜色的都有，动一个，你得全动。动态博弈论里面让你关注每一个人的变化，你不要小看每一个人的变化。虽然风口上猪都会飞，但是没有一个人，愿意等着你这口猪飞起来，再跟着你一块飞。该飞我得先飞。"

鲍雪问："现在该怎么办？"尤姗姗说："扩资，每个股东再往里面补钱。"

鲍雪、戴小雨和冯希几乎同时叫起来："我没有钱！"

司梦紧张地看着她们。

尤姗姗冷笑了："告诉你们，这事没有退路，每一条退路都是给抢我们钱走的人当炮灰。"

房间里一片安静。

"我倒要看看，谁能咬得住这口牙。咬得住，北辙南辕平安无事。咬不住，我不说结果，你们心里也该一清二楚。"

戴小雨炸了："我不清楚，我也不想清楚。我只想要我的钱回来。"鲍雪问："你不想办法，它怎么回来？"戴小雨说："钱是冯希弄没的，她砸锅卖铁也得还我。"冯希大怒："做买卖就是有赔有赚，我又没把钱揣进自己的口袋里。你赔了，我还赔了呢，我破财费力，找谁说理去？"

戴小雨说："当初你大包大揽，说你有管理饭店的经验。你家开的早点铺那也叫饭店？你爸和你妈给对方打工，赚赔都在自己家，他们那点可怜的经验有什么可借鉴的？"冯希反唇相讥："知道你爸你妈买卖做得比早点铺子大，否则怎么能养出你这样的寄生虫？"戴小雨问："我寄生在你家了？"冯希用鼻子哼了一声："你倒想！"

"我可不想，我怕被你蠢死没地方埋！"

"我怎么蠢了，别在这做人身攻击，有本事用事实说话。"

"好，我给你用事实说话。北辙南辕前台到后厨一共十五个人，你竟然聘用了两个厨师长，一个月的成本就多了好几万块钱。另外你给北辙南辕员工租的宿舍太贵，我调查了一下，你一共租了三处，一处 8000 一个月，一处 7500 一个月，一处 6500 一个月，合起来，一年的房租就是 264000 元。装修这个方面的浪费是尤姗姗的事，我就不在这说了。"

尤姗姗饶有兴致地看着戴小雨。

"我接着说你的浪费。一模一样的碗，在网上买 6 块钱一个，你在商店七折买下来 20 块钱一个。碗损失后需要补上，你还是去那个商店买，那店主给你回扣还是怎么着？"

冯希刚要反驳，戴小雨立刻提高声音压住她："我说完你再说！"

冯希怒目看着她。

"桌子不好就换，三十张桌子多少钱？你心里清楚。你自作主张买了洗碗机，用不上就在厨房里那么扔着。"

冯希张了张嘴，没说出话来。

"这是大面上的，细的我还没算。我们上客量不错，很多时间一天流水达 27000 块，结果还是亏本，就是因为前面挥霍得太多，无力回天。"

房间里一片安静。

尤姗姗说："这就是我们面临的困境，如果你们谁也不咬这口牙，我们剩下两个选择，一、转手给别人；二、宣布破产。"冯希第一个跳起来反对："这两个结果我都不接受，饭店倒闭我也不负这个责任。""你不负责任？难道要我和鲍雪担责任？"戴小雨问。鲍雪说："我们现在要做的就是，未来希望我不再出钱，不再有麻烦。"冯希说："我没法给你保证任何东西。我也是在尽力，不愿意你自己来处理。"

鲍雪一肚子气，站起身走了。

鲍雪坐在咖啡馆的角落里生闷气。司梦走进来，在她面前坐下问："躲在这生气呢？"

"我姐跟冯希之间的矛盾越来越深。她俩吵架，我两面受气，她们各说各有理，双方对我都是恶语相加，我并不在意，一笑置之，然后自我消化。可她俩若真生气了，谁也不理谁，我就开始难过了。"

司梦说："她们彼此挑剔，证明她们还在意彼此，你别太往心里去。"

鲍雪站起身说："我冷静下来了，去接着开会。"

墙上的挂钟指向十一点，饭店大堂空了。后厨里只剩下冯希和赵赫男两个人。赵赫男煮了一碗面放在冯希面前。冯希哑着嗓子："吃不下去。"赵赫男在她面前坐下说："这事我以前跟你提过，没引起你的注意。"

冯希点点头。赵赫男说："我是你介绍来的，无论何时何地，我都会跟你同进退。"

他的话叫冯希很感动。赵赫男把筷子递到她的手里。冯希的眼眶湿了，她赶紧埋头吃面。

赵赫男和冯希在人行道上走着，两个人谁也不说话。前方出现岔路口。赵赫男和冯希分手，各自回家。

戴小雨的聪明被懒惰给拖累了，她一旦认真起来，聪明就把懒惰干趴下了。为了保卫三十万的投资，她看书看资料，甚至找到母亲在北京的老同学取经。钟阿姨见到隔辈人来拜访很是高兴，说很多年没见朱敏了。

戴小雨说："她不喜欢北方，说来北京一周就干得浑身瘙痒。我妈觉得全中国最好的地方是杭州，最好吃的菜是杭帮菜。"钟阿姨笑着说："典型的江南小女子。"

"钟阿姨，我想跟您讨教一下怎么样管理饭店。"

钟阿姨高兴地说："有这样的学习精神，好啊。首先，创业不能拿性格说事，玩性格得在资金充足的前提下，这就跟饿着肚子谈理想一样，说穿了性格是创业的奢侈品。"

戴小雨点点头。

"开饭店就是创业，如果创业成功，那么你一定会成长一大块，不创业真不能这么直接地感受人生。"

"您说得对。"

"后厨水深不假，但是话又说回来了，你黑我 5% 我认，你别给我超过 10%。超了，我立刻开了你，让你一点油腥也沾不着。前台每天酒进了多少，菜消耗了多少，我一个摄像头照得清清楚楚的。开了多少桌，给我报了多少损耗量，酒水用了多少，进货单跟我对账。后厨菜好了，前台服务好了，剩下就是来多少人的问题。怎么才能让更多的客人来？如果你家没管好，来得越多，你赔得越多。根基没做好，楼盖得越高，塌得越快。"

戴小雨瞪着两只黑亮的眼睛听得很认真。

回到家戴小雨在笔记本电脑上认真地写着，不时拿起手机，用上面的计算器飞快地计算着。

戴厚江翻来覆去睡不着，惊醒了身边的朱敏。"翻腾什么？还让不让人睡啊？"朱敏半闭着眼睛发牢骚。戴厚江一骨碌坐起来说："我妈如果真的改嫁了，将来怎么面对我爸？"

"说什么呢？做梦魇着了？"朱敏彻底醒了。

"我妈新交了男朋友。"

"啊？真的假的？"

"我亲眼看见的。"

朱敏叹了口气："这下你跟老太太的关系更复杂了。"

起床后，戴厚江立刻给妹妹戴澄澄打去了电话，问她知不知道老太太交男朋友的事。戴澄澄被惊着了，说："不知道啊。"

戴厚江告诉她，这对老头老太太来往了几个月了，依着老太太的性子，做出什么事都是可能的。说完他挂了电话。

妈交男朋友这件事，让戴澄澄的早餐吃不下去了。整整一天她都在琢磨，这事该怎么处理。

鲍雪要去外地拍戏，她抽空跑去看望白静慧，进门就喊："姥姥！我去上海串戏，七八天就回了。"白静慧面带笑容白了她一眼："叫人啊。"

鲍雪这才看见，背对着她坐着老爷子吕正，赶紧向他问好。吕正放下手中的医学杂志，摘下老花镜问："要出差啊？"

"送行的饺子，接风的面，冰箱里有现成的馅，我给你包饺子。"白静慧起身往厨房走，吕正挽起袖子跟在后面，说："我和面。"

鲍雪看着他俩配合默契的样子，心中有些不自在。

"来不及了，我还有事要办，过来跟您打声招呼。姥姥，您要是有什么事，一定给我姐打电话。"

白静慧说:"吃饺子赶脚,哪次出门只要姥姥在,一定给你包饺子吃。快,半个小时就让你吃到嘴里。"

鲍雪只得重新坐下。座机电话铃响,鲍雪拿起电话,是妈妈打来的。她问:"又跑来蹭饭?"

"马上出去拍戏,过来看看姥姥。"

"姥姥呢?"

"在厨房给我包饺子呢,我把电话给她。"

鲍启东知道老婆在给丈母娘打电话,立刻过来凑热闹。白静慧抱怨说:"启东啊,你可有日子没来看我了。"鲍启东解释说:"太忙了,我昨天刚出差回来。这一阶段忙完了,我跟澄澄去北京看您去。"鲍雪在旁边挑礼:"光看我姥姥,不看我啊?我到底是不是你们亲生的?"鲍启东笑说:"主要看姥姥,捎带着看你。"

电话挂上了,鲍启东看老婆的脸色不好,问她怎么了。戴澄澄告诉他,那个姓吕的老爷子在帮母亲包饺子,看来关系真的不一般。鲍启东说,老太太晚年有个伴,这不挺好吗?

戴澄澄心事重重地说,他们的关系要是真的往那个方向走,她哥非把天捅出个窟窿来不可。不行,她得找机会去一趟北京,劝劝老太太,明白了一辈子,不能干糊涂事。

股东们的会开了一次又一次,北辙南辕的女人们已经吵成一锅粥。

尤姗姗说:"我再说一遍,如果没人接店,意味着我们要走破产这条路,要补齐注册资金,要偿还债务。我他娘的都觉得我被你们带弱智了,反复说,反复说,反复说。"

冯希发言:"我也跟大家讲清楚我的观点了,该提醒的也提醒了,我不同意在转让协议上签字,我也找了律师看这份协议,我们的协议在处理债务上没有明确的事项和时间,这么快过户给别人,完全没有保护我们股东的权益,并且我们连最后牵制他的任何东西都没有。"

尤姗姗说:"别在这当草根英雄,意见领袖。现在我们的能力只能做到这些了,如果有人愿意继续为大家贡献智慧和力量,那所有股东都应该感谢她。如果只是提出异议,没有实际解决问题,就没有意义了。"

司梦坐在一旁看着她们争吵。鲍雪看看这个，看看那个。

尤姗姗说："如果没有共识的方案，就直接交给律师，走法律破产程序，法院会介入，大家一起来承担吧。别觉得我非要替大家做主，其实事情很简单。说心里话，要不是考虑大家整体的利益，就选择破产。别在这给我装大个的！忍耐都是有限度的！如果明天还没有结果，我就去申报破产，移交法院处理了，按照程序，你们大家的个人信息和电话我也会告诉法院。"

鲍雪急了："我希望这事不要影响我的前程，让出境受限之类的事情发生。这样就太害人了！"尤姗姗问："作为女人，你们认命不认命？"鲍雪说："我不认命。"戴小雨说："我也不认命。"

"我从来不认为别人能做好的事情我做不好，这个世界上没有绝对的事情，咱们店吃饭的人最多，人越多的地方越聚财，天时地利人和，天时我们动不了，地利我们也没办法动，我们只能动人了。"尤姗姗说。

冯希问，动谁？戴小雨说，当然是后厨。冯希立刻不让了，她句句话护着后厨，跟几个股东吵得不亦乐乎。戴小雨指责冯希到现在还没摆正位置，没有站在股东的立场上说话，冯希固执地认为，她没站错立场。

戴小雨说，同样的时间段，别的店往上走，她们的店却在往下走，归根结底是人的问题。冯希冷笑说，直接说她有问题就好了。戴小雨一点也没客气，说冯希负责后厨当然有问题。范大厨、何厨师动不动就摔耙子，她冯希为什么不敢硬邦邦地处理他们呢？

冯希解释说，后厨全指着他们，他们干活最多。戴小雨说，他还拿最高的工资呢。冯希说，当初她请他们来的时候就许诺给他们高工资，这个开会也讨论过了。戴小雨又提及范大厨回家报销车票事，并指责冯希不讲原则，范大厨提什么要求，她就答应什么要求。冯希说，她问心无愧，她是为了北辙南辕能正常营业。戴小雨怒从心头起，质问冯希，给谁营业？是给股东营业吗？凭什么拿她的钱满足她冯希喜欢的人？

冯希立刻不干了，跟戴小雨的架越吵越远，偏离了会议的主题。尤姗姗喝着茶，坐山观虎斗。

戴小雨一脸鄙夷："贱人永远是贱人，就算经济危机了，你也贵不了。我算看出来了，不撞南墙你就不相信有南墙。我们进入了困境，北辙南辕开不下去了。"

鲍雪不愿看到僵局继续下去："咱们开店是为了姐儿几个在一起，不能因为开店了，咱姐儿几个不能在一起相处了。尤姗姗，这里就你在生意场上混过，你倒是说话呀！"

尤姗姗装模作样地说："你的状态决定着你周围人的状态，你们这些妇女都不在状态。这种时候我才懒得跟你们扯棉花。"鲍雪说："你是老大，拿出你的状态来。"尤姗姗说："在生意场上我永远站在主导地位上，我不能被别人左右，也见不得手下的人被别人左右。冯希，你这个妇女，你在家的时候被李响领导，在北辙南辕又被厨师领导，你这辈子就不能有一点出息吗？"

冯希辩解道："后厨和工作人员一天工作十几个小时，他们不容易。"戴小雨说："你怎么不看我可怜呢？范大厨在店里管吃管住，一个月两万块钱拿走了。赵师傅有你宠着，更是谁也碰不得。我三十万投到店里，到现在还租房子住，北辙南辕开张这么长时间，我一分钱也没见着。"

尤姗姗说："饭店开成这样肯定是管理层的问题，别说员工怎么样，员工是听你吆喝的。你变成了听员工吆喝那就是你的问题。商场如战场，本色做人，角色做事，特色定位。这就是大都市的现实，待就留下好好干，不待就滚回去！"

戴小雨火力全开："冯希，我告诉你，你赔得起，我赔不起。你的想法完全属于不负责任，根本就不是老大的心态。"冯希反击说："你有老大心态，你来管，我不干了。"戴小雨不屑地说："爱干不干！我就不信你一崩溃，我们都得被淹死。"

冯希站起来甩袖子走了，戴小雨冲着她的背影喊："吓唬谁？我干就我干。"鲍雪劝表姐："都是朋友，说话别这么绝。"戴小雨气呼呼说："我不交女朋友，女人全是我的对手。"鲍雪问："我呢？"

"你是我妹妹，这不一样。"

股东会散了，尤姗姗没走，司梦也没走，她做了一杯咖啡端给尤姗姗。尤姗姗喝了一口，心中的闷气消散了许多。她说："一群蠢人，插上根尾巴就是一群猪，能成什么大事？妇女就是妇女，烂泥糊不上墙。"

"这不是性别问题，这是立场问题。"司梦说。

"对，是立场问题。我身为女人，不能看不起女人。"尤姗姗检讨自己。

"真的没有解决办法了？"司梦问。

"当然有，我在给她们用激将法。不来真格的，用刀子从她们身上片下点肉，她们不知道死是怎么回事。这么一逼，那个懒骨头戴小雨立刻跳出来了，亮出了她的底牌。我倒要看看她有什么真本事，到底能坚持多久。"

司梦说，她有个不成熟的想法，她写网剧挣了点钱，干脆也入一股，托北辙南辕一下。尤姗姗问她，不怕砸里面？司梦说，有她尤姗姗在，她不怕赔。

尤姗姗说："拿权和欲这两个最大的私欲，去挑战有保质期的非常脆弱的爱情，搞不好，对公司对家庭都会带来伤害。这个后果你考虑好了没有？"

司梦想了一下："这个问题我想过，我要努力把家庭跟职场划分清楚。我知道工作就是工作，生活就是生活，如果硬要把它们掺和在一起，那我就离死不远了。"尤姗姗向她伸出一只手："好，我让出我的一份股给你。"

司梦紧紧握住她的手。

尤姗姗和戴小雨领着司梦熟悉后厨的每一道工序。司梦认真地看着，仔细地记着。后厨职工好奇地看着她。

尤姗姗问司梦："看出点门道没有？"司梦点点头："看出来了。"尤姗姗说："你比鲍雪有责任感，她那个股东当得跟闹着玩似的。"戴小雨说："她要是上手管，比冯希出的乱子还要多。"

尤姗姗说："那丫头是麻将里的那个'会儿'。"司梦说："她可不这么说你。"

尤姗姗问："她说我什么？"司梦说："鲍雪说你是限量版的女汉子。"

"女人中的男人？我为什么非得当个男人？尽管姐姐我文不能提笔安天下，武不能骑马定乾坤。但是我能扛事有担当，关键时刻能够挺身而出，不往你们不熟悉的领域说，在北辙南辕我起码是根栋梁。"

戴小雨嗤之以鼻："狗屁栋梁，要不是你总闭目养神，我们也不会混得差点关门。"尤姗姗说："我在考察你们有多强的学习精神，结果发现冯希根本不知道'学习'这两个字怎么写；你呢，高度近视，只看得见眼前的既得利益。鲍雪一开始就认尿，已经缴枪不杀了。你自己说说，我带了一帮什么鱼鳖虾蟹？"

戴小雨不说话了。尤姗姗吆喝一声，差不多了，走，进去开会！

大厅里，北辙南辕全体人员都在场。全体股东围着桌子坐着，冯希也在其中，赵赫男一个人坐在离他们较远的地方。

尤姗姗发言："千万别低估了集体的力量。对于北辙南辕来说，于公于私有的人完全过了道德底线，你们都看到了，我对北辙南辕做了全面大清洗。前台王建和厨师长范玉强已经被我开了。下面的决定由戴经理来宣布。"

戴小雨站起来，她吐字清晰语气很冲："何师傅，我有句话要对你说，是人就会犯错误，但是一旦越线，必然会承担后果。鉴于你并没有越线太远，没有跟范玉强他们同流合污。股东会议决定，北辙南辕继续聘用你。不过有三个月的考察期，考察期我们会牢牢盯死你。一旦出错，立刻开了你！你接受吗？"

何厨师沉默片刻说："我接受。"

尤姗姗说："巴小丁，前台由你负责，不懂的地方问。"

巴小丁问："我行吗？"

尤姗姗说："把'吗'字去掉，你行！"

巴小丁小脸涨得通红："我一定努力，不辜负大家的期望。"

尤姗姗接着说："另外，司梦见证了北辙南辕的成长，对这里是有感情的，她决定入一股，解救北辙南辕的危机。司梦进入北辙南辕的管理层，任行政厨师长，店里上上下下的事要及时跟她商量。"司梦小声说："我都不知道行政主厨是干什么的。"尤姗姗说："目前是管理他们，等条件成熟能开连锁店的时候，你负责管理所有的连锁店。"

司梦舒了一口气："虚职啊，吓了我一跳。"

"这叫理想，懂不懂？"

"我什么都不懂。"

尤姗姗说："咱们就是要在干中学。如果一个人永远只做自己能力范围内的事，收获的就只是价值的存量，对自我设限，不愿突破自己的舒适区，就只能成为一名打工仔。人哪，在什么位置是由你自己决定的。许多人有个误区，总以为谁挤垮了谁、超越了谁、整死了谁，你就成功了，事实上，一个真正的强者，不是看他摆平了多少人，而是看他帮助了多少人、凝聚了多少人。"

冯希铁青着脸问："你这不就是在整我吗？"

尤姗姗说："你三番五次提出不干了，今天我给你个明确的回复，免除冯希经理的职务，自行选择岗位。经理一职暂时由戴小雨接任，考察期也是三个月，希望大家一起努力，共同闯过眼前的难关。"

"我留在店里工资照发吗？"冯希问。

"没那个待遇了，从今天起，你跟所有股东一样，秋后算账。"

赵赫男抬起头往这边看了一眼，他的目光很冷。

出人意料的是，司梦的家在一点一点地变着，司梦一进屋，大壮会跑过来把拖鞋放在她的脚下。圆圆会把扔在地上的玩具一个一个地捡起来，放在盒子里。

不爱进厨房的杜世均，学会看着抖音里的菜谱，在灶台前一丝不苟地完成着每一道工序，嘴里经常念念有词："青菜洗净晾干，这个已经完成了；肉馅倒黄酒，白胡椒面、盐、葱、姜搅拌均匀。兑若干的水，连搅两次。炒青菜，放盐，放水，放丸子。"

他面带得意回头看了司梦一眼说："你看，做饭还是很有意思的嘛。"

司梦嘴一撇："偶尔显摆一次觉得有意思，让你一年三百六十五天，一天三顿被油烟呛着，这个意思就变味儿了。"

杜世均说："自己干过了才知道不容易，所以才接受你请保姆这个事情啊，不过说实话，保姆做的饭比你做的差远了。油大不说，还干巴巴的，真不知道她是怎么鼓捣出来的。"

一家人围坐在餐桌旁边吃饭。

杜世均说："我们事务所，这个周末组织全体员工去山里玩。住民宿，吃乡村饭采果子，条件是必须带家属。"

大壮和圆圆立刻欢呼起来。

孙总的室内装修顺利完工了，石铁亮交给俞颂阳的活儿也竣工了。两家检查完质量都非常满意。石铁亮做了收尾总结，他说俞哥真的没吹牛，设计样式和施工品质，在他们这座城市都是一流。俞颂阳笑了笑，顺利地结了尾款，开车返回了北京。

刚到家，沈佩虹就发来了微信视频，时间是伦敦的半夜。皮特过来把一杯咖啡放在她面前，顺势在她的额角上亲吻了一下。

"能不能不秀？"俞颂阳问。沈佩虹不以为然地说："熟成这样，犯得着跟你秀吗？对皮特来说，这是常态哎。你的那只猫怎么样了？"俞颂阳没明白过味儿来，问："哪只猫？"沈佩虹说："鲍雪呀！"

"我一出院她就没动静了。"

"主动打电话呀！"

"没告诉你吗？她把我拉黑了。"

沈佩虹笑得后槽牙都露出来了："活该！鲍雪不是我，对待她，你必须积极主动。别期待以后的某一天，一切从眼下做起。"

尤姗姗坐在大堂里吃饭，戴小雨坐在对面跟她汇报工作，她像打了鸡血一样亢奋积极。俞颂阳走进大堂，尤姗姗和戴小雨一起跟他打招呼。

"你还活着呀？我正张罗凑份子钱给你买花圈呢。"尤姗姗说。俞颂阳冲她作揖："劳您破费了，我请你们吃饭吧。"

尤姗姗指了一下面前的两菜一汤说："再加两个菜，算我请了。"

"扫我的面子？"

"你的面子值几个钱？值得我亲自来扫啊？上一个赵氏红烧肉，上一条鱼。"

戴小雨跑到后厨去加菜，俞颂阳四下看，尤姗姗问："找鲍雪？"俞颂阳一脸尴尬。尤姗姗说："吹了就吹了，没啥丢脸的。当今社会，男女做不成情侣，还能做朋友是不是？"

俞颂阳叹了口气："看她那架势，做朋友也难了。"

"鲍雪对你够意思，跟你分手了，还能天天跑医院给你送汤送饭。要是我肯定做不到。"

"你离婚了，不是还帮你前夫过目，帮他挑选媳妇吗？"

尤姗姗说："我那是为了我儿子。怎么着，想让我帮忙留住她？"俞颂阳恳求道："拜托了。"尤姗姗说："我帮你，你也得帮我。"俞颂阳很干脆地说："没问题。"

戴小雨把菜端上了桌，尤姗姗问："戴小雨，你最了解鲍雪，你说她跟俞颂阳还有可能吗？"戴小雨目光落在俞颂阳的脸上，说道："我觉得她心里还有你，否则她不会这样躲着你。依照她的个性，既然跟你吹了，见到你就会像看见路人一样，不会反应那么强烈。"

俞颂阳的一颗心落回到肚子里，他拿起筷子吃了口菜说："掌柜的，既然请客，好歹给上瓶啤酒吧？"戴小雨去给他拿啤酒。尤姗姗说："你只有把一个产品产业化变成经济行为，才能真正对人们的生活产生影响。"俞颂阳说："你这是哪儿跟哪儿？"

尤姗姗不理俞颂阳，顺着自己的话往前走："世上无冲突，我们就无法赢利。没有相信的开始，就没有成就的可能。"俞颂阳皱着眉说："道理是这个道理，听着有点别扭。"尤姗姗总结说："所以你不是一个好商人。"

俞颂阳点点头，认为尤姗姗总结得对。尤姗姗说，北辙南辕的风格是他俞颂阳一手打造出来的，他难道不想入一股？俞颂阳一脸蒙圈，尤姗姗提醒说，这样他就能以同是股东的身份，理直气壮地跟鲍雪相处了。

俞颂阳哭笑不得，这叫什么理由？尤姗姗交底说，这是表面文章，背后的原因是北辙南辕管理不善，快垮了，需要一笔资金注入才能盘活。俞颂阳问，需要多少钱？尤姗姗说，跟其他股东一样，一股三十万。

俞颂阳不解地问，既然他不是经商的料，怎么还拉他进坑？尤姗姗笑着说，他已经在坑里了，还用她拉吗？俞颂阳认为，北辙南辕是女人的天下，他掺和进来不伦不类。尤姗姗问，见死不救？

俞颂阳想了一下说，这样吧，他投三十万给鲍雪，加大她的股份，搞个曲线救国怎么样？尤姗姗点点头，这个主意不错。

话剧巡演去外地，舞台上鲍雪扮演儿媳妇的角色，她演得相当投入。

"你儿子三十岁又冒出去一拃长了，现在连个对象还没有，到点进家算啥本事？家这种东西是给女人预备的，套不住男人。男人有家也愿意在外面飞着。在外面长本事，能挣钱回家。女人可不一样了，我要是有个家，我整天在家囚着，用棍子打我都不出来，死死守着我的窝。"

老太太问："你没家？"

儿媳妇冷笑："家？女人哪个家是自己的？当闺女的时候，家是父母的。结婚后，家是丈夫的。在父母面前，我是嫁出去的女。对丈夫来说，我是离了婚的老婆。在哪个家里我都是外人。"

老太太同情地点点头："你说的倒是实情。"

儿媳妇说："俗话说一个萝卜一个坑，没有坑的萝卜是自卑的萝卜，我好歹得找一个坑，把自己栽进去培上土。黄土埋半截，说的就是这个理儿。"

老太太不以为然："你以为萝卜坑是好找的？要是好找，就没满大街的剩女了。"

儿媳妇说："老太太，你还挺新潮，知道啥是剩女。"

老太太说："剩女就是剩下的黄花大闺女，你这样离了婚的小媳妇不算。"

儿媳妇不服气地说："破船还有三千颗钉呢，现在这个社会，离婚不掉价，寻死觅活才掉价。我一定要找个好男人嫁了，结婚那天，弄个一水大红的车队，围着我原来的那个破家放一千响鞭炮，我臊死他！"

老太太摇头："净说梦话！"

鲍雪扮演的儿媳妇说："这是梦想不是梦话。"

戏演完了，大幕拉上，观众鼓掌；大幕拉开，演员出来谢幕。

拾玖

鲍雪在化妆间里对着镜子卸妆，剧务抱着一束鲜花进来说："鲍雪，这花还是那个人送的。"演老太太的演员话说得有点儿酸："一连三场匿名送花，这不是吊人胃口吗？"鲍雪说："这座城市，我谁都不认识，你喜欢就送你吧。"演老太太的演员说："这种莫名其妙的花，我可不要。"

在这个城市的演出终于结束了，演员们收拾行李准备回家。宿舍的演员问她去不去逛街，鲍雪一口拒绝了。

江南古城，空气湿润，风光秀丽，鲍雪一个人跑到此地著名的千佛寺游玩。千佛寺香火很旺。弥勒佛像前的对联上写着：眼前都是有缘人，相亲相近怎不满腔欢喜？世上尽多难耐事，自化自受何妨大肚包容？

鲍雪一个景点一个景点看完，手里拿着一瓶矿泉水，一步一步走下台阶。穿过停车场，路边一辆沾满尘土的京牌 SUV 汽车，引起她的注意。鲍雪停住脚看那辆车。听见有人喊她，抬头四处张望，俞颂阳跑过来，鲍雪简直不敢相信自己的眼睛，她半张着嘴，半天没说出话来。

俞颂阳一本正经地自我介绍："你好，我叫俞颂阳。"鲍雪问："你怎么会到这来？"俞颂阳说："我追着戏走了三天。"鲍雪又问："三束花都是你送的？"

俞颂阳笑而不答。鲍雪眼圈红了，她转身走了。俞颂阳开车过来，他摇下车窗说："上车。"鲍雪毫不理睬。俞颂阳激她："怎么这么厌，连我的车都不敢上了？"鲍雪赌气拉车门上车。

轿车沿着道路行驶，两人无话。俞颂阳把车停在长江边上，桥下江水奔腾流淌。两人坐在石桥边的水泥墩子上，望着滚滚流淌的长江水。

俞颂阳问鲍雪呛过水吗，鲍雪点点头，呛过，脑袋里又麻又辣。俞颂阳又问，就此放弃游泳了？鲍雪白了他一眼说，她没那么怂。俞颂阳说，极限运动也一样，就算有个磕磕碰碰，他也不会放弃它。鲍雪反驳说，他那不是运动，是玩命。

俞颂阳告诉鲍雪，极限跳伞是一项体育运动。鲍雪用鼻子哼了一声。俞颂阳仰头往上看着大桥问，跳过五米跳台吗？鲍雪摇摇头，俞颂阳说，要想知道梨子的滋味，必须亲口尝一尝。在俞颂阳的激将下，两人相约来个双人跳。

翌日，两人来到风景区，坐着索道车在山峦间运行。

鲍雪低头往下看，山间景色非常好看，索道尽头排队等待着一群年轻人。

鲍雪大惊问，干吗带她到这儿来？俞颂阳笑着问，怕了？鲍雪挣扎着不往前走，俞颂阳笑着拉她。排队的男女青年看着他俩笑。

俞颂阳说，她要认怂，他俩就下去。鲍雪被逼到绝境，只能逞能，她牙根一咬说，他们能跳，她也能跳。

俞颂阳和鲍雪排到跟前，教练员问谁先跳，鲍雪的脸上变颜变色，俞颂阳说他们双人跳。教练员说，双人跳非常考验人，一定商量好。不要因为头脑发热，决定一起去，结果临到跳时，一个想往下跳，一个吓得往后缩，导致影响蹦极效果，甚至发生意外事故。俞颂阳说，他经常跳，一定能带好女友。

教练员给他俩绑好安全设备，鲍雪闭着眼睛紧张地喘息着。俞颂阳安慰说："放松！放松！太紧张动作容易变形。"

鲍雪脸煞白地说："俞颂阳，我可是把命托付给你了。"俞颂阳说："你敢给我，我就敢接着。"他带着鲍雪纵身一跳，两人姿势漂亮地飞下山崖。峡谷中传来鲍雪惊恐的号叫声……

这一跳让鲍雪上了瘾，她死皮赖脸地拽着俞颂阳上缆车："再蹦一次！咱们再蹦一次！"俞颂阳揶揄着问："你还拉黑不拉黑我了？鲍雪摇摇头："不拉了。"俞颂阳又问："我给你打电话你接不接？"鲍雪忙不迭说："接！"

"你是我什么人？"

"前女友。"

俞颂阳扭头就走，鲍雪忙追了上去。

跟着杜世均去民宿前，司梦换了装束，她前后照镜子。杜世均说："你这样穿很好看。"司梦问："在你眼里我还能让人看得下去？"杜世均认真地说："你是那种越看越漂亮的女人。"

司梦听了顿时眉开眼笑。

民宿建在大山里，大壮、圆圆跟着几个孩子，像脱缰的野马一样，在树丛里奔跑。司梦、杜世均和大人们在俱乐部里练习书法、绘画，大家都兴致勃勃的。夜晚山里非常寂静，民房星星点点。月亮悄悄钻出了云层，大壮和圆圆睡熟了，杜世均和司梦躺在床上聊天。

"真安静啊，感觉很奇妙。"杜世均感叹。

司梦问："那个魏蓝没再找过你吗？"

"不带开车撞了人再倒车碾轧一下的。"

"好像你从来没在我心上碾过一样。"

"好，你倒车再从我心上碾轧一回吧。"

司梦看着他没有说话，杜世均问："怎么了？"司梦说："有个人在追求我。"

杜世均立刻坐起来警惕地看着她，司梦继续说："我说我接近老态龙钟了，他说花朵怒放的时候，就是接近老迈的时候。"

杜世均有些紧张地问："你接受了？"司梦说："这不是跟你商量呢吗？"杜世均有点气急地说："你这是报复！"

司梦一脸坏笑，杜世均一把抱住她，拖过来紧紧搂在怀里。

司梦叹了口气说："我胖了。"杜世均认真地说："这些肉都是我的。"司梦忍俊不禁"扑哧"一声笑了，杜世均在她耳边小声说："我爱你！"

"三十岁以前的爱情是纯真的，不顾一切的。三十岁后当这种爱情被生活折腾得精疲力竭时……"

杜世均打断司梦的话："这个时候，别跟我提'理性'这两个字，我从精神到肉体都回归到二十五岁了。"

他翻身跃起，把司梦压在身下。司梦咯咯笑，他一个吻，堵住了她的嘴。

戴小雨领着采购员逛批发市场，她仔细看菜市的牌价。

"牌价上有日期，你进菜的时候把每天的牌价拍下来，发到微信群里。报账时，我看两个数字，一个是新发地当日的菜价，一个是你货单上的价格。只要不超过新发地的价钱我都认，但是不能以次充好。我签过字以后才能入账。"

采购员点点头。

回到店里，后厨人员和服务员整整齐齐地站成一排，戴小雨给他们训话。司梦和冯希坐在一边看着她。

"早上九点上班，验收菜，原材料归类，上架，拣菜，清洗切配。厨房里先加工半成品，十一点到十二点上客人，成品出菜速度要保证在十分钟左右。下午两点半餐点结束。为了保持新鲜度，每天备五份鱼，卖完了就卖完了。晚饭档口四点半上班，中间的两个小时，工作人员休息……"

冯希一个白眼翻过去小声嘟囔道："说的都是废话。"

司梦看着她妒火中烧的样子，差点笑出来。

冯希在后厨帮忙打下手，何大厨说："冯总，鸡丁不够了，你帮我切一下。"

冯希从冰箱里拿出来冻鸡块，赵赫男立刻接过来，替她把鸡肉放到微波炉里解冻。

赵赫男说："八分钟就可以了。"

巴小丁进来帮忙端盘子，全部看在眼里。她悄悄跟司梦说："这个赵赫男有意思，对别人爱搭不理的，只跟冯姐一个人说笑。"司梦说："他是冯希挖来的，立场鲜明。""他会不会是喜欢上冯希了？"巴小丁问。

司梦一怔，说："冯希的男朋友是博士，赵赫男拿什么跟人家比？"巴小丁说："博士头衔听着好听，赵赫男养眼看着帅呀！看和听要是让我选，我也首选看啊。"司梦问："你们○○后这样想问题？"巴小丁点点头："帅不说，还眼里只有冯希，只对她一个人好。言情小说不都这么描写吗？"

司梦心想，如果真这样，那冯希可就遭罪了。她叹了一口气，每个人的心里都住着一个得不到的人，所以才有一出出的悲喜剧粉墨登场。

李响禁不住北辙南辕的女人们念叨，连冯希都没告诉一声就回来了，他按密码锁开门。房间里的变化叫他吃了一惊，房间里落着灰尘，不像以往那么干净。打开冰箱，冰箱里空无一物。李响重重地关上冰箱的门出门去了。

李响走进北辙南辕的门，巴小丁热情地迎上去说："吃饭吗？里面请。"李响说："我找冯希。"

巴小丁把他让到座位上，进后厨去叫冯希。戴小雨把一杯柠檬水端到李响的面前。冯希从里面出来，看见李响不觉大吃一惊，李响看到冯希也不觉大吃一惊。冯希问他，怎么突然回来了？李响说，有事要办。

冯希知道李响是自费回来的，埋怨他不应该这样花钱。李响问，她就一点儿都不想他？冯希愣了一下说，想了可以看视频嘛。

李响闷闷不乐地问，她已经多长时间没跟他视频了？冯希又开始念经，这段时间饭店忙，她到家都快夜里一点了，累得骨头都散架子了，只想上床睡觉。

在饭店里李响不想多说什么，冯希带着他到超市买东西。她一样一样地拿，李响心事重重地跟在她旁边，不住地抬眼打量冯希，越看越陌生。冯希问，干吗这样看她。李响说，她穿衣服的风格变了。冯希面露得意地问，这样穿不错吧？李响当头泼来一盆凉水，说这是二十岁的小姑娘的穿法，她马上三十岁了。冯希淡淡地说，谢谢他还记得她的年龄。

李响知道这么谈下去危险，及时刹住了车。冯希做了一桌子饭菜，李响闷头吃，冯希跟他聊天，几句话就说到北辙南辕上去了。她说："这个菜是我跟我们店的大厨学的，味道还可以吧？"

李响嗯了一声。

"我们店的大厨，川菜、粤菜、淮扬菜都做得很拿手。我跟他们学了好几道菜。"

"你好像对我在国外的生活一点都不关心啊。"

冯希愣了一下，立刻说："怎么不关心，不是都在微信里聊过了吗？"

"我也看出来了，你心里现在根本就没有我。"

"你心里有我吗？上次你知道我发烧以后，就再也没给我发个微信，问问我是不是好利索了。"

"不是有人关心你吗？"

"别人是别人。"

"告诉我他是谁？我好当面谢谢他。"

"你是为感谢他才回来的吗？"冯希问。

李响说："你变了，不光穿衣打扮变了，连说话都刻毒起来了。"

赵林男租住处是一间开放式的公寓，他躺在床上有些心烦。白天，后厨的人交头接耳说，冯希的男朋友从德国回来了，正在大厅里吃饭。从那一刻起，他的心思就不在后厨了，冯希走到哪儿，他的目光就跟到哪儿。睡不着，索性坐起来打开 iPad 看网上的美食。看着看着，他看进去了，跳下床来坐在写字台前，仔细琢磨着每道菜的配料。

冯希睡在床上，李响睡在沙发上。两人谁都没睡着。李响小声问："我能过去睡吗？"冯希回答得很果断："不行。"李响叹了一口气，转过身闭上了眼睛，他嘟囔了一句："你可真够冷的。"冯希说："我答应了我父母，不结婚不住在一起。"

白天冯希去上班，李响也陪着她去，冯希在饭店里忙活，李响坐在外面的凉棚下面看桌上的电脑。巴小丁不时从里面跑出来给他续茶水。她告诉李响，今天客人多，冯希在后厨忙得抽不出身来。说完又跑回店里去了。李响忍不住，起身进店里去看。

饭店里桌桌满员。戴小雨在前台刷卡收账，冯希在后厨跑进跑出，浑身上下焕发出热情和魅力，叫李响觉得非常陌生。晚上李响和冯希一起开门进屋，他把电脑包扔在餐桌上，一屁股坐在沙发上说："累死我了！"

"你坐着就累了？我一天跑下来，起码一万步。"

"看你这样干，我心里也不是滋味。"

"这比我开网店强。"

"我觉得咱俩的关系，应该再往前发展一步。"

冯希不相信自己的耳朵，说："我笨，不明白你这话的意思。"李响说："咱俩登记结婚吧，这样你就能作为家属，跟我一起去德国了。这么远的两地生活，我已经过够了。"冯希说："这本来是我期待已久的事情，真的从你的嘴里说出来，我有点儿犯蒙。给我点时间，我要好好想一想。"李响不解地问："既然是你期待已久的，还有什么需要想的？"

"北辙南辕正在关键的时刻，我不能撒手不管。"

"你一个打工的，饭店挣了赔了跟你有多大关系？"

"我不是打工的，我入了股。"

李响吃了一惊问："你入了多少钱？"冯希说："三十万。"李响又问："你哪来的这么多钱？"冯希说："做代购和网购攒了十万，尤姗姗用这十万做本金帮我炒股挣的。"

"你入股这么大的事情，为什么不跟我商量？"

"钱是我一块一块挣的，怎么花，我自己不能做主吗？"

冯希的态度叫李响一愣，他问道："你是不是对咱俩的关系有了新的想法？"冯希说："咱俩的关系一直是由你做主的，我没想法。"

"那咱俩明天就去登记结婚。"

"这也太着急了吧？终身大事，怎么也得选个好日子吧？"

"我出国前，你还逼着我赶紧登记，怎么变得这么突然？"

冯希变了，但她死活不承认。李响说，她真的变了，现在多燃啊！冯希问，什么是燃？李响解释说，就是火爆、热烈。冯希摇摇头，如果她这么容易燃，能跟他在一棵树上吊这么多年吗？

李响又燃起了希望，看来冯希还是想跟他结婚的。冯希指出，一直不想结婚的是他。李响沉默片刻说，不是不想结婚，他是有点恐婚。

冯希一针见血："有人说，恐婚就是害怕自己吃亏。"李响一怔，立刻反驳："才不是。"冯希问："那你是什么？"李响说："笨蛋，没看出来我这是在跟你求婚吗？"冯希怔了片刻后笑了："求得这么隐晦，我哪里听得出来？"

李响走过来搂住她，冯希伸手搂住他的腰，两人紧紧相拥。李响把脸埋在她的脖颈处低声说："我在德国太寂寞了，天天想你。"冯希回应道："咱俩第一次分开这么长时间。"李响说："嫁给我！"

冯希点点头。李响双手抱起冯希，一脚踢开挡在面前的凳子，大踏步进了卧室。

冯希叫："哎，哎，你要干什么？"

李响把冯希扔在床上，一个饿虎扑食压在她的身上。冯希双手推他："你不要冲动嘛！"李响撕扯她的衣服说："还能冲动，表示我对生活还有激情。"

冯希照他的手上咬了一口，李响疼得松开了手。

冯希下床整理衣服抱怨道："总是这样，总是这样。"

李响摔门出去了。

李响在沙发上翻来覆去睡不着。冯希躺在床上，瞪着两只眼睛毫无睡意。

饭店没开始营业，司梦坐在角落里在电脑上写剧本。冯希没精打采地走过来，在她对面坐下。司梦问："今天没带男朋友来？"冯希闷闷不乐地说："我俩吵架了。"司梦问："为什么？"

冯希沉默了一会儿说："过去我想跟他结婚，他百般推托。现在我不想了，他又提出来要跟我登记结婚。你给我分析一下，我们俩到底是怎么回事？"

"你们两人走到这个份上，说明了一个问题，你不够爱李响，李响也不够爱你，坚持了十年的关系，是不愿意改变的习惯而已。"

"他爱不爱我，我不敢肯定，我知道我爱他。"

司梦说："那你就去跟他登记结婚呀。"冯希沉默了一会儿说："我有自己的事情做，并在做事当中找到了自身的价值和燃烧点，我不想出国，是不想重新做把希望和精力都放在男人身上的家庭妇女。"司梦问："过去你也有事情做，你怎么那么希望他给你一纸婚约呢？"冯希想了一下点点头说："可也是。"

"你肯定有东西藏在心里，只是不想让别人知道。"

冯希不说话。"你喜欢赵赫男是不是？"司梦一语道破天机。冯希竭力否认："我跟他不是那个关系。"司梦问："哪个关系？"冯希叹了口气，抬起头看着她："司梦姐，你说我该怎么办？"

"跟随自己的心走，它让你怎么样，你就怎么样好了。"

赵赫男进来，他精神萎靡，看得出来，他昨夜也没有睡好。他看了一眼冯希，低着头进后厨去了。

司梦朝冯希眨眨眼睛说："这位的心也不在原来的位置上了。"

冯希起身进了后厨。

司梦在电脑上写道：爱一个人是一场劫，有的人在劫难逃，有的人劫后余生。

赵赫男戴好小格子头巾，系上长围裙，开始做准备工作。冯希进后厨，赵赫男没有看她。冯希问："你怎么了？"

赵赫男看了她一眼没有说话。

冯希说："在家里他跟我闹。到店里，你没有好脸色，我上辈子做错什么了？"赵赫男开口了："每个人身上都有两条命，一条用来吃喝拉撒，一条用来跟自己作对。"冯希说："我俩吵架了。"赵赫男说："看出来了。"

"我拿你当好朋友，你拿我当好朋友吗？"

赵赫男说："这还用问？"

"李响让我跟他登记结婚，然后跟他出国。你觉得我该不该答应？"

赵赫男的心瞬间掉进了冰窖里，说出去的话也夹裹着寒气："你俩感情上的事，我不好掺和。"冯希直起腰看着他："一夜之间，我身边所有的人都变了。人这东西真的挺可怕的。"赵赫男说："变是必然的，你害怕是因为你不成熟。"

冯希生气起身离开了，她撂下一句话："谁变我都不会变。"

李响枯坐在沙发上等冯希回来。冯希一进门，李响立刻迎上去。

冯希问："我给你叫的外卖你吃了吗？"李响点点头："吃了。"

冯希在沙发上坐下，李响挨着她坐下问："请好假了？"

"什么假？"

"说好了的，去办登记手续。"

冯希怔了一下说："哦，店里太忙，我把这事给忘了。"

李响的脸色立刻变了："你是不是在耍我？八个月前你执意要跟我登记，现在怎么突然间变了？"

"哪儿变了？"冯希问。

"对我的态度变了。"

冯希想了一下说："可能是跟你分开后，有了这段空当，我才开始想想自己。我觉得我好像找到自己了。"

"跟我在一起，你怎么就找不到自己了？"

"从跟你好上的那一天开始，我就忘了自己，只顾围着你转，你考学到哪里，我跟到哪里，生怕把你弄丢了。我把自己生生地活成了你的影子。天一黑，影子没了，我也没了。越想越觉得害怕。当初你不愿意带我出国，我伤心又恐慌。弄不清是你离开我在万里之外，还是我离开你在万里之外。"

"这两者有区别吗？"

"当然有。我不能一辈子都等着你召唤我，现在我有了北辙南辕，有了自己的事业，我不想跟你去德国做你的那条影子了。"

"冯希，你脑袋坏了？竟然这样看待咱俩的关系！"

"那你说说咱俩是什么关系。"

"咱俩在一起这么多年没有分开，只有一个原因，那就是我爱你！"

冯希摇头："不对，是因为我爱你。你已经习惯了我为你创造的读书和生活的环境，其实你对我并不十分满意。只是你没有精力时间和经济条件去搞别的事情。"

李响叫起来："你这样说，就太没良心了！我跟你好了这么多年，正眼看过别的女人一眼吗？我承认，我想自己多了一点，对你关心不够，这些都是小毛病！"

"太阳从西边出来了，你竟然能承认自己自私？"

"我这次回来带着极大的诚意，来挽救咱俩的关系。"

冯希看了他一眼，没有说话。李响的声音低下来："我一想到你会离开我，就胃疼得想吐。"

冯希的心立刻软了。李响央求道："跟我去登记，好吗？"冯希沉默片刻说："登记可以，但是我不能离开北辙南辕跟你出国，我投资了那么多钱，突然就这么走了，无论如何说不过去。年底结账以后，我可以辞职，到时候再跟你出去。你看行不行？"

"走一步说一步，明天咱们先去登记。"

"我的户口本还在老家，要邮寄过来才行。"

"给你父母打电话，让他们用快递寄过来。"

冯希给父母打完电话，胸口像被掏了个窟窿，飕飕地往里钻凉风。上班后，她六神无主，给赵赫男打下手的时候，不住地抬头看他。赵赫男意识到了，并没有还给她一个叫人安慰的眼神。

顺丰快递真是够快的，只用了一天的工夫，冯家的户口本就放在了茶几上。

李响说："咱们明天早上就去民政局登记。"

冯希看着户口本沉默不语。

"在想什么？"

"你让我再好好想一想。"

李响带着气说："如果这次不登记，以后就没有机会了，我不会再等你。"

冯希听他这样说也生气了，说："过去我一说结婚，你就让我等，现在你想结了，连口气都不让我喘，我能等你，你怎么就不能等等我？人生大事我不想这么草率。"

李响大发雷霆："我出国前，你逼着我结婚，现在我回来跟你结，你又来这一套。结也不是，不结也不是，你到底想让我怎么样？！"

冯希说："这么多年都是我顺着你，让你给我点时间想一想，你至于发这么大脾气吗？"

李响阴沉着脸看着她不说话。

冯希说："咱俩分开这段时间，我冷静了许多，这么多年我到底为自己做过什么？如果有一天你从我的生活中离开，那我真的是一无所有了。"

"你说这话是为以后的分手做铺垫吧？"李响冷笑。

"如果我用你对待我的方式来对待你，恐怕你早就逃得连影子都看不到了。我笨，我憨，所以我还在这里死守着。十年已经用光了我所有的力气，我没精力再跟着你往下折腾了。"

"你是说咱俩完蛋了？"

"我没这么说。"

"你想这么做！"

"既然你提到做，那咱们就好好掰扯掰扯。这十年你为我做过什么？是给我倒过一杯水，还是帮我洗过一次碗？你甚至连一句心疼我的话都舍不得说。"

"那我就不明白了，我这么差劲，你为什么要在我身上搭这么多年？"

"想听实话？"

"当然。"

冯希语气平静地说："首先你我是初恋，我很珍惜。其次，你智商比别人高，我仰视你。"

李响的神色也缓和了："还有呢？"

"你读大学的时候，我搭进去了四年，你读研究生和博士生，我又陪跑了六年，我觉得从某些方面来说，是我做出牺牲，把你培养出来的。就算你再不知道疼人，我也不舍得撒手了。因为时光一去不复返，那十年我这辈子追不回来了。"

李响冷笑："你一个中专毕业生也好意思说，是你把我培养出来的？"

冯希质问："你读书的时候，你家里给你多少生活费？还不是我一直在挣钱补贴你?"

"这就开始找后账了?"

"你曾经是我向别人显摆的资本。这段时间我突然明白了,资本是随时可以被撤资的,这十年,你没为我做过什么,我也没为自己做过什么,混得最惨的人是不是我?"

李响索性敞开心扉说:"你怎么不说我被你缠磨了十年呢?这十年里我跟别的女人相处过吗?整天面对的是你的这一张脸。给你说实话吧,去德国是我主动申请的,我想过几年有自由的生活,我一直在你的软控制下,根本没有喘息的机会。你觉得我幸福,其实我很压抑!"

冯希问:"那你还跑回来找我干什么?"

"你已经把我定型成这样,还怎么让我过不是这样的生活?"

冯希努力让自己平静下来:"我怎么叫你压抑了?"

"我做什么事你都问,我干什么你不管?"

"我不管你,你能有今天吗?"

李响恼了:"冯希,学位是我自己读下来的。你不管我,我也饿不死。你这个时候跟我找后账,一定是喜欢上了别人!"

李响的话戳中了冯希的要害,她恼羞成怒叫了起来:"你胡说八道!"

李响站起身,拎着旅行包冲到门口,砰的一声摔上了门。冯希站在那里没有追出去。李响走出单元门,脚步停了片刻,见冯希并没有追出来。他的心一下凉到了脚底。

这一夜,冯希睡不着,几次翻身坐起来。拿起手机看,上面没有李响的任何信息。李响也没睡着,他和衣躺在酒店的床上,烦躁地来回翻身。几次拿起手机看,上面没有冯希的任何信息。

冯希犹豫了一下还是发出了一条微信:"睡了吗?"

立刻有一条微信返回:"你怎么不睡?"

冯希回信息:"睡不着。"

赵赫男犹豫了一下,又发出一条微信:"那我教你做一道点心吧。"

赵赫男打开视频,他开始做酥皮泡芙。他做得很认真很投入。冯希趴在桌子上，看着看着睡着了。视频里的赵赫男注视了她片刻，伸手关了视频。

翌日，冯希边诉说委屈边哭，她哭肿了眼睛，眼泪还在连绵不绝地流淌着。司梦和尤姗姗坐在旁边看着她哭。

"他回了一趟老家看望父母，然后直接从上海飞回了德国，连声招呼都没给我打。看来我俩是彻底完了。"

司梦说："在你的世界里，你爱我就不会走；在李响的世界里，你爱我就会来找我。最终，你没有挽留，他也没有回头，造成了现在这个尴尬局面。"

尤姗姗说："世界上的问题有九成是男女之间的那些小事引起的。如果找不到坚持下去的理由，那就找一个重新开始的理由，生活本来就这么简单。只需要一点点勇气，你就可以把你的生活转个身，让一切重新开始。"

冯希抹着眼泪，哭个不停。尤姗姗烦了："哭管什么用？你到底是怎么想的？"冯希说："我想一年以后北辙南辕赢利了，我就抽回本金，结婚去德国陪李响。"

尤姗姗生气地说："你跟戴小雨一个德行，只想着抽回本金。"

司梦说："一段感情分开以后，给人最大的领悟，不是你有多好，也不是他有多坏，而是你看清了自己，更明白了两个人在一起的意义，好的爱情，永远是两个人的努力，而不是一个人的委曲求全。变成哪种人并不是因为能力，而是因为选择，关键是你选择哪一部分起了作用。你做了自己的选择，就该承担后果。"

尤姗姗一脸蔑视："你给她讲这些干什么？妇女就是妇女！她这种人就得好好晾着。""我是哪种人？我怎么你了？"冯希问。司梦安抚道："日子过的是心情，生活要的是质量，要懂得无事心不空，有事心不乱，大事心不畏，小事心不慢。"

尤姗姗说："看来，我该给你上三炷香，磕两个头了。"司梦问："我又佛系了？"尤姗姗还了她一句："我呸！"

刘梁周进了大厅，四处张望，他没看到戴小雨。尤姗姗跟他打招呼："晒成这样，是去坦桑尼亚陪大象迁徙去了吗？"刘梁周："我哪有那福气？刚从戈壁滩回来。"尤姗姗说："哎，跟导演走个后门，把摄制组拉店里来拍，北辙南辕也挣点场租费。"刘梁周说："这你就太不了解摄制组了，我跟你说，我的那个穷剧组要是进来拍摄，制片部门不但不给场租费，还要你们出赞助费。最低也要管摄制组上百号人一天的盒饭。"尤姗姗叫道："还有没有天理了？"

刘梁周看到戴小雨和鲍雪走进店里，心情为之大悦。

尤姗姗命令她俩："快上手干活儿，今天的客人多，服务员忙不过来。"戴小雨问："冯希呢？"

"我派她到街道开卫生会议去了。"

戴小雨擦桌子，收碗碟；鲍雪指挥端菜上桌。刘梁周不错眼珠地看着戴小雨苗条的身影。

一通忙活过去，戴小雨走到刘梁周面前坐下。她开门见山："胆儿又肥了？"

刘梁周笑了，不说话。

"奉劝你，还是别在这跟我浪费时间了。"

鲍雪走过来，把手搭在刘梁周的肩膀上说："这女人说话这么损，你为什么还没下限地包容她？"

刘梁周说："没有包容就没有拓展，没有拓展就没有眼界。"

"姐，刘梁周这个人简单特别好哄，一旦恼了，你马上弄坏一个电器让他修，他立刻眉开眼笑不计前嫌。"

刘梁周哈哈笑，戴小雨也笑了。

鲍雪问："刘梁周你追求女人的方法还真少见，是因为天真还是因为固执？"

"全都不是，我有我的终极目标。"

鲍雪把脸转向戴小雨："你听见没有？"

戴小雨说："滚！"

"姐，我急得脑浆子都要从耳朵眼里流出来了，要不我替你答应了吧。"

"有多远滚多远！"

"滚谁不会？"鲍雪说着起身从戴小雨的身边走过去，顺手在她的屁股上拍了一巴掌。戴小雨追上去还了一巴掌："死东西，我叫你长幼不分。"

鲍雪嬉皮笑脸："不懂什么是爱，作为女人，这一辈子活得没有意义。"

戴小雨说："你这个人，吃亏就吃在目光短浅上，眼睛看得见的地方叫视线，看不见的地方叫视野。"

"你哪有什么视野，姐，你就是一个睁眼瞎。"

"我不跟你比，时间是你的，青春是你的，我现在只能说钱，因为有了钱就有了安全感，这样我才能站稳脚跟生活下去。"

鲍雪搂着戴小雨往收银台走，说："姐，你的春心什么时候才能从冬眠中醒过来，荡漾一下？刘梁周这哥们儿，长相也算一步到位了。闲着也是闲着，别浪费资源，处处呗。"

戴小雨翻了她一眼说："真想挨揍是不是？"

司梦看着她们脸上浮现出笑容。她在电脑上写着：生命就是一次呼吸，一次叹息，没娶的别慌，待嫁的别忙。经营好自己，珍惜眼前的时光，及时调整自己，一切该来的总会到来。

刘梁周凑过来对她说："写东西的人，研究人比我们透彻是不是？"

"那不一定，作家把自己的日子过塌了的满眼都是。"

刘梁周虚心请教："您是过来人，给我出个主意，怎么样才能把她追到手？"

司梦想了一下说："不要问她以前的事，毕竟过去的事了，说得详细你受不了，说得简单你又在心里打问号。"

刘梁周点点头。

"同样，你也不要和她说太多你以前的事，特别是你以前如何深情，如何不要自尊去爱另一个女人。"

刘梁周笑了："我没那么缺心眼。"

吕正戴着花镜坐在沙发上看医学杂志，白静慧练钢琴曲子。这一刻真可以用岁月静好来形容，有人按门铃，白静慧起身去开门，戴澄澄和鲍启东站在门口，笑嘻嘻地看着她："妈！"

白静慧高兴地应了一声，戴澄澄笑着问，惊喜不惊喜？白静慧说："我有一年多没见过启东了，快进来！"

戴澄澄和鲍启东跟着白静慧进客厅，吕正站起身看着他们。白静慧给他们做介绍："这是我女儿、女婿，这位是吕大夫。"

鲍启东客气地跟吕正握手，戴澄澄冲他点点头，算是打了招呼。鲍启东把带来的东西一件一件地掏出来，放在桌子上。

吕正说："孩子们回来了，我就不打扰了。"鲍启东客气地挽留说："在这吃饭吧。"戴澄澄用鞋尖踢了他的鞋跟一下，鲍启东把没说完的话咽了回去。

"不了，不了，谢谢。"

白静慧送吕正出去，戴澄澄瞪了鲍启东一眼："谁呀？你就瞎热情？"鲍启东说："老太太的朋友嘛。"戴澄澄压低声音："他就是那个儿科主任。"鲍启东压低声音："看着还可以嘛。"

白静慧进来问："嘀咕什么呢？"

鲍启东说："妈，咱们出去吃。"

戴澄澄一口拒绝了："不出去，我想吃我妈做的红烧肉。"

白静慧笑："巧了，早上我刚买回来五花肉。"她起身去厨房，鲍启东立刻跟了上去。

鲍雪在延庆拍戏，接到妈妈打来的电话，得知爸爸也一起来了，高兴地说："我拍完这场戏，马上回去。"

吃完饭，戴澄澄洗碗，白静慧倚在门边看着她。鲍启东说："妈，我得去会上报到。""他晚上住在会上。"戴澄澄说。白静慧说："忙你的去。"

"小雪在延庆拍戏，拍完才能赶回来，今天晚上我跟您住。"戴澄澄把洗好的碗放进碗橱里，做出不经意的样子问，"妈，那个吕大夫是不是对您有意思？"

白静慧并不回避："看出来了？"

"您是怎么想的？"

白静慧倚着门框看着女儿说:"在一起说话聊天有个伴儿。"

戴澄澄的心像被针扎了一样,看着母亲半天没有说话。橱柜上面的照片里戴望溪在冲着女儿微笑,戴澄澄看着父亲的笑脸百感交集。她替母亲整理抽屉,看到一个电话簿,翻开看,里面密密麻麻记了十几页。

戴澄澄问:"妈,我爸都去世十年了,电话号码您还留着?"白静慧说:"死了的活着的都在那上面呢,我只增不减。"

戴澄澄一页一页地翻看,她看到了吕正和他儿子的电话号码。用手机拍了下来。电水壶里的水开了,白静慧洗茶沏茶。母女俩坐在沙发上喝茶聊天。

戴澄澄说:"肉桂茶,好喝。"

"吕大夫拿来的,我刚开封。"

戴澄澄放下茶杯不喝了。

白静慧问:"怎么了?"

"妈,您跟他有长久的打算吗?"

白静慧的目光落在女儿的脸上:"你担心什么?"

"妈,我和启东还有小雪给您的感情不够吗?干吗要惹这样的麻烦?"

白静慧的脸板起来说:"我跟你爸给你的感情不够吗?你为什么魔障了一样去跟启东谈恋爱?"

戴澄澄说:"我们是年轻人。"

"上了七十岁就不是人了?"白静慧问。

"妈!"

"你跟我说,国家法律哪一条是限制老年人婚恋的?"

"妈,黄昏恋真的很残酷。"

白静慧冷笑:"一步一脚血?"

"见泪不见血。"

"我倒要看看,你妈走的哪一步叫你疼得掉泪。"

戴澄澄极力让自己冷静:"妈,您跟他真的走到一起,是他来这儿,还是您去他家?"

白静慧问："我自己有家干啥去他家？"

"他的子女来这里，您得伺候吧？"

"要团圆他回自己家团圆去。"

"那我呢？"

白静慧一怔问："你怎么了？"

"您要是真的跟他在一起，这个家我是没办法回来了，因为我不能面对我爸。"

白静慧恼了："你爸死了十多年了！"戴澄澄说："十年前，我掏空了全部家底，给您把房子重新装了一遍，家具换成新的。因为这是您跟我爸的家，我希望您能让我走多远都知道这有个我们的家。"白静慧问："你是在反攻倒算吗？"

戴澄澄的眼泪掉下来："妈！"

白静慧不为所动："哭啥？"

"我替我爸委屈！"

"别拿死了十年的人说事，我对得起他。"

戴澄澄气急："妈！您的心怎么这么狠？"

"我狠，怎么没一出生就把你扔了？"

"那是遗弃罪。"

白静慧说："我在你和你哥面前，不是这个罪，就是那个罪。我把你们养大可真是罪大恶极罄竹难书！"

戴澄澄沉默片刻抬起头问："妈，您是铁了心不让我回这个家了吗？"

白静慧语气平静地说："门口没挂杀人刀，你想回就回，不想回我也不伸手往回拽你。"

戴澄澄起身收拾自己的行李，白静慧坐在那里看着她不说话。戴澄澄拎着行李开门出去了。

白静慧身子一软瘫坐在那里。

"我就是块坠脚的石头，没有我，你们多利索多好。走吧，都走吧，我也快走了。"

贰拾

戴澄澄拎着行李箱去了鲍雪那里，靠在床上看手机里面的新闻。鲍雪洗完澡从卫生间里出来，脑袋上裹着毛巾上床靠在母亲的身边，下巴抵在她的肩膀上。

戴澄澄说："去把头发吹干了再睡。"鲍雪说："没事。"

戴澄澄把鲍雪拉下床，用吹风机给她吹干头发。鲍雪在镜子里看戴澄澄的脸问："妈，我爸惹你了？"戴澄澄摇摇头："他哪有工夫惹我？我是生你姥姥的气。"鲍雪诧异地问："我姥姥怎么了？"戴澄澄生气地说："你姥姥承认她在跟那个儿科主任交往。"鲍雪叫道："姥姥威武。"

戴澄澄拽了一把她的头发，鲍雪叫起来："疼！"戴澄澄说："看你姥姥那劲儿，好像热恋中的少女，我都替她难堪。"

"没人规定'热恋'这两个字属于年轻人，我姥姥用一下怎么了？"

戴澄澄又拽了一把鲍雪的头发，她叫道："哎呀！您慢点儿！"

"七十多岁的老太太，在女儿面前沉浸在热恋中，她竟然一点也不觉得尴尬。"

"我姥姥八十岁也是女人啊，她在这个年龄段还有人追，骄傲还骄傲不过来呢，为什么要尴尬？"

戴澄澄被女儿的态度弄火了，她把吹风机扔在床上，问道："你觉得你姥姥这事不出格？"

"那得看这格是谁画的，我觉得我姥姥谈恋爱这事挺浪漫。"

"你懂什么？'浪漫'这两个字不能用来过日子。老年人的婚姻一般都没有什么好结果，我可不希望我妈老了老了受罪。"

"妈，我姥姥都不怕，您怕什么？"

"她年纪大了，她闯了祸，后果得做儿女的担着。"

"您跟舅舅小时候闯祸不也是我姥姥担着吗？一报还一报。再说了，老年人谈恋爱能闯什么祸？"

"你姥姥和那老爷子都是奔八十去的人了，身体走的都是下坡路。"

"就是因为这个，您才应该让她按自己的想法去活。"

戴澄澄两眼一瞪说："你还是我生的吗？"鲍雪反驳说："您还是我姥姥生的呢，您跟我爸谈恋爱的时候，我姥姥没干涉您，所以现在您也别干涉我姥姥，这才叫平等。"

"我生你养你让你受教育，是为了让你这么一句一句地顶撞我吗？"

鲍雪说："不是顶撞，是沟通。"

戴澄澄起身下床，鲍雪忙问："您去哪儿？"戴澄澄气哼哼说："讨厌你，懒得跟你一起住，去宾馆找你爸去。"鲍雪抱着母亲的胳膊不撒手："您走我也走。"

戴澄澄使劲掰女儿的手，有人用钥匙开门。鲍启东进来，看这娘俩一副剑拔弩张的样子问："你俩这是干什么？"

鲍雪立刻扑上去告状："启东同学，你老婆使劲掐我！"

戴澄澄拽了一把老公说："咱俩走，别搭理她。"

鲍启东一只手搂着女儿，一只手搂着老婆往屋里走，说道："明天下午才开会，我就跑回来了。你俩别闹腾了，还是整点吃的吧，我饿惨了。"

戴澄澄在灶前煮面，鲍启东在厨房里检修坏了的地方。鲍雪站在门口看着他们喊："妈，多煮点，我也吃。"

戴澄澄白了她一眼，还是往锅里多下了几十根挂面。

"爸，下水道总往上返臭味，您帮我弄弄。"

鲍启东说："弄个盖子盖上，就不窜味了。"

戴澄澄问："三个人站在这儿，挤不挤啊？"鲍启东说："这才叫家呢。"鲍雪笑嘻嘻说："妈，卧室让给您跟我爸，我去客卧睡。"戴澄澄眼睛一瞪说："你以为我怕你啊？我就要跟你一起睡。"鲍雪扑哧一声笑了："算了吧，我怕咱俩又吵起来，您又闹着离家出走。"

戴澄澄扬手假装要揍她，鲍雪跑了。鲍启东问："你俩吵架了？"

戴澄澄没说话。

夜深了，鲍启东和戴澄澄靠在床上说话，戴澄澄把白天跟母亲吵架的事情跟丈夫说了。

鲍启东说："我觉得老人跟小孩子一样，越管越逆反。小雪刚回深圳读书的时候，交往了一个男同学，把你气得蹦高，你越反对，她越来劲。最后你还是听了我的话，装聋作哑，她倒觉得没意思了，很快结束了这段恋情。老太太的事，你也别太当事，小心她跟你对着来。"

戴澄澄叹了一口气，一夜无眠。

翌日清晨，吕正坐在树荫下，看白静慧在合唱队里唱歌。鲍雪跑完步走过来，她坐在吕正旁边跟他聊天。鲍雪问："您觉得我姥姥这个人怎么样？"吕正说："她这个人嘴硬心软，为人仗义，说话办事守规矩，与人共事既不怕自己吃亏，也绝不欺负人。"

"您还挺了解我姥姥的。"

"她不装假，一就是一，二就是二，跟她相处舒服痛快。"

白静慧走过来问："说我什么坏话呢？"鲍雪说："在您身上，'坏'这个字还真用不上。"白静慧笑着问："马屁拍成这样，你憋坏呢吧？"

鲍雪伸手挎住白静慧的胳膊："卡路里消耗得太多了，您得请我吃早饭。"

白静慧说："两根油条一碗豆腐脑。"鲍雪说："那边新开了一家广东早茶。""我请。"吕正说。白静慧含笑看了他一眼。

吕正在前面走，鲍雪挽着白静慧跟在后面。知道戴澄澄住在鲍雪那里，白静慧小声问："你妈说我什么了？"鲍雪说："不是她说，是我说。"白静慧好奇地问："你说什么了？"

"我跟我妈说，姥姥晚年有这样一个蓝颜知己挺好的。"

白静慧诧异道："吕大夫又不是窦尔敦，怎么就蓝脸了？"

鲍雪哈哈大笑。

会议休息室里与会人员三三两两，喝咖啡、喝茶、闲聊。戴澄澄坐在角落里眉头紧锁想着心事，有人把咖啡端给她说："戴工，要加奶和糖吗？"戴澄澄微笑着冲他摆摆手："不用，谢谢。"

戴澄澄接过咖啡喝了两口，她下了决心，掏出来手机，拨号出去。吕正的儿子吕向东接了电话问："哪一位？"

戴澄澄说："我是白静慧的女儿。"

"白静慧？我爸医院里的同事吗？"吕向东有点着急，"我爸怎么了？生病了？"

戴澄澄问："白静慧是我妈，你没见过她？"

"没有，我爸是不是生病了？"

戴澄澄问："你多久没见你父亲了？"

"工作忙，经常出差，住得远，有半年没去他那里了。你说啊，我爸到底怎么了？"

戴澄澄说："你爸在跟我妈谈朋友，这事你不知道？"

吕向东吃了一惊："什么？谈朋友？"

戴小雨报了名，在首都经贸大学的一个班上听课。下课刚出校门，刘梁周迎上去。戴小雨问："怎么又来了？"刘梁周说："不是没出外景嘛。"

戴小雨眉头紧锁一脸不悦。"怎么了？"刘梁周问。戴小雨说："我手机黑屏了。"刘梁周热情地说："附近有一家杭帮菜，那里的西湖醋鱼相当地道。你吃鱼，我给你修手机。"戴小雨立刻眉开眼笑，刘梁周没抵抗力地唉了一声："你这笑容能整死人。"

饭桌上，戴小雨埋头吃饭，刘梁周埋头鼓捣手机。

戴小雨放下筷子发牢骚："你说冯希怎么那么笨？一件事掰开了揉碎了给她讲了三个小时，她鸡啄米一样地点头，第二天她还是按她的那套道理去做。气死我了！"

"你生一次气，我就得给你加一道菜。"

"舍不得了？"

"吃不了不是浪费吗？"

刘梁周把手机递给戴小雨说："给你，修好了。"戴小雨看着功能正常的手机笑了，她问："你怎么什么都会？"刘梁周说："做我的女朋友不吃亏吧？"戴小雨脸一板说："谁是你女朋友？"

杜世均安顿大壮和圆圆睡觉，大壮发牢骚："妈妈最近老出差。"圆圆说："我喜欢妈妈送我上幼儿园。""爸爸哪里不如妈妈？"杜世均问。圆圆说："没有妈妈温柔。"大壮加码说："不会做饭，只会叫外卖。"

杜世均暗自叹了一口气。夜里十一点，司梦开门进来，杜世均立刻起身迎上去说："你可回来了！"司梦说："我一共才走两天。"杜世均感叹："我的心理感受是两年。"

杜世均接过来司梦手里的旅行箱放在一边问："这一趟出去得怎么样啊？"司梦在沙发上坐下说："尤姗姗负责开会，我负责体验。""需不需要切磋一下？"杜世均问。司梦点点头："好啊。"

杜世均立刻起身去橱柜里拿出来一瓶红酒，夫妻俩喝着红酒闲聊。

杜世均说："创业像我这样的人好像容易成功，有社会经验、社会资源，有管理经验，有人脉，抗击打能力强。我的问题是高举高打惯了。在大企业待的时间长了，都按大企业的逻辑走，没想过做一个小企业主，该怎么干。所以创业初期，我做了几次商业计划书融资，都惨遭失败，原因就是把钱太不当钱了。"

司梦认真地听着。

杜世均说："投资看人性，你既然投了资，就不能当甩手大掌柜的。人性在诱惑面前，完全取决于诱惑的大小。一个饭馆倒了，服务员和管事的人一点损失也没有。换个地方再挣钱去，你损失的是投进去的钱和本该得到的利润。"

司梦说："你给我细讲讲。"

"北辙南辕上客，有时候人多有时候人少，按七十算。除去饱和率，餐厅的利润大约在四十多吧。有二十几万的毛利润，饭店有两层，一平方米大概四五块，还有十二万的纯利润，再减去人力成本，前台后厨十五个人，平均工资一万块，每个月还能有个六七万，少点还有四五万的纯利。这是粗算，还没细抠，一年下来，应该还有百十万的纯利润。这已经很次很次了，因为只算了70%毛利润。北辙南辕欠了160万，所以啊，里外三百万到四百万，你们反倒亏了。这意味着，你们每天啥也没干，一个顾客也没上门来吃饭。"

司梦说："我彻底被你说蒙了。"杜世均说："那就喝酒。"

夫妻俩碰杯，司梦低着头慢慢品着杯里的酒。杜世均问，想什么呢？司梦说，她在想真正成熟的人，应该是什么样？杜世均让她说说看。司梦沉吟着说，了解了人性的黑暗，仍然用善良作为做人的标准；明明饱经人世间的辛酸，仍然对生活充满了向往。

杜世均心里有阴影，马上就说，她这是又打算教育他了吧？司梦摇摇头，说是在教育她自己。自从她进入北辙南辕以后，心胸开阔了许多，认识到自己有很多问题。生活中有一种东西叫尊重，她得靠自己赚来。过去她总是从自己的角度看问题，心里有事，要别人猜，要别人自己悟。如果老杜猜不到，悟不出来，就认定他心里没有她。他们的日子过得拧巴，她也有很大的责任。

杜世均惊讶地看着老婆。

司梦说："我总说我不喜欢我们的生活，可我现在过的就是我们的生活。你觉不觉得人生就是一个循环着的笑话？"杜世均问："我循环到哪一处风景区了？"司梦若有所思地说："循环到我看见了你的长处。"杜世均叫道："咱俩在一起过了快十年了，你才看到我的长处？"司梦笑了："盯着原有的成绩，那叫故步自封。"

杜世均问司梦："你们女人，为什么老是要男人给你们提供安全感？"

"因为那样才有机会让你们显示出来力量和勇敢。"

杜世均假装恍然大悟："哦！"

司梦笑："哦你个大头鬼呀！"

后厨的人有序地做红案白案，小工切菜备料。冯希主动给赵赫男打下手，在油锅边上炸鸡块。一个小工冲洗碗的时候，把水淋进油锅里，油飞溅出来，烫伤了冯希的手。赵赫男急忙抓过她的手放在水龙头下面冲。冯希往出抽自己的手，赵赫男握得很紧，她抽不出来。

大堂里坐满了客人。戴小雨和司梦跟服务员们一起忙着上菜，收拾用过餐的桌子。巴小丁跑进收银台翻抽屉。戴小雨问她找什么，巴小丁说，红花油，冯希姐烫伤了。戴小雨找出来红花油和绷带给她。

因为时差，李响睡不着。他翻身坐起来，烦躁地把头发揉成了一团乱草。打开电脑工作，打了几行字，他写不下去了。打开手机看照片簿，他一张一张地翻着。里面冯希的照片没有几张。他打开微信，点开跟冯希的通话栏，几乎全是视频通话的记录，没有留下只言片语，这叫他心中有些茫然。他预感到，他们之间的感情出了大问题。

司梦和冯希忙完店里开门的准备工作，两人坐下来喝咖啡。司梦看着她手上的绷带问，还没好？冯希说，先是不小心弄破了皮，又不小心沾了水，感染了。还去医院剪掉了坏皮，上了药。

司梦叮嘱说冯希别再沾水了，接着问她和李响到底怎么样了。冯希淡淡地说，他回德国后再也没联系她。司梦问冯希，害怕失去李响吗？冯希点点头说，害怕。司梦告诉她，害怕这种东西不及时解决掉，它就会一直跟着她。

冯希无助地说："我真不知道该怎么对待他了。"

"你的过度贤惠，只会削弱他爱的能力，让他把你所有的付出都当作理所应当，形成惯性依赖。到最后，所有的委曲求全，都会变成委屈。"

"我就是觉得委屈。"

司梦问："看过电影《大话西游》吧？"冯希说："看过。"司梦启发说："是紫霞把至尊宝变得那么好的，让后人捡了一个大便宜。人就是这样，对前任有所亏欠，就拼命地对下任好。"冯希难过地说："我没有下任。"司梦意味深长地说："话说早了。"

尤姗姗进来问："聊什么呢？"司梦说："聊前任呢。"尤姗姗说："我那个前任能把活人气死，你说他找的女朋友，快摸到○○后脑袋上去了。"司梦惊讶地问："你怎么知道？"尤姗姗见怪不怪地说："他跟我说的呀。"

司梦笑着说："你俩的关系有意思，他每次找女朋友都让你参谋。"

尤姗姗想当然地说："将来我儿子得跟他们一起生活，我不能让我儿子受制。"

司梦说："女人对待别人家的孩子有三种情况，一、从心里喜欢，爱屋及乌；二、知道该怎么做；三、完全控制不了自己，喜欢别人家的孩子是做人的一种觉悟，是一种教养。"尤姗姗问："我们爱孩子是为了回报吗？我真不是，你呢？"

司梦说："我当然不是。"

尤姗姗说："孩子出现问题，我们拯救他的时候，都是从子宫发的力，这是母性的力量。"司梦哈哈大笑。尤姗姗叹气说："我儿子一点都不理解我。"

冯希插话说："她找男朋友，史达明也跳出来挡横。"尤姗姗说："他见不得我好。"冯希立马揭老底说："你也见不得他好。"尤姗姗点点头："对！"

司梦感叹："山河沧桑，岁月老旧，世事多蹉跎……"

尤姗姗不乐意听："司梦，你能不能说点接地气的人话？"司梦回答得很干脆："不能，全凭这挣钱呢。"尤姗姗叹了一口气："知道我为什么谈不成恋爱吗？因为他们不当我是女人，也不当我是外人。我老被人当成老爷们儿，那是因为他们根本不了解我。"司梦说："实际上你比大多数女人更细腻，更浪漫，更富有同情心。"

"到底是文化人，说出的话，都飘着桂花膏的香气。"尤姗姗立刻手指司梦，她叹了一口气说，"我愿意以爷们儿或者哥们儿的身份，跟大家打成一片，这不是好谈生意好相处吗？"

冯希说："你这个人谈不成恋爱，所以可着史达明一个人使劲祸害。"

尤姗姗说："我谈不成恋爱，那是因为谁也配不上我。如果真有下辈子，我一定要变成男人，娶现在的自己。"

司梦和冯希大笑。

尤姗姗说："以前我喜欢到山里转悠，那是因为孤独，山在心里，依靠也在心里，前提是无依无靠的时候。现在人们都靠着我，我就是一座大山。以前拿着人民币有兴奋感，现在拿着人民币有凄凉感，我的青春没有了，用多少钱都买不回来。"

戴小雨进来，她面带笑容，情绪不错。尤姗姗说："看来昨天晚上睡好了。"

戴小雨问："你没睡好？"尤姗姗指了一下司梦说："我没问题，你看她的脸色，肯定没睡好。"

司梦说："我习惯晚上写东西，大脑兴奋，失眠是常态。"尤姗姗批评她说："你连自己都睡不好，又怎么去睡（说）服别人？"司梦骂道："三句话不离本行。"

尤姗姗笑说："咱们这次整改，收获大大的，北辙南辕连着一个月流水超过两万两千块钱。我们盈利了！"

这喜讯让众人都很高兴。戴小雨说："多亏你及时掌舵，否则这条船早晚触礁。"她话里有话，冯希没有理她。

尤姗姗说："两个公司加一个北辙南辕，三下撕扯着让我操心，我必须给自己放个假。我要开启全世界艳遇模式，首先飞西班牙，然后飞法国。"冯希打脸说："据我所知，你有恐高症，根本不敢坐飞机。旅行工具你只坐火车。"

"我战胜了恐高症，不信我给你们看我订的机票。"尤姗姗说着打开手机，让大家看她的订票信息。冯希信了，司梦半信半疑。

戴小雨说："老大，咱们赌点什么吧。""你不信？"尤姗姗问。戴小雨摇摇头："不信。"尤姗姗问赌什么，戴小雨说，一顿五千块钱标准的宴席。尤姗姗嘲笑说，她这么抠门，舍得五千块钱吗？戴小雨悠然地说，这钱她花不着，肯定是她花。

尤姗姗泄气地爆出粗口，司梦立刻说，不许骂街，老天爷在上面看着呢。尤姗姗忙说，对，对，不能亵渎神明。

冯希好奇地问尤姗姗是怎么战胜恐高症的，尤姗姗叹息说："冯希，我特别佩服你智商的稳定性，真是谁也带不起来呀！"冯希说："又不是上灶炒菜，能不能不添油加醋？"

鲍雪带姥姥来北辙南辕吃饭，她扶着白静慧从车上下来进了饭店。店内座无虚席的景象，让老太太吃了一惊。戴小雨看见奶奶来了，立刻跑过来说："奶奶，您真是偏心眼，我请您来，您说没空。小雪一叫，您立刻到了。"鲍雪说："什么一叫？我叫了不下六回。"白静慧笑说："你们得容我倒出工夫来呀。"

店里的工作人员知道这是鲍雪的姥姥、戴小雨的奶奶，立刻热情地跟她打招呼。巴小丁腾出来一张桌子让白静慧坐，白静慧打量着饭店的布置满意地点点头："不错，有想法，有品位。"

司梦和冯希过来跟白静慧打招呼，鲍雪把她们介绍给白静慧："她叫司梦，她叫冯希，都是我们的股东。"

白静慧笑着点点头，她问冯希："你的手怎么了？"

"烫伤了。"

"可别沾水，小心感染。"

冯希应了一声，转身进后厨去了。戴小雨拿过来菜谱给白静慧看："奶奶，我帮您点吧。"白静慧点头："好。"

后厨三个档口的打印机在出订菜单，后厨人员在有条不紊地忙着。戴小雨下完单回收银台，鲍雪跟在她的屁股后面。

戴小雨说："你现在是排在尤姗姗后面的二股东，这顿饭我跟奶奶宰你。"鲍雪诧异："我怎么就成了二股东了？"戴小雨白了她一眼："跟我装什么？你不是又往你的股份里注入资金三十万吗？"

鲍雪吃了一惊："啊？我没有啊？"戴小雨满脸狐疑地看着她问："那是谁替你交的？"鲍雪叫起来："我可不能不明不白地欠账三十万啊！万一是高利贷，那我死定了。"

鲍雪给尤姗姗打电话，铃声响了很久，她才接电话。鲍雪问："你在哪儿？"尤姗姗说："法国，正在跟帅哥谈恋爱。"

鲍雪问："待会儿再听你扯淡，谁给我的股份里注入了三十万资金？"尤姗姗笑嘻嘻说："财神爷。"鲍雪一头雾水问："哪个财神爷？"尤姗姗说："你那么聪明，猜还猜不出来？"

鲍雪又问："是你吗？"尤姗姗爆笑："我怎么就那么爱你？自己琢磨。"鲍雪沉思了片刻问："是俞颂阳吗？"尤姗姗说："他不让我跟店里的任何人说，就算代持吧，你别有精神负担。"鲍雪喊了起来："干吗让我代持？"

"你是他的女朋友，这有什么可奇怪的？"

"我是前女友，不是女朋友。"

尤姗姗感叹："看看这人混的，身边的女人都争着当他的前女友。"

史达明走进店里，四处张望，看样子是在找人。鲍雪悄声说："你前老公来了，看表情是来找你算账的。"尤姗姗说："你告诉他我去法国了。"说完果断地把电话挂了。

鲍雪迎上去问史达明："找尤姗姗吗？"史达明点点头："嗯。"鲍雪："她说她去法国了。"史达明用鼻子哼了一声："她不敢坐飞机，莫非走着去的？"

史达明的微信响了，他打开看，是尤姗姗发来的照片。史达明骂了一声："我去！"鲍雪探头看，她叫了起来："尤姗姗真的跑到法国艳遇去了！"

司梦闻声过来，看史达明的手机。照片上尤姗姗跟一个外国帅哥，勾肩搭背地站在一起，两人嘴咧得像瓢一样。司梦想了想问："鲍雪，你不觉得这个法国帅哥眼熟吗？"鲍雪说："我脸盲。"

史达明仔细端详照片，他看出了破绽，叫道："背景的广告牌，明摆着是世贸天阶嘛。"司梦说："这个帅哥是七夕的时候，跟咱们一起喝过酒的那个法国小伙子。"

鲍雪立刻拨通了尤姗姗的电话："尤姗姗，你到底在哪儿？"

"我在塞纳河边散步呢。"

"别装大尾巴狼，把你的位置给我，估计距离北辙南辕，连两公里都不到。"

史达明说："你赶紧到北辙南辕来，我有事找你。"

在世贸天阶喝咖啡的尤姗姗一脸得意，她说："我已经开启了休假模式，你家的事别找我。"说完，她把电话挂了。

史达明生气地说："我找不到塞纳河，还找不到世贸天阶？"他说完，步履匆匆地出去了。

饭菜上桌，戴小雨和鲍雪陪着白静慧吃饭，白静慧边吃边称赞饭菜做得好。戴小雨说："我们的两个大厨都是烹调高手。"白静慧说："当有人的时候，把爱舍出去，事业就来了，这叫厚德载物；事情成功后，把智慧舍出去，喜悦就来了，这叫德行天下。"

"奶奶说话总是一套一套的。"戴小雨说。

"这是书上说的，不是我说的。"

闷头吃饭的鲍雪突然抬头问："姐，见着俞颂阳了吗？"戴小雨说："他最近没露面。"白静慧问："俞颂阳是谁？"

"小雪的前男友。"

"姥姥您想见见我姐的男朋友吗？"

戴小雨一脚踩在鲍雪的脚上，鲍雪疼得大叫。

史达明用最快的速度找到那个咖啡馆，法国小伙礼貌地跟尤姗姗拥抱告别。史达明一屁股坐在法国小伙坐过的椅子上。尤姗姗给他要了一杯咖啡问："你找我干什么？"史达明说："英杰学习成绩落到全班倒数第二，老师说这样下去他考重点高中很难。"

"你走马灯一样地换女朋友，能对我儿子没有影响吗？"

"你十天半个月不露一回脸，我儿子能不多想吗？他进入青春期了，我爸卧病在床，我妈没精力也没体力，半大小子的精神头全用在跟我较劲上了。"

"我把儿子接到我这里来。"

"你那里离学校太远了，他早上得几点起床才能不迟到？"

"那我把他送到国外去读书。"

史达明急了说："我不同意！"尤姗姗问："那你想怎么着？"史达明沉默了片刻嘟囔了一句："我看，咱俩还是两碗剩饭倒一块，回回锅复婚得了。"

"再一再二不能再三再四，咱俩已经两结两离了，你这是要更上一层楼吗？"

"我是为了儿子。"史达明说。

"觉得别的女人不如我就直说，别拿我儿子当挡箭牌。"

史达明眼睛盯在尤姗姗的脸上说："我就纳闷，你的自我感觉怎么永远这么好呢？"尤姗姗自得地说："那是因为我确实好啊！"史达明冷笑："好？你这个人做事，一旦沾上钞票，就奋不顾身了。"

"钞，是稀有金属，放在钱包里极不稳定，钱这东西也极其不忠，回回都是我带它一起上街，回来就剩下我一个人了。"

"我承认你比我能挣钱，那也用不着这么炫耀啊。"

"你是我炫耀的终极目标啊。"

赵赫男的摩托车在街上穿梭而过。他一眼看到站在路边打车的冯希。赵赫男拐到路边，一只脚踩地，摘下头盔回头看。冯希看到了他，疾步走过来笑问："这么巧？"赵赫男说："休息，去看个展览，你呢？"

冯希说："手上的伤口老不愈合，我去医院。"赵赫男说："我送你去吧。"冯希问："不耽误你？"赵赫男摇摇头："没事。"

赵赫男从后座摘下头盔递给冯希，她戴上头盔坐在摩托车的后座上。赵赫男给油，摩托车开走。冯希看着赵赫男结实的后背，心里再次涌起异样的感觉。

来到医院走进处置室，护士给冯希处置伤口，赵赫男在旁边一声不响地看着。护士叮嘱说："千万不要再沾水了，本来是个一般烫伤，被你弄得化脓了。"冯希连连点头。

换完药，包扎好伤口，两人离开医院。赵赫男骑摩托车将冯希送到她家楼门口，冯希从后座上下来，把头盔挂在后座上。"你歇着吧，我走了。"赵赫男说。冯希邀请道："上来坐会儿吧。"赵赫男怔了一下。

"要是觉得不自在，那我跟你订两菜一汤的午餐。"

"我没带工具箱。"

"简餐，有什么吃什么。"

赵赫男跟着冯希上了楼，房间里不见往日的洁净，到处是灰尘。冯希说："手不好使，心里有事，顾不上收拾家。"

赵赫男一言不发，他把茶几上的废纸等没用的东西，收进垃圾袋里，顺手用抹布擦干净桌面。透过玻璃窗他看见冯希在厨房里烧水泡茶，赵赫男立刻冲进厨房从她手里接过来茶壶。冯希回到客厅。房间里整洁干净。冯希的坏心情不由得好了起来。

戴厚江回到杭州，看什么都不顺眼，找借口看闺女康复的情况，拖着拉杆箱又来到北京。戴小雨不在家，戴厚江把行李箱放在屋角，两手叉腰在房间里转了一圈，他开门出去。

在母亲家的小区门口，戴厚江看着住户和送快递的出入入。犹豫再三，他还是没有进去。戴厚江买了一瓶矿泉水，站在小卖店门口喝。白静慧和吕正拎着菜篮子有说有笑地走过。戴厚江的火顶了上来，白静慧没有看到他。戴厚江想叫却发不出声来，眼睁睁地看着他们从自己的面前走了过去……

后厨的三个档口的打印机，打出一张又一张的订菜单。三个档口的厨师手脚不停地忙着炒菜，送菜口的电梯上上下下运送着菜品。饭店里人几乎坐满，服务员端茶送水翻台忙个不停。司梦进来，服务员轮番跟她打招呼。饭店的一角多了一个离地一尺高的台子。

司梦问："这是干什么的？"戴小雨说："晚上十点以后，可以喝扎啤撸串听歌。"

"请歌手得花多少钱啊？"

"歌手是音乐学院在校生，来这里积攒表演经验，不要钱。"

尤姗姗进来说："今天晚上有大客户，一共两桌，每桌两千五百元起价。这规格必须赵赫男盛装出马。"戴小雨说："赵赫男今天休息。""叫他改天再休。"尤姗姗说。司梦问："你以为赵赫男是何厨师啊？你能左右了他？"

尤姗姗下死命令说："戴小雨，你是负责人，这个任务交给你，不论想什么办法，都必须把这一单给我挣回来！""他是冯希的死党，我跟冯希是死敌，这个任务交给我合适吗？"戴小雨问。尤姗姗拍拍她的肩膀："绝对合适，去吧，组织考验你的时候到了。"

鲍雪在小公园里跑步，她跑出了一身汗。戴小雨给她打来电话说："我爸你舅舅来北京了。"

"想请我撮一顿西湖醋鱼吗？"

"西湖醋鱼算什么？你跟我去办事，想吃什么，随便点，我叫我爸掏腰包。"

"什么事情？"

"跟我去找冯希。"

"啥大事啊，我在锻炼，你自己去吧。"

"我跟冯希犯冲，不是为了保今天晚上店里的大单，我才不会低头求她。你是二股东，不能再当甩手掌柜的。"

"好吧，好吧，你把冯希家的位置发给我，咱俩在那里会合。"

洗衣机轰隆隆地转着，赵赫男帮冯希把洗好的床单枕套晾在阳台上。冯希把晒干的衣服一件一件用熨斗烫平叠好，汗水顺着她的脸颊流下来。她放下熨斗说："头发完全被汗弄湿了，我得洗个头。"赵赫男说："你的手不能沾水，去理发店洗吧。"

"不用，我一只手洗没问题。"

"那……我帮你洗吧。"

"不好吧？"

"理发店里的师傅也是男的。"

冯希笑了："也对。"

这时，鲍雪跟戴小雨在小区门口会合了，两人看着门牌号往前走。

厨房里砂锅在灶上咕嘟咕嘟地冒着热气。冯希的脑袋探在浴缸里，赵赫男一只手拿着喷头，一只手在冯希满是泡沫的头发里揉搓，冯希舒服地闭上了眼睛。这时传来开门声，有人进来。

冯希睁开眼睛问："快递吗？""他怎么不按门铃就进来了？"赵赫男问。冯希疑惑地说："不对呀，我锁上门了。"赵赫男警惕起来，说："我去看看。"

赵赫男从卫生间里出来，跟李响碰了个脸对脸，李响的脸顿时变了颜色，质问道："你是谁？"赵赫男没见过他，口气也很硬："你是谁？"

冯希脑袋上包着毛巾从卫生间里出来，看到李响也不觉吃了一惊，问道："你怎么回来了？"

李响的脸色相当难看地反问："这人是谁？怎么回事？"

冯希刚要说话，赵赫男伸手一拦，把她挡在了身后。冯希伸手又把他拦在身后，两个人的举动彻底惹恼了李响。

"冯希，真没想到你是这样的人！"

"我是哪样的人？"

"你跟我退避三舍的，却跟他躲在卫生间里干见不得人的勾当。"

冯希叫了起来："李响，二十多年的书，你都读到狗肚子里去了？"李响吼道："你才是狗！"赵赫男明白了他就是那个李响，于是放缓了口气做自我介绍："我是北辙南辕的职工，她伤了手，需要人帮忙。"李响说："少来这套！我要是晚进来一步，你就把她帮到床上去了！"

赵赫男的脸色变了："看在她的面儿上，我不动你。如果你再出言不逊，那我就谁的面儿都不看了。"李响叫道："我还怕你呀？你能把我怎么着？我说她怎么突然主意这么硬，原来是你在背后给她撑腰。"冯希气急败坏地叫道："李响，你胡说什么？"李响冷笑："被打中七寸了是不是？"

赵赫男说："你要还算是个男人，就别在女人面前耍威风，既然你认定我是罪魁祸首，那咱俩出去单聊。"

"你算老几？你要我出去我就出去？"

冯希过来推赵赫男："你走吧，我跟他的事情，我们自己解决。"赵赫男被她使劲推出门去。

赵赫男铁青着脸从单元里出来，迎面碰见戴小雨和鲍雪。鲍雪惊喜："哎呀！赵师傅！我们正……"戴小雨伸手扯了她一把问："冯希在家吗？"赵赫男站住脚说："在，跟她的男朋友在一起。"

李响从德国回来了？戴小雨立刻察觉到了什么。

赵赫男做好的两菜一汤摆在桌子上，李响也不客气，一口红酒一口菜地吃着，冯希坐在他对面连筷子都没动。一瓶红酒见底了，李响抬起头盯着冯希，他的白眼球泛出红血丝。

"我费尽心思，争取到这个回国的机会，想的是努力挽救回来咱俩的关系，万没想到，你竟然会用这样的方式羞辱我。"

冯希说："他是被我拉到北辙南辕来的，遇到事找我很正常，我敢对天发誓，我俩只是同事关系。"

"别以为我是傻子，你对他要是没有想法，他说话能那么硬气？"

"他就是这个性格。"

李响冷笑："你对他的性格如此了解，看来交往得不浅啊。"

赵赫男担心冯希，怕她出事，不愿意离开。鲍雪答应他，进去探探风。赵赫男说："我就在门口，有事叫我。"

房间里空气紧张得几乎凝固，李响逼问冯希："你跟他到哪一步了？上床？"冯希摇摇头："没有。"李响再次逼问："接吻了？"冯希倔强地把脸扭向一边："没有！"李响不依不饶："拥抱了？"冯希吼出了声："没有！没有！"李响沉默了半晌说："好，我选择相信你，过去的一切既往不咎，咱俩重新开始。"

冯希不相信自己的耳朵，转过脸看着他。李响说："我做出这样的让步是有条件的，你立即退股，离开北辙南辕。"

"我要是不同意呢？"

"你有什么资格跟我讲条件？"

"你有什么资格用这种口气跟我说话？"

"我是你男朋友。"

"你不辞而别那一天，咱俩的关系就完了。"

"你说完了就完了？"

"你说没完就没完？"

李响语气坚定地说："对！"

冯希愤怒地嚷道："我早就受够了你的目中无人。你学历高，就该骑在我头上拉屎啊？我是你招之即来挥之即去的服务生吗？李响，我是有血有肉的女人，是需要温暖需要被呵护的女人，我不是只能给你洗衣服做饭、照顾你生活的保姆。"李响被她的话惊呆了："你说什么？"冯希说："我生病的时候，你问候过我吗？若不是朋友照顾，我能不能活到你回来还两说呢。"李响冷笑："说起生病，我倒忘了问了，是那小子彻夜照顾你的吧？"

"是又怎么样？"

"你把饭碗送到他手里，他不好好端着，还能在北辙南辕混吗？"

"李响，你是个小人！"

李响恼怒了："我原谅了你所有的过错，怎么还成小人了？"冯希说："我没有过错，不需要你原谅。"李响吼道："还要我再强调一遍吗？冯希，你出轨了！"

冯希激动地说："地基是我一锹一锹垫的，轨道是我一节一节铺的，整个工程都是我一厢情愿干的，你舒舒服服坐在车厢里。我尽心尽力拉了十年，燃料耗尽不想拉了，不行吗？"李响被她的话噎住，好一会儿才说："你变得我都认不出来了。"

"那是因为我学会了跟你讲道理。"

"你讲的是哪门子的狗屁道理？"

"你的那些道理我听着才像狗屁。"

李响气得声音发抖："咱俩从现在开始算彻底完了。"冯希斩钉截铁地说："我同意。"

李响抓起桌子上的酒杯朝墙上摔去，酒杯碎了，碎片迸溅到冯希的脸上划出血痕。冯希被激怒，抓起桌子上的盘子朝李响砸过去。李响闪身躲过，拎起凳子飞向冯希。冯希护头用胳膊挡凳子，一声闷响，她的胳膊骨折了。冯希一屁股坐在地上，捧着胳膊放声大哭。李响傻了，过来扶冯希，冯希用脚踹他，不让他靠前。鲍雪和戴小雨进屋，见此情景大吃一惊。戴小雨冲过去推了李响一个屁股蹲儿，把椅子都带倒了。

赵赫男听见动静，冲进屋双手托抱着冯希往外跑，戴小雨和鲍雪跟在他后面。鲍雪拦住一辆出租车，他们直奔医院。

冯希被推进手术室，手术室的门被关上。

戴小雨对赵赫男说："你赶紧回店里，两桌酒席等着你做呢。我俩在这里陪着冯希，手术完了，第一时间通知你。"

赵赫男答应了一声离开了。鲍雪拿着缴费单跑过来，李响拖着沉重的脚步从另一面的楼梯上来。三个人守在手术室门口，谁都不说话。

鲍雪率先打破僵局，问李响："你为什么打她？"李响一脸颓丧地说："我没有前景可望，就只能回顾。越回顾越愤怒，愤怒积累多了，就会用暴力手段发泄出来，我没想伤她，这是个意外。"

戴小雨抬手给了他一个嘴巴子。李响吓了一跳，没等他反应过来，戴小雨又给了他一个嘴巴子。

"冯希的愤怒积累得比你还多，我替她用暴力手段发泄出来。"

李响怒了："你算老几？"

戴小雨跳起来还要抽他，鲍雪死死地抱住了她。戴小雨吼道："我他妈的是北辙南辕的股东！"

贰拾壹

赵赫男把一条新鲜的鲩鱼，扔在操作台上。动作利落地抽去鱼骨，把鱼肉片成鱼片。放瓷盆里，加盐料酒辣椒酱小米椒淀粉抓匀。腌制片刻，笼屉上铺菜叶子，把煮熟拌过调料的米粉码上去，上蒸锅。尤姗姗和司梦在一旁看着。鱼片码在蒸好的米粉上面，炒好的酱汁淋上去。

司梦问："这是一道什么菜？"赵赫男说："四星望月。""你打算做多少道菜？"尤姗姗问。赵赫男说："三十四个省级行政区域，三十四道菜。"

戴小雨进来，赵赫男盯着她看。戴小雨走到他身边小声说："放心吧，医院那边一切都好，我妹妹在那陪着呢。"

赵赫男悄悄松了一口气。

吃饭的时间已经过去，饭店里坐着喝啤酒撸串的青年男女。歌手云飞自弹自唱，巴小丁两手托腮入迷地看着他。司梦和戴小雨在电脑上查账，司梦说："尤姗姗天天抽空过来，帮咱们检查可能会出现的漏洞。这个月营业额不但达标，而且达到了史上最高。"戴小雨高兴地说："太好了。"

云飞放下吉他，走到服务台前，给自己倒了一杯柠檬水。巴小丁说："这首歌真好听。"云飞说："你的声音特别干净，是不是没长过蛀牙？"巴小丁被他逗得咯咯笑。

冯希坐在病床上，左手用绷带挂在胸前。鲍雪坐在旁边跟她聊天。

冯希说："我的缺点是心软，因为心软，经常把自己弄成漩涡中心，越搅越浑越搅越乱。最后没办法收拾。"鲍雪问："你确定不爱李响了吗？"

"可能一开始就不是爱，我跟他从来没有过你说的那种激情，好像一出生我们就在一起，像兄妹不像恋人。"

"你知道跟喜欢的人在一起应该是什么感觉吗？"

"知道。"冯希回答的声音很小。

"跟谁在一起知道的？"

冯希垂着眼睛不说。鲍雪说："我说错了你别生气啊，是赵赫男吧？"冯希问："你怎么知道的？"鲍雪笑道："我从他脸上看出来的。"冯希两眼闪亮地盯着鲍雪："真的吗？"

"那家伙凡人不理，只有面对你的时候，我才知道这人还会笑。"

冯希羞涩中带着小得意。

"从你家门口到街上，怎么说也有几百米吧，他就那么两手托着你跑。如果对你没感情，他早就撒手把你扔了。"

冯希说，跟赵赫男在一起，和跟李响在一起的感觉完全不一样。跟赵赫男在一起，她的心跳起来乱糟糟的，跟心脏出了毛病一样。鲍雪两手一拍说，这是跟爱情有关系的节奏。冯希说，赵赫男来店里这么长时间，跟她说过的话掰着手指头都数得清。哪来的爱情？

鲍雪打趣说，默片电影里一句台词都没有，主人公照样把浓烈的爱情展现得一清二楚。冯希沉默了片刻问，李响怎么样了？

"你还顾得上想他？"鲍雪问。

"我俩一起谈的恋爱，既然我没感受到爱情，那他肯定也没感受到。"

鲍雪说："你对他那么好，他怎么能没感受到？"冯希说："现在我明白了，我给他的，他妈妈也能给他。既然不是爱情，那他也不是非我不可。"鲍雪惊诧地睁大了眼睛说："冯希，你怎么突然就开窍了？"

冯希和李响的事，让鲍雪受到了震动。她突然明白了，其实人们寻寻觅觅那么久，而最后选择的爱人，不过是在最后心动时经过身边的那一个人。缘分是那么虚幻抽象的一个概念，真正影响人的就是那一时三刻相遇相爱的时机。时间的荒野里，没有早一步也没有晚一步，如果爱了却爱得不对，除了珍藏心里走远的背影，你别无选择。

北辙南辕的后厨里空无一人，赵赫男拿着抹布仔细地清洗着自己的工具箱和刀具。他看见冯希的身影出现在灶台旁边，赵赫男扭过脸不看她。冯希又出现在橱柜旁边，冯希在对着他温和地笑着。赵赫男直起身子呆呆地看着冯希。

鲍雪在背后叫了一声："嘿，干吗呢？"赵赫男吓一跳，随即冷静下来："这么晚你还进来？"鲍雪说："路过这里看亮着灯，进来看一眼。"

赵赫男问冯希怎么样，鲍雪说，明天就出院了。赵赫男向鲍雪道谢，她问谢她什么。赵赫男一怔没有回答，鲍雪单刀直入问，打开天窗说亮话吧，他是不是喜欢冯希。赵赫男不回答，在鲍雪的一再催问下，他抬起头陷入沉思当中，终于开口说："她说话的声音很好听，有甜度有温度也有硬度，她有一种本事，拒绝了别人，别人会觉得对不起她。"鲍雪两手托腮眼巴巴地看着赵赫男。

"她心里有别人，发自内心地想照顾人，又从来不撒娇让别人哄，这一点很多女人是没法跟她比的。"

鲍雪问，这些话对冯希说过吗？赵赫男摇摇头，没必要说。鲍雪说，他还没回答是否喜欢冯希。赵赫男反问，知道虾为什么要活着烧？那是因为痛出来的味道才鲜美。鲍雪打了个冷战说，这个比喻太瘆人。

"女人听不了实话，有些话我不能说。"

"我是女人中的异类，你说，我听得懂。"

"麻烦你跟董事长替我打个招呼，我收拾好东西，就离开北辙南辕。你们另找大厨吧。"

鲍雪大惊，一时失语。

戴小雨、尤姗姗、司梦、鲍雪因为赵赫男要离开，坐在一起开会。尤姗姗问："冯希知道吗？"鲍雪摇摇头："我没跟她说。"戴小雨皱着眉头说："很多食客是奔着他的厨艺，才来北辙南辕吃饭的。""对呀，好厨师不是说找，就能马上找到的。"司梦说。

鲍雪说："赵赫男是跟北辙南辕气质最符的厨师，他埋头干活，没有废话，更不占饭店的便宜，他辞职肯定是为了躲避冯希跟李响的感情纠纷。"尤姗姗沉吟说："冤有头债有主，想留住他，只能冯希出马了。"

冯希出院回到家，身心疲惫，她没有开灯，在黑暗中坐着。茶几上的手机屏不停地亮着，是李响打来的电话。冯希没有接。

说走就走，天一亮，赵赫男打了辆出租车直奔车站，尤姗姗给他打来电话说，他离职手续没办，会计没法下账。赵赫男只得让司机掉头，回北辙南辕。他让司机在门口等着，他进去把手续办了就出来。

赵赫男从饭店里出来的时候，股东们和员工都出来送行，唯独没有冯希，他眼睛里闪过一丝失望。赵赫男开门上车，目光无神地看着窗外。后视镜里映出冯希的身影，她跑出来，呆呆地看着出租车。赵赫男对出租司机说："走吧。"

出租车拐上街道，冯希追了上来。出租车司机看着后视镜说："那女人在追你。"赵赫男扭头看了一眼，立刻转回头去。出租车司机问："她是不是有什么话要跟你说？"赵赫男说："开你的车。"

出租车司机叹了口气："看得出来，她是真的舍不得你。"赵赫男冷冷地说："不关你的事！"出租车司机生气了："哎！你还是不是个爷们儿？"

冯希不追了，绝望地站住了脚，她胳膊上吊着护具，站在人群当中十分醒目。冯希绝望地转过身，脚步沉重地走着。这时，身后响起一个男人浑厚的嗓音："嘿！姐们儿！"

冯希扭头看，赵赫男站在出租车司机身旁。冯希一步一步地朝赵赫男走过来，她走到赵赫男面前，两人互相看着，冯希率先伸出一只手臂抱住他。赵赫男僵了几秒，张开双臂紧紧地搂住了她。

出租车司机在车里用手机跟老婆视频。他老婆大声问："我要是走了，你会这样追我吗？"司机说："你再这么大声喊，我就走了。"

赵赫男拉开车门上了出租车，冯希拉开后门上了车。司机问："姐们儿，你去哪儿？"冯希说："送送他。"

赵赫男一路没有跟她说话，冯希一直低着头在后面摆弄手机。

到了火车站，赵赫男取车票，冯希也取车票。赵赫男诧异地问："你去哪儿？"冯希说："送你到家。"

赵赫男胸中热浪翻涌，他克制住了感情。

高铁车厢里，冯希和赵赫男坐在各自的座位上。冯希一言不发，赵赫男也不说话。一路无话，直至火车到站。冯希跟着赵赫男随众人来到出站口，她站住脚说："我送到了，该回去了。"

"坐了几个小时的火车，我怎么也该请你吃顿饭。"

"不用了，我得赶回去。"

冯希头也不回地往售票处走，赵赫男愣了片刻跟上了她说："吃一顿饭不会耽误多少时间。"冯希站住脚回头看着他说："如果非要请我吃，去你家，你给我做。"

赵赫男卡壳了。

冯希说："那……咱们俩就此告别吧。"说完，她转身要走。赵赫男伸手一把抓住她的胳膊。

赵赫男将冯希领进家门，他父母坐在沙发上，四只眼睛牢牢地盯在站在对面的冯希身上。冯希大大方方地做自我介绍："我叫冯希，是北辙南辕饭店的股东，赵赫男是我们聘请的厨师。"

赵父说："我儿子给我发过你们饭店的照片，上档次有品位。""姑娘你坐下说。"赵母把冯希拉到她的身边坐下，"我儿子从来没带女孩子回过家，你是第一个。"

赵赫男一脸尴尬。冯希说："我在饭店对他照顾不周，他辞职回家，主要的责任在我，我追上门是恳求他回去工作的。"

赵父的脸板了起来说："你小子可真有种，竟然拿工作摔耙子。"

"爸，不是你想的那样，你不了解情况。"

"我想的哪样？我在这饮食行业干了几十年，什么情况没遇见过？不管发生了什么，你跟一个姑娘较劲就不对。就凭这孩子能追上门来，足以证明她对你的诚心。"

赵母说："姑娘，我儿子嘴笨不会说，你到这里就是回家了。"赵父说："我们赵家厨艺祖传，我儿子是我一手调教出来的，这小子喜欢创新，好多菜品都被他弄走样了。想吃什么，我给你亮一手。"冯希真诚地说："他的菜大家吃了都叫好，他是我们店里的招牌。"赵父说："都说青出于蓝而胜于蓝，你也见识见识我这个蓝的手段。"

赵家的厨房很大，烤箱、微波炉、打磨机、和面机样样齐全。赵赫男和父亲在厨房里忙活。

赵父边干活边教训说："我一退休，就在家里做私厨，一个星期就这么几桌，你不愿意跟我干，我撒手让你出去飞。闯天下嘛，脑袋撞出包是常事，一疼了就打退堂鼓，你还是我儿子吗？"

赵赫男不说话。

赵父接茬说："爱女人和做菜一样，首先要态度端正，其次心要诚，最后一条是要下得起功夫。"

得知冯希的前男友是个博士，赵父不屑地哼了一声："傻子不分学历高低，博士多啥了？连感情都不懂，我看还不如傻子。这姑娘多懂事，真跟了他，那可就糟蹋了。"赵赫男问："爸，你到底想弄几个菜？"赵父说："豉汁蒸鱼腩、金沙虾球、荷叶糯米童子鸡。再弄一个素菜就可以了。"

客厅里，赵母拉着冯希的手问："喜欢他？"

冯希的脸红了。赵母说："我儿子的缺点是脾气拗，放在喜欢人这件事上就成了优点。他会一条道跑到黑，把全部感情都放在那个人身上。我儿子从小理性，很少感情用事，能带你回家来见我们，看来是真的动了心。"

冯希如释重负，脸上露出了笑容。她此行不辱使命，且收获了爱情。

高铁呼啸着飞驰而过，冯希和赵赫男坐在车厢里。赵赫男给冯希倒水喝，给她削水果。冯希说："你回家连一晚上都没住，就急着往回返，我觉得有点对不住你。"赵赫男说："既然决定留在北辙南辕，就得对那里负责。你说了，找我回来是你的任务，我不能让你回去不好交代。"

冯希笑了。赵赫男问："你笑什么？"冯希说："细想想，尤姗姗交给我的关于你的任务，每一项我都完成了。"

戴厚江站在阳台上看着灯火阑珊的城市。他怒气上涌，眉头紧锁，给妹妹打电话问："妈交男朋友这事，你到底管还是不管？"

戴澄澄一怔问："你在哪儿？"戴厚江说："北京。"戴澄澄又问："你去妈家了？"戴厚江赌气说："她没叫我，我干吗去？"

"你跟妈的性格太像了，所以你们两人才能杠起来。"

"你站在爸的立场上，还是站在妈的立场上？"

戴澄澄说，妈和爸是他俩共有的，他这么问，他们的关系还真不好处了。戴厚江问她有吕老头的电话吗，想找机会跟他聊聊。戴澄澄好奇地问："你跟妈老死不相往来，已经十年了，怎么突然关心起她的感情生活了？"

戴厚江问："你愿意那个老头替代爸的位置？"

"从感情上讲不情愿，但那是妈妈的感情生活，我再不愿意，也得把想说的话咽回到肚子里去。"

"要不说你们女人，头发长见识短呢。老年人谈黄昏恋，那就是多米诺骨牌，一个指头碰上去，立刻会起连锁反应。收拾残局的是我们这些做儿女的。"

"你想怎么着？"

"估计老头的儿子，跟咱们的想法差不多，跟他好好聊聊，达成共识。"

戴澄澄挂了电话，自言自语道："我就知道，他这种人挡杀人、佛挡杀佛的性格，决定了他是不会善罢甘休的。"

这天，戴厚江约了吕向东来茶馆喝茶，两人很少动面前的茶杯，表情都很严肃。谈到彼此父母的问题，吕向东说，他和弟弟工作都很忙，抽不出来时间去照顾父亲。

戴厚江问："你怎么不把他接过来跟你们一起过？"吕向东反问："你怎么不把你妈接到杭州跟你一起过？"戴厚江说："她不去呀！"吕向东说："一样的道理，老爷子愿意过自己的日子。"

"他们这一愿意不要紧，直接牵扯到我们这些做儿女的。他俩这么大年龄了，有个三长两短的，跟对方的儿女都不好交代。你说是不是？"

吕向东说："这事你应该跟你妈说。"

"据我所知，我妈从来没登过你家的门。你爸天天来的是我家，谁主动，谁被动，这事咱俩不用争辩吧？"

吕向东被噎住，没说出话来。

戴厚江放缓语气说："吃点喝点倒没什么，老头老太太这把年纪了，万一有个病有个灾，他俩谁能负得起这个责任？"吕向东说："我爸身体一直很好。"戴厚江摇摇头："要说健康，我妈也不差。屋顶雪，瓦上霜，上了岁数的人的事，那可真说不好。头天晚上脱下的鞋，第二天早上能不能穿上还两说着。"

吕向东沉默片刻问："这事你说怎么办？"戴厚江说："我妈的性格我了解，你爸只要不来我家，我妈肯定不会主动去他那里。这个事自然就了结了。"吕向东说："那好，我去找我爸谈。"

吕正下课从教学楼里出来，熟悉他的老师和学生，主动跟他打招呼。这时，白静慧给他打来了电话，他问："你在干什么？"白静慧说："我在烧肉，明天过中秋节，得准备出来。"吕正笑着问："梅菜扣肉？"

"扒肉条，孙女、外孙女都爱吃。"

"这个月的课上完了，明天我没事儿。"

"明天你过来的时候，路过菜市场，帮我买点香葱和香菜。"

吕正答应着，看见儿子吕向东朝他走过来，便对白静慧说："儿子来找我，可能有事要说，咱们明天见。"

父子俩坐在小花园的树荫下说话，吕正问他，为什么不到家去？吕向东说，下午他还有会，时间不够，只能到这来找他。吕正纳闷，什么事这么急？吕向东开门见山问，他是不是在跟一位姓白的阿姨交往？吕正一愣问，谁跟他说的？

吕向东神情严肃地说："她的儿子为这事找到我，情绪很激动。"

吕正问："他说什么？"

"他说什么不重要，关键您是怎么想的？"

"寂寞，想有个伴儿。"

吕向东说："您这样做，会要我们做儿女的付出多大的代价？"吕正不满地问："你们能付出啥代价？"吕向东郑重地说："我跟她没有血缘关系，你俩之间一旦有了问题，我们只会剑拔弩张，不会拿感情来解决问题。"

"我们的事情我们自己解决，不会麻烦你们。"

吕向东说："老人婚恋不像年轻人那么简单，更现实，更残酷。"

吕正反问："你们恋爱幸福，我们取暖残酷？"

"既然话说到这个份上了，那就说透了。百年那天，您是跟我妈葬在一起，还是跟她葬在一起？"

吕正卡壳，目瞪口呆地看着自己的儿子。

晚上吕正走到白静慧家门口，他仰头往楼上看。楼上每一家的窗子里都透出温暖的光。他掏出手机想了一下又放回去。吕正一个人走在街道上，路灯把他孤单的身影拉长又缩短。

鲍雪来冯希家看冯希，冯希吊着一只胳膊坐在沙发上和她说话。赵赫男把精致的小甜点和泡好的茶端给她们。鲍雪跟他开玩笑："赵师傅，好手段。"冯希说："他脸皮薄，你别瞎说。"

赵赫男端着一盆洗好的衣服去阳台上晾。

鲍雪说："好歹我也给冯希陪了几天床，你该怎么酬谢我？"赵赫男很认真地说："想吃什么？我做。"鲍雪哼哼呀呀："成不了别人的心肝，好歹食补一下吧，给我来一碗米饭，一份土匪猪肝吧。"

冯希的手机进来一条微信，是李响发来的。他说："我错了，痛定思痛，我决定追回你。因为这个世界上，再也不会有谁像你这样宠溺和包容我了，我真的不能失去你。"冯希把他的微信屏蔽了。鲍雪问："你这是真的，还是演给我和他看？"冯希说："当然是真的。"

转眼中秋节到了，戴小雨拉着戴厚江往奶奶住的小区里面走，戴厚江挣开她的手说："你先进去，我打个电话再进去。"戴小雨说："你主动点，我奶奶肯定会给你台阶下。"戴厚江朝她挥挥手说："你去，你去，你先去。"

白静慧坐在沙发上看手机新闻。戴小雨拎着水果和月饼进来："奶奶。"

"来了？我得去看看我弄的菜。"白静慧说着进了厨房。她打开冰箱从里面拿出来鱼和肉。

戴小雨躲在阳台上打电话，她压低声音说："奶奶做了一桌子菜。"戴厚江说："又不是给我做的。"戴小雨说："她知道你在北京，所以又加了几个你爱吃的菜。你就给我奶奶打个电话吧，我保证奶奶肯定叫你回来吃饭。"戴厚江说："我不能那么没脸，打电话招她骂我。"

拎着东西走到小区门口的鲍雪，一眼看到戴厚江，她叫了起来："舅舅，您在这转悠什么？快进去吧。"戴厚江说："你姥姥又没叫我进去，我不去找不自在。"

白静慧在厨房里忙活，鲍雪进门就嚷："姥姥，我在小区门口看见我舅舅了。"

白静慧切菜的手一下停住了，她眼皮没抬地说："我门口没站着钟馗，他不进来，是他自己愧得慌。"

"您既然觉得我舅舅抹不开脸，您就给他个台阶下呗。"

白静慧不说话。

鲍雪说："姥姥，要不这样，我去把我舅舅拉进来。"白静慧眼睛一瞪："你敢！"鲍雪吐了一下舌头说："姥姥，您的眼睛一瞪，跟猫头鹰一样。""找我揍你是不是？"白静慧气乐了。鲍雪说："舅舅小时候，您肯定没少打他。"白静慧说："三天不打上房揭瓦。"

"我小时候，我妈没打过我，现在大了更不能打了。她说这一辈子没打过人，永远失去了当暴君的机会，很是遗憾。"

"你以为当妈的愿意打自己的孩子？你舅舅小时候，有一天没有人找上门来告状，我就烧高香了。哪儿他不敢去？什么祸他不敢闯啊？"

"小时候您能原谅他，怎么他长大了，犯了错，您倒不肯原谅他了？"

"那时候我俩是母子，现在他跟我断了母子关系，我俩是路人。"

"姥姥，血缘不是一句话就能切断的。我舅舅现在就在小区门口立着呢，我看他就是在等您的一句话。"

"他进这个门，我不往外撵，不进来我也不求他。这就是我的态度。"

戴小雨继续苦口婆心地给父亲做工作，她说："爸，你进来按门铃，我给你开门，这是多简单的事啊。"

这时候吕正打来了电话，要白静慧到小区门口，他有话要说。听他的口气很严肃，白静慧匆匆下楼去了。戴厚江懒得听女儿磨叨，他把电话挂掉了。

戴小雨走进客厅问："奶奶呢？"鲍雪说："接了一个电话，出去了。"

戴厚江叫的出租车在小区门口停下，戴厚江上车走了。白静慧从小区里急匆匆地走出来。母子俩擦肩而过，没见到面。

白静慧跟吕正站在凉亭里说话，两人的表情都很严肃。

"你儿子真这么跟你说的？"白静慧问。吕正说："这是你儿子的原话。"白静慧生气地说："你以为他们这是为咱俩好？他们是怕应得的好处被外人瓜分了。"

"我上班挣死工资，退休拿退休金，哪有什么财产？"

"房子是不是财产？"

吕正不说话了。

白静慧说："咱俩这个岁数，已经经历过了人生的起起伏伏，学会了妥协，也知道该坚持什么。咱俩就这么待着，只要不结婚登记，他们就闹不翻天。"

吕正叹了口气说："咱们这一辈子还不是为了儿女活着吗？什么关系也战胜不了血缘关系，我不能让你们母子因为我断绝来往。"

"我跟他十年前就断绝关系了。"

"那是你俩赌气，如果他真的跟你断绝关系，怎么会对你的事这么上心？"

"你到底是站在谁的立场上说话？"

"我儿子跟你儿子的立场是一样的。"

"你叫我来这儿，就是宣布要跟我断绝来往？"

"咱们都老了，顶天还有十年的活头，以后的世界是他们的，咱们还是以儿女为重吧。"

白静慧大怒："你愿意以谁为重，就以谁为重去，我不光是妈，我还是一个有血有肉的人。你以为这狼心狗肺的东西是为我着想？他是为自己的那一点私利着想。我这一辈子没为谁低过头，更不会为他低头。"

说完她转身走了，走得很决绝，头都没有回一下。吕正看着她的背影，心中倍感凄凉。

白静慧家的餐桌上摆着丰盛的饭菜，戴小雨和鲍雪偷眼瞄白静慧。戴小雨悄悄捅了一下鲍雪。鲍雪问："姥姥，吕大夫不来吗？"白静慧没好气地问："干什么来？"

"今天不是过中秋节吗？"

白静慧一脸愤怒："不叫过节，叫过劫！好好的一桌子菜，都叫他毁了。"

戴小雨用口型问鲍雪："谁？"

鲍雪摇头用口型回答："不知道。"

白静慧掀开汤锅盖子，热气蒸腾。她把汤舀到孙女和外孙女的碗里，用命令的口气说："吃饭！一点也别给我剩。"

翌日，吕向东打来电话告诉戴厚江："我爸不会再去你家了，咱们两家儿女的麻烦事解决了。"

戴厚江一脸轻松地坐在动车车厢里，叫过来推着售货车的列车员，买了啤酒，买了花生米，心情愉快地吃着喝着。

李响回到德国后不停地给冯希打电话，冯希一概不接。赵赫男说，你总不接也不是事，因为他不知道你是怎么想的。

于是冯希主动给李响把电话打了过去，李响看是冯希来的电话，他赌气不接。冯希锲而不舍一个接一个地打。

李响看着电话说："我给你打电话，你不接。现在你给我打电话，我也晾着你。看看咱俩谁先服软。"

电话不响了。李响躺在床上盯着手机，心里有些着急。手机突然响了，还是冯希打来的。李响接通了电话，他语气很硬："你不要没完没了地给我打电话。"

冯希慢声慢语地说："我给你打电话，就是要告诉你，以后不要再给我打电话了，咱俩彻底结束了，我已经登记结婚了。"说完她挂了电话，李响的心彻底凉了。

晚上，北辙南辕里坐着喝啤酒撸串的青年男女。依旧是歌手云飞自弹自唱，巴小丁两手托腮入迷地看着他。司梦和戴小雨在电脑上查账。冯希帮着服务员上啤酒和烤串。

戴小雨看了一眼冯希，压低声音问："你觉不觉得她胖了许多？"

司梦说："她怀孕了。"

看到戴小雨的脸色变了。她意识到自己的话碰到了她的疼处，后悔不已。戴小雨很快就像没事人一样起身离开。

清晨，鲍雪在公园里跑步，白静慧没有来唱歌，吕正也没有来写字。鲍雪的脚步慢下来，她决定去姥姥家看看。她进屋就喊："姥姥。"

白静慧起身离开钢琴。鲍雪问："您没去唱歌，吕大夫也没去写字？我想蹭你们一顿早饭的希望落空了。"白静慧避开这个话题："这个点儿了还没吃早饭？我给你煎个鸡蛋去。"

白静慧给鲍雪做早饭，鲍雪在旁边察言观色："姥姥，您用的什么面霜？"白静慧说："没看牌子。"

"不咋地，您脸上的光彩都没了，我送你一瓶营养成分高的面霜。"

白静慧问："一个鸡蛋够吗？再给你煎一截香肠吧。"

祖孙俩回避着"吕正"这两个字聊着天，吕正出事了。他给各医院来进修的医生们讲课的时候，突然口齿含糊，身子往一边倒。前排的学生冲过去扶住了他，另一个学生拿起他放在讲台上的手机，找到通话最多的那个号码拨了过去。

白静慧看是吕正的电话，她没有接。电话响个不停，鲍雪忍不住接通了，她喂了一声，脸色立刻凝重起来，她把电话递给白静慧："吕大夫脑梗了。"白静慧立刻急了，她问清楚医院地址，立刻动身去了。

吕正醒过来睁开眼睛，看到白静慧坐在他的床边，声音微弱地问："我这是怎么了？"白静慧说："脑梗，差点过去。"吕正怔了一下，明白过来，问："你怎么知道的？"

"你的学生，看你手机里跟我的通话记录多，就打了我的电话。"

"我儿子知道了吗？"

"医院给他打电话了，他在外地，最快也要明天才能回来。"

吕正烦躁起来。白静慧安慰他："别急，这有我盯着呢。你安心养病。"吕正轻轻摇摇头，白静慧说："我骨折的时候，你照顾的我，现在该我照顾你，礼尚往来也该如此。"吕正再次摇头表示不用。白静慧口气强硬地说："我说用就用。"

吕正立刻不争辩了，很快沉沉地睡去。

夜里医生进来查房，看见白静慧守在床旁边说："您这个年纪，怎么还熬夜陪床？应该叫孩子来。"白静慧说："孩子出差在外，一时半会儿回不来。"医生说："找个陪护吧。"白静慧回答得很干脆："不用。"

早晨，白静慧用热手巾给吕正擦脸擦手，喂他吃药、吃饭。吕向东带着一个男护工进来，他主动跟白静慧打招呼。

"您是白阿姨吧？谢谢您照顾我爸。我给我爸请了个护工，您赶紧回去歇着吧。"

白静慧俯身对吕正说："我回去洗洗，中午过来看你。你想吃什么？"

吕向东说："我爸想吃什么，我让护工去买。"

白静慧说："你爸现在的肠胃受不了那些东西。"

"我住得远，送不了饭。"

白静慧语气平静地说："我送。"说完转身出去了，吕向东看着她的背影半天没说话。

吕正被护工搀着在走廊里遛弯，白静慧拎着保温桶快步走过来。吕正脸上露出开心的笑容。白静慧对护工说："你去吃饭，我在这盯一会儿。"护工走了。白静慧搀着吕正回病房，安顿他吃饭。吕正问："你吃了没有？"白静慧说："吃了。"

"我儿子两天没过来了，说是工作忙。"

"别挑了，你儿子给你请了护工，也算够意思了。我要是住院，我儿子连面都不会露。"

"你别一句话把他说死了。"

"人哪，骨头再硬，也架不住岁月的打磨。日子没干掉你，让你变得更坚强，日子干掉了你，会让你儿女变得更坚强。"

"跟你在一起，我觉得老了也没什么可怕。"

"咱们这个年龄是风前烛雨里灯，怕不怕都得往下过，为啥不选不怕呢？"

"我儿子见过你以后，没再跟我说不能跟你在一起的事。"

"我一伸手，把他省出来了，少了他多少麻烦事？看来他也是个知好歹的人。"

"你说得对，我们一辈子，都在努力过自己的人生，不能老了老了，让儿女替咱们活。"

白静慧说："谁也不知道以后是什么样，所以别想以后的日子，过好眼下的每一天才实用。"

冯希吃宵夜，赵赫男坐在对面看着她吃，问："你怀的是不是双胞胎？怎么这么能吃？"冯希说："太饿了。"

"医生说，还是要控制一下，否则，孩子太大不好生。"

冯希放下筷子，起身走到穿衣镜前照镜子。她叹了一口气说："你看我又胖了一圈。"赵赫男看着她笑："胖了也好看。"冯希白了他一眼："你也学得油嘴滑舌了。""我说的是真话。你连婚礼都不要就嫁给了我，还要为我生儿育女。我必须要好好地爱你。"冯希走过去搂住他说："跟你在一起，我才知道了什么是爱，你给我的所有的感情是我过去从来没享受过的。"

北辙南辕客满了，全体服务员穿梭其中，他们端菜撤桌动作麻利。司梦和戴小雨不时上手帮忙做事。刘梁周进店，巴小丁上前招呼他，把他让到等待席处坐下。戴小雨从他身边走过，刘梁周叫她："嘿！"戴小雨站住脚问："回来了？"刘梁周说："选的模特意思不对，暂时停拍了，我过来看看你。怎么样？挺好的？"

"好什么？一脸的憔悴，我都懒得照镜子。"

刘梁周压低声音说："我是搞摄影的，眼光毒，你就信我的吧，就算你熬到八十岁的那一天，任谁看依旧是大美女。"

"嘴抹蜜了？"

"有事相求。"

"别说我不爱听的。"

"说了怎么着？"

"我跟你耽误不起时间。"

刘梁周说："时间不是拽着你一个人走，我也跟着你一起走呢。"

戴小雨说："别跟死过一次的人较量。"

"人这辈子是要死两次的，一次是咽气的时候，第二次是没有人惦记的时候。戴小雨，你闯过了两重鬼门关。"

"你惦记我，我得感谢你了？"

"陪我吃顿饭，这恩也算报了。"

司梦接到电话，影视公司的艺术总监说要跟她聊聊。赶到影视公司，闲聊了几句进入正题，艺术总监说："剧本的分集大纲我们看过了，不错，有些地方还需要打磨。"

司梦点点头。

"做编剧首先拼的是生活，然后是技巧，最后拼的是修养。你写的一定得是你内心感受最深的东西。"

"我写的是我身边的几个活灵活现的女人。"

艺术总监说："鲜活，有生命力。这是我们公司重点抓的项目。好好打磨剧本，这会是个不一样的东西。"

司梦信心满满："我努力。"

艺术总监说："不管是过去还是将来，我们的题材其实只有一个，就是人和自己命运的斗争。所以，作为编剧，需要自己有坚守，有勇气去面对人生，感悟人生。"

司梦频频点头，她对自己说："山高自有可行路，水深自有摆渡人。对任何热爱的事情都要全力以赴，包括喜欢自己。如果生活让你感到恐惧，那就纵身一跳。你不是坠落深渊就是翱翔天际。"

俞颂阳出差回来了，他的车在车流中不停地变道超车。一个月没见鲍雪，他的心里有些没着没落的。

鲍雪在舞馆跟老师学跳舞，她在高速旋转中看到玻璃门外有一个熟悉的身影。再转过来，那个身影还在。鲍雪停住脚，俞颂阳站在玻璃门外全神贯注地看她跳舞。鲍雪转过身去继续跳舞，转了一圈回头看，俞颂阳还站在那里。鲍雪跳了一会儿再次回头，俞颂阳仍站在那里。鲍雪冲出去站在他的面前。跟他面对面站着，鲍雪喘息着着问："什么时候回来的？"

俞颂阳说："刚刚进城。"

"等我一会儿，马上就下课了。"

说完，她转身跑了回去。鲍雪在舞馆里认真地跳舞。俞颂阳站在玻璃门外全神贯注地看着她。鲍雪实在跳不下去了，拎起挎包跑了出去。鲍雪跑到俞颂阳的面前，俞颂阳立刻拉起她的手，迈着大步离开了。红灯亮了。路口堵着长长的车队。街心花园里，俞颂阳和鲍雪并肩坐在长椅上，俞颂阳从双肩背包里拿出来一盒稻香村点心。鲍雪眉开眼笑，拆开包装拿出来一块咬了一口。俞颂阳又从包里拿出来一瓶矿泉水递给她。鲍雪心满意足地吃着喝着。

俞颂阳说："那段日子是我人生的低谷，事业受挫，父母给我的经济压力，简直叫我喘不过气来。我觉得把这些事情解决干净了，再跟你解释，你会理解我的。"鲍雪说："你们男人太奇怪了，又不是孔雀，为什么总爱在女人面前开屏？既然喜欢跟我在一起，赶上掉毛，开不成屏了，你就不是孔雀了吗？"俞颂阳说："我不愿意被你瞧不起。"鲍雪说："顽疾缠身，一跟就是一辈子。"

俞颂阳看着远处，公园里遛弯散步的老头老太太。

俞颂阳问："看见他们没有？"鲍雪点点头说："看见了，怎么了？"俞颂阳动情地说："等你老得走不动了，我就用轮椅推着你。我不能跟你一错身，就错过了一生。"

鲍雪心中一惊，半天没说话。俞颂阳站起身慢悠悠地走了。鲍雪如梦方醒，以百米冲刺的速度扑到他的背上，俞颂阳猝不及防没站稳，差点摔坐在地上。

俞颂阳问，你疯了吗？鲍雪指了一下天空让他看。俞颂阳抬头看，晚霞映红了半边天。鲍雪下巴靠在俞颂阳的肩膀上："你从没说过我爱你，是因为大爱无言吗？"

俞颂阳不说话。鲍雪柔声问："你说怎么样才能获得长久的爱情？"俞颂阳说："一次又一次地爱上同一个人。"鲍雪问："一次又一次地爱上前女友？"俞颂阳说："别偷换概念！"

贰拾贰

六七辆越野车聚集在郊外，这里地形复杂，有丘陵、沙滩、河沟。俞颂阳双手紧握方向盘，鲍雪坐在副驾驶的座位上，身上安全带系得牢牢的。俞颂阳给油门发动了汽车，鲍雪紧张地双手紧握拳。俞颂阳的越野车呼啸着朝前冲去，冲入沙地，荡起沙尘，闯进河沟，溅起一片水花。俞颂阳一脚油门，越野车怒吼着腾空跃起，鲍雪失声尖叫。越野车跃过二十米长的浅滩，稳稳地落在土坡上。众人一片叫好声。

俞颂阳和鲍雪在街上走，鲍雪浑身瘫软，夸张地挂在他的肩膀上。俞颂阳让鲍雪好好走路，她说魂都被吓飞了。俞颂阳说下回不带她出来玩，鲍雪瞪眼说，你敢！

"好玩不好玩？"

"好玩！"

"刺激不刺激？"

鲍雪高叫："刺激！"

回到城里已经是深夜了，俞颂阳拉着鲍雪去啤酒屋喝啤酒。酒保告诉他，还有五分钟就下班，不接待了。

俞颂阳拉着鲍雪坐在桌子旁边，他说："还有五分钟，那就是还在服务时间内。"酒保说："后厨已经下班了，什么配菜都没有。"俞颂阳掏出来一百块钱塞进酒保的手里，说他们喝啤酒。

酒保给他们端来两杯啤酒，俞颂阳指着面前的桌子说："你能不能不让我们的桌子上光有这么两个杯子一个烟缸？不管什么，你再给添一点儿。"

酒保一脸为难，俞颂阳又往他手里塞了一张钞票："是菜就行。"

酒保进后厨去了，俞颂阳和鲍雪喝着啤酒聊天。俞颂阳说："我喜欢考古，喜欢星球和宇宙，我特别想当一个研究宇宙的科学家，我父母反对我学考古专业。现在财政自由了，再想重新回去学已经太晚了。我特别喜欢大自然，我觉得风比刀厉害，整个宇宙都像是被风雕塑出来的，你看山峦，你看丘陵，你看沙漠，岩石也是有呼吸的有毛孔的，它们也有内在的伸展。"

　　鲍雪手托腮帮入神地听着，酒保把一盘沙拉和三个面包圈放在桌子上，他说："这是我最大的能力了。"

　　俞颂阳指着桌子上的啤酒杯说："你把啤酒给我们倒到大一点的杯子里，然后续满了。"酒保刚要张嘴拒绝，俞颂阳又往他手里塞了一张钞票。

　　酒保叫苦说："大哥，你这样下去，我凌晨五点也回不了家。"

　　俞颂阳说："你再啰嗦，我让你给我找一根古巴雪茄去。"

　　酒保立刻转身走了。

　　"俞颂阳，你贫不贫啊？"

　　"我才发现，一本正经解决不了的事情，换个轻松的方式就成了。在这方面你是我的老师。"

　　鲍雪朝他伸出一只手说："交学费。"

　　俞颂阳立刻往她手里塞了一张钞票："给我弄十串牛板筋。"

　　俞颂阳和鲍雪在街上走，两人微醺。一对青年男女骑着摩托车从他们身边过去，车上带着的音箱放出激昂的乐曲。鲍雪松开俞颂阳的胳膊，即兴起舞，她旋转，跳跃，舞姿异常优美。俞颂阳看得激情澎湃。摩托车远去，音乐消失，鲍雪向远去的音乐大幅度地挥着手。

　　俞颂阳走过去紧紧地搂住她，在她耳边低声说："我爱你，真的非常爱。"

　　鲍雪说："你敢不爱吗？"

　　"你起码回一句 me too，也算对得起我这句话。"

　　"那多没劲。"

　　"怎么才算有劲？"

　　"你为我剖腹产生个孩子。"

俞颂阳哈哈大笑。

北辙南辕开业一周年的那一天，饭店门口挂出一个牌子，上面写着：暂停营业。饭店里股东们请来专业化妆师给她们化妆，女人们全部换上了漂亮的衣裙。尤姗姗对着镜子左右照，自夸道："太性感了，美成这样，我都想揍自己一顿。"鲍雪说："我喜欢你这种华而不实的表演。"司梦看着镜子里面的自己说："这么穿我太不习惯了。"鲍雪退后一步上下打量她："你的三围多一分嫌过，少一分觉得欠缺，换上一件低领露胸的晚礼服，再配上你这一个不骚的灵魂，那真是没谁了。"

司梦大笑："少来这一套，我这是典型的由内到外形而上的露。"鲍雪说："邯郸学步也是一种街舞。""你是不是觉得日子越过越有趣？"尤姗姗问。

司梦说："女人一般到了我这个岁数，就会觉得生活在走下坡路，我怎么觉得我要完成的事情越来越多呢？我在外面吃喝玩乐的时间稍长一点，立刻心慌。回到家坐下来，看看书看看电影，在网上写一点自己想写的东西，才会觉得这一天没有白过。"

鲍雪说："我跟你正相反，一个人在家会心慌，出来跟朋友挤在一起才觉得安全。"

司梦说："我比你大几岁，内心比你坚硬一些，你还是年轻嘛。"

股东的家属和亲朋好友们，拖儿带女纷纷来到，柴勇等常来的客人也到场了。北辙南辕大厅里热闹异常，到处是鲜花和花篮。大屏幕上是北辙南辕的全貌和菜品介绍。冯希给大家介绍北辙南辕的新菜，她讲得很细。戴小雨听冯希说话直替她着急，说她啰里啰嗦的能把人头发讲白了。

尤姗姗组织女人们一起吹气球，杜世均带着大壮和圆圆走过来。圆圆叫，姗姗阿姨！尤姗姗叫道："圆圆，大壮，快来帮阿姨吹气球。我们的气球数量还不够。"杜世均立刻领着一对儿女过来帮忙。

司梦走过来说："使用童工犯法啊。""大壮、圆圆你们是不是在帮你妈妈干活？"尤姗姗问，两个孩子一起声援她。

尤姗姗环顾四周："丈夫也好，追求者也好，你们每个人身边，都有个男人围着你们转。只有我形单影只。我的孤独大漠孤烟一样从心头升起。"鲍雪立刻冲她作揖："大姐，让我多活两天吧。"尤姗姗说："不敢跟司梦比，跟别的女人比，我也勉强算得上是才女，而且长得还很漂亮。"话刚出口，她手里的气球爆了。

女人们大笑。尤姗姗说："这个牛能不能吹，我把天气因素都考虑进来了，结果还是崩盘了。"

史达明跟史英杰走进北辙南辕。看见儿子，尤姗姗不敢相信自己的眼睛，她放下手里的气球走过去问："你不是说不来吗？"

史英杰说："我爸拉我来的。"史达明环顾四周说："搞得不错，免费吗？"尤姗姗说："家属的饭钱股东出，你俩敞开肚皮使劲吃吧。"

史英杰立刻拿起菜谱仔细挑选起来，尤姗姗脸上挂着微笑离开。

戴小雨上台讲话："我们北辙南辕饭店到今天整整开业一周年了，一年中我们经历的艰难困苦一两句话是说不完的。"她的声音哽咽了，"有些事情糟糕到不堪回首，但是我们坚持下来了。"

说着说着，她哭了起来。冯希立刻上前紧紧地拥抱住她。尤姗姗把她俩推开说："妇女就是妇女，不管什么时候都会被情绪左右。下面的话我替她说。"

尤姗姗在台上讲："北辙南辕有今天，全靠在座的亲朋好友们的全力支持……"

冯希和戴小雨在台下哭，两人互相擦着眼泪，没有解释，没有道歉，莫名其妙地就这么和好了。鲍雪捅捅司梦小声问："她俩是在哪个环节上和解的？"司梦说："女人嘛，和好和翻脸都是瞬间的事，谁也说不好。"

尤姗姗说："人生没有彩排，每天都是直播，我们北辙南辕收视率不高，所以工资也不高。挫折、失败、痛苦……如果这些从来没有经历过，人生未免不丰富，如果次数太多，又丰富了别人。"

众人一起笑。

"我们饭店的全体人员，本着做人靠本分、做事靠本事的两'本'起家，靠做人不怕吃亏、做事不怕吃苦的两'不怕'精神，才历闯难关，稳稳地站立在这里整整一年。多余的话不多说了，希望大家吃好喝好，以后常来常往，我们会不断更新我们的菜品和服务，满足大家的胃口和要求。"

尤姗姗结束了发言，大家开始吃自助餐，相互喝酒碰杯。需要点菜的人可以按铃叫服务员。巴小丁像一只蝴蝶一样在人群中穿梭。云飞的眼睛紧紧地盯在她的身上。史英杰找到了跟自己年龄相仿的少年，一起吃喝说笑。史达明端着酒杯走到尤姗姗跟前。

"刚才躲在哪儿？"尤姗姗问。"为了不引人注意，我坐得很靠后。"史达明答。

"多靠后？你把自己砌到墙里面了吗？"

"尤姗姗，你的嘴是蝎子尾巴，蜇上一口，能红肿半个月。你非逼着我来，就是为了炫耀你又一次成功了吗？"

尤姗姗说："你又不是不知道，我这个人虚荣，晾出来的都是成的，不成的捂得长毛了也不拿出来晾。"史达明说："你还能说两句实话。"尤姗姗说："你也来两句实的呗。"

"想听什么？"

"对象搞得怎么样了？"

"你问哪一个？"

"随便拣一个说。"

史达明说："面对同一件感情上的事情，二十多岁的人批评它，三十多岁的人会接受它，四十多岁的人包容它。"

"我不接受，离包容还差着距离。"尤姗姗说。

史达明说："闹腾得差不多就行了，你这个人明明是一棵蒲公英，偏要配个好花瓶。"

"你见过这么青春靓丽的蒲公英吗？"

"别糟蹋'青春'那俩字了，尤姗姗，你已经立秋了！"

"史达明，你就像只喜欢咬人的狗，给块骨头都不撒嘴。"

尤姗姗端着盛满食物的盘子找儿子去了，史达明紧跟着她。曾经的一家三口坐在一张桌子旁。尤姗姗给儿子往盘子里夹菜，史达明把端来的东西放在尤姗姗面前说："这个对你的胃口。"

史英杰用眼角扫了他俩一眼。"怎么看人呢?"尤姗姗问。史英杰说:"咱们仨坐在这里,还真像那么一回事,对了,还差一条狗,齐了就可以拍温馨全家福了。"史达明说:"不用养狗了,你妈觉得我就像只狗。"

史英杰"喊"了一声,端着盘子起身找小伙伴们去了。

尤姗姗气哼哼说:"他再这么气我,我就去医院取卵子冷冻上,以后我再生一个。"史达明点点头说:"要生就生女儿,我可不想再养一个儿子。"尤姗姗白了他一眼说:"谁跟你生啊?"

"你我都是单身,咱俩生孩子,对社会对家庭,都不会产生不良影响。"

"二手单身,也是单身对吧?"尤姗姗问。

"说真的,你也闹腾够了吧?看看儿子这副熊样子,咱俩还是复婚吧。"

"离婚复杂,复婚更复杂。别跟我扯这些没用的,说点我不知道的事。"

"我在你二十四小时无死角的监控中,哪儿有你不知道的事?"

尤姗姗说:"哎,我给你出个主意吧。"史达明挖苦说:"你过日子的智商,只够吃饱不饿,根本不够出谋划策。"尤姗姗问:"如果我这么糟糕,你为什么要跟我复婚?"史达明语重心长地说:"总得给你指条路走吧。"

"看来咱俩真该绝交了。"

"绝交就绝交,反正我也不是天天想跟你复婚。"

史达明端着酒杯离开,司梦端着酒杯走过来,尤姗姗拉着她坐下。尤姗姗看着史达明的背影说:"那个一无是处的男人又要跟我复婚,你没什么要提醒我的吗?"司梦说:"无论生意场还是风月场,我都是门外汉。"

"看来我只能靠自己了,我必须恢复谈恋爱的功能。"

"谈恋爱需要恢复功能?"

"太需要了,我做生意把自己做得太理性了,可谈恋爱是感性的、是冲动的。我冲动的细胞已经休眠了,该用什么打开?我昨天晚上看了一大堆韩国的爱情剧，哭完也没恢复感性。我希望自己能柔情似水以后，能再重整河山。"

"你能把恋爱和工作分开，这很难得。"

尤姗姗说："我不跟史达明在一起的时候，总觉得他缺的是我，我也缺的是他，相处一段时间，发现他不缺我，我也不缺他，那就分手吧。谁离开谁都能活下去。"

"你希望的爱情是什么样的？"

"撕心裂肺的爱情我不要，过于平稳的我也不要，我喜欢忐忑不安的爱情，明明两个人都长得像猴子似的，还生怕被别人抢走了。"

司梦哈哈大笑。

"刚跟史达明谈恋爱的时候，我非常迷恋他，离婚以后，我喝酒闹事，彻夜不睡觉，一年以后，我就把他忘干净了。史达明给我打电话，我竟然问，你是谁？他立刻气疯了。"

"你这人！"

"我跟孩子在一起能想起来他，跟别人在一起就把他忘了。"尤姗姗喝了一口酒继续说，"如果别人追我，没哪个追到手，必须是我追别人。追到手以后慢慢就处成了朋友，最后成了生意伙伴。"

司梦问："你挣那么多钱有什么用啊？"

"说得是啊，钱这种东西是个贱命，你用它是钱，你不用它就是纸。糟糕，我吃多了，你看我的肚子跟怀孕了一样。"

司梦说："你的肚子很可爱，如果我是男人我会约你出去的。"

尤姗姗哈哈大笑。

透过熙熙攘攘的人群，可以看到戴小雨在教育刘梁周。刘梁周用欣赏的目光看着她。鲍雪走过去说："刘梁周，当初你在我面前吹嘘说，在你生活的空间里，你就是皇帝。你说什么，就是什么。现在我看见的是，我姐说什么，就是什么。"

刘梁周说："她是我的代言人。"

鲍雪白了他一眼拉着戴小雨走了。司梦、杜世均和他们的一双儿女坐在一张桌子旁，有说有笑地吃着喝着。

大壮问："妈妈，你在这里挣钱挣得多吗？"司梦说："还没分红，不知道多少。"大壮问："不挣钱在这干什么?"

"妈妈喜欢这里,妈妈在这里工作,不为名不为利,只为自己争口气,若干年后对自己说一声人生无悔。"

大壮问："人生出来非得努力吗?"

"不努力你来人间干什么?做卧底吗?"司梦问。

大壮认真地说："我喜欢做卧底。"

杜世均呵呵地笑,司梦用胳膊肘捣了他一下,嗔怪说："你还笑。"

小朋友们来找大壮玩,圆圆跟着一起去了。

杜世均说："北辙南辕的财务报表可以拿给我看,我可以给你们提些建设性的意见。"司梦说："你们事务所的服务费太贵,尤姗姗肯定不出这笔钱。"杜世均大方地说："求回报的善意,那就不叫善意。为了我老婆的股份,全程免费,不要回报。"司梦点点头："这话我爱听。"杜世均欣慰地说："咱俩的车终于开上同一条路。"司梦说："男人成熟得晚,在自己习惯的地方玩得很熟练,但对人生整体缺乏感悟。"杜世均问："你这是又要教育我吗?"

这时,鲍雪和戴小雨拿着酒杯过来跟他们夫妻碰杯。鲍雪问:"你俩结婚多久了?"司梦说："十年。"鲍雪假装采访:"姻缘有三种,报恩、索债、互欠,你们之间是哪一种?"司梦说："我们的婚姻不在这三种之中,你到别处挖掘去吧。"鲍雪说："好样的!"她把杯中酒一饮而尽,拉着戴小雨找别人碰杯去了。

赵赫男把一杯鲜榨果汁递给冯希,冯希贪婪地喝着。鲍雪和戴小雨过来跟冯希碰杯,赵赫男说："她不能喝酒。"冯希扯了一下他的衣服。戴小雨看到了,立刻转身离开。鲍雪看着赵赫男干了杯中酒,她追上姐姐。

鲍雪问："怎么了?"戴小雨说："冯希怕刺激我,才不让赵赫男说她怀孕的事。有什么呀,不就是怀孕生孩子吗?作为女人我输给她了,作为生意人我绝对不会输给她。"鲍雪说："生意来往和女人间的战争是两回事吧?"

戴小雨说："我的想法不对,做女人我也决不能输给她!"

"健康的身体,其实也是各种健康关系的结果。姐,你需要一个你能信任、能跟他畅所欲言、能抚慰你的伤痛，更重要的是，愿意原谅你的人。"鲍雪说。

"别跟我说，这个人是刘梁周。"

"刘梁周既然能在灾祸面前为你挺身而出，估计也能伴你走过以后人生的起承转合。"

戴小雨一脸沮丧，她叹了一口气说："你懂什么？"鲍雪说："我看肖邦再世也弹不出你的忧伤。"戴小雨问："你怎么解释无趣？"鲍雪想了一下说："智商障碍。"戴小雨又问："不识趣呢？"鲍雪说："情商障碍。哎，你不是在打击我吧？"戴小雨："刘梁周倒是这两样都不占。"鲍雪高兴地说："终于看到他的优点了。"

戴小雨睡不着，看着屋顶想心事。她拿出手机看，没有刘梁周的信息，她关了手机。第二天一早，戴小雨来上班，彭湃在北辙南辕门口拦住了她。彭湃面容憔悴，消瘦了许多，戴小雨看着他不觉一怔。

彭湃说："这么多天，我没睡过一夜安稳觉。咱俩得好好聊聊。"戴小雨问："有什么好聊的？"

冯希从另一个方向过来，看了他们一眼，进了北辙南辕的大门。少顷，她又从里面出来，大声问："没事吧？"戴小雨回答："没事。"

冯希回去了，彭湃拉着戴小雨离开，两人来到一家茶社。

茶社里静悄悄的，彭湃和戴小雨坐在靠窗的位置说话。彭湃说："咱俩不能总这个样子，得想个办法解决。"

戴小雨断然说："已经解决了。"

"咱俩好了五年，怎么说断就能断了？"

"那五年是我冬眠的五年，现在我醒了。"

彭湃苦笑："你醒了，我睡不着了。忏悔的话我真不愿意再说了。小雨，嫁给我吧，我会照顾你一辈子的。"

"我没残废，用不着你帮我推轮椅。"

"我知道你还在生我的气，我今天找你，就是要跟你说一句话。无论你走到哪一步，只要没嫁人，最后给你兜底的那个人肯定是我。"

戴小雨说："你的话，我记住了。"说完，她站起身走了。

手机在桌子上振动着，助理把手机递给刚拍完最后一个镜头的刘梁周。他说："手机响了好几遍，估计有急事找你。"

　　刘梁周打开手机，看到五个未接电话都是戴小雨打来的。他立刻把电话拨了过去，电话响了一声，戴小雨就接了。

　　"你怎么刚接电话？"

　　"我在摄影棚里拍摄，手机静音。什么事这么急？"

　　"我有事找你。"

　　"刚拍完最后一个镜头，我这就去找你。"

　　刘梁周跟戴小雨面对面坐在北辙南辕的角落里。戴小雨看着刘梁周半天没说话，刘梁周说："找我什么事说吧。"

　　戴小雨说："你说。"

　　"我什么都不知道，你让我说什么？"

　　"彭湃又来找我了。"

　　"我去！"

　　"我快烦死了。"

　　"你这人宁可被烦死，也不愿意做最后的选择。"

　　"我跟你聊烦恼，真的是找错了人。"

　　戴小雨站起出了门，刘梁周追了上去。戴小雨怒气冲冲地在前面走，刘梁周在后面跟着她喊："喂，喂，你把话说透了行不行？"

　　戴小雨索性跑了起来，刘梁周在后面跟着她跑。戴小雨跑出了一身大汗，跑不动了，靠在路边大口喘息着。刘梁周追上来，把一瓶矿泉水递给她。戴小雨接过来使劲扔出去，砸在一辆汽车的车顶上。

　　司机停车下来骂："王八蛋！不想活了是不是？"

　　刘梁周拉着戴小雨逃窜，司机气呼呼开车追他们。

　　刘梁周拉着戴小雨钻进小胡同里，两人连笑带喘，刘梁周伸手搂住她，戴小雨一把甩开他的胳膊。戴小雨甩开他的手，转身就走，刘梁周追上去，伸手搂住她的肩膀，被甩开，他又搂上去。这次戴小雨没有甩开他，两人搂着往前走去。

　　刘梁周和戴小雨坐在街边的遮阳伞下喝咖啡。刘梁周说："过几天我去武汉拍广告，你跟我去散散心。"戴小雨说："我一看你们的拍摄现场就困，有人跟我说过，世上最无聊的职业，一个是拍电影一个是开电梯。这下我全信了。"

刘梁周哈哈大笑。

戴小雨说："尤姗姗是湖北人，她一直想把北辙南辕的连锁店开到武汉去。前几天还跟我商量，想让我去那里，跟想投资的人洽谈。"刘梁周问："她为什么不去？"

"她嫌活儿小，懒得去。"

"去吧，于公于私对咱俩都是好事。"

"我才不去呢！"

赵赫男和冯希站在北辙南辕的门口，司梦把车开过来，冯希上车。赵赫男叮嘱："后厨实在离不开，她就交给你了。"司梦说："我是过来人，你就放心吧。"

赵赫男看到汽车汇入车流当中，才转身回到店里。

司梦开车，冯希坐在副驾驶的位置上。司梦说："我把你放在妇幼医院体检，我开完会立刻过来接你。""你开的是什么会呀？"冯希问。

司梦说："剧本讨论会，时间不会太长。"

冯希说，她有点紧张。司梦安慰说，她表妹是那个医院的医生，她会全程照顾的。冯希高兴地说，太好了。司梦发现冯希怀孕什么反应都没有，她怀儿子大壮的时候吐了四个月。冯希苦恼地说，她的反应是智商超低，说话颠三倒四的。

司梦听了这话忍不住笑起来。

那天，她和赵赫男上街买婴幼儿用品，坐地铁一号线，地铁一号线经过天安门，一直走下去，就到井冈山了。司梦立刻纠正说是石景山。冯希笑说，她每次口误，赵赫男能听懂十之八九。司梦恭喜她找到了知音。冯希又说，她这段日子特别能喝水，她要让宝宝住在好的环境里，她在给宝宝换羊水。司梦吃惊地瞪大了眼睛，尽管她生了两个孩子，还是头一回听说羊水能用矿泉水换。

冯希说，是赵赫男这个骗子跟她说的。司梦放声大笑。冯希又问，宝宝现在横躺在她的肚子里吧？司梦告诉她，快生的时候孩子就转到头朝下了。冯希立刻急了，一张脸涨得通红说，那她家宝宝该多头晕啊！司梦玩笑说，那也别因为怕孩子头晕自己倒立去。冯希却认真地问，管用吗？司梦叹了口气说，女人怀一次孕傻三年，估计这次怀的是双胞胎。

司梦如约来到影视公司，跟编辑坐在一起讨论剧本。编辑说："剧本深入讨论了现代都市家庭纠葛背后成长的故事，直面了一些前沿话题。五个女性角色爽利明理，都市气息浓郁，对观众具有很好的吸引力。"

司梦松了一口气。

"剧本台词犀利流畅，具有业内近来少见的到位的'智性'。"

司梦听了面露笑容。

"剧本也有明显的不足，群戏结构，入戏比较慢，大情节较少。"

夜深人静了，司梦坐在电脑前看着书桌上摆着的《北辙南辕》影视剧审看意见表。她打开电脑上的文件夹，郁闷地揉揉脸，电脑上写好的剧本被一处一处地删掉。

白静慧和吕正恢复了早上到公园唱歌写字，训练完毕，俩人坐在长椅上聊天。白静慧夸道："到底是学医的，知道怎么对待疾病，恢复得不错。"吕正说："说话有点慢，反应不如以前了。""你不能贪心。人上了年纪，别跟自己的身体较劲，反应慢了就慢点说，咱也不去参加辩论会是不是？"白静慧安慰他。

吕正说，他还得给学生讲课。他这一病，麻将桌散了，他们不高兴吧。白静慧说，别急，慢慢养。麻将就是个乐子，不玩也掉不了一块肉。家里雇人了吗？吕正说，儿子让搬到他那儿去，儿子不嫌弃，还有儿媳妇呢。他不想去。

白静慧劝吕正雇个人，她帮他找。他一个人住，她也不放心。吕正不服气，她现在不也是一个人住吗？白静慧笑着说，她身体好，什么毛病也没有。再说了，女人天生就比男人生活能力强。

吕正点点头："那倒是，你跟你儿子的关系怎么样了？"白静慧皱起眉头："别跟我提他。"吕正感激地说："要是没有你在身边，我真不知道能不能熬过这场病。"

"俗话说，满堂儿女不如半路夫妻。孩子们有他们自己的生活，父母插不进去，怎么努力也融合不好。因为那不是我们的生活，是他们的生活。"

吕正点点头："你说得对。"

"人老了，都会不由自主地管身边的那一口子叫老伴。他们手拉着手走向死亡，那叫相依为命。年轻人，手拉手走向生活，那叫志同道合。过日子真不是简单的事，耐下性子细品，才能尝出不一般的味道。"

"月底学会邀请我去济南开研讨会，一周的时间。可以带家属，你要不要跟我一起去？"

白静慧摇摇头说："老戴开会我都不跟着去，对你，我也一样不当家属奉陪。"

吕正笑了，他笑得很开心。

白静慧在钢琴上练指法，有人开门进来。白静慧抬头见是鲍雪带着俞颂阳，戴小雨带着刘梁周，两对青年男女站在她的面前。白静慧立刻明白了他们之间的关系，笑得合不拢嘴，故意问："这俩帅哥是什么人呀？给我介绍介绍。"

鲍雪搂着俞颂阳的肩膀说："他叫俞颂阳，成都人，搞装修的。"

白静慧"啊"了一声。

俞颂阳立刻说："姥姥，我大学学的是建筑设计，后来去英国读了研究生，现在干的事是视觉营销策划。室内装修设计是我职业的另一部分。"

白静慧满意地点点头。

戴小雨介绍刘梁周："他叫刘梁周，是个摄影师。"白静慧认出来他，说："你来过家里一次，你是拍照片的？"戴小雨说："不是，是拍电影和电视剧的摄影师。"白静慧高兴："哦，哦。会拍照片吧？"鲍雪说："他拍的人像，角度刁钻，一点都不美。"

白静慧说："找机会给我拍两张，留着以后当遗像用。"戴小雨叫起来："奶奶，您说什么呢？"白静慧说："这个世界上什么都有不确定性，只有死是必然的。"刘梁周恭维说："奶奶是个哲学家。"白静慧笑："啥哲学，不就是一句大实话吗？"

鲍雪说："俞颂阳号称美食家，让他下厨，给咱们摆一桌。"俞颂阳说："没问题，刘梁周，你来给我打下手。"

刘梁周答应一声跟他去了，祖孙三人坐在沙发上聊天。

白静慧问戴小雨："你俩定了吗？"戴小雨说："没有。""为什么？"白静慧不解地问。

"他还没经过最后的考验，我决定和他一起出一趟门。都说出门在外，最考验人，如果我们俩在路上没有翻脸，并且彼此感觉良好，那肯定就是可以一起往下走。到时候让他给我买一个大钻戒，戴大钻戒是我的一个梦想。"

白静慧说："跟你爸一样，掉钱眼里了。"她的目光转向鲍雪，"你呢？"鲍雪说："我这儿刚冒出嫩芽，离开花结果还早。这事，您可不能着急。"

"你爸妈都不急，我急啥？"

鲍雪悄声问白静慧："吕大夫还来吗？"白静慧说："来呀，这是我的家，我想叫谁来，别人管不着。"

鲍雪冲白静慧伸出大拇指，白静慧给她一个白眼。白静慧进卧室拿东西，鲍雪跟了进去，她诧异地问："你跟着我干什么？"鲍雪说："我想问您一句话。舅舅和我妈如果跟我问到吕大夫，您介意我说实话吗？"白静慧掷地有声地说："不介意，老太太我坐等狂风刮过来！"

炒菜的香味飘过来，白静慧说："我得去看看，这两个小子，把我的厨房造成什么爷爷奶奶样。"她站起身去厨房了。

鲍雪回到客厅，坐在戴小雨身边压低声音问："真的要跟他旅行去？"戴小雨说："什么旅行？尤姗姗要在武汉，做北辙南辕的连锁店，派我去那里谈判。"

鲍雪奇怪，尤姗姗怎么不去？戴小雨说，尤姗姗想让她用伦敦腔唬一下当地的开发商，弄个好一点儿的折扣。鲍雪哈哈笑，这套路也只有她想得出来。

戴小雨说，刘梁周正好去武汉拍广告，他俩借机一起游玩一圈。鲍雪问，高兴吧？戴小雨见怪不怪地反问，有什么可高兴的？鲍雪打趣说，想哭就趴在她怀里，好好地哭一场。

戴小雨笑骂："滚一边去。"鲍雪问："你到底怕什么？"戴小雨感叹说："我怕他不是真的爱我，我怕他是胡爱乱爱。我更怕我好了伤疤忘了疼，甜起来就忘了苦的滋味。我心里有两个戴小雨在打架，鼻青脸肿的永远是我自己。"鲍雪伸手搂住她说："姐，在我眼里，你就像一列高速火车，飞快地跃过那些不堪回首的旧感情、旧时光。"

戴小雨问鲍雪，跟俞颂阳怎么样？上床了吗？鲍雪摇摇头说，还没上床，正匀速前进。戴小雨不解地问，为啥？鲍雪笑嘻嘻说，她喜欢有节制的含苞待放。

戴小雨笑着踢了她一脚，死去吧！

俞颂阳和刘梁周在厨房里忙碌着，白静慧一边把瓶瓶罐罐复位，一边指挥着他们："把辣椒和豆瓣酱使劲翻炒，加点黄酒，再加。好了，把鱼头放进锅里，把热水倒进去，火拧小，小火炖。"

俞颂阳忙出了一脑门的汗，戴小雨拿着一本相册进厨房，问白静慧："奶奶，我爸、我姑小时候跟您和我爷爷在老房子门口的相片真有点老电影的味道。"

有些褪色的照片上，戴望溪和白静慧站在老房子旁边，七八岁的戴厚江和五六岁的戴澄澄靠在他们身前，一家四口冲着镜头笑着。

晚上戴厚江鬼使神差地梦见了那张老照片，老照片里的人动了，戴望溪和戴澄澄走出画面。只剩下戴厚江和白静慧。白静慧转身要走，戴厚江追上前去，一把拉住了她。老年白静慧扭头看，中年的戴厚江尴尬地松开了手。

白静慧说："咱俩这一辈子就这样了，下辈子也别再做母子。"

戴厚江的眼圈红了，他怎么努力也说不出话来。他想追，死活抬不起腿，他使尽全身力气，刚抬起腿，身后的房屋"轰隆"一声倒塌了。戴厚江惊醒，身上被汗水湿透了。他挣扎着坐起来，身边的朱敏被惊醒，问道："怎么了？"

"梦见我妈了。她一走，我家的老房子就塌了。"

"那房子有你的份吗？亏你还惦记着它。"

"你会不会聊天？"

"半夜三更帮你解梦，我没这义务。"

戴厚江生气，他起身拎着枕头出去了。朱敏用脚踢起被子，把露出来的身子盖好，嘴里骂了一句："神经病。"

翌日，戴厚江坐在池塘边钓鱼，他的目光定在一处想着心事。鱼咬钩了他都没有察觉。他劝自己，梦就是梦，想那么多干什么？他把思绪收回来，一心一意地钓鱼。运气还不错，傍晚时分他满载而归了。

戴厚江把编织袋里的十几条大鱼倒进浴缸里，朱敏想起来要收拾鱼就心烦，抱怨说："又钓了这么多回来，我娘家的人吃鱼吃得都倒胃口了。"

"有你这么说话的吗？"

"昨天你就不给我好脸色看，我到底怎么你了？"

"说你蠢，你还不信。我钓鱼就是为了躲你，没想到你还有本事，能把让人生气的事情续上。"

"你梦见你妈了，跟我发什么脾气？我又不是你妈。"

戴厚江摔门出去了，朱敏恨恨地骂了一句："神经病！"

司梦跟杜世均两个人在厨房里包饺子，两人边干活边聊天，从哪里产的面粉好聊到男人的责任。

杜世均说："这个世界对男人的要求，一向是更高、更强、更壮。可问题是，现在没地方抢大锤，不用背煤气瓶，良好的物业服务让男人连电灯泡都可以不伸手，无处可体现所谓的强者气概。一边，私家车、空调办公楼、身边簇拥多媒体装置，回家电梯房子，交际是不用力气的高尔夫，以此作为成功男人的标志。殊不知，男人为这些标志奋斗，将会导致四肢不勤五谷不分。而另一边，女人又指望男人时时流露原始本能，向往被一把甩上肩头走进夕阳。你说男人难不难？"

司梦笑问："什么时候变得能诡辩了？"杜世均说："嫁鸡随鸡，嫁狗随狗。"

司梦感叹："咱俩在恋爱之初和结婚之后，对对方的认识是不一样的。谈恋爱的时候，我是你的女朋友，结婚以后就变成了你是我的丈夫。你是我的丈夫强调的是义务，我是你的老婆强调的是权利。"杜世均问："活得这么明白有意思吗？"

"捋顺了自己，才能公平地对待你。婚姻里，看见那个真实的对方很重要，杜世均，爱是需要一起练习的。你懂不懂？"

大壮和圆圆跑过来，要求一起包饺子。杜世均一人发给他们一个面团。

圆圆说："我旁边的小朋友，吃饭吃得最慢，弄得浑身都是，恶心死了。"大壮手里捏着面团说："我的同桌，上课的时候还老发呆，连苹果的英语都不会。他疯起来比我都疯，老师叫他答题，他站起来一声不响，头上连一颗星都没有。老师表扬不用嘴是用眼睛看。"

杜世均问："老师对你们严格好不好？"大壮不回答他的问题，说："妈妈，我数学考了 81.14 分，真丢脸。那道小鸡的题我不会做，鸡蛋从这个筐，挪到那个筐里，我不懂为什么要挪。"

司梦说："奶奶来电话问，孩子们放假回不回去。"圆圆说："我要去姥姥家，姥姥家有小猫咪。"

司梦问女儿，喜欢姥姥还是奶奶？圆圆说都喜欢。司梦说，只能选一个。圆圆叫道，不要给她压力，她又不是五十几岁，承受不了。

杜世均听了哈哈大笑，他心里感叹，现在的孩子太聪明了。

戴小雨和刘梁周动身出发了，鲍雪和俞颂阳把他们送到机场安检口。戴小雨对鲍雪说："替我亲亲奶奶，告诉老太太，我爱她。"鲍雪问："你怎么不亲自说？"戴小雨说："不习惯，说不出口。"

鲍雪说，爱是需要练习的，她不能替她说，回来自己说吧。戴小雨瞪了她一眼威胁说，等着吧，什么礼物都不会给你买！

飞机准点起飞了，戴小雨和刘梁周坐在座位上聊天。戴小雨感叹说，鲍雪的性格像她奶奶，比她热烈多了。刘梁周问戴小雨到底有多冷，戴小雨让他自己慢慢品。

刘梁周伸出一条臂膀搂住戴小雨说："你是我主动追求的第一个

女人，你不许跑，听见了没有？"戴小雨问："你怎么理解爱情的？"
刘梁周插科打诨说："爱情这个东西是这样的，你往东看的时候，它
从西面跑了；你向西看，它从东边溜了。你心一横说，去你大爷的，
爱谁谁吧，结果大爷大娘成双结对地拜了堂。现在我是大爷，你是那
个大娘。"

　　戴小雨笑问："我到底哪吸引你？"

　　"第一，你漂亮；第二，你不缠人不撒娇，永远跟男人保持黄线
以外的距离，你用你的冷静提醒男人，你敢过界限，我就不给你好脸
色看。你的硬和冷博得了我的极大好感。不聪明的女人，是没有这个
硬度的。钻石为什么值钱？就是因为它密集度高所以才硬。"

　　"你才又冷又硬呢！"

　　刘梁周说："我在武汉只待三天，你赶紧对我好一点儿。"

　　戴小雨用鼻子哼了一声："喊！"

贰拾叁

　　送完人，鲍雪和俞颂阳又跑到接站口接人。戴澄澄拉着行李箱从出口出来，鲍雪挥手冲她笑，戴澄澄的目光落在女儿身边俞颂阳的脸上。

　　回城的路上，俞颂阳开车，戴澄澄和鲍雪坐在后面聊天。戴澄澄看着后视镜里俞颂阳的脸，鲍雪把她的脸扳过来面向自己："小心看进眼睛里拔不出来。"

　　戴澄澄问："小俞，北京有房子吗？"鲍雪马上制止道："妈，您怎么也跟街道大妈一样呢？"俞颂阳说："有，贷款买的，还有五年才能还清。"

　　"你父母……"

　　鲍雪及时捂住了妈妈的嘴，俞颂阳看着后视镜里的娘俩笑了。

　　戴澄澄进屋。白静慧正躺在床上玩手机，看见女儿进来，立刻翻身起来紧紧抱住她，戴澄澄的心热了一下。鲍雪诧异地看着这母女俩，问道："姥姥您这一出是跟言情剧学的吧？"

　　"一边待着去。"白静慧假装生气，然后问女儿，"能多待几天吗？"戴澄澄说："北京开会两天，然后去上海学习。"白静慧叹了一口气："俞颂阳呢？"鲍雪说："公司有事，一会儿过来吃饭。"

　　白静慧起身说："我得看看冰箱里面都有什么。"

　　"不做，宰俞颂阳一顿，咱们出去吃。"

　　"有多少钱禁得住你这么祸害？在家里吃！"

　　鲍雪吐了一下舌头，白静慧进厨房去了。戴澄澄对女儿感叹说："我发现你姥姥年纪越大，性子越柔软了。人老了怕孤单，没事你多过来陪陪你姥姥。"

因为做了那个梦，戴厚江上了开往北京的动车。他是突然决定走的，跟朱敏招呼都没打。这一段时间他在北京杭州这条线上，来往得有些频繁。说得出来的理由是，担心女儿的身体。说不出来的理由是，他太想跟母亲缓解矛盾了。岁数越大，念想越强烈。朱敏打来电话问他在哪儿，怎么还不回家吃饭。戴厚江告诉她，在去北京的动车上。

朱敏吃了一惊说："神经病啊？小雨今天刚刚离开北京。"

"她去哪儿了？"

"武汉，估计半个月才能回来。"

开弓没有回头箭，戴厚江硬着头皮在北京住下了。白天，他满大街地转悠；晚上，他百无聊赖地看着电视，不停地换台。

清晨，白静慧在公园里练完唱歌。鲍雪穿着一身运动衣跑过来，左顾右盼没看见吕正，她问："吕大夫还没回来？"

"又惦记让他请你吃早茶？"

"姥姥您真聪明。"

鲍雪跟白静慧吃完早饭，又拉着姥姥一起逛街。在时装店里，白静慧看上了一件风衣，她穿上走时装步给鲍雪看。鲍雪刷手机要买，白静慧坚决不让她买。

"姥姥，咱们走了三条街了，好不容易看中一件您喜欢的，就让我买了吧。"

"你还得结婚，攒点钱不容易。"

"谁说的？我一天就能挣这一件衣服。"

"真的？"

"真的，上星期帮朋友三天忙，在戏里串了个角色，这是那笔稿酬中的一小部分。"

白静慧感慨道："姥姥没白疼你。"

晚上白静慧躺在床上看手机新闻，鲍雪抱着枕头进来，嬉皮笑脸地说："姥姥，我今天晚上跟您一起睡行吗？"

"你睡觉打把式，我可禁不住你踹。"

鲍雪不由分说躺在白静慧身边，紧紧搂着她的一条胳膊，把脸埋在她的身上。

白静慧问："耍赖是不是？"鲍雪使劲点头。

白静慧关了床头灯。她说："你五岁的时候，我跟你分床，费了老大的劲。天天半夜有个小孩站在我床前说，睡不着，要跟我睡。我说，跟我睡一次，扣你一次零花钱。你答应得很痛快。七岁的时候你还缠着跟我睡，我说，你作业成绩提高了，咱们的奖惩制度需要修改，每门往上提高五分，九十五分以上奖励怎么样？你很生气说，我全凭好好学习挣零花钱呢。我挣钱为什么？就是为了跟姥姥睡。要不让姥姥您少要一点，睡一次十块钱。我说，不行，你大了必须自己睡。你说，我还小呢，因为心里不安全才跟您睡，等您老了，我还不跟您睡呢，您老了要跟我睡一觉，我跟您要一千块钱！"

鲍雪大笑："我好无耻啊！"

翌日，戴厚江逛早市，看到像白静慧的老太太，立刻赶上去看是不是她。每一次都不是。他拎着菜百无聊赖地离开了早市。戴厚江围着母亲住的小区转了一圈，他坐在花坛旁边，看着来来往往的人里面没有自己的母亲。看了一会儿，戴厚江起身离开小区。

白静慧在灶前煮稀饭，鲍雪赖在床上不起来。白静慧进来掀她的被子："等我拿鞋拔子揍你啊？"

鲍雪立刻跳起来，冲进卫生间。

戴厚江坐在沙发上看电视，电视上主持人在播湖北新冠疫情新闻："自 2020 年 1 月 23 日 10 时起，武汉全市城市公交、地铁、轮渡、长途客运暂停运营；无特殊原因，市民不要离开武汉，机场、火车站离汉通道暂时关闭。"

戴厚江大吃一惊。

这边鲍雪看着手机新闻，她叫了起来："姥姥，武汉'封城'，我姐被困在那里回不来了。"

白静慧吃了一惊，立刻打开电视看。电视屏幕上，浩浩荡荡的满载着救援物资的车辆行驶在高速公路上。

此时，戴小雨站在宾馆的窗口往下看，"封城"了的武汉，街上几乎看不到人。

刘梁周跟她打来视频电话，告诉戴小雨，因为疫情，剧组解散了，他回到了北京。他问："你现在在哪儿？"

戴小雨烦躁地说："我被封在武汉了，没有亲人也没有朋友，疫情这么疯狂，不知道我还能不能活着回去。"

"你别这么悲观。"

戴小雨懒得听他教诲，关了手机。

朱敏得知女儿被困在武汉，哭着给戴厚江打电话："你困在北京，女儿困在武汉，这个春节过得太糟心了。"

戴厚江说："哭管什么用？疫情不知道什么时候才能解禁，你给小雨的账上多打点钱。别让她受罪。"

北辙南辕饭店的大门关得紧紧的。后厨里，赵赫男戴着口罩上灶炒菜。两个戴着口罩的小工戴着一次性手套装便当盒，快递师傅拿着便当盒离开。

尤姗姗进来，问："一天有几份订单？"赵赫男说："就我一个人在这里盯着，接不了太多的单。"

尤姗姗点点头，刘梁周进来，他一脸焦虑地说："戴小雨被困在武汉，情绪相当糟糕。"尤姗姗说："我知道。"

刘梁周怕时间长了，戴小雨的心理会出问题。尤姗姗自责，这事怪她，她不该在这个当口把戴小雨派过去。不过话又说回来了，早知道尿床，头天晚上她也就不睡了。

刘梁周知道尤姗姗本领大，请她帮忙想想办法。尤姗姗想了一下说，她没本事把戴小雨弄出来，但是她有本事把刘梁周弄进去。刘梁周皱着眉头问，怎么进去？武汉已经"封城"了！

尤姗姗说："我准备了一车的防疫物资，有口罩、防护服、手套和医药紧缺用品。准备以北辙南辕的名义运往灾区。正在找志愿者把车开进武汉。这是一次非常好的机会，你不打算错失良机吧？"

刘梁周的两眼顿时亮了："我报名当志愿者，我去！"

尤姗姗说："我尽全力了，进去进不去，那就看你的造化了。"

刘梁周驾驶着一辆依维柯在高速公路上行驶，车身上喷着北辙南辕餐饮有限公司救灾物资的标识。车里装着口罩、防护服、手套和医药紧缺物资，还有大量的食品和矿泉水。

车到武汉，停在赈灾点。刘梁周跟负责人做交接手续，帮着工作人员卸货。

戴小雨对刘梁周的冒死而来全然不知，她心情灰暗地躺在床上发呆，这个时候有人敲门。戴小雨说："把饭放到门口吧，我现在不想吃。"

敲门声继续，戴小雨一脸不耐烦地起身去开门，见刘梁周疲惫地站在门口。戴小雨大惊，半张着嘴说不出话来。刘梁周说："我穿越了若干道封锁线，进入疫区来陪你。"

戴小雨猛地扑到刘梁周的怀里，她放声大哭，眼泪几乎是横着从她的眼角飞了出去。她两只胳膊紧紧搂着刘梁周，说死不撒手，刘梁周连拖带抱把她弄进了屋。累惨了的刘梁周在床上熟睡，戴小雨一会儿过来看熟睡的刘梁周一眼，她不相信眼前的情景是真的。

戴小雨不停地问自己："这不会是一场梦吧？"

这天，白静慧终于接到戴小雨发来的微信视频。鲍雪帮着她把视频打开，戴小雨和刘梁周在镜头里冲着她们笑。鲍雪和白静慧吃了一惊。刘梁周说："从现在开始，戴小雨由我照顾，奶奶、鲍雪，你们就放心吧。"

白静慧如释重负，鲍雪感动得眼泪差点流出来。

身穿防护服的医生护士从医院大门走出来，依维柯开过来在他们跟前停住。刘梁周从车上下来，给他们看当地部门发给他的证件。

刘梁周说："公交车和出租车都停运了，你们累了一天不能走回家去。从今天开始，你们坐我的车，我挨个把你们安全送到家。车我已经消过毒，你们放心坐吧。"医护人员道谢上车。

刘梁周下班刚进门，戴小雨立刻把他推出门去，她往刘梁周的身上和手上喷消毒水。洗过澡的刘梁周躺在床上，戴小雨在电磁炉上做饭，刘梁周用手机偷偷地拍她。他从各个角度拍，把戴小雨拍得很美。戴小雨精心研制的点心出锅了，没型没款还煳了。戴小雨坐在桌边生气，刘梁周偷偷拍下了她的作品。

门外，刘梁周的两只鞋规规矩矩地放在门口；门里，戴小雨和刘梁周脸对脸躺在床上。

刘梁周说："我也不想婚前同居，但是我们只有这一间房，没有办法。"戴小雨嘴一撇说："得了便宜卖乖。"刘梁周问："你天天看着我什么感觉？"戴小雨存心打击他说："每天只能看见你这一张脸，看得我都恶心了。"

刘梁周说给戴小雨看点好玩的，他一只手搂过来她，一只手翻手机。他专门给戴小雨申请了一个抖音账号，抖音视频里是戴小雨和她的千奇百怪的黑暗料理。戴小雨气得翻身起来打刘梁周，他笑着跳下床躲闪。

白静慧在鲍雪的引导下，打开戴小雨的抖音，看得笑出了眼泪："我孙女这做饭手艺，把她奶奶的脸丢尽了。"鲍雪说："点击量过百万了，我姐成网红了。"

戴厚江看着抖音里的戴小雨由衷地笑了，鲍雪发来微信问："舅舅，开心吧？"

戴厚江回微信："开心，老太太怎么样？"

鲍雪说："一切都好。"

冯希挺着大肚子，把洗好的被单往阳台上晾，赵赫男立刻跑过去，从她手里抢下来，晾在衣服架上。冯希说，没事。赵赫男叮嘱说，必须小心点。

"我又不是鸡蛋，一磕就流汤了。"

"听医生的话没错，家里这点活儿，我捎带手就干完了。"

冯希笑眯眯地看着他，赵赫男被她看毛了："这样看我干什么？"

"我还是我，换了个对象，就从家政变业主了。赵赫男，你不能这么惯着我。"

"好，你生个女儿，我使劲惯着她。"

"我喜欢儿子。"

"那就生一儿一女。"

冯希语气温柔地说，把脱下来的脏衣服放到冰箱里去。这种话赵赫男听了已见怪不怪，他把脏衣服放进洗衣机里。冯希问，昨天晚上的剩菜放进厕所里没有？

赵赫男忍不住纠正她，是冰箱，不是厕所。冯希忍不住笑了，她真不是故意的。

赵赫男温柔地说，他知道。冯希说她饿了，赵赫男二话没有，马上就去做饭。

赵赫男拌馅，他把三个饺子皮并排放在一起用擀面杖在中间压一下黏在一起，在压痕的位置放上肉馅，将饺子皮对折起来，包住肉馅，再从一端慢慢卷起，直到另一端捏合起来，玫瑰饺子包好。放平底不粘锅，冷油放入玫瑰饺子，用中小火煎。九个玫瑰饺子出锅，相当漂亮。

赵赫男说："今天是情人节，做九个玫瑰饺子给你吃，长长久久。"

冯希挺着大肚子走过来，紧紧搂住他。

武汉大街的屏幕上，播音员说："4 月 8 日，对于武汉人而言，注定是不平凡的一天，76 个静待的日夜，曾经的恐慌、焦虑、无助……终于随着零点江畔钟声烟消云散。璀璨灯光下，全城人仿若重生，呐喊在长江畔响起：'武汉，我的武汉，回来了！'"

人群中戴着口罩的戴小雨和刘梁周紧紧相拥。

武汉西高速收费站，成排的车辆穿过武汉的西大门。火车站，K81 次列车从武昌站始发开往湖北省外。东航 MU2527 航班也开启了复航"第一飞"。

武汉城区长江大桥桥头市民们激动得落泪，他们高喊："武汉加油！"

戴小雨和刘梁周坐在动车里贪婪地看着窗外。窗外，崇山峻岭郁郁葱葱。

戴厚江早早地等候在北京西站的出站口，戴小雨和刘梁周走出站台。戴厚江迎上去，他一把把女儿搂进怀里。戴小雨挣扎了一下没挣开，于是放弃了挣扎。戴厚江一只手搂着戴小雨，一只手搂着刘梁周走了。

北辙南辕饭店重新开张了。门口摆着两排花篮。赵赫男率领着后厨有条不紊地做着准备工作。戴小雨、尤姗姗和司梦帮助服务员整理店面，进饭店的客人测体温，消毒液洗手，刷手机上的健康码。

白静慧擦拭家具，清扫灰尘。鲍雪打着哈欠从卧室里出来，坐在沙发上，身子一歪又躺下了。

白静慧说："你给我起来。"

"您让我醒醒盹。"

"你妈哪是派你守着我，分明是让我照顾她生的残废。"

鲍雪哈哈大笑。

白静慧说："新冠疫情，没谁家过上团圆年。这次你妈来北京，我请客，咱们到你们那个北辙南辕好好吃一顿。"

鲍雪说："叫上我舅舅。"

白静慧没有说话。

"我舅舅才可怜，一个人闷在北京熬了这些日子。"

"一个大男人，有吃有喝的可怜啥？"

"那你怎么还老让我给我舅舅点餐送外卖？"

白静慧抬手朝鲍雪的屁股给了一巴掌，鲍雪跳起来进了卫生间。

白静慧在厨房里煮稀饭，鲍雪在一旁煎蛋。白静慧说："祖宗，火太大了，你看你把鸡蛋煎成这副爷爷奶奶样。"鲍雪说："没事，我吃。"

早餐摆上桌子，白静慧走到餐桌旁边，想往下坐，对面的窗子突然歪了。白静慧急忙伸手扶住桌子，还是没撑住，她身子一歪摔坐在椅子上。

鲍雪急忙冲过来扶姥姥："哎呀，姥姥，您慢点。"白静慧艰难地吐出来三个字："我难受。"鲍雪大惊问："哪儿难受？"

白静慧看着鲍雪说不出来话了。

戴厚江接到鲍雪打来的电话，她哭着说："舅舅，我姥姥不行了，在医院抢救呢！您快来吧！"

戴厚江撒腿就往外跑。

戴澄澄在上海出差，接到女儿的电话，立刻打车去机场，戴澄澄哭着说："我在赶往飞机场，三个小时就到了。"

戴澄澄心急如焚等待登机，对面坐着一对母女在吃东西。

女儿不停地叮嘱老太太："妈，你喝口汤，吃不了就剩下。"老太太硬是把那一口吃了下去。戴澄澄看着眼泪不由自主地往下掉，她自言自语道："我要没妈了，我要没妈了……"

抢救室里医护人员在全力抢救白静慧。吕正最先赶到，他坐在白静慧的头跟前，不错眼珠地看着她。监视器上的血压和心率一点一点地往下降。

医生说："老太太不行了，你们要有个思想准备，赶快通知亲属吧。"

鲍雪大哭："医生你再想想办法，我妈和我舅舅，已经在路上了。"

医生又给白静慧推了一针强心剂。监视器上的血压降到 50/30，心率降到 36。白静慧的呼吸非常微弱，似有似无。

吕正摸着白静慧的头发轻声说："坚持住，你的儿子女儿都在往这赶呢，你一定等着他们来啊。你看，你头发多好啊，又浓又密，年轻的时候一定非常漂亮。"

戴厚江冲进来，连声叫喊："妈！妈！"

白静慧的眼皮动了一下，戴厚江扑在母亲的病床前，扑通一声，双膝跪地两眼直勾勾地看着她。戴厚江："妈！妈！"

白静慧的眉头皱了一下，戴厚江放缓了语调："妈，我在这儿守着你，我相信谁也打不垮你，我必须坚定这个信念，我必须相信，妈，我对你有信心。"

白静慧轻轻地舒了一口气。

戴厚江抬起头看着屋顶祈祷："不要带走我妈？不要带走她好吗？求你了！"

白静慧似乎听到戴厚江的叫声，心率升到 50。

戴厚江哭出来："妈，从今往后，我什么都听你的，你说什么我做什么。"

白静慧微微睁开眼睛瞥了儿子一眼，嘴角似乎有一丝笑意。医生要给她再推一针强心剂抢救，白静慧胳膊乱挥，表示不要再抢救了。

戴厚江把头埋在母亲的胸前叫道："妈！妈！"

白静慧的眼皮抬了一下，再次从眼角看了儿子一眼，吐出了最后一口气。医生宣布死亡时间。

戴厚江扑在母亲的身上号啕大哭："妈，你睁开眼睛看看，我是厚江啊！妈，我错了，我这个儿子做得不好，您再给我一次机会吧，让我好好给您当一次儿子，这次我肯定能做好。妈！妈！你原谅我吧。"

吕正在心里对白静慧说："老白，看见没有，这就是天意，你最看不上谁，最后给你送终的准是他。"

鲍雪冲进屋，见此情景放声大哭。戴厚江用温水给母亲擦洗脸和手，他哭得完全不成样子了。

"妈，我想你才不停地梦见你，早上我要是鼓起勇气进了家，你看见我就不会这样就走了。"戴厚江抱着白静慧的脑袋号啕出声，"妈，我有罪！我是罪人啊！"

出租车开到医院门口停下，戴澄澄下车。戴厚江站在门口迎接她，他脸上的表情告诉戴澄澄，母亲已经走了。戴澄澄立刻僵在那里。戴厚江走过来，一把把妹妹搂在怀里，他说："澄澄，咱俩没有妈了。"

兄妹俩哭作一团。

戴澄澄、鲍启东、鲍雪、朱敏、戴厚江、戴小雨给白静慧守灵。一家人哭得两眼红肿，戴厚江不停地说着，检讨着自己，后悔得肝肠寸断。

朱敏安慰他说："老太太前世修来的福分，一点罪都没受。"

戴小雨和鲍雪给白静慧的灵前上香。

戴厚江说："你们睡去吧，我们兄妹俩在这守着。"

夜深了，灵前摆着的照片中，白静慧笑眯眯地看着自己的一对儿女。

"你得承认妈心硬，我得承认我像她。我跟妈一直这么别别扭扭的，我没想到我会付出这么大的代价。整整十年，我没跟妈见过一面。她就这么两眼一闭，断了跟我的母子亲情，我悔呀！恨不得人生重新来过。"戴厚江说着，哭了出来，"这几天我反复梦见妈，在梦里我跟她说软话。就在我向她伸出手求她原谅的时候，我的两只手就这样被一刀砍断了。"

戴澄澄说："人这一生什么都能换，只有父母不能换。爹娘一辈子都是你的。"

戴厚江点点头。

"我们这代人小时候，谁没挨过妈的打？谁没被冤枉过？但是不管怎么样，她是咱们的妈，你还要善待她呀。你只顾自己索取，自己任性，就是没想到，你会有再也见不到她的那一天。亲情这个东西是不讲道理的。无论你喜欢还是不喜欢，它都会冷不丁地突然出现，在你的心尖上狠狠地戳出来一个洞。"

戴厚江说："小时候我不停地闯祸，就是想引起妈的注意，希望她像喜欢你一样地喜欢我，可是从来没成功过。这十年我们娘俩一直别着劲。我盼着她因为步入老年而服软，她却向整个世界表现她的强硬。我从没想过，妈会以这种方式，突然两眼一闭，永远不再看我……"他声音哽咽说不下去了。

戴澄澄哭着说："我这次回家，妈正在床上躺着看手机新闻，见我进来立刻从床上起来，紧紧抱着我。我当时心里一惊，妈这个人挺硬的，很少拉我的手，更别说拥抱了。现在我明白了，她在给我她人生的最后一次拥抱。可是我蠢，竟然一点都没察觉。这一告别才是真正的告别，是永远的离开。"

戴厚江抹泪："在让儿女后悔的事情上，天下的母亲都不会失手。"

两个精巧的白瓷罐放在白静慧遗像前，一家人身穿黑色衣服，轮流鞠躬上香。戴澄澄两眼红肿说，妈的骨灰，一部分按照我们的意愿跟爸埋在一起，另一部分按照她生前的愿望埋在树下。

朱敏犹豫了一下问："这房子怎么处理？"

戴厚江刚要说话，戴澄澄抢前一步说了："我在妈的抽屉里找到了这个，是妈亲手写的。"

戴厚江接过来，看了一眼，顿时泪如泉涌。他把那张纸还给了妹妹。

戴澄澄说："这是老太太写给小雪的遗嘱，我给你们念一下。"

姥姥今年七十四岁了，跟"死"这个字只隔着一道门槛，为防哪一天没准备好就迈过去，留下一堆纠纷给后人，我找律师，立遗嘱做了公证，把我住的这套房产留给你姐姐戴小雨。小雪，你是姥姥一手拉扯大的，在这个世界上，姥姥最疼的是你。姥姥也知道你再豁达，再善解人意，看到我的遗嘱，心里也会很不舒服。小雪，你闯劲和干劲都比你姐姐强，你有鲍家留给你的房产，你有俞颂阳的爱和关照，你姐姐没有你的福分。她没想要的感情，车祸又夺走了她的生育能力。未来的生活她要比你难很多。可是在很多事情上，我帮不上小雨的忙。迈过死这道门槛前，我必须伸手拉她一把。让她安心工作安心生活，没有后顾之忧，在北京除了北辙南辕，她只有你这个妹妹一个亲人。小雪，姥姥这样做你能理解吗？

鲍雪和戴小雨都哭成了泪人。

戴澄澄说："这是咱们家最全的一次，可惜妈没看到。咱们一起跟妈合个影吧。"

两家人错落着站好。鲍雪怀里抱着白静慧的遗像，戴小雨依偎在一旁。她举着自拍杆拍下了这张叫人遗憾的全家福。

公园角落里的合唱队在练无伴奏合唱，老人们唱得认真投入，合唱队的 C 位站着白静慧。吕正不相信自己的眼睛，他使劲摇了一下脑袋。白静慧不见了，取而代之的是一个胖老太太。吕正把硕大的毛笔蘸进清水桶里，提起笔在水磨石地面上写了几个遒劲有力的大字：尽大江东去，余情还绕。

冯希生了，是顺产，护士把襁褓中的新生儿递给病床上的冯希。冯希把孩子紧紧地搂在怀里。赵赫男俯身目光紧盯在孩子的脸上。

护士说："男孩，七斤四两。"

赵赫男说："他好丑，像个四喜丸子。"冯希不愿意了："别围着你的菜谱转。"

赵赫男问:"你说叫什么?"冯希说:"叫赵小赫。"

赵赫男的脸上绽开了灿烂的笑容。

俞颂阳在山里给一家山庄做美食节策划,山里的环境特别好,他打电话邀请鲍雪过来玩。他说:"过来吧,在这里住一晚上,明天早上跟我一起参加活动,完了,咱们一起回去。"

鲍雪很痛快地答应了,一出城,她就很痛快地迷路了。她停下车找手机,才发现手机忘带了。鲍雪叫了出来:"这下糟了!"

一辆巡逻车开过来,在鲍雪的车旁停下。交警从车里探出来脑袋说:"这里不能停车。"鲍雪摇下车窗探出来脑袋问:"那个什么山庄怎么走?"

交警指给她道路:"从右边的路下去,到头左拐看见丁字路口右拐。"

鲍雪谢过交警,开车拐上右边的路。她把车停在山根底下,一辆越野车迎面开过来。鲍雪从车上跳下来,朝那辆车使劲挥手。越野车在她身边停下,车窗摇下,车里面坐着一对年轻伴侣。男青年问:"车抛锚了?"鲍雪说:"迷路了,你们知道有个度假山庄怎么走吗?"

男青年摇摇头说:"不知道。"鲍雪绝望了。女青年说:"天马上就黑下来了,你把车停在这里太危险。"

鲍雪问:"回北京怎么走?"

"你跟着我们的车吧,咱们一路。"

两辆车一前一后开走。汽车车灯,一前一后照亮了山路。

鲍雪筋疲力尽地回到家,听见手机铃声响,她冲过去拿起电话。电池耗尽,手机黑屏关机。鲍雪插上充电器开机,手机上有俞颂阳十个未接电话。鲍雪紧忙给他打过去。俞颂阳一看是鲍雪的电话,急忙接起。

"你在哪儿?怎么不接电话,真快把我急死了。正要开车出去找你。"

鲍雪说:"我迷路了,还忘了带手机。"

俞颂阳长舒了一口气，语气缓慢地问："我该拿你怎么办？"

"我真的迷路了，跟着别人的车才回到家里。"

俞颂阳说："我真的爱你。"

"不许说反话。"

"我没有说反话。"

"我明天一大早就上路，导航引路，不会再出差错。"

俞颂阳说："我到山脚下接你。"

翌日一大早，鲍雪就开车上路了，手机里导航在絮絮叨叨地说着，前方700米限速100，您已经超速，当前车速120。请减速。鲍雪放慢车速。导航说，前方300米请走右侧车道，请不要上坡。

鲍雪跟导航顶嘴："我去的是山庄，怎么就不能上坡？"

鲍雪的车驶上了左侧那一条道，手机导航：前方请掉头，前方请掉头。

鲍雪停住车问导航："哎，我问你，我为什么要掉头？"一辆巡逻车开过来，在鲍雪的车旁边停住。警察下车敲敲鲍雪的车窗，鲍雪开车门下来，两人一打照面都愣了一下。警察说："是你呀。"鲍雪说："我还没找到那个山庄。"警察很惊讶："你从昨天晚上一直找到现在吗？"

鲍雪笑得弯下了腰，她连连摆手。

警察也笑了，他说："路走反了，掉头吧，我带你走一段。"

俞颂阳的车等在山脚下。一辆警车开过来，鲍雪的车紧随其后，俞颂阳吓了一跳。警车从俞颂阳的身边开过去，鲍雪的车停下来。鲍雪从车上下来，冲远去的警车挥手致谢。警车从车窗里伸出一只手，朝后面摆动两下，表示免了。

俞颂阳问："犯事了？"鲍雪说："不是犯事是犯病了。"俞颂阳自责说："怪我，忽略了你路痴的顽症。"

商场里客流量很大，多为年轻人，各种网红小吃店里挤满了人。北辙南辕分店的牌子挂在一排饭店当中，门口坐着等候吃饭的长龙。尤姗姗拎着购物袋走了进去。领班的小伙子立刻迎上去："尤董来了。"

大厅里座无虚席，戴小雨有条不紊地忙着招待顾客，她看了一眼尤姗姗说："我可没空桌子招待你。"尤姗姗说："我去后厨吃口工作餐。"戴小雨说："那也得等我们忙过了饭口。"

尤姗姗巡视四周，表示满意："行啊，戴小雨，分店的开门红不错啊。"戴小雨说："租金太贵了，要好好努力才能赚到钱。"

"年底拿业绩说话。干过总店，我给你奖励。"

戴小雨问："什么奖励？"

尤姗姗说："把你想要的说给我听听。"

"你出资去巴厘岛，给我办个盛大的婚礼。"

尤姗姗嗑牙花子说："营业额超出 50% 可以考虑。"戴小雨骂道："典型的资本家！"尤姗姗问："你知道做买卖的道义是什么？"戴小雨反唇相讥："这么黑的道，能看见义吗？"尤姗姗笑着拍拍她的肩膀说："鲍雪把你开发得不错，懂得幽默了。"

李响回国了，他坐在出租车里，目光涣散地看着车外。旁边人行道上，一个推着婴儿车的女人的身影，吸引住了他的目光。出租车开过去，李响叫道："师傅，请把车靠边停一下。"

冯希推着婴儿车在人行道上悠闲地走着，过往行人的目光，不由自主地落在车里的胖娃娃身上。李响快步走过来，他叫了一声："冯希。"冯希看见是他怔了一下，问道："你回国了？"

"嗯，两年的期满了。"李响点点头，他看着婴儿车里的娃娃问，"男孩？"

"嗯，有女朋友了吧？"

"处着一个。"

"差不多就结婚吧。"

李响苦笑："哪那么容易？"

"没那么复杂，只要两个人相互喜欢，就没有解不开的扣。"

"你过得怎么样？"

冯希说："他懂得疼人。"

李响的心像被狠狠拽了一把，疼得他皱了一下眉头。

冯希没有察觉，她站住脚说："我拐过去到了，有空带女朋友来这吃饭，我请客。"

李响在街上走，他问自己："我为什么要答应她，带女朋友来吃饭？当年被她左右的感觉又回来了，看来这是余毒未消啊。"

总店内客源很满，巴小丁迎来送往，周到热情。冯希推着婴儿车进来，巴小丁叫起来："胖小子又来了！"

司梦立刻跑过来，抱起来赵小赫。赵赫男听到动静立刻从后厨跑出来，他伸手抱过儿子，问冯希："你吃了没有？"冯希抱怨说："就知道吃，你怎么不问我闷不闷？"赵赫男问："这么大个宝贝在怀里抱着，你还觉得闷？"

冯希要回来上班，赵赫男认为雇保姆得花很多钱，还不如自己带。司梦说，她的旧梦要在冯希身上重温了。她支持冯希回来工作，哪怕在钱上打个平手，也不能做家庭妇女，否则没有社会地位。冯希点点头说，她妈答应过来帮着带孩子。赵赫男目瞪口呆地看着她问，这事怎么没跟他商量？

冯希霸气地说，她妈来支持她干事业，这事用跟他商量吗？赵赫男不说话了，司梦对冯希暗挑大拇指。

鲍雪一进饭店就问："有什么新菜？给我尝一尝。"赵赫男把孩子交给冯希，说："我研究了一个新菜品。"

不一会儿，一小盆奶白色的浓汤摆在桌子上，两个起司烤土豆摆放在盘子里。鲍雪喝了一口汤惊呼："天哪，太鲜了。这里面都是什么？"

赵赫男说："蘑菇白菜汤。"

"怎么做出来的这个味道？"

"汤里一点油都不放，只放蘑菇和白菜，盐、胡椒粉和蒜末。在灶上煮两个小时，出来的就是这个味道。"

"太棒了。"

赵赫男说："一天就煮这么一锅，供不应求。"

鲍雪用调羹舀了一勺烤起司土豆，放进嘴里，她用拳头捶了一下桌子。冯希问："怎么了？"鲍雪说："香得我要爆粗口了！"

冯希对赵赫男说："儿子困了，我回去了。你下班早点回家。"

赵赫男送冯希出去，司梦坐在鲍雪对面看她吃饭。鲍雪假模假式地问："司梦经理，你管辖的总店，经营情况怎么样？"司梦笑说："良性循环，早已进入赚钱模式了。"

"冯希回来上班，你让她负责什么？"

"这得开董事会商量。"

鲍雪吃饱喝足用纸巾擦嘴说："我走了。"

司梦问："怎么来的？"

"开车。"

"今天我的车限号，你要是没事，开车送我一趟呗。"

"去哪儿？"

"去北五环的剧组开会。"

"没问题。"

剧组的会议室门口站着很多候选的演员，司梦说："我写的剧本在挑演员。"鲍雪来了兴趣说："带我进去看看。"

会议室里导演、制片人和投资方坐在一排桌子后面。女演员们挨个上去试角色，她们按照台词本提供的内容念着台词。鲍雪站在一边替她们着急："不对，不对，感觉太不对了。"

司梦怂恿道："不行，你上去示范一下？"鲍雪心痒难耐地说："那不显得我太欠儿登了吗？"司梦跟导演说："让我的朋友试一下。"鲍雪连连摆手说："不行，不行，首先我不知道试戏的内容，其次我没有一点准备。"导演说："编剧说你是个好演员，你给打个样。不用知道内容，即兴就可以。看了一上午了，我们也放松放松。"

鲍雪走到屋子中间，立刻像变了一个人。她从口袋里掏出来手机："喂，你在哪儿？我吗？我在人生的谷底。"

导演被她松弛的表演吸引住了。

"你问我怎么下去的？人生起伏摔下来的。现在我是贴着地面飞行的女王。"

周围静下来。

"激情过后总会留下阵痛，爱情这东西，不怕你有病，就怕你冷静。爱一个人是一场劫，有的人在劫难逃，有的人劫后余生。爱的旅途，通常是北辙南辕。从无所不知到一无所知。我总是在错误的时间，错误的地方，错误地认识一个人，总是错误地开始，又错误地结束。好男人不敢碰我，坏男人又对我没兴趣。"

众人大笑。

导演笑着问："我很想知道，你到底是个什么样的女人？"

鲍雪说："我？思想深刻，内心脆弱，目光敏锐，出语刻薄，肩不能担，手不能提，既没有小鸟依人的身段，又没有母亲一样能容纳百川的情怀。男人没有胆量跟我来真的，也没有智慧跟我来假的。从学会憧憬爱情开始，我一次次地自我膨胀，又一次次地自我毁灭。我爱过的和爱过我的，同时万箭齐发，没有一支射偏，支支穿透我的心脏。我就是我，被困在绝境里的琥珀。"

导演哈哈大笑，众人鼓掌叫好。鲍雪深鞠一躬。

白静慧的家一点都没变，跟老太太活着的时候一样。鲍雪和戴小雨经常回这里住，俞颂阳和刘梁周也常来这里聚。四个人分工明确，鲍雪看书，戴小雨照镜子，俞颂阳和刘梁周在厨房里忙活。俞颂阳上灶，刘梁周给他打下手。

俞颂阳叮嘱说："把蒜剁得越碎越好，越剁越有味道，大蒜的营养都在气味之中，蒜蓉和空气接触会分解其中的蛋白质。"刘梁周问："你跟谁学的？"俞颂阳说："自己研发的项目之一，我做的这道菜，多汁鲜嫩，油脂丰厚，咸中带甜，味道浓郁。"客厅里鲍雪发出一声尖叫："啊！"

两个男人扔下手里的活，冲了出去。鲍雪手里拿着手机，小脸涨得通红。

俞颂阳问："怎么了？"鲍雪说："导演给我打电话，让我出演网剧《北辙南辕》里面的女主角。啊！啊！啊！"俞颂阳紧紧地拥抱了她："祝贺！祝贺！"

鲍雪挣开他的怀抱，激动得连喊带叫："是金子总会发光的！"

戴小雨紧跟着喊了一句："是金子总会花光的！"

鲍雪扑过去打她，姐俩紧紧搂在一起连蹦带跳。

刘梁周高声说："开瓶好酒，咱们庆祝一下。"

戴小雨和鲍雪笑容满面端着菜冲着镜头走过来，一盘一盘的菜端上桌。戴小雨和鲍雪步履欢快地转身离开。一盘一盘的菜端上桌，冯希和尤姗姗步履欢快地转身离开。司梦和导演坐在监视器前面，看着现场演员的表演。

导演高声喊："停！"

拍摄全部结束，全剧组人聚集在镜头前合影，北辙南辕的工作人员也在其中，年轻人摆出各种造型。

尤姗姗问司梦："你说这部剧播出以后，咱们北辙南辕会不会火？"

鲍雪信心满满地说："想不火都难，不火天理不容。"

戴小雨问："观众要追下一季怎么办？"

司梦说："写呀。"

冯希问："还有啥可写的？"

司梦说："苦辣咸甜酸，五味，这才哪儿到哪儿？"

2021 年 4 月 2 日

图书在版编目（CIP）数据

北辙南辕／陈枰著. -- 北京：作家出版社，2021.7
（2021.7重印）

ISBN 978-7-5212-1419-2

Ⅰ. ①北… Ⅱ. ①陈… Ⅲ. ①长篇小说 – 中国 – 当代
Ⅳ. ①I247.5

中国版本图书馆CIP数据核字（2021）第075581号

北辙南辕

作　　者：	陈　枰
责任编辑：	韩　星
装帧设计：	刘红刚
封面图片：	北京爱奇艺科技有限公司
出版发行：	作家出版社有限公司
社　　址：	北京农展馆南里10号　　邮　　编：100125
电话传真：	86-10-65067186（发行中心及邮购部）
	86-10-65004079（总编室）
E-mail:	zuojia@zuojia.net.cn
http://www.zuojiachubanshe.com	
印　　刷：	唐山嘉德印刷有限公司
成品尺寸：	152×230
字　　数：	360千
印　　张：	25.5
版　　次：	2021年7月第1版
印　　次：	2021年7月第4次印刷
ISBN	978-7-5212-1419-2
定　　价：	48.00元